SUTTON
VERLAG

Mara Laue

SMARAGD JUNGFER

Ein Wilhelmshaven-Krimi

SUTTON KRiMI

DIE AUTORIN

Mara Laue, 1958 in Braunschweig geboren, lebt heute als freie Schriftstellerin in Kleve. Seit ihrer Kindheit verbringt sie ihre Sommer mit Vorliebe an der Nordseeküste. Die begeisterte und fantasiereiche Geschichtenerzählerin hat ihre Leidenschaft im Jahre 2004 zur Profession gemacht. Die viel beschäftigte und erfolgreiche Autorin von Science-Fiction- und Mystery-Serien veröffentlichte im Frühjahr 2011 im Sutton Verlag den Krimi »Schwarze Dame Tod«. Mara Laue ist Mitglied bei den »Mörderischen Schwestern«, der Vereinigung deutschsprachiger Krimiautorinnen, und im »Syndikat – Autorengruppe deutschsprachige Kriminalliteratur«.

Mehr über die Autorin erfahren Sie im Internet unter:
www.mara-laue.de

Sutton Verlag GmbH
Hochheimer Straße 59
99094 Erfurt
www.suttonverlag.de
www.sutton-belletristik.de

ISBN: 978-3-86680-870-6

Druck: Aalexx Buchproduktion GmbH, Großburgwedel

ANMERKUNG

Alle in diesem Roman dargestellten Personen und Handlungen sind frei erfunden. Etwaige Ähnlichkeiten mit tatsächlichen Ereignissen oder Namensgleichheit mit real existierenden Menschen wären rein zufällig. Das gilt besonders für die im Roman vorgestellten Kriminalbeamten, die mit den realen Beamten der Wilhelmshavener Polizeiinspektion nur den Arbeitsplatz gemein haben.

Mittwoch, 28. September

Jasmin Stojanovic schloss ihren Wagen ab und blickte sich suchend um. Sie konnte das Auto ihres Kontaktmannes nirgends entdecken. Dabei hätte er schon längst hier sein müssen. Egal. Er würde jeden Moment kommen.

Sie drückte die Haustür auf und lief die Treppe hinauf zu ihrer Wohnung. Im Flur stellte sie ihre Handtasche auf den Garderobentisch und eilte ins Bad. Ihre Blase drückte; nicht nur vor Aufregung. Sie zwang sich mit eiserner Disziplin zur Ruhe. Auf dem Weg kickte sie sich die unbequemen High Heels von den Füßen.

Reiß dich zusammen, verdammt! Du bist ein Profi und keine Anfängerin vor dem ersten Mal.

Das änderte jedoch nichts an der Tatsache, dass sie es noch nie mit derart brisanten Daten zu tun gehabt hatte, von denen so unendlich viel abhing. Nervös nestelte sie an dem libellenförmigen Anhänger ihres Smaragdcolliers und warf zum wiederholten Mal einen Blick auf die Uhr. Wo zum Teufel blieb der Kerl?

Sie zuckte zusammen, als es wie aufs Stichwort klingelte. Endlich! Schnell schlüpfte sie in ihre Hausschuhe und ging zur Tür. Sie hatte sie noch nicht mal einen Spalt breit geöffnet, als sie so heftig aufgestoßen wurde, dass Jasmin zurückstolperte. Im nächsten Moment wurde sie gegen die Wand geschleudert und prallte hart mit dem Hinterkopf dagegen. Sie schrie auf. Der Mann schloss die Tür mit einem Fußtritt, packte Jasmin an der Kehle und nagelte sie mit seinem Körper an der Wand fest. Bevor sie an Gegenwehr auch nur denken konnte, hielt er ihr ein Messer vors Gesicht.

»Wo sind sie?«

Sie rang nach Luft, die zu bekommen er ihr gerade noch gestattete. Er stand ihr viel zu nahe, als dass sie das Knie hätte hochreißen können, um ihn empfindlich im Schritt zu treffen.

Ihm beide Hände flach über die Ohren zu schlagen, um ihn auf diese Weise auszuschalten, war zu gefährlich, da er sie in dem Fall immer noch mit dem Messer hätte erwischen können. Außerdem kannte sie ihn und wusste, dass er nicht die geringsten Skrupel hatte.

»Wo ist wer?« Ihre Stimme krächzte. Fieberhaft überlegte sie, wie sie die Situation entschärfen könnte.

Sie schrie auf, als er ihr mit einer schnellen Bewegung die Wange zerschnitt und ihren Kopf so heftig gegen die Wand stieß, dass sie für einen Moment Sterne sah. Sie fühlte, wie das Blut aus der klaffenden Wunde über ihren Hals lief. Für eine Sekunde durchzuckte sie der in diesem Moment völlig unwichtige Gedanke, dass sie für immer entstellt sein würde. Dabei ging es hier um sehr viel mehr als um ihre Schönheit. Die nächsten, trügerisch ruhigen Worte ihres Peinigers bestätigten das.

»Pass mal auf. Die Frage ist nur, ob du schnell oder langsam stirbst. Schnell, wenn du mir sagst, wo die Daten sind. Langsam, wenn ich das aus dir rausholen muss. Als Erstes wirst du mir aber sagen, für wen du arbeitest.«

Jasmin war sich bewusst, dass er es vollkommen ernst meinte und ihr Leben in höchster Gefahr schwebte – nein, bereits am seidenen Faden hing. Panik kroch in ihr hoch. Sie unterdrückte sie mit eisernem Willen. Sie musste einen kühlen Kopf behalten. Vor allem musste sie Zeit gewinnen, bis ihr Kontaktmann kam. Ein paar Minuten würden genügen. Die Frage war nur, ob ihr die noch blieben.

»Ich arbeite für Severin Escort Service, das weißt du doch«, stieß sie unter Tränen hervor. Ihre Wange und ihr Kopf taten höllisch weh. Ihr Blut durchtränkte bereits den Kragen ihres Kleides. »Und von was für Daten redest du eigentlich?«

»Falsche Antwort.«

Das Messer zerschnitt ihre andere Wange. Jasmin schrie erneut auf. Der Schmerz und das damit einhergehende Entsetzen verursachten ihr Übelkeit.

Aus der Nebenwohnung erklang eine laute Frauenstimme, untermalt von einem heftigen Klopfen gegen die Wand. »Ruhe! Wenn nicht sofort Ruhe ist, rufe ich die Polizei!«

Jasmin öffnete den Mund, um zu schreien, so laut sie nur konnte, damit Frau Sander es nicht nur bei der Drohung beließ. Aber der Mann presste ihr die Hand auf die Lippen, bevor sie einen Ton herausbringen konnte. Er hielt ihr die Spitze des Messers direkt unter das linke Auge. Jasmin hatte genug Krimis gesehen, um zu wissen, was er vorhatte.

Er starrte sie kalt an. »Ich will die Daten.«

Jasmin setzte alles auf eine Karte, nahm allen Mut und ihre gesamte Kraft zusammen. Sie holte mit beiden Händen aus, um sie ihm auf die Ohren zu schlagen.

Es blieb beim Versuch. Er hatte wohl mit so etwas gerechnet. Er ließ sie abrupt los, trat einen Schritt zurück und beugte gleichzeitig den Oberkörper mit einer raschen Bewegung weit genug nach hinten, dass Jasmins Hände ins Leere fuhren. Sie zögerte keine Sekunde und knallte ihm eine Faust auf den Solarplexus, die andere auf die Nase und hörte befriedigt den Knochen brechen. Er grunzte und stolperte zurück. Das verschaffte ihr etwas Luft.

Leider war er kein Weichei, sondern ein kampferprobter Ex-Söldner und schlimmere Verletzungen gewöhnt. Der Schmerz seiner gebrochenen Nase hielt ihn nicht auf. Jasmin holte zu einem Tritt in seinen Unterleib aus. Er packte ihren Fuß und verdrehte ihn. Sie stürzte mit einem Schmerzensschrei zu Boden. Dabei riss sie die Vase aus Murano-Glas vom Garderobentisch. Klirrend zerbrach sie auf den Fliesen der Diele. Die Splitter bohrten sich schmerzhaft in ihre Haut. Egal.

Sie trat mit dem anderen Fuß nach seinem Knie und traf. Er stöhnte, aber seine harte Beinmuskulatur fing die Wucht größtenteils ab. Immerhin hatte Jasmin wieder ein paar Sekunden gewonnen. Die genügten ihr, um auf die Beine zu kommen. Dabei schnitt sie sich die Hände an den Glassplittern auf. Ihr Fuß tat entsetzlich weh und war mindestens verrenkt.

Bevor sie sich umdrehen und den Kerl erneut angreifen konnte, packte er von hinten ihre Haare und riss brutal ihren Kopf zurück. Sie schrie erneut. Er drückte sie rücklings gegen die Wand. Sie knallte die Stirn gegen seine gebrochene Nase. Er brüllte, eher wütend als schmerzvoll, und versetzte ihr einen Haken in den Magen, von dem ihr die Luft wegblieb. Sie klappte zusammen. Er holte mit dem Messer aus, um ihr erneut das Gesicht zu zerschneiden. Sie wollte zur Seite ausweichen und rutschte auf den Glasscherben aus. Sie fiel nach vorn. Verzweifelt ruderte sie mit den Armen, um den Sturz abzufangen oder ihm wenigstens eine andere Richtung zu geben. Vergeblich.

Ein heftiger Schmerz fuhr durch ihren Körper, als sie direkt ins Messer ihres Angreifers fiel. Jasmin schnappte nach Luft. Ihre Beine gaben nach, und sie brach zusammen. Ihr Körper knallte auf die Glassplitter, die sich tief in ihre Haut bohrten. Sie verlor das Bewusstsein.

Der Mann fluchte unterdrückt und drückte den Handrücken gegen seine blutende Nase, ehe er die Finger gegen beide Seiten presste und mit einem Ruck den Bruch richtete. Diese miese, kleine Nutte war doch ein wehrhafteres Biest gewesen, als er gedacht hatte. Aber er war schon mit ganz anderen Kalibern fertig geworden. Er zog das Messer aus ihrem Körper und wischte es an ihrem Kleid sauber.

Ihre Handtasche stand auf dem Garderobentisch. Er kippte ihren Inhalt aus und begann ihn zu durchsuchen.

Kriminalkommissarin Paula Rauwolf ging den vertrauten Weg am Empfang der Polizeiinspektion Wilhelmshaven vorbei. Sie grüßte Silke Moravac, die dort heute Dienst tat, mit einem knappen »Moin!«

»Moin, Paula!«

Neutraler Tonfall. Kein Lächeln wie früher. Paula hatte nichts anderes erwartet. Sie stieg die Treppe zum ersten Stock hoch. Während der sechzehn Monate ihrer erzwungenen Abwesenheit vom Fachkommissariat 1 hatte sich hier nichts verändert. An den Wänden hingen dieselben Bilder, der Bodenbelag sah aus wie immer, und der Stuhl mit dem verbogenen Stahlbein stand immer noch vor Zimmer 39.

Bis zur Höhe der Kaffeeküche hatte sie das Gefühl, als wäre sie erst gestern hier entlanggegangen. Normalerweise wäre sie in das Zimmer gegenüber gegangen, in dem ihr Büro gewesen war. Jetzt ging sie daran vorbei und bekam schon mit dem ersten Schritt in die andere Richtung den Eindruck, hier vollkommen fremd zu sein. Die wenigen Kollegen, die sie auf dem Gang traf, grüßten sie mit einem kurzen Nicken, und Paula nickte automatisch zurück.

Das ihr neu zugewiesene Zimmer 48 lag am Ende des u-förmigen Gangs und somit am weitesten von allem entfernt, einschließlich der Kaffeeküche, des Kopierers und des Ausgangs zum Parkplatz. Sie hätte wetten können, dass die Zuteilung dieses Büros, das vor sechzehn Monaten noch als Abstellraum benutzt worden war, ihr die subtile Botschaft vermitteln sollte, wohin sie nach Meinung einiger Kollegen tatsächlich gehörte. Scheiß drauf. Sollten sie doch selbst in der Wüste verrecken. Auf deren Meinung gab Paula ohnehin keinen Pfifferling.

Sie schloss die Tür ihres neuen Domizils mit einem Fußtritt hinter sich und erstarrte. An der vorderen Kante eines der beiden Schreibtische thronte ein gerahmtes Foto von Christopher in Polizeiuniform, der selbstsicher in die Kamera lächelte. Über einer Ecke des Bildes hing eine schwarze Trauerschleife. Tränen stiegen ihr in die Augen, die sie sofort wegblinzelte.

Sie musste sich beherrschen, um das Foto nicht vom Tisch zu fegen. Stattdessen legte sie es mit der Rückseite nach oben in eine Schublade. Es war immerhin Christophers Bild, und er hatte es nicht verdient, einfach auf den Boden gepfeffert zu werden. Neben der Computertastatur lag eine ebenfalls mit einem schwarzen Band versehene Ermittlungsakte. »Fall 2010-595476« – der Fall, der Christopher das Leben gekostet hatte.

Diesmal tat sie ihren Gefühlen keinen Zwang an. Sie schleuderte die Akte mit einem Fluch in die Ecke. Danach setzte sie sich an den Tisch, stützte die Ellenbogen auf die Platte und fuhr sich mit zitternden Händen über das Gesicht. Offensichtlich hatte man beschlossen, ihr das Leben zur Hölle zu machen; zweifellos in der Absicht, sie zu einem Versetzungsgesuch zu bewegen. Dazu hatte man ihr schon damals nachdrücklich geraten. Doch in Paulas Augen wäre das einem Schuldeingeständnis gleichgekommen. Und das kam gar nicht in die Tüte!

Ihr Blick fiel auf die auf dem Telefon aufgedruckte Durchwahlnummer: 227. Wie 22.7. – Christophers Geburtstag. Sie beugte sich vor und las die auf dem Telefon des zweiten Schreibtisches, der mit der Stirnseite an ihren stieß: 806. Wie 8.06. – Christophers Todestag. Noch so eine Gemeinheit, denn die Durchwahlen waren normalerweise identisch mit den Zimmernummern plus einer 1 oder 2 dahinter für die jeweiligen Apparate.

Sie empfand den inzwischen vertrauten Schmerz des Verlustes, glaubte zu sehen und zu fühlen, wie Christopher vor ihren Augen erschossen und sie selbst verwundet wurde. Beinahe konnte sie den Einschlag der Kugeln in ihren Körper spüren und zuckte zusammen.

Sie atmete tief durch und richtete den Blick auf das rote Laub des Ahornbaums vor dem Fenster. Stumm rezitierte sie das Mantra, das Dr. Keller mit ihr für solche Situationen eingeübt hatte: *Die Erinnerungen ziehen vorbei wie Wolken am Himmel und verschwinden wie Schall und Rauch.* Die Bilder und Empfindungen verblassten nach der fünften Wiederholung.

Ihr Psychiater hatte sie darauf vorbereitet, dass die Rückkehr an ihre alte Wirkungsstätte solche Flashbacks auslösen würde, die unter Umständen sogar sehr heftig sein könnten. Er hatte ihr aber auch versichert, dass sie immer weiter nachlassen würden, je mehr die Arbeit für sie wieder zur gewohnten Routine wurde.

Paula hoffte, dass er recht behielt, denn sie wollte nicht noch einmal dasselbe emotionale Chaos erleben wie unmittelbar nach den damaligen Ereignissen. Allerdings war sie bereits auf dem besten Weg dorthin, denn die niederträchtigen Willkommensgeschenke der Kollegen rissen die kaum verheilte Wunde wieder auf.

Oh Christopher! Wie soll ich das alles ohne dich durchstehen?

Sie konnte ihn mit seinem spitzbübischen Lächeln am Tisch gegenüber sitzen und ihr in seiner typischen Art zuzwinkern sehen. *»Mach dir nichts draus, Wölfin«*, hörte sie ihn mit jenem neckenden Unterton sagen, den er ihr gegenüber so oft angeschlagen hatte. *»Du schaffst das schon.«* Davon war sie allerdings keineswegs überzeugt.

Ihre Gedanken wurden unterbrochen, als die Tür aufging. Sie hatte ihren Vorgesetzten Jakob Roemer erwartet. Stattdessen trat ein ihr unbekannter Mann mit einem kleinen Karton in den Händen ein, der einen beinahe schmerzhaften Kontrast zu seinem dunkelblauen Anzug bildete.

»Frau Rauwolf?« Auf ihr Nicken fügte er ein »Guten Morgen« hinzu, ehe er den Karton auf dem freien Tisch abstellte und ihr die Hand reichte. Paula drückte sie kurz.

»Kriminalhauptmeister Lukas Rambacher. In bin seit gestern neu in der Dienststelle. Man hat mir den freien Platz hier zugeteilt.«

»Das klingt nicht sehr begeistert.«

Rambacher mochte Ende zwanzig und somit höchstens fünf Jahre jünger sein als sie. Er räusperte sich in einer Weise, die ihre Vermutung bestätigte.

»Ich hoffe, dass wir gut zusammenarbeiten werden.«

Eine ausgesprochen ausweichende Antwort in einem reservierten Tonfall.

Paula grunzte sarkastisch. »Das lässt sich arrangieren – sofern Sie meine Grundregeln für gute Zusammenarbeit beachten. Erstens: Wenn Sie ein Problem mit mir haben, sprechen Sie es offen aus. Damit komme ich bestens klar. Darüber hinaus empfehle ich Ihnen zweitens, Ihre Kommentare und sonstigen

Äußerungen ausschließlich auf unsere Arbeit zu beschränken und zu allem anderen den Mund zu halten.«

Bevor Rambacher darauf antworten oder Paula noch etwas hinzufügen konnte, wurde die Tür erneut geöffnet, diesmal tatsächlich von Jakob Roemer.

»Moin, Paula«, begrüßte er sie und nickte Rambacher zu. »Schön dass du wieder da bist. Kommst du mal kurz mit zu mir?«

Seine Reibeisenstimme hatte sich nicht verändert und klang so heiser wie immer. Ein Produkt von exzessivem Rauchen in Verbindung mit einigen nicht minder exzessiven Saufgelagen in früheren Zeiten. Seit er vor zehn Jahren einen gesundheitlichen Warnschuss vor den Bug erhalten hatte, lebte er grundsolide.

Paula folgte ihm in sein Büro, froh darüber, sich nicht weiter mit Rambacher auseinandersetzen zu müssen. Sie hätte es grundsätzlich vorgezogen, allein in einem Büro zu arbeiten. Der Erstkontakt mit dem Neuen bestärkte sie nur in diesem Wunsch. Sie würde sich allerdings nicht die Blöße geben, eine entsprechende Bitte zu äußern.

Roemer bot ihr mit einer Handbewegung Platz an. »Willkommen zurück. Wie geht es dir?«

»Gut, wie du siehst. Andernfalls hätte man mich wohl kaum wieder für diensttauglich erklärt. Wieso bekomme ich nicht mein altes Büro?«

»Wir dachten, es wäre leichter für dich, wenn du durch den alten Raum nicht ständig an Christopher erinnert wirst.«

Paula lachte bitter. »Vergebene Liebesmüh.«

Roemer sah sie verständnislos an.

»Irgendjemand war so freundlich, mir ein Trauerfoto von ihm auf den Schreibtisch zu stellen, die Akte 2010-595476 dazuzulegen und die Telefone mit den Durchwahlen zweiundzwanzigsieben und acht-null-sechs auszustatten. Sagen dir die Zahlen was?«

Er blickte sie ehrlich betroffen an. »Davon habe ich nichts gewusst. Ich veranlasse sofort, dass die Durchwahlen geändert werden.«

»Lass es«, wehrte sie schroff ab. »Wenn ich eins im Leben gelernt habe, dann dass es die Idioten, die sich so was ausdenken, am meisten ärgert, wenn man sie ignoriert. Ich wette, dass Hansen dahintersteckt, und dem werd' ich garantiert nicht den Gefallen tun, ihn auf diese Weise zu bestätigen. Oder den Eindruck zu erwecken, ich hätte dir was vorgejammert.«

»Wenn man dir eins weiß Gott nicht nachsagen kann, dann ist das Jammern.« Roemer sah sie ernst an. »Du hättest lieber nicht darauf bestehen sollen, hier wieder anzufangen. Vielleicht wäre eine Versetzung besser für dich gewesen. Dir muss doch klar gewesen sein, dass du hier keinen guten Stand mehr hast, nach allem, was passiert ist.«

Paula beugte sich angriffslustig vor. »Ich habe mir nichts vorzuwerfen, Jakob. Gar nichts. Das ist amtlich. Soll ich deiner Meinung nach trotzdem den Schwanz einziehen, nur weil einige Leute mich hier nicht haben wollen? Ich soll vor *denen* davonlaufen? Vergiss es!«

Roemer schüttelte den Kopf. »Deine Sturheit wird dir eines Tages das Genick brechen. Ich hoffe nur, dass du dann nicht noch andere mit ins Verderben reißt.«

Sie verschränkte die Arme vor der Brust. »Wenn das deine Meinung über mich ist, wieso hast du mich dann nicht schon früher weggelobt? Oder passt es dir bloß nicht, dass ich gerade durch meine Hartnäckigkeit meistens die besten Ergebnisse erziele?«

Roemer ging nicht darauf ein. »Ich gebe dir noch einen persönlichen Rat, Paula. Mach deine Arbeit gewohnt gut und backe ansonsten ganz kleine Brötchen.« Er hob abwehrend die Hand, als sie protestieren wollte. »Ich weiß, man hat dich von allen Vorwürfen freigesprochen. Aber du weißt auch, wie beliebt Christopher gewesen ist. Also sieh zu, dass du niemandem eine Angriffsfläche bietest.«

Sie presste die Lippen zusammen, um nicht mit dem herauszuplatzen, was ihr auf der Zunge lag. »Schön, dass du meine Arbeit wenigstens für gut hältst. War's das?«

Das Klingeln des Telefons enthob Roemer einer Antwort. Er meldete sich, lauschte, machte sich ein paar Notizen, nickte zwischendurch und beendete das Gespräch mit einem knappen: »Paula und der Neue kümmern sich darum.«

Anschließend riss er den Zettel mit seinen Notizen vom Block und reichte ihn Paula. »Eine Frau Jasmin Stojanovic ist in ihrer Wohnung in der Bismarckstraße 197 erstochen worden. Fahr mit Rambacher hin und seht euch um. Die Kollegen von der Streife sind schon vor Ort. Scheint ein leichter Fall zu sein, denn der mutmaßliche Täter wurde in flagranti ertappt. Die Leute vom Erkennungsdienst sind auch schon unterwegs.«

»Welchen Wagen kann ich nehmen?«

Roemer holte einen Schlüssel aus einer Schublade und hielt ihn Paula hin. »Den blauen Ford. Ein anderer war nicht mehr frei. Ich hoffe, du hast damit kein Problem.«

»Natürlich nicht.« Sie steckte den Schlüssel in die Hosentasche.

Christopher hatte den blauen Ford in der Nacht gefahren, als er starb. Deshalb hätte sie einen anderen Wagen vorgezogen. Doch das würde sie Roemer gegenüber unter keinen Umständen zugeben. Sie durfte sich von solchen Dingen nicht beeinflussen lassen, wenn sie ihr Leben endgültig wieder in den Griff bekommen wollte, ganz besonders ihr Berufsleben.

Roemer seufzte tief. »Ich weiß, dass es für dich in der letzten Zeit nicht leicht war und dass das hier keineswegs ein Zuckerschlecken wird. Es könnte aber hilfreich sein, wenn du nicht bei jeder Gelegenheit mit dem Skorpionsstachel zustichst, den man bei gewöhnlichen Leuten Zunge nennt.« Er blickte sie eindringlich an. »In deinem eigenen Interesse: Bau keinen Mist. Ich möchte nicht bereuen, dass ich mich für deine Rückkehr eingesetzt habe.«

Paula stand betont langsam auf. »Ich habe dich niemals darum gebeten.« Wenn sie derart sanft sprach, war das bei ihr ein Zeichen höchster Verärgerung. »Also bürde mir nicht die Verantwortung für deine eigene Entscheidung auf.«

Sie verließ sein Büro, ehe er etwas erwidern konnte, und knallte die Tür zu. Sie hatte damit gerechnet, dass es schwierig werden würde, wieder in diese Dienststelle zurückzukehren, doch sie hatte sich nichts vorzuwerfen. Basta!

In ihrem Büro saß Lukas Rambacher an seinem Schreibtisch und blätterte in der Akte von Christophers Fall. Paula riss sie ihm aus der Hand und warf sie auf ihren Tisch.

»Das geht Sie nichts an. Wir haben ein Tötungsdelikt.«

Sie schnappte sich ihre Umhängetasche und überließ es Rambacher, ihr zu folgen oder nicht, fest entschlossen, nicht auf ihn zu warten, falls es ihm einfiel zu trödeln. Doch er schloss rasch zu ihr auf.

»Ich möchte nur klarstellen, dass es nicht meine Idee war, dass wir zusammenarbeiten, Frau Rauwolf. Ich wollte in eine andere Abteilung, aber wenn man neu in einer Dienststelle ist, muss man eben nehmen, was man bekommt.«

»Wenn die Arbeit mit mir eine so fürchterliche Strafe ist, dann sollten Sie vielleicht mal überlegen, was Sie verbrochen haben, um sie sich zu verdienen.« Befriedigt registrierte sie, dass er rot wurde. »Bis dahin tun Sie Ihre Arbeit und lassen mich ansonsten in Ruhe. Vor allem verbitte ich mir jegliches persönliche Gespräch. Haben wir uns verstanden?« Paula war sich nun ganz sicher, ihn nicht zu mögen.

Sie beschleunigte ihre Schritte. Rambacher ging schweigend neben ihr her, während er sein Jackett überzog. In dem Punkt war er ganz Paulas Gegenteil. Während sie legere Kleidung bevorzugte, wirkte er mit Anzug und Krawatte wie aus dem Ei gepellt. Andererseits mochte das in der einen oder anderen Situation durchaus mal von Vorteil sein.

Sie steuerte den Stammparkplatz des blauen Fords an und fühlte mit jedem Schritt ihre Beine schwerer werden, als weigerten sie sich, sie ausgerechnet zu diesem Wagen zu tragen. Sie schalt sich eine überempfindliche Närrin. Christopher war an jenem verhängnisvollen Abend lediglich damit zum Kai gefahren. Für das, was dort passiert war, konnte der Wagen nun wirklich nichts.

Man hatte ihn offensichtlich frisch gewaschen, denn er glänzte im Licht der Spätseptembersonne. Hinter ihm hatte Paula Christopher vor dem Kugelhagel in Sicherheit zu bringen versucht. Sie hatte nicht ahnen können, dass er zu dem Zeitpunkt bereits tot war. Für einen Moment glaubte sie, das Blut ihres Geliebten an der Fahrertür hinabrinnen zu sehen, und schluckte den Kloß hinunter, der ihr im Hals saß.

Sie bemerkte, dass Rambacher ihr einen verwunderten Seitenblick zuwarf, und erkannte, dass sie ihre Schritte beim Anblick des Wagens verlangsamt hatte. Sie blieb stehen, ging in die Hocke und band die Schnürsenkel ihrer Sportschuhe fester, obwohl das gar nicht nötig war.

Das ist nur ein Auto! Ein stinknormaler Wagen ohne besondere Bedeutung.

Trotz dieser nachdrücklichen Ermahnung zitterte sie innerlich, als sie sich hinter das Steuer setzte und sich anschnallte. Sie glaubte, Christophers Rasierwasser zu riechen, einen dezenten Duft nach Sandelholz und herber Orangenblüte. Pure Einbildung. Der einzig wahrnehmbare Geruch war der nach Reinigungsmittel und Benzin. Paula war widerwillig dankbar dafür, dass Rambacher neben ihr saß und sie deshalb gezwungen war, sich zusammenzunehmen. Schließlich war er der Letzte, vor dem sie sich irgendeine Blöße geben wollte.

Sie startete den Motor und fuhr los. Sie bog in die Kurt-Schumacher-Straße ein und wenige Meter weiter nach rechts in die Friedrich-Paffrath-Straße Richtung Innenstadt. Nach einer Weile stellte sie fest, dass das innerliche Zittern nachließ. Als sie nach knapp zehn Minuten in der Bismarckstraße ankam, war es fast vollständig verschwunden. Nur ihr Puls ging noch etwas schneller als gewöhnlich. Das allerdings war eine vertraute Begleiterscheinung am Anfang jedes neuen Falles. Ganz sicher hatte es nicht das Geringste mit Christopher zu tun.

Sie musste die Nummer 197 nicht lange suchen. Vor dem seitlich zurückversetzten Eingang des aus roten Ziegeln gemauerten Gebäudes aus der Vorkriegszeit des letzten Jahrhunderts standen uniformierte Kollegen Spalier. Sie hielten die Schaulustigen zurück, die sich sensationslüstern versammelt hatten und darauf warteten, dass etwas Spektakuläres geschah. Am besten irgendwas, das sie aus den unzähligen Krimiserien kannten, die täglich im Fernsehen liefen.

Paula verabscheute die morbide Neugier dieser Leute, die sich an Spektakulärem aufgeilten und keinen Gedanken an das Leid und den sehr realen Tod verschwendeten, der dahintersteckte. Sie nickte den Kollegen zu. Da in der Dienststelle sowohl die Einsatz- und Streifenpolizei wie auch die Fachkommissariate 1, 2 und 5 und die Kriminaltechnik untergebracht waren, musste sie sich den Kollegen nicht vorstellen. Man kannte sich.

»Moin, Leute.« Sie überließ es Rambacher, sich selbst einzuführen.

Der reichte allen die Hand und nannte jedem seinen Namen. Paula konnte sehen, dass die Kollegen das ebenfalls für übertrieben hielten. Außerdem war es völlig unüblich.

»Wo?«

»Erster Stock rechts.«

Sie bedankte sich und stieg die Treppe hinauf. Vor der angegebenen Tür standen zwei weitere Beamte, und ein dritter sprach mit einer Frau in den Vierzigern, die in der Tür zur Nebenwohnung stand.

Während Paula einen weißen Ganzkörperanzug aus Plastik anzog, um den Tatort nicht zu kontaminieren, nahm sie das Bild in sich auf, das sich ihr durch die offene Tür bot.

Das Verbrechen hatte in der Diele stattgefunden. Die Tote, eine Frau Mitte bis Ende zwanzig, lag inmitten von farbigen Glassplittern halb auf der Seite. Ihr dunkelbraunes Haar hatte ihr Gesicht teilweise bedeckt. Trotzdem waren deutlich zwei tiefe Schnitte auf den Wangen zu erkennen. Blut war ihren Hals hinabgeflossen und hatte ihr grünes Seidenkleid durchnässt. Unterhalb des Brustbeins befand sich ein großer Blutfleck. Aus der Wunde unter dem Kleid war eine größere Menge Blut ausgetreten und hatte sich auf den Fliesen der Diele ausgebreitet.

Es war verschmiert, was zeigte, dass jemand die Leiche bewegt hatte. Blutige Fußabdrücke führten ins Wohnzimmer.

Paula streifte die tütenartigen Plastikhüllen über ihre Schuhe, zog die Einweghandschuhe an und ging hinein. Rambacher, der sich ebenfalls in den Anzug gezwängt hatte, folgte ihr. Paula zuckte zusammen, als er die Einweghandschuhe beim Anziehen gegen seine Handgelenke knallen ließ. Sie bedachte ihn mit einem bitterbösen Blick.

Im Wohnzimmer war ein Sessel umgekippt. Auf dem Boden lag ein Schmuckkästchen, dessen Inhalt achtlos darum herum verstreut worden war. In einem anderen Sessel hockte ein Mann mit auf den Rücken gefesselten Händen, flankiert von zwei uniformierten Kollegen. Er blickte Paula und Rambacher ohne die geringste Unsicherheit entgegen.

Als Erstes fielen ihr seine Augen auf. Sie waren von einem intensiven und hellen Blau. Augen wie Eis. Sein dunkles Haar bildete dazu einen starken Kontrast. Als Nächstes registrierte sie, dass seine Kleidung – dunkelgrauer Anzug und Mantel, dazu ein Seidenschal in dunklem Grün – keineswegs von der Stange stammte. Wenn sie sich nicht täuschte, war der Anzug sogar maßgeschneidert. An seinem hellgrauen Hemd klebte Blut, ebenso in seinem Gesicht.

»Haben Sie hier das Sagen?«

Paula wurde erst bewusst, dass der Mann sie angesprochen hatte, als er seine Frage wiederholte. Etwas an ihm irritierte sie, ohne dass sie hätte sagen können, was es war.

»Kommissarin Paula Rauwolf vom FK 1. Sie sind?«

»Jerome Kastor. Und völlig unschuldig an dem, was hier passiert ist. Also sagen Sie Ihren Leuten, sie sollen mir die verdammten Handschellen abnehmen.«

Paula tauschte einen Blick mit den beiden uniformierten Kollegen. Die signalisierten ihr, dass Kastors ihnen mit dieser Forderung schon eine Weile auf die Nerven ging.

»Die Kollegen werden Sie gewiss nicht ohne Grund gefesselt haben, Herr Kastor.«

»Er hat versucht zu türmen, als er uns kommen sah, und hat sich dann der Festnahme widersetzt.« Der Kollege deutete auf den umgekippten Sessel.

»Das ist eine Lüge.« Kastor betonte jedes Wort.

»Außerdem haben wir ihn mit der Hand im Schmuckkästchen erwischt. Mit einer blutigen Hand, wohlgemerkt. Er hat es weggeschmissen, als er uns gesehen hat.«

»Es ist mir aus der Hand gefallen, als Sie mit gezückten Waffen in die Wohnung stürmten und mich grundlos angebrüllt und wie einen Verbrecher behandelt haben. Das hat noch ein Nachspiel, das garantiere ich Ihnen.«

»Gleich droht er wieder mit dem Polizeipräsidenten.« Die beiden Polizisten grinsten.

»Das ist keine Drohung, Herr Wachtmeister. Der –«

»Polizeiobermeister. Wachtmeister gibt es schon lange nicht mehr.«

»Fakt ist, Herr Polizeiobermeister, dass der Polizeipräsident ein guter Bekannter von mir ist.«

Paula trat hinter ihn. Kastor verrenkte den Hals, um zu sehen, was sie vorhatte.

»Beugen Sie sich bitte vor.«

»Wozu?«

Sie legte eine Hand auf seine Schulter und drückte sie nachdrücklich nach vorn, sodass er sich gezwungenermaßen vorbeugen musste. Unter ihrer Handfläche spürte sie gut ausgebildete Muskeln.

»Hey! Das ist Polizeibrutalität. Ich werde mich über Sie beschweren.«

»Da müssen Sie sich in einer langen Schlange hinten anstellen.«

Sie besah sich seine Hände. Sie waren mit getrocknetem Blut verklebt, das auch die Aufschläge der Hemdsärmel durchtränkt und sogar die goldenen Manschettenknöpfe besudelt hatte.

»Hatte er eine Waffe bei sich, Kollegen?«

»Nein.«

»Weil ich den Mord nicht begangen habe. Also nehmen Sie mir endlich diese Handschellen ab.«

Paula ignorierte ihn. Sie ging zum Schmuckkästchen hinüber und hockte sich davor. Die Tote besaß eine große Menge Ketten – Gold-, Perlen- und Edelsteinketten – sowie eine Reihe von Colliers, Armbändern und Ringen. Falls die alle echt waren – wonach sie für Paula aussahen –, musste Jasmin Stojanovic entweder sehr gut verdient haben oder sie hatte einen reichen Freund. Jerome Kastor?

Auch die Schmuckstücke waren teilweise blutverschmiert. Das sprach dafür, dass Kastor tatsächlich darin herumgewühlt hatte.

»Was haben Sie denn in dem Schmuck der Toten gesucht, Herr Kastor? Muss ja verdammt wichtig gewesen sein.«

Er blickte sie mit ausdrucksloser Miene an und zögerte mit der Antwort.

»Nun?«

»Ein Smaragdcollier, das ich Jasmin geliehen hatte. Ich wollte es wieder an mich nehmen. Als ich sie tot vorfand, habe ich mir gedacht, dass die Polizei die Wohnung versiegeln würde, sobald sie eintrifft, und ich das Ding dann vielleicht nie wiedersehe.«

Paula glaubte ihm kein Wort. Wer nichts zu verbergen hatte, musste auch seine Gefühle nicht hinter einem Pokerface verstecken. Kastor wirkte insgesamt nicht im Mindesten betroffen vom Tod seiner Freundin. Geliebten. Was auch immer.

»Sie sind ja eine Seele von Mensch, Herr Kastor. Falls es stimmen sollte, dass Sie Frau Stojanovic tot aufgefunden haben, dann suchen Sie neben der Leiche erst mal nach einem Schmuckstück, statt die Polizei zu rufen? Das spricht nicht gerade für Sie. In welchem Verhältnis standen Sie zu ihr?«

»In einem rein geschäftlichen.«

Paula warf einen Blick auf die Kleidung der Toten. Ein figurbetontes, smaragdgrünes Kleid mit einem so tiefen Ausschnitt, dass man den Ansatz der Brüste mehr als gut sehen konnte. High Heels in dazu passender Farbe, die auf dem halben Weg zwischen

Flurtür und Schlafzimmer lagen … So eine Kleidung trug man nicht zu einer normalen geschäftlichen Verabredung.

»Das klären wir auf der Dienststelle.«

Das Eintreffen der Kollegen vom Erkennungsdienst unterbrach sie.

»Welcher Idiot ist denn hier langgetrampelt?« Maja Küster, die Leiterin des Teams, deutete auf die verschmierte Blutlache neben der Toten.

»Ich bin nicht getrampelt.« Kastors Stimme klang bissig. »Ich habe mich neben sie gekniet, um Erste Hilfe zu leisten beziehungsweise Wiederbelebung zu versuchen. Leider war sie schon tot. Tut mir leid, wenn ich in meinem Bestreben zu helfen, Ihre kostbaren Spuren verwischt habe.«

Paula bemerkte erst jetzt, dass er auch an den Hosenbeinen feuchte Flecken hatte. Die Farbe ließ sich natürlich auf dem dunklen Stoff nicht erkennen. »Herr Kastor, ich nehme Sie vorläufig fest wegen des Verdachts auf Tötung von Jasmin Stojanovic.« Sie nickte den uniformierten Kollegen zu.

Die halfen Kastor aufzustehen und führten ihn ab. Paula hatte halb erwartet, dass er sich arrogant dagegen wehren oder zumindest gegen die Festnahme protestieren würde. Doch er ließ sich widerstandslos abführen. Dass er sie unverwandt anblickte, bis er im Flur verschwand, war die einzige Regung, zu der er sich hinreißen ließ. Sie beachtete ihn nicht weiter.

Während sich Majas Team um die Tote kümmerte und sie vorschriftsmäßig entkleidete, nachdem die Fotos von ihrer Lage und den Spuren um sie herum geschossen waren, sah sich Paula weiter im Wohnzimmer um. Sie verschaffte sich auf diese Weise einen emotionalen Eindruck von der Wohnung. Das gelang ihr vor Ort sehr viel besser, als wenn sie sich später nur die Fotos ansah, die der Erkennungsdienst gemacht hatte. Außerdem hoffte sie etwas zu finden, das ihr bei der gleich folgenden Vernehmung von Kastor ein Motiv oder sogar einen Beweis für die Tat lieferte.

Rambacher entdeckte auf einem Beistelltisch ein paar Papiere und warf einen Blick darauf.

»Frau Stojanovic hat offenbar für eine Escort-Agentur gearbeitet.«

Er deutete auf das oberste Blatt, auf dem Severin Escort Service die Begleitungen der letzten zehn Tage abgerechnet hatte.

Das passte zur Kleidung der Toten und zu ihrem teuren Schmuck. Paula bekam große Augen, als sie die Summe las. Demnach verdiente eine professionelle Begleiterin bei Severin in zehn Tagen mehr als sie in einem Monat. Wenn sie allerdings an den Preis dachte, den eine Frau wie Jasmin Stojanovic dafür bezahlen musste, wollte sie um nichts in der Welt mit ihr tauschen.

»Das erklärt, was Kastor ›geschäftlich‹ bei ihr wollte«, fand Rambacher. »Aber wieso hat sie ihn in ihrer Wohnung empfangen? Ich kann mir nicht vorstellen, dass das in der Branche so üblich ist.«

»Noch dazu in Hausschuhen. Kastor war wohl doch mehr als nur ein Kunde.«

Sie sah sich ohne große Hoffnung nach einem Terminplaner um. Dafür würde sie wohl eher nach einem PDA oder Smartphone suchen müssen. Wider Erwarten fand sie einen Planer im Business-Stil mit Kroko-Optik in einem aufklappbaren Sekretär. Der Kalender war voll. Jasmin Stojanovic hatte jeden Tag mindestens zwei bis drei mehrstündige Termine gehabt, seltener nur einen abendfüllenden.

Kastors Name tauchte mindestens einmal pro Woche auf. Etwa ebenso häufig fand sich der Name Graf. Der Mann hatte sie immer für einen ganzen Abend – so wie gestern –, manchmal sogar für ein ganzes Wochenende gebucht. Konnte es sich um den Reeder Witold Graf handeln, der in der ganzen Stadt als Kunstmäzen geschätzt war? Nicht ausgeschlossen, da er auch dafür bekannt war, sich in der Öffentlichkeit gern mit schönen Frauen zu zeigen. Vor allem mit solchen, die mindestens dreißig Jahre jünger waren als er.

Für heute Morgen war jedoch nichts im Kalender eingetragen. Das bestätigte Paulas Vermutung, dass Kastor mehr für die Tote gewesen war als nur ein Kunde.

Sie schlug das Adressverzeichnis auf. Enttäuscht stellte sie fest, dass sich hier nur unverfängliche Adressen, meistens sogar nur Telefonnummern von Geschäften und Dienstleistern befanden: Kosmetikerin, Frisör, Autowerkstatt und so weiter. Es existierte kein einziger privater Eintrag. Wahrscheinlich hatte sie die in ihrem Handy gespeichert. Paula steckte den Kalender in einen Asservatenbeutel und sah sich nach einer Handtasche um.

Auf dem Garderobentisch im Flur lag ein sehr modisches Exemplar achtlos hingeworfen, das dem Label nach zu urteilen eine vierstellige Summe gekostet haben musste. Der Inhalt war auf dem Tisch verstreut. Offenbar hatte Kastor darin zuerst nach dem gesucht, was er so dringend haben wollte. Paula bezweifelte, dass es sich dabei um ein Collier handelte. Eine Frau wie Jasmin Stojanovic trug ihren Schmuck am Körper, besonders wenn er teuer war, und steckte ihn nicht in die Handtasche. Außer Schminkutensilien, einem Autoschlüssel, Ausweis, Kreditkarten und Führerschein, einem Päckchen Papiertaschentüchern, einer Schachtel Kondome, einem Notizbuch, zwei Kugelschreibern und einer Packung Mint-Kaugummis lag hier nichts. Kein Handy, kein Smartphone, kein PDA. Seltsam.

Dafür wies das Notizbuch Blutspuren auf. Sie nahm es vorsichtig in die Hand, um die Spuren nicht zu verwischen, und blätterte darin. Ein paar Seiten in der Mitte waren herausgerissen. An den benachbarten Seiten klebte ebenfalls Blut. Um die Spuren würde sich der Erkennungsdienst kümmern. Auf den ersten Blick enthielt das Buch jedenfalls nichts, was von Interesse gewesen wäre.

Paula kehrte ins Wohnzimmer zurück und suchte an den üblichen Stellen, an denen jemand ein Handy aufbewahrte. Nichts. Im Schlafzimmer dasselbe. Paula wandte sich schließlich an Maja Küsters Team.

»Kollegen, habt ihr ein Handy oder was Artverwandtes gefunden?«

»Bis jetzt nicht. Übrigens: Willkommen zurück, Paula.«

»Danke.«

Paula empfand es als wohltuend, dass Maja und ihre Leute sich ihr gegenüber verhielten wie immer. Maja wusste zu schätzen, dass Paula genau wie sie die Dinge hinterfragte und bei Ungereimtheiten, und seien sie noch so winzig, nicht eher aufhörte nachzuhaken, bis sie eine zufriedenstellende Antwort gefunden hatte. Falls Maja sich Gedanken über Paulas Rolle bei Christophers Tod machte, ließ sie es sich nicht anmerken.

Auf dem Wohnzimmertisch lag ein Laptop. Falls sich darauf etwas Interessantes befand, würde Linda Schubert vom DV-Team das schon finden. Paula ging in den Flur. Maja streifte der Toten gerade die Schutzhüllen über die Hände, um etwaige Spuren daran zu erhalten.

»War die Stichverletzung die Todesursache?«

»Ja. Außer den Schnitten im Gesicht und dem Stich hat sie etliche kleinere Verletzungen von Glassplittern.« Maja deutete auf die überall im Flur liegenden, bunten Glasstücke, die einer aus ihrem Team akribisch einsammelte. »Dem ersten Anschein nach hat sie sich heftig gegen ihren Angreifer gewehrt. Aber das kann ich dir nach der Spurenauswertung und Dr. Johansson nach der Obduktion genauer sagen. Die Tatwaffe haben wir bisher nicht gefunden. Aber wir haben ja auch erst angefangen und würden gern in Ruhe weiterarbeiten.«

Paula verstand den Hinweis. Sie winkt Rambacher, ihr nach draußen zu folgen und verließ die Wohnung. Bis der Erkennungsdienst alle Spuren gesichert und gesichtet hatte, würden Tage vergehen. Deshalb hatte die Vernehmung von Jerome Kastor nun oberste Priorität. Was die uniformierten Kollegen ermittelt hatten, würde sie später bei der Dienstbesprechung erfahren.

Während sie die Treppe hinunterging, überlegte sie, was sie an Jerome Kastor irritiert hatte. Irgendetwas war seltsam an ihm und an dem Fall. Das sagte ihr ihre Intuition. Wie immer war sie entschlossen, nicht eher lockerzulassen, bis sie eine Antwort gefunden hatte.

Sie war so sehr in Gedanken versunken, dass sie völlig vergaß, welche Bedeutung der Ford für sie hatte, als sie sich wieder hinters Steuer setzte und zur Dienststelle zurückfuhr.

Jerome Kastor hatte keine Zeit verloren und unverzüglich seinen Anwalt angerufen. Dr. Moritz Jasper saß neben seinem Mandanten im Wartebereich und gab ihm letzte Instruktionen. Ein Beamter stand außer Hörweite und achtete darauf, dass der Verdächtige nicht zu fliehen versuchte. Man hatte Kastors Kleidung bereits asserviert. Er trug jetzt einen der weißen Ganzkörperanzüge vom Erkennungsdienst und hatte die erkennungsdienstliche Behandlung demnach schon hinter sich. Hände und Gesicht waren vom Blut gesäubert. In dem Plastikoverall sah er ganz und gar nicht mehr elegant aus. Eher lächerlich. Der durchdringende Blick, den er Paula und Rambacher zuwarf, erweckte jedoch den Eindruck, dass der Mann ein Raubtier war, das man besser nicht unterschätzte.

Kastor nickte zu ihr hin, worauf Moritz Jasper sich zu ihr umdrehte und aufstand. »Sind Sie verantwortlich für diese Ungeheuerlichkeit?«

»Sie sind bitte wer?« Zwar kannte sie Jasper von Fotos aus der »Nordwest Zeitung«, da der Anwalt die Begabung hatte, sich jeden prestigeträchtigen und spektakulären Fall unter den Nagel zu reißen. Sie hatte aber noch nie persönlich mit ihm zu tun gehabt.

»Doktor Moritz Jasper.« Er betonte seinen Titel nachdrücklich. »Ich vertrete Herrn Kastor in juristischen Dingen. Und ich verlange –«

»Sie entschuldigen mich einen Moment.«

Sie ließ ihn stehen und ging zu Roemers Büro. Rambacher folgte ihr. Ihr Vorgesetzter legte gerade den Telefonhörer auf, als sie eintraten.

»Ich hoffe, du hast für Kastors Verhaftung einen wirklich guten Grund.« Er deutete auf das Telefon. »Das war der Polizeipräsident. Er verlangt zu wissen – sehr energisch –, was wir dem untadligen Herrn Kastor vorwerfen. Was er sonst noch gesagt hat, erspare ich dir, weil heute dein erster Tag ist.«

Paula schnaubte. »Ich bin doch kein Weichei. Also spuck's ruhig aus. Aber ich kann's mir schon denken, nachdem Kastor uns bereits am Tatort gedroht hat, uns den Alten auf den Hals zu hetzen.«

Roemer winkte ab. »Was habt ihr?«

»Das Opfer wurde erstochen und Kastor mit ihrem Blut an Händen, Kleidung und im Gesicht dabei ertappt, wie er in ihrem Schmuck herumwühlte. Angeblich wollte er sich ein Schmuckstück sichern, das er der Toten geliehen hat. Außerdem versuchte der untadlige Herr Kastor zu fliehen, als die Kollegen eintrafen. Vor Ort wurde die Tatwaffe bis jetzt nicht gefunden, und er hatte sie auch nicht bei sich. In jedem Fall wurde er in flagranti beim versuchten Diebstahl erwischt, was er auch zugegeben hat. Natürlich nicht mit diesen Worten, er meint, er wollte nur sein angebliches Eigentum an sich nehmen. Sein Verhalten ist mehr als verdächtig.«

»Das sehe ich auch so.« Roemer sah auf die Uhr. »Da du vor Ort warst, übernimmst du die Vernehmung. Ich setze mich als Beobachter dazu.« Er hob abwehrend die Hände, als Paula finster die Stirn runzelte. »Beobachter, Paula, nicht Aufpasser. Schließlich muss ich mich vor dem Alten rechtfertigen. Deshalb möchte ich die Vernehmung aus erster Hand miterleben und sie mir nicht erst hinterher vom Band anhören oder das Protokoll lesen.«

Paula äußerte sich nicht dazu.

»Reden wir über die Vorgehensweise. Ganz besonders wichtig sind die Dinge, mit denen wir ihn festnageln können. Die Staatsanwaltschaft habe ich über den Fall schon informiert.«

Die vorherige Abstimmung und Festlegung der Vorgehensweise bei einer Vernehmung gehört zum Standardverfahren. Da es sich um eine erste Vernehmung handelte, die darüber entscheiden würde, ob gegen Kastor ein Haftbefehl beantragt wurde – was sicher der Fall sein würde –, dauerte die Besprechung nicht lange.

»Nur zur Information, Jakob: Die Tote arbeitete für Severin.«

»Sieh mal einer an.« Roemer winkte ab. »Aber ich wage nicht zu hoffen, dass wir Kastor dazu bringen können zuzugeben, dass er bezahlten oder überhaupt Sex mit ihr hatte. Er wäre der erste von Severins Kunden, der redet.«

»Was er kaum tun wird. Er ist ziemlich arrogant und benimmt sich, als könnte niemand ihm am Zeug flicken.« Paula wandte sich an ihren neuen Kollegen. »Rambacher, wir brauchen noch ein paar Stühle in unserem Kabuff. Drei. Finden Sie im Abstellraum im Erdgeschoss. Oder nehmen Sie erst mal welche aus der Wartezone im Flur.«

»*Herr* Rambacher bitte. Soviel Zeit muss sein, Frau Rauwolf.«

»Wir duzen uns hier, wie Ihnen vielleicht schon aufgefallen ist. Wenn Sie auf dem Nachnamen und ›Sie‹ bestehen – meinetwegen. Aber der Einzige, den ich hier mit ›Herr‹ anrede, ist der Polizeipräsident. Und jetzt holen Sie die verdammten Stühle, Rammböckchen. Das war eine Dienstanweisung Ihrer Vorgesetzten.«

Rambacher presste die Lippen zusammen und verließ kommentarlos Roemers Büro.

»Ein bisschen freundlicher solltest du zu ihm schon sein, Paula.«

»Wozu? Nachdem er mir unmissverständlich klar gemacht hat, dass er es als Strafe empfindet, mit mir zu arbeiten, kaum dass er guten Morgen gesagt hatte – und einen *guten* Morgen hat er mir garantiert nicht gewünscht –, sehe ich dazu nicht den geringsten Grund. Ist unser Kabuff wenigstens mit einem Aufnahmegerät ausgestattet?«

»Ich nehme sicherheitshalber meins mit.«

Roemer folgte Paula in ihr Büro.

Wenig später wurden Kastor und Jasper dort hineingeführt. Rambacher stellte die Stühle vor die Schreibtische. Roemer setzte sich an die Wand, ein Stück von den Tischen entfernt.

Kastor blickte sich mit allen Anzeichen von Verachtung in dem kleinen Raum um. »Nette Besenkammer.«

Paula verkniff sich eine Antwort. Die Bemerkung verstärkte ihre Abneigung gegen ihn nicht nur wegen des Spotts. In erster Linie störte sie sich an seiner Pietätlosigkeit. Eine Frau war tot, mit der er möglicherweise ein Verhältnis gehabt hatte, und er riss Witze und zeigte nicht das geringste Mitgefühl oder Betroffenheit. Der Kerl war kalt wie eine Hundeschnauze und allein schon deshalb ein heißer Kandidat für die Täterschaft.

»Nehmen Sie Platz. Haben Sie was dagegen, wenn wir das Gespräch aufzeichnen?«

»Absolut nicht.« Kastor setzte sich und zog den Stuhl dicht an Paulas Schreibtisch heran. »Ich habe nichts zu verbergen.« Er sah ihr herausfordernd in die Augen.

Paula nahm ein Formular aus einer Schublade und reichte es Kastor. »Füllen Sie bitte diese Einverständniserklärung für die Tonaufzeichnung aus und unterschreiben Sie sie.«

Jasper reichte ihm einen Kugelschreiber. Paula baute Roemers Aufnahmegerät auf. Nachdem Kastor ihr das unterschriebene Formular hingeschoben hatte, schaltete sie es ein.

»28. September, elf Uhr zweiundvierzig. Vernehmung von Jerome Kastor zu dem Tötungsdelikt heute begangen an Frau Jasmin Stojanovic.« Sie nannte die Adresse. »Anwesend sind der Tatverdächtige Jerome Kastor, Rechtsanwalt Moritz Jasper –«

»*Doktor* Moritz Jasper, bitte.«

»Sowie Hauptkommissar Jakob Roemer, Kommissarin Paula Rauwolf und Hauptmeister Lukas Rambacher. Herr Kastor, nennen Sie uns bitte Ihren vollständigen Namen, Geburtsdatum und -ort, Familienstand, Staatsangehörigkeit und Ihre Adresse.«

»Jerome Kastor, geboren am 12. April 1973 in Wilhelmshaven. Ledig. Deutscher. Adresse: Grenzstraße 46.«

»Sie sind von Beruf?«

»Diplom-Kaufmann. Ich betreibe einen Nachtclub. Das *Dancing Cats*. Selbe Adresse.«

Ein Nachtclubbesitzer, der Striptease und Tabledance anbot und trotzdem die Dienste einer Hostess in Anspruch nahm? Konnte er das nicht billiger im eigenen Laden haben?

»Herr Kastor, ich weise Sie darauf hin, dass Sie als Tatverdächtiger vernommen werden. Ihnen wird zur Last gelegt, Frau Stojanovic erstochen zu haben, in deren Wohnung Sie um neun Uhr fünfundvierzig von zwei Streifenbeamten angetroffen wurden. Es steht Ihnen frei, sich zur Sache zu äußern oder nicht. Von Ihrem Recht der Anwesenheit eines Anwalts bei der Vernehmung machen Sie ja bereits Gebrauch.«

»Mein Mandant macht auch von seinem Recht zu schweigen Gebrauch.«

»Nein, macht Ihr Mandant nicht«, widersprach Kastor zu Jaspers sichtbarem Missfallen. »Weil Ihr Mandant unschuldig ist und nichts zu verbergen hat, wird er sich gern zur Sache äußern.«

Kastors Überheblichkeit war kaum zu überbieten. Offenbar bildete er sich ein, dass seine Bekanntschaft mit dem Polizeipräsidenten ihm genug Immunität verschaffte, dass er sogar mit einem Mord davonkam.

Paula nickte ihm zu. »Bitte schildern Sie uns, was vorgefallen ist.«

»Ich war um halb zehn mit Jasmin verabredet. Sie ist professionelle Hostess, und ich hatte sie in dieser Eigenschaft heute Morgen als Begleiterin für den Besuch einer Ausstellung gebucht.«

»In welche Ausstellung wollten Sie?«

»Die im *Kunstraum* in der Börsenstraße. Dort zeigen sie seit Samstag ein paar neue Bilder.«

»Der *Kunstraum* hat heute aber erst ab siebzehn Uhr geöffnet«, warf Rambacher ein. »Und an keinem einzigen Tag schon um neun Uhr dreißig. Ich besuche die Ausstellungen dort öfter«, erklärte er die Tatsache, dass er die Öffnungszeiten auswendig kannte.

»Es sei denn, man vereinbart eine Sonderführung. Was ich getan habe.«

»Sie wollten mit Frau Stojanovic also in die Ausstellung.« Paula sah ihn auffordernd an.

»Ich bin zu ihr gefahren, um sie abzuholen. Als ich vor ihrer Wohnung ankam, stand die Tür offen, und sie lag tot am Boden im Flur. Dass sie tot ist, habe ich natürlich erst gemerkt, als ich ihren Puls fühlte und vergeblich versucht habe, sie wiederzubeleben.«

»Von diesem Versuch stammt auch das Blut an den Händen und der Kleidung meines Mandanten.«

Kastor nickte und blickte Paula offen in die Augen. Er war völlig ruhig und gab sich ungeheuer selbstsicher. Paula hatte schon manchem Mordverdächtigen gegenübergesessen, aber noch keinen einzigen erlebt, der derart kaltblütig reagierte. Gerade die wirklich Unschuldigen waren in der Regel besonders nervös. Jerome Kastor war die Ruhe in Person.

»Wie ging es danach weiter?«

»Mein Mandant verweigert die Aussage.« Jasper legte Kastor die Hand auf den Arm. Er schüttelte sie ab.

Paula schnaufte. »Ihr Mandant hat bereits vor Ort zugegeben, dass er mit dem Blut der Toten an den Händen ihren Schmuck an sich zu nehmen versuchte, statt die Polizei und den Notarzt zu rufen. Das ist nicht gerade das übliche Verhalten beim Auffinden einer Leiche.«

»Das habe ich Ihnen vor Ort schon erklärt, Frau Rauwolf. Jasmin war tot, also konnte ich nichts mehr für sie tun. Das hätte auch kein Arzt gekonnt. Deshalb wollte ich das Smaragdcollier an mich nehmen, das ich ihr gestern für eine Abendveranstaltung geliehen hatte. Sie hat Wein darüber verschüttet und wollte es auf ihre Kosten reinigen lassen. Ich habe dem zugestimmt und es ihr zu dem Zweck überlassen. Ich habe vorhin befürchtet, dass ich es vielleicht nicht zurückbekomme, wenn die Polizei erst mal eintrifft und die Wohnung zum Tatort erklärt. Sobald ich es gehabt hätte, hätte ich die Polizei benachrichtigt. Aber das hatte offenbar schon jemand anderes getan.«

»Das Gegenteil können Sie meinem Mandanten nicht beweisen.«

»Warten wir ab, was die Spurenlage ergibt. Denn, Herr Jasper, Sie müssen zugeben, dass das doch mehr als fadenscheinig klingt.«

»Trotzdem ist es die Wahrheit«, versicherte Kastor und würgte damit Jaspers erneute Aufforderung ab, mit seinem Titel angeredet zu werden.

Paula ignorierte den Einwand. »Davon abgesehen befand sich das Smaragdcollier – vorausgesetzt, dass Ihr Mandant es wirklich darauf abgesehen hatte – im Besitz der Toten und war möglicherweise auch ihr Eigentum. Es sei denn, Sie haben einen Beweis dafür, Herr Kastor, dass Sie es der Dame nur geliehen und nicht geschenkt haben?«

»Ich habe selbstverständlich die Kaufquittung in meinen Unterlagen.«

»Die beweist aber nur, dass Sie das Collier gekauft haben, nicht, dass Sie es nur verliehen haben. Oder haben Sie mit Frau Stojanovic eine Art Miet- oder Leihvertrag für das Collier abgeschlossen?«

Wieder setzte Kastor sein Pokerface auf und starrte sie ein paar Sekunden kalt an. »Selbstverständlich hat sie mir eine Quittung unterschieben. Das Collier ist sehr wertvoll. Ohne eine solche Sicherheit hätte ich es ihr nie überlassen.«

Paula war sich sicher, dass er log. »Wäre es nicht sicherer gewesen, wenn Sie es selbst zum Reinigen gebracht hätten?«

Er maß sie mit einem Blick, aus dem der pure Hochmut sprach. »Sie hat es beschmutzt, also war es ihre Aufgabe, das wieder in Ordnung zu bringen. Davon abgesehen, kenne ich Jasmin seit Monaten und habe bisher alle Schmuckstücke zurückbekommen, die ich ihr geliehen habe.«

»Und somit haben Sie keinen Beweis für den angeblichen versuchten Diebstahl«, betonte Jasper. »Herr Kastor wird den Nachweis seiner Eigentümerschaft umgehend erbringen, sobald wir hier fertig sind, damit diese lächerliche Anschuldigung vom Tisch ist. Mein Mandant hat es wahrhaftig nicht nötig, eine Tote zu bestehlen.«

Paula ignorierte ihn. »Ihren Worten entnehme ich, Herr Kastor, dass Sie das Collier nicht gefunden haben.«

»Nein. Es war zumindest nicht in ihrem Schmuckkästchen. Wahrscheinlich hat sie es heute Morgen schon zum Juwelier gebracht. Und bevor ich anderswo nachsehen konnte, kamen Ihre Kollegen wie in schlechten amerikanischen Filmen hereingestürmt und haben die Situation völlig missverstanden.«

»Ich glaube Ihnen kein Wort.«

Er blieb völlig gelassen und lächelte auch noch süffisant. »Es kommt aber nicht darauf an, was Sie glauben, Frau Rauwolf, sondern was Sie beweisen können.«

Verdammt, der Kerl war glatter als der sprichwörtliche Aal. Und er versuchte, mit ihr nach seinen Bedingungen zu spielen. Es juckte sie in allen Fingern, ihm das überhebliche Grinsen mit der Faust aus dem Gesicht zu fegen. Paula atmete tief durch und rezitierte stumm das Mantra, das Dr. Keller mit ihr zur Bewältigung verbaler und nonverbaler Angriffe eingeübt hatte. *Worte und Gesten sind nur Luft. Sie fließen an mir vorbei, ohne mich zu berühren und vergehen im Nirwana.* Das Bild mit dem Nirwana war das einzige, auf das sie angesprochen hatte, nur damit konnte sie sich vorstellen, dass die verletzenden Worte, Spott oder ein gemeines Grinsen sie tatsächlich nicht berührten. Leider hatten manche Worte sie bereits getroffen, bevor sie an das Mantra auch nur denken konnte. Diesmal funktionierte es zum Glück.

»Dann konzentrieren wir uns mal auf die Beweise, die wir haben.«

»Sie sollten sich lieber darauf konzentrieren, welches Motiv mein Mandant für den Mord an der Frau angeblich gehabt haben soll. Es gibt keins.«

Womit er den Finger genau auf den Punkt gelegt hatte. Im Moment gab es tatsächlich noch kein ersichtliches Motiv für Kastor. Seine Story könnte rein theoretisch tatsächlich stimmen. Doch Paulas Instinkt sagte ihr, dass der Mann etwas zu verbergen hatte.

Sie kam jedoch nicht mehr dazu, darauf zu antworten. Die Tür des Büros wurde schwungvoll aufgestoßen. Kriminaldirektor

Frank Sänger, der Leiter der Dienststelle, blieb in der geöffneten Tür stehen und nickte Kastor zu. Was wollte Sänger denn hier?

»Stand der Dinge?« Er sprach Roemer an, ignorierte Paula und Rambacher.

»Herr Kastor wurde am Tatort eines Tötungsdeliktes von den Einsatzkräften vor Ort dabei ertappt, wie er laut eigenem Bekunden Schmuck an sich nehmen wollte. Das Blut des Opfers haftete an seinen Händen und seiner Kleidung. Deshalb wurde er als dringend tatverdächtig vorläufig festgenommen und wird gegenwärtig zur Sache vernommen.«

»Beweise?« Sänger bevorzugte entgegen dem, was sein Name vermuten ließ, den Telegrammstil.

»Bis jetzt handfeste Indizien. Der Erkennungsdienst ist noch vor Ort.«

»Tatwaffe?«

»Die wurde bis jetzt nicht gefunden.«

»Motiv?«

»Dazu hat sich Herr Kastor noch nicht eingelassen.«

»Weil er keins hat und die Tat nicht begangen hat«, mischte sich Jasper ein. »Für die Indizien hat mein Mandant ebenfalls stichhaltige Erklärungen. Und er wollte ganz gewiss keinen Diebstahl begehen. Das können wir beweisen.«

Sänger genügte das. »Sie können gehen, Herr Kastor. Aber halten Sie sich für weitere Ermittlungen zur Verfügung.«

»Selbstverständlich.« Kastor erhob sich und lächelte Paula buchstäblich von oben herab triumphierend zu, ehe er sich an Sänger wandte. »Es ist schön zu sehen, dass wenigsten einer hier im Haus vernünftig ist.«

Paula stand ebenfalls auf. *Sein Grinsen ist nur Luft und wird ihm noch im Nirwana vergehen, wenn ich mit ihm fertig bin.* Sie brachte es fertig, ebenfalls zu lächeln und eine einladende Geste zur Tür zu machen. Ihre Blicke waren jedoch tödliche Dolche, die Kastors Herz durchbohrten. Sie würde den Kerl schon noch festnageln. Und dann würden ihm alle Beziehungen der Welt nicht mehr helfen, seinen Kopf aus der Schlinge zu ziehen.

»Und Sie, Frau Rauwolf«, Sänger geruhte endlich, von ihr Notiz zu nehmen, nachdem Kastor und Jasper den Raum verlassen hatten, »sorgen nächstes Mal für eine vernünftigen Grund, ehe Sie jemanden festnehmen.«

»Noch vernünftiger, als ihn mit blutigen Händen am Tatort bei einem versuchten Diebstahl zu erwischen?«

»Befehl von ganz oben. Halten Sie sich dran.«

»Ja, Sir, darauf gebe ich Ihnen mein Wort.«

Roemer räusperte sich warnend, denn Paulas sanfte Stimme und das ironische »Sir« verrieten ihre Wut. Doch sie ließ sich zu keiner weiteren Äußerung hinreißen. Kaum hatte Sänger ihr aber den Rücken zugedreht, zeigte sie ihm zähnefletschend den Stinkefinger. Roemer schüttelte den Kopf.

»Dienstbesprechung des Teams ist um fünfzehn Uhr. Bis dahin habt ihr noch genügend Zeit, ein bisschen über den Hintergrund der Toten zu recherchieren. Und, Paula, komm wieder ein bisschen runter. Mir gefällt es auch nicht, dass wir Kastor nicht weiter vernehmen konnten, aber wir können eine Anordnung des Polizeipräsidenten durch Sänger nicht ignorieren. Also seht zu, was ihr ausgraben könnt.«

Roemer verließ ihr Büro, und Paula baute das Aufnahmegerät ab. Rambacher räusperte sich.

»Was halten Sie von der Sache?«

Sie hatte keine Lust, mit ihm darüber zu diskutieren. Aber sie arbeiteten nun mal gemeinsam an dem Fall, ob es ihnen passte oder nicht. Außerdem war sie als Ranghöhere seine Vorgesetzte und sollte so was wie ein Vorbild sein.

»Objektiv betrachtet besteht die Möglichkeit, dass der Kerl die Wahrheit sagt. Subjektiv bin ich überzeugt, dass er die Frau umgebracht hat. Auch wenn wir die Tatwaffe noch nicht gefunden haben. In jedem Fall hat er Dreck am Stecken. Da er aber unter dem Protektorat unseres ach so objektiven und mit dem Fall völlig vertrauten Polizeipräsidenten steht, bleibt uns tatsächlich nichts anderes übrig, als die Indizien in Beweise zu verwandeln. Oder sie derart zu untermauern, dass er sich da nicht rauswinden kann.«

Und sie freute sich schon darauf, das überhebliche Grinsen aus seinem Gesicht verschwinden zu sehen, wenn sie ihn so festnagelte, dass ihm keine Ausrede mehr einfiel. Dann konnte ihn auch sein Scheißanwalt nicht mehr raushauen – mit oder ohne Doktortitel.

»Ihre Meinung?«

»Dass seine Antworten zu glatt waren, er sie zu schnell parat hatte und so siegessicher war, dass ich ebenfalls von seiner Schuld überzeugt bin. Bis zum Beweis des Gegenteils. Obwohl es ja eigentlich umgekehrt sein sollte.«

Wenigstens waren sie sich in diesem Punkt einig. Paula setzte sich an den Computer. »Ich überprüfe Kastor, Sie recherchieren über Frau Stojanovic. Danach fahren wir zu Severin und fühlen ihm auf den Zahn.«

Rambacher machte sich wortlos an die Arbeit. Paula gab Kastors Namen in die Suchmaske der Polizeidatenbank ein. Außer ein paar Strafzetteln wegen überschrittener Parkzeit hatte er sich nichts zuschulden kommen lassen. Die Knöllchen hatte er sich fast alle in der Bismarckstraße eingehandelt, jeweils in unmittelbarer Nähe von Jasmin Stojanovics Haus, sie aber jedes Mal prompt bezahlt. Der erste stammte vom Oktober des letzten Jahres. Demnach kannte er die Tote seit mindestens einem Jahr.

Ansonsten gab es nichts Auffälliges. Keine Einträge wegen illegaler Geschäfte, aber das wollte nichts heißen. So wie Kastor aufgetreten war und mit *Doktor* Moritz Jasper als Anwalt an seiner Seite, war es durchaus möglich – Paula hielt das für recht wahrscheinlich –, dass er nur noch nicht erwischt worden war. Seinen Hintergrund genauestens unter die Lupe zu nehmen, war einer der nächsten Schritte, falls Jakob Roemer sie nicht anderweitig beschäftigte.

»Nichts Besonderes über Frau Stojanovic.« Rambacher druckte das Ergebnis seiner Recherche aus. »Sie stammte aus Serbien. Interessant ist ihre ethnische Zugehörigkeit: Sinti und Roma.«

»Erstens: Was soll daran interessant sein? Zweitens: Welches von beiden?«

»Wie bitte?«

Paula verdrehte die Augen. »Ist sie Sintiza oder Romni? Beides zusammen kann sie nämlich nicht sein.«

»Davon steht hier nichts.«

»Wenn sie aus Serbien stammte, gehörte sie höchstwahrscheinlich zu den Roma. Die bilden dort die größte ethnische Minderheit. Und was finden Sie daran interessant?«

»Sie hat Musik studiert an der Musikhochschule in Belgrad. Violine.«

»Sehr interessante Information, in der Tat. Sagen Sie, Rambacher, Sie gehören nicht zufällig zu den Leuten, die mit Vorurteilen gegen Roma behaftet sind?«

»Was soll das denn?«

»Ich frage mich, ob Sie Frau Stojanovics Musikstudium auch so bemerkenswert fänden, wenn sie eine *Gadschi* gewesen wäre.«

»Eine was?«

»*Gadschi*. Das ist das Romanes-Wort für eine Frau, die keine Romni ist. Politisch unkorrekt ausgedrückt: eine Nichtzigeunerin.«

»Ich finde es deshalb interessant, weil Frauen, die klassische Musik studieren, eher nicht zu denen gehören, die als Hostessen arbeiten.«

Paula schüttelte den Kopf. »Mal ganz abgesehen davon, dass viele Studentinnen nebenbei arbeiten müssen, um sich ihr Studium zu finanzieren, und nicht wenige tatsächlich als Hostess oder Callgirl, verdient man als Musikerin nicht annähernd so viel wie in dieser Branche. Ich vermute, Frau Stojanovic hat entweder ihr Studium nicht abgeschlossen oder war längere Zeit arbeitslos. Das werden wir noch genauer überprüfen. Wer sind ihre nächsten Verwandten?«

»Sie hat keine. Die Eltern sind tot, und sie war ein Einzelkind.« Er tippte etwas in den Computer und ergänzte: »Sonstige Verwandte gibt es auch nicht.«

Paula blickte auf. »Das ist ungewöhnlich.«

»Und was soll jetzt daran wohl bemerkenswert sein?«

»Weil Einzelkinder unter Roma extrem selten sind. Die Leute lieben Kinder. Und dass sie keine Verwandten hat, ist deshalb auch nahezu ausgeschlossen. Es sei denn, die gesamte Verwandtschaft wäre geschlossen eines unnatürlichen Todes gestorben. Prüfen Sie das.«

»*Bitte.*« Rambachers Tonfall drückte mehr als deutlich aus, dass er nicht »bitte sehr« gemeint hatte, sondern Paula am liebsten gefragt hätte »Wie heißt das Zauberwort?«, als wäre sie ein Kind. Immerhin führte er kommentarlos die Überprüfung durch.

»Nein, wie es aussieht, waren auch die Eltern Einzelkinder.«

Paula runzelte die Stirn. »Wirklich ein merkwürdiger Zufall.«

»Ich glaube nicht, dass es für die Aufklärung des Falls wichtig ist, ob die Tote und ihre Eltern Einzelkinder waren.«

»Möglicherweise nicht. Vielleicht aber doch.« Sie sah Rambacher in die Augen. »Hat man Ihnen noch nicht meinen Spitznamen verraten?«

»Gibt es noch einen anderen außer ›Kratzbürste‹?«

»*Terrier.* Wenn ich eine Spur aufgenommen habe, bleibe ich so lange dran, bis ich am Ziel bin. Und ich lasse nicht locker, bis ich alle Ungereimtheiten aufgeklärt habe. Egal wie unbedeutend sie zu sein scheinen. Habe ich von Inspektor Columbo gelernt. Also gewöhnen Sie sich dran, dass wir jedes Detail überprüfen; auch solche, die andere Leute – oder Sie – für irrelevant halten. Davon abgesehen haben die Roma auch so etwas wie Wahlverwandtschaft, die für sie denselben Stellenwert hat wie Blutsverwandtschaft. Wenn Frau Stojanovic keine Blutsverwandten mehr hatte, dann hat sie garantiert irgendwo Wahlverwandtschaft, die wir von ihrem Tod benachrichtigen müssen und die auch das Begräbnis ausrichtet.« Sie sah zur Uhr. »Aber um die kümmern wir uns heute Nachmittag. Jetzt suchen wir erst mal Severin heim.«

Sie zog ihre Jacke an und verließ das Büro. Wieder kümmerte sie sich nicht darum, ob Rambacher ihr folgte oder nicht. Er hatte sie eingeholt, noch ehe sie das Gebäude verlassen hatte.

»Ich möchte eins klarstellen, Frau Rauwolf. Dass wir beide nicht sonderlich glücklich darüber sind, dass wir zusammenarbeiten müssen, darüber brauchen wir wohl kein Wort mehr zu verlieren.«

»Warum tun Sie's dann?« Paula entriegelte den Ford.

»Weil ich trotzdem auf einem Mindestmaß an Höflichkeit und Respekt bestehe. Sie können von mir halten, was Sie wollen. Das ist mir – pardon – scheißegal.«

Sein Tonfall verriet ihr, dass das Gegenteil der Fall war.

»Aber ich lasse mich nicht rumkommandieren wie einen Hund und ansonsten ignorieren. Und erst recht verbitte ich mir, dass Sie noch mal meinen Namen in irgendeiner Weise verballhornen.«

Paula öffnete die Fahrertür, legte die Arme verschränkt aufs Dach und blickte Rambacher über den Wagen hinweg spöttisch an. »Sonst – was? Beschweren Sie sich dann bei Sänger über mich?« Sie schnaufte. »Da müssen Sie sich in einer langen Schlange hinten anstellen.«

»Ja, und ich begreife auch langsam, wieso. Und ja, wenn Sie es zu bunt treiben, werde ich eine offizielle Beschwerde gegen Sie einreichen. Damit habe ich überhaupt keine Probleme, wie Sie wohl wissen.«

»Ich habe keine Ahnung, wovon sie reden. Aber falls Sie es vergessen haben: Ich bin Ihre Vorgesetzte. Und wenn Sie meinen Kommandoton nicht vertragen, dann haben Sie sich vielleicht den falschen Job ausgesucht. Einsteigen. Und Klappe halten.«

Sie setzte sich hinters Steuer und fuhr los, kaum dass Rambacher ebenfalls im Wagen saß. Was immer sein Problem war, er sollte sie bloß damit in Ruhe lassen.

Aber ehrlicherweise musste sie zugeben, dass ihr Verhalten ihm gegenüber tatsächlich nicht von der feinen Art war. Sie seufzte innerlich, als ihr bewusst wurde, dass sich nichts geändert hatte. Kaum war sie wieder im Dienst, hatte sie das Gefühl, dass die ganze Welt ihr Feind war. Nicht nur die Verbrecher.

Scheiße.

Jerome Kastor fühlte sich so frustriert, dass er die Wände hätte hochgehen können. Nahezu alles war schiefgelaufen. Dass man ihm hinsichtlich Jasmins Tod nichts beweisen konnte und der Polizeipräsident ihn rausgeboxt hatte, wollte gar nichts heißen.

Er knallte die Tür seines Lofts zu und warf den Schlüssel in die metallene Schale auf dem Garderobentisch. Es klirrte unangenehm. Als Erstes brauchte er eine heiße Dusche. Danach musste er überlegen, wie er am besten vorgehen sollte, um zu retten, was hoffentlich noch zu retten war. Auf dem Weg ins Badezimmer zog er den Ganzkörperanzug aus, den die Polizei ihn genötigt hatte anzuziehen, und schleuderte ihn von sich.

Als er sich gleich darauf das heiße Wasser über den Körper laufen ließ, wurde er etwas ruhiger. Er musste umgehend den Chef informieren. Vielleicht hatte der eine Idee, wie man weiter vorgehen sollte.

Er trocknete sich ab, zog sich seinen Bademantel über und rief den Chef an.

»Wir haben ein Problem. Jasmin ist tot, und ich habe keine Ahnung, wo die Daten abgeblieben sind. Zu allem Überfluss hat mich die Polizei in Verdacht, weil ich noch in der Wohnung nach den Daten gesucht habe, als sie kamen.«

»Das Collier?«

»Spurlos verschwunden. Oder so versteckt, dass ich es in der kurzen Zeit, die mir blieb, nicht finden konnte.

»Verdammt!«

»Amen.«

»Wie schlimm ist es?«

»Dank des Polizeipräsidenten bin ich auf freiem Fuß, aber deswegen bin ich noch lange nicht vom Kanthaken. Kannst du dafür sorgen, dass ich nicht weiter belästigt werde?«

»Kein Problem. Die Daten sind aber noch in der Wohnung?«

»Hoffentlich. Denn an die Alternative wage ich nicht zu denken. Ich hatte, wie gesagt, keine Zeit, die ganze Wohnung zu durchsuchen. Das Problem ist nur, dass die jetzt ein polizeilich versiegelter Tatort ist und ich da nicht mehr so einfach reinkomme.«

Sein Gesprächspartner schwieg eine Weile. »Wir machen Folgendes. Ich finde raus, was die Polizei weiß und gegen dich in der Hand hat. Du siehst in der Zwischenzeit zu, dass du die Daten auftreibst. Wenn du nichts Gegenteiliges von mir hörst, wartest du ein paar Tage, bis die Untersuchungen am Tatort abgeschlossen sind. Danach siehst du dich in der Wohnung um, ob die Daten dort sind. Wenn sie weg sind, haben wir wirklich ein Problem. Und zwar ein gewaltiges. Also versuch, sie zu finden, und halt dich ansonsten so bedeckt wie möglich.«

»Geht klar.«

Kastor unterbrach die Verbindung. Er lehnte sich im Sessel zurück, legte den Kopf auf die Rückenlehne und schloss die Augen. Im Geist ging er durch Jasmins Wohnung und rief sich jedes Detail ins Gedächtnis, an das er sich erinnern konnte. Wo könnte sie die Daten versteckt haben? Dort, wo niemand sie vermutete. Doch durch unzählige Kriminalfilme, CSI-Serien und Agententhriller kannte inzwischen jeder Depp alle möglichen »unvermuteten« Verstecke. Wenn Jasmin die Daten in Sicherheit wissen wollte, musste sie sich ein außergewöhnliches Versteck ausgesucht haben. Und falls es so eins in der Wohnung gab, konnte er das tatsächlich nur vor Ort feststellen.

Und hoffen, dass die Polizei es nicht vor ihm fand.

»Jasmin ist tot? Oh mein Gott.«

Marco Severin schien ehrlich erschüttert. Für ein paar Sekunden. Danach ging sein Blick von den beiden Beamten, die ihm vor seinem Schreibtisch gegenübersaßen, zum Computerbildschirm. Sein konzentrierter Gesichtsausdruck deutete darauf hin, dass er bereits überlegte, woher er Ersatz bekommen konnte. Obwohl er Wert darauf legte zu betonen, dass seine Escort-Agentur seriös und untadelig war, erkannte Paula mit erfahrenem Blick in ihm den Zuhälter.

Sie hatte lange genug in der Abteilung für Milieukriminalität gearbeitet, die ebenfalls zum FK 1 gehörte, um diese Typen zehn Kilometer gegen den Wind zu riechen. Selbst wenn sie sich wie Severin seriös gaben, sich businessmäßig kleideten und auf die billigen und klischeehaften Accessoires wie Goldketten, dicke Uhren und protzige Ringe verzichteten, haftete ihnen der unverwechselbare Stallgeruch an. Man merkte es an ihrem dominanten Auftreten und den Blicken, mit denen sie sekundenschnell einen potenziellen Kunden abcheckten. Vor allem an der Fleischbeschau, der sie jede Frau unterzogen, gepaart mit Verachtung für das weibliche Geschlecht, das für sie nur eine geschäftliche Transaktion darstellte. Nützlich, solange die Frauen Geld brachten, Abfall, wenn ihre Zeit aufgrund verblühter Schönheit vorüber war.

»War es ein Unfall?«

»Nein. Frau Stojanovic ist einem Gewaltverbrechen zum Opfer gefallen. Deshalb wäre es überaus hilfreich, wenn Sie uns etwas über das Publikum sagen könnten, mit dem sie zu tun hatte.«

Severin gab sich entrüstet. »Sie glauben doch nicht etwa, dass ein Klient unseres Hauses etwas damit zu tun haben könnte? Das ist völlig ausgeschlossen. Bei unserer Klientel handelt es sich ausschließlich um Personen der gehobenen Gesellschaft.«

»Wie ein Nachtclubbesitzer? Seit wann gehören solche Leute denn zur gehobenen Gesellschaft?«

»Falls Sie auf Herrn Kastor anspielen, der ist ein überaus kultivierter Herr und seit Langem ein Stammklient unseres Hauses.«

»Wie kommen Sie denn auf den?«

Severin presste kurz die Lippen zusammen, als er merkte, dass ihm ein Lapsus unterlaufen war. »Herr Kastor ist – war einer von Jasmins regelmäßigen Begleitern und der einzige Nachtclubbesitzer, mit dem sie zu tun hatte. Und ja, er gehört zur gehobenen Gesellschaft. Eine andere Klientel nehme ich nicht an. Ich bin mir sicher, dass Sie von keiner Seite jemals etwas Negatives über Severin Escort Service gehört haben.«

Das stimmte insofern, als es zwar schon lange den Verdacht gab, dass sich hinter der Fassade der respektablen Begleitagentur ein illegaler Callgirl- und Callboyring verbarg, aber Beweise gab es bisher nicht. Auch eine Observierung des Ladens vor einiger Zeit hatte nichts ergeben. Die Kunden – männliche wie weibliche –, die eine Begleitung buchten, gingen mit ihr oder ihm brav und solide zu irgendwelchen Veranstaltungen und setzten sich anschließend in aller Öffentlichkeit noch zu einem gemeinsamen Drink oder Essen zusammen. Mehr nicht.

Auch mehrere Versuche, Beamte verdeckt bei Severin einzuschleusen, waren fehlgeschlagen. Ganz gleich, zu welchem Typ der Lockvogel gehörte, sie oder er war trotz blendenden Aussehens nicht über das Bewerbungsgespräch hinausgekommen. Die Buchführung der Agentur wurde penibel von einem Steuerberater erledigt. Es gab keine Auffälligkeiten in den Büchern. Und bis jetzt hatte von den Angestellten keiner zugegeben, etwas anderes zu tun, als wohlhabende Herren und Damen zu begleiten. Sogar Ex-Angestellte hielten den Mund. Wahrscheinlich hatte Severin etwas gegen sie in der Hand, womit er sich ihr Schweigen erkaufte.

»Seit wann kannten sich Frau Stojanovic und Herr Kastor? Diese Information dürfte ja wohl kaum Ihrem Diskretionsgebot unterliegen, nachdem Sie selbst zugegeben haben, dass er seit längerer Zeit schon Ihr Stammkunde ist.«

»Klient. Stamm*klient*, nicht Kunde.« Severin zögerte und zuckte mit den Schultern. »Seit Oktober letzten Jahres. Er suchte eine Begleiterin für den JadeWeserPort-CUP am ersten Oktoberwochenende.«

»Wir brauchen die Liste der Klienten, die Frau Stojanovic gebucht haben.«

»Nur mit einem richterlichen Beschluss.« Severin tat mit einem überheblichen Lächeln kund, dass er seine Rechte kannte. »Diskretion ist unser oberstes Gebot, das wir nicht verletzen werden.«

Paula hätte den Kerl am liebsten dorthin getreten, wo es ihm am wehesten tat. Sie hasste solche arroganten Typen, die glaubten, nur weil man ihnen bisher nichts am Zeug hatte flicken können, mit allem durchzukommen. Trotzdem hatte er nun mal recht, dass sie ihn ohne richterlichen Beschluss nicht zwingen konnte, seine Kundendaten preiszugeben.

Dein überhebliches Grinsen verschwindet im Nirwana, wenn ich mit dir fertig bin, Kerlchen.

Sie schenkte ihm ein liebenswürdiges Lächeln. »Herr Severin, ich bin mir sicher, dass es auch in Ihrem Interesse ist, erstens herauszufinden, ob Ihre Angestellte korrekt gearbeitet hat, und zweitens auszuschließen, dass einer Ihrer honorigen Klienten etwas mit ihrem Tod zu tun hat. Deshalb verletzt es doch bestimmt nicht Ihre Prinzipien, wenn Sie mal nachsehen, ob Frau Stojanovic heute Vormittag einen Termin mit einem Klienten hatte.«

Severin zögerte und starrte Paula durchdringend an. Dieser Blick hatte sicherlich schon so manchen eingeschüchtert. Paula beeindruckte er nicht im Geringsten. Sie zuckte nicht einmal mit der Wimper, bis Severin schließlich eine Datei in seinem Computer aufrief.

»Nein, heute Vormittag liegt keine Buchung vor. Sie hatte für achtzehn Uhr einen Termin als Begleiterin zu einer Cocktailparty. Den Namen des Klienten erfahren Sie aber nur mit einem richterlichen Beschluss.«

»Das ist ihr einziger Termin heute?«

»Ja. War's das jetzt mit Ihren Fragen? Ich muss für Jasmin schnellstmöglich Ersatz finden.«

Paula wunderte sich etwas, dass er das so unumwunden zugab. »Was war Frau Stojanovic für ein Mensch?«

Severin machte eine ungeduldige Geste. »Sie erfüllte unsere Anforderungen für den Job. Sie war gebildet, geistreich, intelligent, höflich, besaß exzellente Manieren und konnte sich den Wünschen der Klienten perfekt anpassen.«

»Einschließlich der erotischen Wünsche.«

Er kniff verärgert die Augen zusammen. »Das gehört nicht zu unserem Angebot. Im Gegenteil. Sollte ich jemals mitbekommen, dass einer meiner Angestellten – weiblich oder männlich – meine Agentur zum Akquirieren solcher Dienstleistungen benutzt, fliegt sie oder er fristlos raus.«

»Aber Sie können nicht kontrollieren, ob Ihre Angestellten mit den Klienten nicht doch solche privaten Nebenabsprachen treffen.«

Severin schürzte die Lippen. »Bedauerlicherweise nicht. Ich achte allerdings schon bei der Auswahl meiner Angestellten darauf, ob sie Neigungen in dieser Richtung zeigen. Falls ja, engagiere ich sie nicht. Meine Agentur ist ein absolut sauberes Unternehmen, in jeder Beziehung.«

Paula glaubte ihm kein Wort. »Wissen Sie etwas über Frau Stojanovics Verwandte oder Freunde? War sie vielleicht mit jemandem von den Kollegen befreundet oder näher bekannt?«

»Nicht, dass ich wüsste. Die Leute begegnen sich hier auch eher selten. Die Termine werden zwar alle hier koordiniert, aber ich gebe sie telefonisch, per Mail oder SMS weiter. Ich kann Ihnen aber Jasmins Bewerbungsbogen geben.« Er rief eine weitere Datei auf, druckte sie aus und reichte Paula das Blatt.

»Danke. Haben Sie noch ein paar Fotos von ihr?«

Er ging zu einem Hängeregisterschrank, holte einen Ordner heraus und gab ihn Paula. »Das ist die Mappe, anhand der ein Klient sich über sie informiert.«

Paula warf einen Blick auf die Beschriftung. »Smaragdjungfer?« Sie blickte Severin fragend an.

»Unsere Damen und Herren tragen teilweise Künstlernamen. Das macht sie für potenzielle Klienten interessanter, exotischer und manchmal auch geheimnisvoller, was wiederum gut ist fürs Geschäft. Außerdem kann sich nicht jeder diese slawischen Namen wie Stojanovic merken. Wir haben eine Cat Lady, eine

Kameliendame, eine Königin der Nacht und so manches andere exotische Gewächs. Jasmin nannte sich Smaragdjungfer, weil sie Smaragde als Schmuck bevorzugte und gerne grüne Kleider trug. Smaragdjungfer ist eine Libellenart.« Severins Nachsatz klang, als würde ein Lehrer in der Schule einem Kind etwas erklären.

»Das ist uns bekannt, Herr Severin.« Rambacher sprach in einem Ton, als hätte Severin einen Gemeinplatz als eine Sensation zu verkaufen versucht. »Es handelt sich dabei um den eher selten gebrauchten Überbegriff für verschiedene Smaragdlibellengattungen der Somatochlorae aus der Familie der Corduliidae, auch Falkenlibellen genannt. Davon leben in Deutschland vier verschiedene Arten. Plus eine aus der Familie der Macromiidae, die zwar auch Smaragdlibelle heißt – Prächtige Smaragdlibelle, um genau zu sein –, aber trotzdem nicht zu den Somatochlorae gehört.«

Paula wünschte sich, sie hätte Severin derart auflaufen lassen können. Aber sie kannte sich mit Jazz aus, nicht mit Libellen. Severin sah Rambacher irritiert an und wirkte für einen Moment nicht mehr so selbstsicher oder überheblich. Er fing sich jedoch schnell wieder.

»Ich sagte ja, dass Jasmin sehr gebildet war, was sich auch in der Wahl ihres Berufsnamens ausdrückte.«

Paula entnahm dem Ordner eine Mappe aus dunkelblauem Lederimitat, die sie an eine Speisekarte im Restaurant erinnerte. Sie schlug sie auf und blickte auf eine Ganzkörperaufnahme von Jasmin Stojanovic. Sie trug tatsächlich ein grünes Kleid. Um den Hals lag ein Collier aus in Gold gefassten grünen und kleineren weißen Steinen, das in einem Anhänger in Form einer Libelle auslief. Die Libelle war reichlich groß. Falls die Steine des Colliers tatsächlich echt waren, musste es ein Vermögen wert sein.

»Verdient man bei Ihnen so viel, dass man sich solchen Schmuck leisten kann?« Sie hielt Severin das Bild hin und tippte auf das Collier.

Er zuckte mit den Schultern. »Ich glaube nicht, dass die Steine echt sind. Die hätte sie sich tatsächlich von ihrem Verdienst bei mir nicht leisten können. Dieses Collier war ihr Markenzeichen.

Eine Libelle aus Smaragden – da lag der Name ›Smaragdjungfer‹ ja wohl nahe. War wohl ihr Lieblingsschmuck. Ich habe sie jedenfalls nie ohne das Ding gesehen.«

Oder das Collier war ein Geschenk von Kastor gewesen. Die Tote hatte keinen Schmuck getragen. Falls Kastor die Wahrheit gesagt haben sollte und er wirklich nach einem Collier gesucht hatte, konnte es durchaus dieses gewesen sein. Aber es hatte sich definitiv nicht in Jasmin Stojanovics Schmuckkasten befunden und war auch nicht bei Kastor sichergestellt worden.

Paula klappte die Mappe zu und stand auf. »Vielen Dank, Herr Severin. Wir nehmen die Mappe mit.«

»Nur zu. Da Jasmin tot ist, brauche ich sie nicht mehr.«

»Wie praktisch für uns. Falls Sie noch weitere Unterlagen über Frau Stojanovic loswerden wollen, nehmen wir die auch gern mit und ersparen Ihnen das Entsorgen.«

Severin blickte sie kalt an. »Sie haben alles, was ich Ihnen ohne Richterbeschluss bereit bin zu geben. Ich wünsche Ihnen noch einen schönen Tag.«

»Gleichfalls. Und bemühen Sie sich nicht, wir finden alleine raus.«

Sie nickte ihm zu und verließ mit Rambacher die Agentur.

»Ich fand es ziemlich verdächtig, dass Severin sofort Kastor erwähnt hat«, sagte er, als sie im Auto saßen und zur Dienststelle zurückfuhren.

»Ich auch. Ganz so, als wüsste er sehr genau, dass Frau Stojanovic heute Morgen mit ihm verabredet war, auch wenn er das leugnet.«

»Glauben Sie seinen Beteuerungen, dass seine Angestellten keinen Sex mit den Klienten haben?«

»Das glauben wir ihm schon seit Jahren nicht. Bis jetzt konnten wir ihm aber nicht das Gegenteil beweisen. Seine Leute halten ebenso dicht wie seine Kunden, bei denen wir sowieso nur sehr selten einen Grund für eine Befragung finden. Jedes Mal, wenn wir glauben, ihm endlich auf den Pelz rücken zu können und nachhaken, ist er ganz besonders sauber. Wie frisch gebleicht.«

Rambacher warf ihr einen langen Blick zu. Er schien etwas sagen zu wollen, entschied sich aber dagegen.

»Hat ihm übrigens nicht geschmeckt, Ihre Lektion über die Libellen. Sein Gesicht war sehenswert.«

Wieder sah er sie einen Moment an und überlegte offenbar, wie er darauf reagieren sollte. »Da Sie ja keinen Wert auf den Austausch privater Informationen legen, verzichte ich darauf, Ihnen zu sagen, warum ich so viel über Libellen weiß.«

Arschloch! Das kleine Kompliment war Paulas Art, sich für ihre Ruppigkeit zu entschuldigen. Aber wenn er das nicht annehmen wollte: bitte sehr. »Ich sehe, Sie haben meine Prämisse für gute Zusammenarbeit begriffen.«

Für den Rest der Fahrt schwiegen sie.

Nachdem die beiden Beamten seine Agentur verlassen hatten, wartete Marco Severin so lange, bis er sicher war, dass sie nicht noch einmal zurückkehrten. Erst dann nahm er ein Prepaid-Handy aus dem Safe und tippte eine SMS ein, die er an ein anderes Prepaid-Handy sendete.

Anschließend löschte er die Nachricht aus der Verbindungsliste und legte das Handy wieder in den Safe. Die Antwort würde er nicht vor dem späten Nachmittag oder sogar erst am Abend erhalten. Es sei denn, es gäbe einen Notfall.

Doch danach sah es nicht aus.

Als Paula und Rambacher in der Dienststelle ankamen, war es Mittag. Paula legte Jasmin Stojanovics Mappe auf den Tisch und hängte ihre Jacke über die Stuhllehne. Sie nahm eine Plastikschüssel mit Deckel aus ihrer Tasche.

»Falls mich jemand sucht: Ich bin in der Mittagspause.«

Sie hoffte, dass Rambacher das nicht als Aufforderung nahm, sie zu begleiten. Zu ihrer Erleichterung nickte er nur und nahm an seinem Schreibtisch Platz.

Der Weg zum Aufenthaltsraum, in dem auch gegessen wurde, rief Erinnerungen wach. Die gemeinsamen Mahlzeiten waren für sie und Christopher die Highlights während der Dienstzeit gewesen, auch wenn sie es wegen ihrer unterschiedlichen Einsätze oft nicht hatten einrichten können, gleichzeitig Pause zu machen. Nun würden sie nie wieder im Aufenthaltsraum zusammensitzen.

Es half ihr ein bisschen zu sehen, dass sich gewisse Dinge nicht verändert hatten. Die Tische waren immer noch auf dieselbe Weise angeordnet, mit denselben Tischdecken und denselben Topfpflanzen darauf. Die Mikrowelle stand auch immer noch am alten Platz. An dem Tisch in der Ecke, der ihr und Christophers Stammplatz gewesen war, saßen andere Kollegen. Paula nickte ihnen zu, ignorierte die teils abweisenden, teils neugierigen Blicke und schwenkte zu einem anderen Tisch um, der nur von einer Person belegt war: Sigurd Fischer, einer der dienstältesten Kripobeamten im Haus.

Er sah von seinem Teller auf, als Paula sich zu ihm setzte, und schenkte ihr ein freundliches Lächeln. »Paula! Moin, Moin!«

»Moin, Sigurd.«

Er reichte ihr über den Tisch hinweg die Hand, stand auf und zog sie spontan in seine Arme. Wohlwollend klopfte er ihr auf den Rücken. Paula lehnte sich einen Moment an ihn und genoss den Halt, den er ihr gab.

»Ich hab' schon gehört, dass du wieder da bist.«

»Ja, ich wette, das ist das Tagesgespräch im ganzen Haus. Sekunde, ich mache nur mein Essen warm.«

Sie häufte den Inhalt der Schüssel auf einen Teller: Labskaus aus Bratkartoffeln, Matjes, Corned Beef, Rote Beete, Zwiebeln und Spiegelei. Aufgewärmt schmeckte es zwar nicht annähernd so gut wie frisch zubereitet, aber Mittwoch war seit über einem

Jahr ihr Labskaus-Tag. Sie brauchte gerade heute jedes bisschen Routine, das ihr Stabilität gab. Mit dem dampfenden Gericht kehrte sie fünf Minuten später an den Tisch zurück.

Sigurd Fischer hatte Paula unter seine Fittiche genommen, als sie damals als Frischling in die Dienststelle gekommen war. Er hatte immer loyal zu ihr gehalten, selbst wenn sie tatsächlich Mist gebaut hatte. In jedem Fall war er der Einzige gewesen, der während der Suspendierung und in der Reha-Zeit mit ihr in Kontakt geblieben war und sie auch hin und wieder besucht hatte.

»Du bist zwar nicht im ganzen Haus das Tagesgespräch«, antwortete er auf ihre Bemerkung, »aber bei einigen Kollegen auf jeden Fall. Hör mal, wenn du Unterstützung brauchst, ich bin immer für dich da. Ich hoffe, das weißt du.«

»Weiß ich, Sigurd. Danke.«

»Aber wie ich dich kenne, wirst du dir eher die Zunge abbeißen als mich um Hilfe zu bitten.«

»Ich bin nun mal die einsame Wölfin vom Dienst.« Sie schob sich eine Gabel voll Bratkartoffeln in den Mund.

»Schon mal daran gedacht, das zu ändern?«

»Gedacht schon, aber es ist so anstrengend.«

Das war ein alter Witz zwischen ihnen, doch diesmal lachte Fischer nicht darüber. »Im Ernst, Paula. Ich weiß, wie verdammt taff du bist. Das ist deine Stärke, aber gleichzeitig auch deine Schwäche. Du musst – nein, du solltest wirklich lernen, wann die einsame Wölfin lieber die Unterstützung des Rudels in Anspruch nimmt. Das ist eins deiner grundsätzlichen Probleme, über das wir uns ja schon öfter unterhalten haben. Denk einfach mal darüber nach.«

»Was gäbe es da wohl zu denken? Du weißt doch, wie die Dinge stehen. Selbst wenn ich mich dem Rudel anschließen wollte, glaubst du im Ernst, die lassen mich? Der Zug ist schon lange abgefahren. Und nicht erst seit heute.«

»Na, woran das wohl gelegen hat?« Fischer biss ein Stück von seinem Matjesbrötchen ab und kaute eine Weile darauf herum. »Wie kommst du mit dem Neuen klar?«

»Gar nicht. Ich kann mich des Gefühls nicht erwehren, dass irgendwer ihm brühwarm unter die Nase gerieben hat, dass ich das Monster der Dienststelle bin.«

»Hansen hat ihn sich zur Brust genommen.«

»Dieser verdammte Intrigant!« Paula stieß die Gabel so heftig in ein Stück Matjes, dass sie vernehmlich auf dem Tellerboden klirrte. Sie und Ture Hansen waren von Anfang an bei jeder sich bietenden – und teilweise wechselseitig provozierten – Gelegenheit aneinander geraten und sich nur in ihrer gegenseitigen Abneigung einig.

»Sachte, Paula, der Fisch ist schon tot.«

Normalerweise brachten seine Scherze sie zum Lachen, zumindest aber dazu, sich wieder zu entspannen. Heute erzielte er damit keine Wirkung. Paula säbelte ein Stück Fisch ab und stach auch noch auf die Kartoffeln ein, als wären die ihre Feinde. Oder Ture Hansen. Sie ignorierte, dass die Kollegen von den anderen Tischen verwundert und teilweise missbilligend zu ihr herübersahen.

»Weißt du was über Rambachers Hintergrund?« Fischer ließ sich durch ihre Wut nicht aus der Ruhe bringen.

»Nee.« Sie schaufelte sich eine volle Gabel in den Mund.

»Man hat ihn von Hannover hierher abgeschoben.«

»Abgeschoben?«, nuschelte sie undeutlich um den Kartoffel-Matjes-Berg in ihrem Mund herum. »Was hat er angestellt?«

»Das schlimmste Verbrechen, dessen sich ein Polizist schuldig machen kann.«

»Noch schlimmer als meins?«

Fischer nickte. »Er hat einen Kollegen hingehängt, der einen Verdächtigen bei einer Befragung misshandelt hat, um aus dem ein Geständnis rauszuprügeln. Der Misshandelte entpuppte sich später als unschuldig. Die anderen Kollegen haben den Missetäter gedeckt und entweder gelogen oder angeblich nichts mitbekommen. Nicht so Rambacher. Der hat die Wahrheit gesagt und auch noch vor Gericht beeidet. Ich muss dir ja nicht erklären, wie sein Leben danach in seiner Dienststelle ausgesehen hat.«

Das war in der Tat nicht nötig, denn wer einen Kollegen derart auflaufen ließ, galt als Kameradenschwein. Die Folge davon war in der Regel massives Mobbing, auch wenn das natürlich niemand zugab. Kein Wunder, dass Rambacher nicht nur die Dienststelle, sondern auch die Stadt gewechselt hatte. Eigentlich könnte sich Paula hervorragend mit ihm verstehen, hätte sie doch an seiner Stelle genauso gehandelt. Aber sie waren einander spontan auf dem falschen Fuß begegnet, und Paula war nicht bereit so zu tun, als wäre alles in bester Ordnung.

»Und irgendwie hat die Gerüchteküche diesen Vorfall hochgekocht, noch bevor er bei uns angefangen hat. Inzwischen weiß es jeder.«

Das erklärte auch, warum Hansen – und bestimmt nicht nur er – Rambacher seine neue Vorgesetzte in den düstersten Farben geschildert hatte. Es erklärte außerdem, warum er knallrot geworden war, als sie ihm auf den Kopf zugesagt hatte, dass er bei ihr Strafdienst schob. Ebenso seine kryptische Bemerkung, dass sie wüsste, dass er keine Probleme damit hätte, sich bei Sänger offiziell über sie zu beschweren.

»Ihr sitzt beide im selben Boot, Paula. Und ihr seid beide wütend und verletzt, dass man euch Schuld anlastet, obwohl ihr das Richtige getan habt. Aber ihr solltet auf die richtigen Leute wütend sein, nicht auf einander.«

»Sag ihm das, nicht mir.«

»Erst mal sage ich es dir. Du bist die Ranghöhere. Macht aus eurer Situation das Beste und steht gegen den Rest der Welt zusammen. Andernfalls spielt ihr Leuten wie Hansen direkt in die Hände.«

Paula ließ ihre Gabel sinken und blickte Fischer missmutig an. »Können wir das Thema wechseln? Mein Bedarf an derartigen Hinweisen ist für heute gedeckt.«

»Das war nur ein freundschaftlicher Rat, und das weißt du. Übrigens: Es tut nicht weh, ab und zu mal auf einen Rat zu hören, besonders wenn er von einem Freund kommt.«

Paula brummte etwas Unverständliches und konzentrierte sich auf ihr Essen. Fischer hatte zwar in jedem Punkt recht, wie sie widerwillig zugeben musste, aber sie hasste es, wenn man ihr ihre Fehler unter die Nase rieb. Christopher hatte das regelmäßig getan – in der besten Absicht, ihr damit zu helfen –, und sie hatte jedes Mal deswegen einen Streit vom Zaun gebrochen. Was sie seit seinem Tod zutiefst bedauerte. Wie viel Zeit hatten sie mit solchen Auseinandersetzungen vergeudet, statt einfach miteinander glücklich zu sein. Idiotischerweise macht man sich nur selten bewusst, wie kostbar jeder einzelne Moment ist. Das begreift man erst, wenn es zu spät ist.

Christopher saß neben Fischer und grinste sie zufrieden an. *»Einsicht ist der erste Weg zur Besserung, Wölfin.«* Er zwinkerte ihr wieder einmal zu. Paula schloss die Augen, um das Bild zu vertreiben, und vermied es danach, woandershin als auf ihren Teller zu blicken, bis sie ihn leer gegessen hatte. Seit Monaten hatte sie keine Erscheinungen mehr von Christopher gehabt. Kaum war sie hier, tauchte er gleich zweimal auf. Und der Tag war noch nicht zu Ende. Gott sei Dank hatte ihr Therapeut darauf bestanden, mit ihr für heute Abend eine Sitzung zu vereinbaren. Es würde ihr gut tun, sich den Frust von der Seele zu reden.

Sie aß einen Apfel als Nachtisch, verabschiedete sich von Fischer und kehrte in ihr Büro zurück.

Rambacher war in den Bewerbungsbogen vertieft, den Jasmin Stojanovic für die Agentur ausgefüllt hatte. Nebenbei kaute er auf einem Sandwich herum. Vollkornbrot mit Gurken- und Tomatenscheiben, deren Saft bei jedem Abbeißen herausquoll und auf den Teller tropfte, den er in der anderen Hand hielt. Offensichtlich war er ein Fan von gesunder Ernährung.

Dass er lieber in diesem kleinen Büro blieb und weiterarbeitete, statt im Aufenthaltsraum zu essen, wunderte sie nicht, nachdem sie nun seine Vorgeschichte kannte. Sie hätte sich an seiner Stelle allerdings nicht verkrochen, sondern den Stier bei den Hörnern gepackt.

Er stellte den Teller zur Seite und betupfte den Mund mit einem Papiertaschentuch, mit dem er sich auch die Finger abwischte, ehe er Paula den Ausdruck reichte.

»Frau Stojanovic hat sich richtig gut präsentiert. Falls auch nur die Hälfte davon stimmt, frage ich mich, warum sie als Begleiterin gearbeitet hat. Mit dem Hintergrund hätten ihr beruflich alle Möglichkeiten offengestanden. Sie hat zwar als Begründung auf eben diese Frage angegeben, dass sie gern interessante Menschen mit Niveau kennenlernt und ihr Talent darin sieht, denen ihren Tag zu verschönern. Aber das dürfte kaum als Begründung ausgereicht haben. Es sei denn, sie hat sich zu Dienstleistungen bereit erklärt, nach denen im Bewerbungsbogen nicht gefragt wird.«

»Wovon wir ausgehen können. Severin hätte uns wohl kaum den Fragebogen überlassen, wenn darin was Verfängliches stehen würde. Ich würde zu gern einen Blick in den Arbeitsvertrag werfen, den er mit ihr geschlossen hat. Da er uns den wohl kaum geben wird, sehen wir uns Jasmins Exemplar an. Wir fahren nach der Dienstbesprechung nachher noch mal in ihre Wohnung. Falls man uns nicht anderweitig beschäftigt.«

Sie nahm sich die Mappe mit den Fotos vor und blätterte sie durch. Jasmin Stojanovic war eine wirklich schöne Frau gewesen. Auf jedem Foto setzte sie diese Schönheit auf eine andere Weise in Szene. Und auf jedem trug sie das Libellencollier. Hinten in der Mappe war eine DVD in einer Schutztasche eingeheftet. Paula nahm sie heraus, schob sie ins DVD-Laufwerk ihres Computers und rief die einzige darauf gespeicherte Datei auf. Gleich darauf sah sie Jasmin Stojanovic gewinnend in die Kamera lächeln.

»Hallo, ich bin die Smaragdjungfer und heiße Jasmin.«

Bei dem Wort »Smaragdjungfer« berührte sie den Anhänger ihres Colliers. Im Licht der Scheinwerfer funkelten dessen Steine verführerisch. Paula hätte wetten können, dass so mancher Mann bei diesem Anblick wohl mehr Lust auf die Steine bekommen hatte als auf die Frau, die sie trug. Jasmins Stimme klang dunkel, einschmeichelnd und lockend.

Rambacher kam um den Tisch herum und stellte sich neben sie. Er warf ihr einen Blick zu, als warte er nur darauf, dass sie ihn wieder auf seinen Platz schickte, in welchem Fall er ihr seinem Gesichtsausdruck nach zu urteilen ordentlich Kontra gegeben hätte. Doch Paula hatte nicht vor, ihn an der Ausübung seiner Arbeit zu hindern.

»Ich liebe klassische Musik ebenso wie Theater und fühle mich in Galerien genauso zu Hause wie bei Sportveranstaltungen. Ich kenne mich aus in klassischer und moderner Literatur und«, Jasmin lächelte und zwinkerte dem Zuschauer zu, *»ich weiß, wann mein Begleiter die Stille der Beredsamkeit vorzieht.«*

Sie fuhr fort, ihre Vorlieben aufzuzählen. Zum Schluss beugte sie sich näher zur Kamera, wobei sie einen tiefen Einblick in ihr Dekolleté gewährte, aber nicht so tief, dass es billig gewirkt hätte. Sie verabschiedete sich mit den Worten: *»Ich würde mich freuen, wenn wir uns einmal kennenlernen.«*

Es war nicht nötig, ein Wort über die spezielle Art ihrer Dienste zu verlieren, denn ihre Körpersprache war eindeutig. Wie sie sich mit den Fingerspitzen über den Oberschenkel strich, die Kopfbewegungen, wie sie mit einer Haarsträhne spielte und besonders die sinnliche Geste, mit der sie über den Leib und vor allem die Schwanzspitze ihrer Smaragdlibelle fuhr. Deren Form konnte man ohne allzu viel Fantasie als phallisch bezeichnen.

Dass sie ihre Wirkung auf Männer nicht verfehlte, sah Paula deutlich an Rambachers Reaktion. Da sein Unterleib sich in Höhe ihrer Tischkante befand, konnte sie die dicke Wölbung in seinem Schritt, über die sich die Hose straff spannte, kaum übersehen. Männer! Paula schüttelte den Kopf.

Oh ja, Jasmin Stojanovic hatte sich prostituiert, wenn auch als Callgirl auf gehobenem Niveau. Nur ließ sich das nicht beweisen, solange niemand bereit war, eine entsprechende Aussage zu machen; besonders hinsichtlich der Rolle, die Severin Escort Service dabei gespielt hatte. Wenigstens hatte Paula etwas, das sie bei der Dienstbesprechung vorweisen konnte.

Sie sah auf die Uhr. Halb drei. Zeit genug für ein paar Telefonate. Als Erstes eine Anfrage beim Rechtsmedizinischen Institut in Oldenburg, wann Jasmins Leichnam obduziert wurde. Dr. Johansson begrüßte sie mit einem freundlichen »Schön, dass Sie wieder da sind, Frau Rauwolf.« Er teilte ihr mit, dass er die Obduktion für Freitagmorgen um zehn Uhr angesetzt hatte.

»Ich muss vorher noch drei ältere Leichen obduzieren, die in einem Abrisshaus im Keller gefunden wurden. Ich habe Ihre Tote zwar gerade erst reinbekommen und nur einen kurzen Blick auf sie geworfen. Aber ich kann jetzt schon mit großer Sicherheit sagen, dass die Stichverletzung zum Tod geführt hat. Näheres am Freitag. Sie sind dabei?«

»Wie immer. Bis Freitag, Doktor.«

Mit ihrem nächsten Anruf erreichte Paula den *Kunstraum*, den Kastor angeblich mit Jasmin hatte besuchen wollen. Die auf der Website angegebene Kontaktnummer gehörte zu einem Handy, dessen Besitzer ihr bestätigte, dass Jerome Kastor für neun Uhr dreißig heute Morgen eine Sonderführung vereinbart hatte, aber nicht erschienen war. Allerdings hatte er diese Verabredung erst sehr kurzfristig heute Vormittag wenige Minuten nach halb zehn gebucht – zu einem Zeitpunkt, an dem er möglicherweise schon in Jasmin Stojanovics Wohnung gewesen war und sie umgebracht hatte. Einen besseren Anhaltspunkt, um in dieser Richtung weiter zu ermitteln, gab es ja wohl nicht.

Ich kriege dich schon, du arroganter Schnösel, und werde mit Freuden zusehen, wie du im Nirwana der JVA verschwindest. Da wird dir auch kein Polizeipräsident oder Doktor *Moritz Jasper raushelfen.*

Die Dienstbesprechung begann nicht so schlimm, wie Paula befürchtet hatte. Zwar gehörte auch Ture Hansen mit zur Ermittlungsgruppe, aber er war der Einzige, der ihr ganz offen giftige Blicke zuwarf. Rambacher war derjenige, den es schlimmer traf. Als er sich auf einen freien Platz setzen wollte, schubste Hansen ihn zur Seite.

»Der Stuhl ist besetzt. Aber da vorn ist, glaube ich, noch was frei. Direkt neben der Tür. *Ausgang*. Sie verstehen?«

Rambacher verstand nur zu gut. Bevor er jedoch etwas sagen konnte, drängte sich Fischer zwischen die beiden Männer.

»Hier gibt es keine besetzten Plätze, außer jemand säße bereits drauf.« Fischer pflanzte sich auf den Stuhl, den Hansen für sich beanspruchen wollte. »So wie jetzt. Und«, er wandte sich an Rambacher, »der Platz neben mir ist noch frei.«

Rambacher setzte sich.

»Übrigens, Ture. Der Platz neben dem Ausgang ist wirklich noch frei. War das nicht sowieso immer dein Stammplatz?«

Hansen kniff die Lippen zusammen und suchte sich kommentarlos einen anderen Platz. Sigurd Fischer genoss als Dienstältester im FK 1 einen gewissen Respekt. Niemand legte sich mit ihm an.

Paula hatte sich gewohnheitsgemäß auf ihren alten Platz gegenüber der Projektorleinwand gesetzt. Dass der relativ weit von Rambachers Platz entfernt war, würde er wohl als Demonstration werten, dass sie nichts mit ihm zu tun haben wollte. Scheiß drauf! Sollte er denken, was er wollte. Maja Küster kam und setzte sich neben Paula. Dort hatte Christopher immer gesessen. Zumindest für die Kollegen war sein Geist offenbar nicht mehr so präsent, dass man es pietätvoll vermied, sich auf seinen Platz zu setzen.

Roemer kam herein und hielt sich nicht lange mit Vorreden auf. Er gab die Fallnummer der Ermittlungsakte für Jasmin Stojanovic bekannt und teilte den Teammitgliedern, die noch nicht an den ersten Ermittlungen beteiligt gewesen waren, mit, worum es ging.

»Oberstaatsanwalt Breitenbach hat den Fall übernommen.«

Paula unterdrückte ein Stöhnen. Ausgerechnet Breitenbach. Sie hegte eine tiefe Abneigung gegen den Mann. Er war zwar überaus kompetent und integer. Aber er hatte die Ermittlungen gegen sie geleitet, als sie suspendiert worden war, weil man ihr die Schuld an Christophers Tod anlastete. Bestimmt hatte er nicht vergessen, dass sie ihm die Nase gebrochen hatte, als er sie mit diesem Vorwurf konfrontierte. Zum Glück war sie zu dem Zeitpunkt in psychiatrischer Behandlung gewesen, und Dr. Keller hatte ihr attestiert, dass sie in dem Moment nicht zurechnungsfähig gewesen war. Andernfalls hätte Breitenbach ihr wohl mit dem größten Vergnügen wegen Körperverletzung zusätzlich eins reingewürgt. Mit Breitenbach als juristischem Herrn des Ermittlungsverfahrens konnte es heiter werden.

Roemer blickte in die Runde. »Was haben wir bereits? Maja, du zuerst.«

»Dass die Untersuchung des Tatortes noch lange nicht abgeschlossen ist, brauche ich ja nicht zu betonen. Bis jetzt ist nur auffällig, dass wir keine Tatwaffe gefunden haben, die dem ersten Anschein nach ein einseitig geschliffenes Messer ist. Es fehlen ebenso Handy oder PDA und Ähnliches.«

»Wie steht es mit der Kleidung des Verdächtigen, Jerome Kastor?«, warf Paula ein. »Habt ihr in den Taschen irgendwelche Gegenstände gefunden, die der Toten gehört haben könnten? Immerhin hat er zugegeben, dass er sich ein Smaragdcollier aus ihrer Schmuckschatulle nehmen wollte. Das ich übrigens auch nicht am Tatort gesehen habe.«

»Da war auch keins«, bestätigte Maja. »Falls sie es nicht irgendwo anders aufbewahrt hat, wo wir bis jetzt noch nicht nachgesehen haben. Wir haben ja erst angefangen mit der Durchsicht der Wohnung. Vielleicht hat sie es auch zur Reparatur oder Reinigung gebracht.«

»Oder Kastor hat gelogen«, warf Rambacher ein. Aller Augen richteten sich auf ihn. »Ein Mann, der sich so kaltblütig gibt wie er, würde wohl kaum zugeben, dass er ein Schmuckstück mitnehmen wollte. Mal unabhängig davon, ob es ihm tatsächlich gehört, wie er behauptet. Es sei denn, er wollte mit diesem Eingeständnis von etwas anderem ablenken, das ihm noch wichtiger war.«

»Möglich«, gab Roemer zu, »aber dafür gibt es keine Beweise. Zur allgemeinen Information: Sänger hat Kastor auf Anweisung des Polizeipräsidenten wegen nicht hinreichender Indizien wieder nach Hause geschickt, weil wir ihm die Tat nicht nachweisen können – bis jetzt.«

Paula schnaubte. »Die Indizien haben allemal ausgereicht, ihn in Haft zu nehmen.«

»Theoretisch könnte seine Geschichte stimmen«, erinnerte Roemer sie. »Das Einzige, was wir wirklich gegen ihn in der Hand haben, ist der versuchte Diebstahl, weil er dabei erwischt wurde. Der allein ist aber noch lange kein Haftgrund.«

»Was du eigentlich wissen solltest, Rauwolf«, höhnte Hansen. »Es sei denn, du hast die Grundkenntnisse der Ermittlungsarbeit in irgendeinem Röhrchen der Psychopharmaka verloren, mit denen sie dich in letzter Zeit vollgepumpt haben.«

»Halt verdammt noch mal die Klappe, Ture!«, fuhr Fischer ihn an.

»Lass ihn doch, Sigurd.« Paula starrte Hansen in die Augen. »Was Besseres kann er doch gar nicht tun, als hier vor Zeugen auf mir rumzuhacken, und mir damit hervorragende Beweise für eine offizielle Beschwerde zu liefern, wenn er eines Tages zu weit geht. Also mach nur weiter so, Hansen.«

Das war natürlich das Falscheste, was sie hatte sagen können. Aber der fiese Willkommensgruß der Kollegen hatte sie tief getroffen und die dicke Haut, mit der sie sich in den vergangenen Wochen zu wappnen versucht hatte, auf einen Schlag brüchig und dünn werden lassen. Außerdem stand sie auf der Abschussliste derselben Kollegen wie früher. Schlimmer konnte es kaum noch werden.

»Lass gut sein, Paula«, forderte Roemer. »Aber da wir schon mal bei dem Thema sind. Sobald ich rausfinde, wer die Akte über die Ermittlungen in Christophers Fall zusammen mit einem Foto von ihm in Paulas Zimmer gelegt hat und wer für die Durchwahlnummern 227 und 806 da verantwortlich ist, kann sich derjenige auf was gefasst machen. Paula wurde von allen Vorwürfen freigesprochen. Und Mobbing dulde ich hier nicht. Gegen niemanden. Dass das klar ist.« Er blickte eindringlich von einem zum nächsten. »Und jetzt machen wir *vernünftig* mit unserem Fall weiter.«

Aber bevor er fortfahren konnte, betrat Oberstaatsanwalt Maximilian Breitenbach den Raum. Was wollte der denn hier? Normalerweise nahm niemand von der Staatsanwaltschaft an den Dienstbesprechungen einer einfachen Mordkommission teil, allenfalls hin und wieder an denen einer Soko. Es musste schon einen gewichtigen Grund geben, warum Breitenbach extra aus Oldenburg angereist war. Er hielt sich nicht mit einer Begrüßung auf.

»Mir ist zu Ohren gekommen, dass Sie Jerome Kastor verhaftet hatten.«

»Herr Kastor wurde vorläufig festgenommen wegen des dringenden Tatverdachts, Jasmin Stojanovic getötet zu haben oder in ihren Tod involviert zu sein«, bestätigte Roemer. »Er wurde zur Sache vernommen.«

»Aufgrund fadenscheiniger Indizien, wie ich erfahren habe.«

Paula sah Breitenbach in die Augen, der mitten im Raum stehen geblieben war. »Das Blut der Toten an seinen Händen, mit denen er in ihrem Schmuck gewühlt hat, und sein Fluchtversuch vor den Streifenbeamten kann man wohl kaum als fadenscheinig bezeichnen. Ich nenne das einen hinreichenden Tatverdacht.«

»Der sich nicht bestätigt hat, wie ich hörte.«

»Und von wem haben Sie das gehört?«

»Von Dr. Moritz Jasper, Herrn Kastors Anwalt, der sich bei mir über die unangemessene Festnahme und Behandlung durch die Vernehmungsbeamten beschwert hat.«

Bestimmt gingen Max und Moritz gemeinsam Segeln oder Golfen oder waren anderweitig Busenfreunde. Sonst würde der Staatsanwalt wohl kaum intervenieren und erst recht nicht persönlich dem Moko-Team die Hölle heiß machen.

»Von unangemessen kann keine Rede sein«, verteidigte Roemer Paula. »Ich war bei der Befragung dabei, Herr Breitenbach.«

Sieh mal an, jetzt ist es nur noch eine Befragung *und keine* Vernehmung *mehr und wird Kastor vom Verdächtigen zum bloßen Zeugen.* Paula maß Roemer mit einem finsteren Blick.

»Alles lief absolut korrekt ab. Und zum Zeitpunkt der vorläufigen Festnahme bestand, wie Sie sicher zugeben werden, aufgrund der vorhandenen Indizien ein dringender Tatverdacht gegen Herrn Kastor, der noch nicht vom Tisch ist.«

»Sofern Sie nicht hieb- und stichfeste Beweise gegen ihn haben, lassen Sie den Mann außen vor. Es gibt mit Sicherheit noch andere Richtungen, in die Sie ermitteln können und sollten.«

»Das ist nicht Ihr Ernst«, war Paula überzeugt. »Wir sollen Ihnen Beweise für Kastors Schuld liefern, bevor wir ihn als Tatverdächtigen behandeln, gleichzeitig aber nicht in seine Richtung ermitteln? Wie, bitte, soll das denn gehen?«

»Indem Sie sich auf die restlichen Ermittlungen konzentrieren, Frau Rauwolf. Ich wiederhole: Solange Sie keine weiteren Anhaltspunkte haben, die für eine Täterschaft von Jerome Kastor sprechen, konzentrieren Sie Ihre Ermittlungen auf die übrigen Bereiche. Ich hoffe, wir haben uns verstanden.«

Breitenbach wartete eine Antwort nicht ab, sondern verließ den Raum. Nicht nur Paula stieß frustriert die Luft aus.

»Das ist mal wieder typisch«, beschwerte sich Fischer. »Wir sollen solide Arbeit leisten und ordentlich ermitteln, aber unser Hauptverdächtiger hat offenbar Beziehungen nach ganz oben, mit denen er uns die Hände bindet.« Er blickte Roemer an. »Du spielst das schmutzige Spiel doch nicht etwa mit, Jakob?«

Roemer seufzte. »Wir alle müssen uns an die soeben erteilte Anweisung halten, Sigurd. Wir ermitteln gründlich in alle Richtungen. Solange nicht ein unwiderlegbarer Beweis oder extrem starkes Indiz in Kastors Richtung deutet«, er blickte Paula an, »lassen wir ihn in Ruhe.«

»Ein noch stärkeres Indiz als das Blut der Toten an seinen Händen? Was sollte das wohl sein?«

»Die Tatwaffe mit seinen Fingerabdrücken darauf. Zum Beispiel. Also, was haben wir noch?«

»Die Tote hat für Severins Agentur gearbeitet«, meldete Paula. »Severin behauptet natürlich wie immer, dass seine Angestellten die Kunden nur begleiten und keine anderen Dienstleistungen anbieten. Damit wäre die Abteilung Zuhälterei mit im Boot. Kastor war übrigens laut Auskunft von Severin seit fast einem Jahr Stammkunde der Toten.«

»Von denen sie mit Sicherheit Dutzende gehabt hat.« Roemer nickte. »Wir ermitteln auch in diese Richtung. Sonst noch was Wichtiges?«

Niemand meldete sich.

»Maja, dein Team macht weiter wie gewohnt. Sigurd und Ture, ihr befragt die Nachbarn. Paula und Rambacher, ihr recherchiert den Hintergrund der Toten.« Roemer verteilte die restlichen Aufgaben. »Ich kümmere mich um die Genehmigung für die Handyortung. Das Ding muss ja irgendwo stecken. Bis zur Lösung des Falls gibt es jeden Tag zwei Dienstbesprechungen, um acht und um sechzehn Uhr. Die Ermittlungsergebnisse werden so schnell wie möglich in die Datenbank eingepflegt, damit wir alle ständig auf dem Laufenden sind. An die Arbeit, Leute.«

Roemer verließ den Besprechungsraum. Rambacher und Paula folgten ihm. Paula ignorierte, dass Ture Hansen sie lauernd ansah. Als sie an ihm vorbeiging, konnte er es nicht lassen, ihr noch einen Seitenhieb zu verpassen.

»War ja klar, Rauwolf, dass du gleich zu Jakob gerannt bist und dich bei ihm ausgeweint hast. Bist nicht mehr ganz so taff wie früher, was? Vielleicht solltest du dir irgendwo in der Provinz 'nen ruhigen Posten suchen, der dich nicht überfordert.«

Paula hätte Jakob in den Hintern treten können dafür, dass er die Sache mit Christophers Akte und den Telefonnummern zur Sprache gebracht hatte. Noch lieber hätte sie jetzt Hansen die Zähne eingeschlagen. Aber darauf wartete nicht nur er, wie sie bemerkte. Einige Kollegen hatten regelrecht einen Kreis um sie gebildet und gierten darauf, dass die Auseinandersetzung eskalierte. Wenn sie sich jetzt zu einer Unüberlegtheit hinreißen ließ, verlor sie auch noch den letzten Rest Respekt, den manche Kollegen ihr noch entgegenbrachten. Das ernüchterte sie.

Seine Worte sind nur heiße Luft. Sie fließen an mir vorbei und vergehen im Nirwana.

»Ach weißt du, Hansen, das brauchte ich gar nicht. Als wir Kastor in meinem Büro vernommen haben, hat Jakob deine Hinterfotzigkeiten von ganz allein entdeckt.« Die Lüge ging ihr glatt von den Lippen. Sollte Rambacher dem zu widersprechen wagen, würde sie *ihm* die Zähne einschlagen, und zwar ohne Rücksicht auf Verluste und sonstige Konsequenzen. »Er wollte sofort Nachforschungen einleiten, aber ich habe ihn gebeten, das zu lassen. Solche Kindereien von unreifen Leuten nehme ich doch nicht ernst. Aber danke für das Eingeständnis, dass du dafür verantwortlich bist. Wäre allerdings nicht nötig gewesen, denn solche Niedertracht ist ja typisch für dich. Für Frontalangriffe und Kämpfe mit offenem Visier warst du ja schon immer viel zu feige.«

Sie ließ ihn stehen und ignorierte die Beleidigung, zu der er mit »Du miese, kleine …« ansetzte, ehe Fischer ihm über den Mund fuhr.

Eins zu Null für sie. Paula konnte sich dennoch nicht über ihren Sieg freuen. Stattdessen fühlte sie sich müde. Lag bestimmt daran, dass es ihr erster Arbeitstag nach sechzehn Monaten war und sie Christopher gerade deshalb wieder schmerzlich vermisste. Konnte nur daran liegen.

»Würden Sie mir freundlicherweise mitteilen, was Sie als Nächstes zu tun gedenken?«

Rambachers Frage riss sie aus ihren Gedanken. »Was uns aufgetragen wurde. Wir recherchieren Frau Stojanovics Hintergrund, indem wir uns noch mal in ihrer Wohnung umsehen.«

Paula musste zugeben, dass Marco Severins Behauptung, Jasmin Stojanovic sei eine gebildete Frau gewesen, der Wahrheit entsprach. In ihrem Bücherregal fanden sich Lexika über verschiedene Musik- und Kunstrichtungen, diverse Sportarten – darunter Segeln – und das Theater. Daneben standen Wörterbücher für Englisch, Französisch, Spanisch, Italienisch und Russisch.

Nur etwas fehlte: eine Geige und Noten. Paula konnte sich nicht vorstellen, dass eine Musikstudentin ihr Instrument abschaffte und die Noten wegwarf, selbst wenn sie die Musik aufgegeben hätte. Paula hatte eine Zeitlang leidenschaftlich Saxofon in einer Jazzband gespielt. Und obwohl sie das Instrument seit Jahren nicht mehr angerührt hatte, würde sie es niemals weggeben. Auch nicht die Noten.

Okay, jeder Mensch war anders. Aber konnte sich eine Studentin am Konservatorium derart radikal von ihrer Leidenschaft verabschieden, dass nicht der geringste Hinweis auf aktive Musik in ihrem Leben zurückblieb?

Die Leiche war abtransportiert worden, und Majas Team suchte akribisch nach einer versteckten Tatwaffe. Paula warf einen Blick in die Küche, die penibel aufgeräumt war. Jasmin Stojanovic hatte wohl erst kürzlich eingekauft, denn der Kühlschrank war voll mit Lebensmitteln der besonders gesunden Art. Viel frisches Gemüse, Salat, fettarme Milch und Naturjoghurts, magerer Schinken und etwas Käse. In einer dreistufigen Obstschale lagen Äpfel, Birnen, Bananen und rote Trauben.

Im geräumigen Schlafzimmer standen in einer Ecke ein Muskelturm und eine Hantelbank, daneben hing ein Boxsack. Offenbar hatte Jasmin sich fit gehalten und eventuell sogar Kampfsport betrieben. Trotzdem war sie erstochen worden, auch wenn sie sich wohl heftig gewehrt hatte.

Rambacher trat mit einem Aktenordner in den gummibehandschuhten Händen zu ihr. »Ich habe den Vertrag mit dem Escort-Service gefunden. Da steht nichts drin, woraus man Severin einen Strick drehen könnte. Das einzig Auffällige ist eine wahrhaft restriktive Verschwiegenheitsklausel. Sexuelle Handlungen mit Klienten der Agentur werden ausdrücklich als sittenwidrig untersagt. Sollten sie von den Klienten gefordert werden, müsste die Begleiterin sie verweigern. Sollten sie von der Begleiterin angeboten werden, berechtigt das Severin Escort Service zur fristlosen Kündigung.« Er klappte den Ordner zu. »Falls Frau Stojanovic also tatsächlich mit ihren Klienten geschlafen hat, wäscht Herr Severin seine Hände mit diesem Vertrag in Unschuld.«

»Mist. Aber das war ja nicht anders zu erwarten. Sonst hätten wir ihn schon vor Jahren hochgenommen. Haben Sie sonst irgendwas Ungewöhnliches entdeckt?«

»Nein.«

»Dann sind wir hier erst mal fertig. – Maja, wir nehmen diesen Kalender mit.« Paula hielt den Kroko-Optik-Terminplaner hoch.

»Alles klar.«

Paula verließ die Wohnung und kümmerte sich wieder nicht darum, ob Rambacher ihr folgte.

»Frau Rauwolf, ich wäre Ihnen sehr verbunden, wenn Sie mir sagen, dass Sie gehen wollen und nicht einfach verschwinden. Es könnte immerhin sein, dass ich noch etwas überprüfen will oder gerade was entdeckt habe. Können wir uns darauf einigen?«

Paula antwortete nicht. Sie fühlte einen Druck im Hinterkopf, der sich langsam nach vorn zur Stirn schob und wusste, dass sich ein Migräneanfall anbahnte. Das hatte ihr gerade noch gefehlt.

»Wohin fahren wir?«, wollte Rambacher wissen, als Paula an der nächsten Ampel nicht wendete, um zur Dienststelle zurückzukehren, sondern geradeaus weiterfuhr.

»Zu einer Informationsquelle in der NordseePassage.«

Rambacher wartete auf eine Erklärung, aber Paula hatte keine Lust, sie ihm zu geben.

»Was für fallrelevante Informationen erwarten Sie in einem Einkaufszentrum zu bekommen?«

Paula bog am Bismarckplatz in die Gökerstraße ein und gleich darauf in die Marktstraße, ehe sie den Wagen auf dem

Parkplatz des Amtsgerichts abstellte. Den Rest des Weges gingen sie zu Fuß, da es in unmittelbarer Nähe der NordseePassage um diese Zeit schwierig war, einen Parkplatz zu bekommen.

»Jasmin Stojanovic war Romni«, geruhte sie endlich Rambacher eine Antwort zu geben, der mit verkniffenem Gesicht neben ihr herging. »Roma, die in derselben Stadt leben, kennen einander alle, auch wenn sie nicht miteinander verwandt sind. Im *Celona* arbeitet jemand, der sie deshalb vielleicht gekannt hat.«

Jetzt war Rambacher derjenige, der sie keiner Antwort würdigte, obwohl sie sich sicher war, dass ihm die Frage auf der Zunge lag, woher sie so gut über Roma Bescheid wusste. Seinem Gesichtsausdruck nach zu urteilen, hätte er sich aber lieber die Zunge abgebissen, als den Mund aufzumachen. Ihr war das recht, denn die Antwort darauf ging weder ihn noch sonst jemanden irgendwas an.

Das *Cafe & Bar Celona* im ersten Stock der NordseePassage brummte vor Leben. Paula kam regelmäßig hierher, um bei einem Cocktail abzuhängen und unter Menschen zu sein, ohne sich mit ihnen beschäftigen zu müssen. Das Gefühl zu haben, zum Stammpublikum zu gehören, ohne wirklich ein Teil davon zu sein. Davon abgesehen, mochte sie das ansprechende Ambiente und die hier herrschende Atmosphäre mit der spanischen Musik, die im Hintergrund aus den Lautsprechern drang.

Sie blieb am Eingang stehen und sah Rambacher an. »Setzten Sie sich irgendwo hin, bestellen Sie sich was und tun Sie so, als würden Sie *nicht* zu mir gehören.«

»Das fällt mir nicht schwer.«

Er blieb ein Stück zurück und wartete, bis Paula auf einem Barhocker direkt am ovalen Tresen in der Mitte des Lokals saß, ehe er sich einen Platz in ihrer Nähe suchte und die Karte studierte.

Eine dunkelhaarige Bedienung lächelte Paula freundlich zu, kam herüber und gab ihr die Hand.

»Paula, mi phen! T'aves sasti taj baxtali!« Mit den traditionellen Begrüßungsworten der Roma wünschte sie Paula, gesund und glücklich zu sein.

»T'aves vi tu, Ileana«, gab Paula denselben Wunsch zurück und erkundigte sich, wie es ihr ging. »Sar san?«

»Najis tuke, mišto sîm«, dankte Ileana für die Nachfrage und bestätigte, dass es ihr gut gehe. »Sar san?«

»Mišto sîm.« Nur eine Höflichkeitsfloskel, denn es ging Paula seit Christophers Tod nicht gut.

Ileana brachte ihr unaufgefordert einen *Caipimara*, Paulas Lieblingscocktail, der aus Cachaça, Maracujasaft, frischem Limettensaft und Rohrzucker gemixt wurde. Eigentlich sollte sie bei der Migräne, die sich in ihrem Kopf anbahnte, keinen Alkohol trinken. Aber die Menge, die im *Caipimara* enthalten war, würde ihr nicht schaden. Sicherheitshalber bestellte sie sich noch einen *Café americano* in Jumbogröße dazu.

Ileana tauschte erst mal ein paar höfliche Belanglosigkeiten mit ihr aus. Sie zu sehen, war für Paula immer ein Highlight. Sie beide verband eine gemeinsame Geschichte, die bis in ihre Kindheit zurückreichte, als Ileana Katic als neue Schülerin in die Grundschule gekommen war.

Vor fünfundzwanzig Jahren hatte es noch kein Bestreben nach *political correctness* gegeben. Die Klassenlehrerin hatte Ileana deshalb unumwunden als Zigeunerin vorgestellt, mit einem abfälligen Tonfall, der keinen Zweifel daran ließ, was sie davon hielt, »so eine« in ihrer Klasse zu haben. Dass sie ihr den freien Platz an Paulas Seite zugewiesen hatte, war für beide ein Glücksfall gewesen. Wenn die anderen zu sehr auf Ileana herumhackten, verteidigte Paula sie buchstäblich mit Händen und Füßen. Ileana sprang ihr bei, sodass zu Beginn fast kein Tag verging, an dem sich die beiden Mädchen nicht mit irgendwem prügelten. Erst Ileanas drei ältere Brüder sorgten dafür, dass es sich jeder dreimal überlegte, Ileana oder Paula zu drangsalieren.

Ihre Freundschaft hatte alle Anfeindungen überdauert. Niemand hatte sie auseinander bringen können. Auch nicht Paulas Mutter, die ihr den Umgang mit »diesem Zigeunergesindel« strikt verbot, das einen so schlechten Einfluss auf die Tochter ausübte, dass diese zu einer an der ganzen Schule gefürchteten

Schlägerin mutiert war. Ileana aber war und blieb Paulas Freundin, denn Freunde lässt man nicht einfach im Stich, erst recht nicht, wenn die ganze Welt gegen sie steht.

Durch diese unverbrüchliche Loyalität wurde Paula schließlich als einzige Gadschi in Ileanas Familie integriert. Dort hatte sie nicht nur zum ersten Mal erfahren, was Familienzusammengehörigkeit bedeuten konnte – in ihrer eigenen Familie sah es da ganz anders aus. Hier hatte sie auch den Jazz kennengelernt, denn die Liebe zu dieser Musik hatte Tradition in ihrer Wahlfamilie. Ileanas Vater hatte ihr das Gitarrespielen beigebracht, und auf dem Saxofon ihres Onkels hatte sie die ersten Töne geblasen. Und ganz nebenbei Romanes sprechen gelernt.

Obwohl Paula sich später für die Laufbahn bei der Polizei entschieden hatte, der Institution, die von den Roma traditionell am meisten gehasst und gefürchtet wird, hatte das ihrer Freundschaft keinen Abbruch getan. Für die Katics gehörte sie immer noch zur Familie, weshalb Ileana sie vorhin mit »mi phen« – meine Schwester – begrüßt hatte.

Nachdem sie genug Klatsch ausgetauscht hatten und Paula ihren *Americano* schlürfte, kam sie auf das zu sprechen, was sie hergeführt hatte. »Sag mal, Ileana, kennst du eine Jasmin Stojanovic?«

»Wer soll das sein?«

»Eine Romni, die wir heute Morgen tot aufgefunden haben. Ich will ihre Familie benachrichtigen. Sie scheint aber keine lebenden Verwandten zu haben, die im System der Staatsmacht auftauchen.«

Sie sagte das mit einem leicht verächtlichen Unterton. Nicht ohne Grund, denn trotz umfassender Meldepflicht und bürokratischer Registrierung von der Wiege bis zur Bahre gab es gerade bei den Roma und Sinti Verwandtschaftsverhältnisse, die ihnen so viel wie oder sogar mehr bedeuteten als leibliche Verwandtschaft. Nach den Gesetzen und Vorschriften der Gadsche wurden die aber nicht als solche erkannt, geschweige denn anerkannt. Ein blutsfremder Patenonkel galt nach deutschem Recht als nicht verwandt, für die Roma dagegen war er ein Onkel und Bruder wie jeder Blutsverwandte, mit den gleichen Rechten und Pflichten innerhalb der Familie.

»Nie von ihr gehört. Sie muss erst kürzlich hergezogen sein.«

»Nach unseren Informationen wohnt sie schon seit über einem Jahr in der Stadt. Sie stammt aus Belgrad.«

Ileana schüttelte den Kopf. »Vielleicht gehört sie zu denen, die sich so sehr von ihrem Volk losgesagt haben, dass sie mit keinem von uns mehr Kontakt haben wollen und alles tun, damit man sie nicht als Roma erkennt.« Sie verzog das Gesicht. »Neulich hat sich hier eine von uns beworben und sich als Türkin auszugeben versucht, weil sie sich ihrer Herkunft geschämt hat, statt stolz darauf zu sein.« Sie schüttelte erneut den Kopf. »Ich frage heute Abend mal meinen Vater. Auch wenn manche von uns keinen Kontakt zur Gemeinschaft haben wollen, als *rom baro* weiß er immer, wer in der Stadt ist und zu wem er gehört.«

Genau das war der Grund, weshalb Paula sich an Ileana gewandt hatte. »Grüß ihn bitte von mir. Und den Rest der Familie natürlich auch.« Sie trank ihre Jumbotasse aus, schob Ileana einen Geldschein hin und stand auf. »Ich muss wieder an die Arbeit. Aś Devlesa, mi phen! – Bleib mit Gott.«

»Źa Devlesa, Paula. – Geh mit Gott.«

Paula verließ das *Celona* und wartete draußen auf Rambacher, der zwei Minuten später herauskam. Er warf ihr einen abschätzenden Blick zu. Zwar hatte er ihre Unterhaltung mit Ileana gehört, aber kein Wort verstanden, da sie Romanes gesprochen hatten. Paula konnte förmlich sehen, wie er sich fragte, ob sie mit ihrem dunkelblonden Haar, der hellen Haut und den blauen Augen wohl auch eine Romni sein könnte. Sie hatte nicht vor, ihn aufzuklären.

»Sie kennt die Tote nicht«, teilte sie ihm lediglich mit. »Aber sie hört sich um, ob sie jemandem bekannt ist und gibt mir Bescheid.«

Rambacher antwortete nicht, wofür sie ihm dankbar war. Die Migräne hatte sich trotz des Kaffees verstärkt und begann lästig zu werden. Sobald sie wieder in der Dienststelle war, würde sie eine Tablette einwerfen. Am besten gleich zwei. Und hoffen, dass es nicht noch schlimmer wurde. Denn dann stand ihr eine schlaflose Nacht bevor.

Paula machte Feierabend, nachdem sie ihren Bericht geschrieben hatte. Die Auswertung von Jasmins Kalender hatte Zeit bis morgen. Sie versprach sich ohnehin nicht viel davon, außer der Erkenntnis, welche honorigen Persönlichkeiten zu Jasmins Kunden gezählt hatten.

Sie verzichtete darauf, Rambacher einen schönen Feierabend zu wünschen, der sie seinerseits auch nicht verabschiedete. Sie nickte ihm lediglich kurz zu und verließ das Gebäude, froh darüber, dass ihr erster Tag vorbei war und sie ihn halbwegs überstanden hatte. Trotzdem brauchte sie unbedingt das Gespräch mit Dr. Keller, zu dem er sie in einer halben Stunde erwartete.

Sie fuhr zur Reinhard-Nieter-Klinik, dem psychiatrischen Krankenhaus, in dem sie vier Monate auf Station gelegen hatte, ehe sie für weitere sechs Monate in die Tagesklinik wechselte. Im Anschluss daran hatte Dr. Keller, der hier als Stationsarzt arbeitete, ihre Behandlung ambulant weitergeführt und setzte sie immer noch fort.

Paula ging den vertrauten Weg zu seinem Gesprächszimmer und fühlte sich in diesem Gebäude wie immer geborgen. Es war ihr beinahe zu einem zweiten Zuhause geworden und immer noch der einzige Ort, an dem sie sich emotional sicher fühlte. Sie grüßte die Dame in der Pförtnerloge, die ihr lächelnd zuwinkte und zum Telefon griff, um Dr. Keller von Paulas Ankunft zu benachrichtigen.

Der Psychiater empfing sie deshalb schon an seiner Zimmertür und reichte ihr die Hand. »Moin, Frau Rauwolf. Treten Sie ein und nehmen Sie Platz.«

»Moin, Herr Keller.«

Keller bestand darauf, von seinen Klienten – er nannte sie niemals Patienten – nicht mit seinem Doktortitel angeredet zu werden. »Das schafft ein Ungleichgewicht zwischen uns. Ich begegne meinen Klienten gern auf Augenhöhe. Also lassen Sie bitte den ›Doktor‹ weg.«

Paula setzte sich in den bequemen Ledersessel, in dem sie schon unzählige Stunden verbracht hatte. Dr. Keller schenkte ihr unaufgefordert ein Glas Tee ein, ehe er sich ihr in einem Hundertzwanzig-Grad-Winkel gegenübersetzte und sie erwartungsvoll ansah. »Wie geht es Ihnen heute?«

»Ich lebe noch.« Ihr ironischer Ton sagte ihm garantiert mehr als alle Worte.

»Wie war Ihr erster Arbeitstag?«

»Erträglich.«

Er gestattete sich ein Schmunzeln. »Das ist die Klassifizierung, die Ihr Verstand vorgenommen hat. Aber wie ordnet Ihr Gefühl diesen Tag ein?«

»Beschissen ist noch geprahlt.« Trotzig fügte sie hinzu: »Aber ich hatte nichts anderes erwartet.«

Dr. Keller war gegenwärtig der einzige Mensch auf der Welt, dem sie weitgehend vertraute. Es gab nur eine Person, zu der sie wirklich uneingeschränktes Vertrauen besaß: sie selbst. Das hatte ihr Leben sie gelehrt. Immerhin kam Dr. Keller diesem absoluten Vertrauen für Paulas Begriffe recht nahe. Beinahe schon *zu* nahe.

Er wartete auf eine Erläuterung. Paula zuckte mit den Schultern. »Ich habe einen neuen Kollegen bekommen, mit dem ich mir ein Zimmer teilen muss. Einige der lieben Kollegen haben ihm wer weiß welche Schauermärchen über mich erzählt. Er hat jedenfalls nachdrücklich klargemacht, dass er lieber anderswo mit jemand anderem arbeiten würde, wenn man ihm die Wahl gelassen hätte.«

»Was haben Sie ihm geantwortet?«

»Dass er sich zum Teufel scheren soll.«

Keller lachte und schüttelte den Kopf. »Und was haben Sie wirklich zu ihm gesagt?«

Paula seufzte. Er kannte sie einfach zu gut, was sie manchmal als nervtötend empfand. Andererseits zwang er sie dadurch, zu sich selbst ehrlich zu sein.

»Dass er seine Kommentare auf unsere Arbeit beschränken und mich ansonsten in Ruhe lassen soll. Aber das mit dem Teufel kommt noch, wenn er so weitermacht. Garantiert!«

Keller wartete einen Moment, ob sie noch etwas hinzufügen wollte. Als sie schwieg, fragte er: »Wie fühlte es sich für Sie an, an Ihre alte Wirkungsstätte zurückzukehren?«

Paula seufzte tief. Sie folgte mit dem Blick dem verschlungenen Rankenmuster des Teppichs unter ihren Füßen. Sich visuell an diesem Muster festzuhalten, hatte ihr in der Vergangenheit schon so manches Mal geholfen, ihr fragiles Gleichgewicht zu bewahren. Dabei kannte sie es inzwischen auswendig und hätte es mit geschlossenen Augen aufmalen können.

»Fremd und vertraut zugleich«, beantwortete sie endlich Dr. Kellers Frage. »Vertraut, weil es dasselbe Gebäude ist und ich jeden Flur kenne. Fremd, weil sie mich in ein anderes Büro abgeschoben haben. Von der Begrüßung, die einige Kollegen mir zuteil werden ließen, gar nicht zu reden.«

»Wie sah die aus?«

Paula kamen ungewollt die Tränen. Sie versuchte, sie zu unterdrücken, was nicht klappte. Erst recht nicht, als Keller ihr ein Papiertaschentuch aus der Spenderbox reichte, die immer gut gefüllt auf dem Tisch stand. Sie weinte eine Weile stumm ins Taschentuch, während der Psychiater geduldig darauf wartete, dass sie sich wieder beruhigte.

»Man hat ein Foto von Christopher mit Trauerschleife und die Ermittlungsakte seines Falls auf meinen Tisch gelegt und die Telefone in meinem neuen Büro mit seinem Geburts- und Todestag als Durchwahlen versehen.«

Keller stieß scharf die Luft aus. »Das ist heftig.«

Paula nickte. »Und das Gerücht, dass ich schuld an Christophers Tod wäre, hält sich immer noch.«

»Aber das sind Sie nicht.«

»Das scheint bloß keinen zu interessieren. Na ja, fast niemanden.« Sie knüllte das Taschentuch zusammen und warf es zielsicher in den Abfallkorb, der unter dem Waschbecken neben der Tür stand.

»Hatten Sie Flashbacks?«

»Teilweise sogar ziemlich intensive.« Sie sah dem Therapeuten in die Augen. »Aber auch das hatte ich erwartet und kann es aushalten. Schließlich haben Sie mir ja versichert, dass das im Laufe der Zeit aufhört.«

Er nickte. »Das wird es. Sie sind jedenfalls eine tapfere Frau, dass Sie sich den Dämonen der Vergangenheit derart stellen.«

Paula schnaufte ironisch. »Mein Vorgesetzter nannte es Sturheit und legte mir mal wieder nahe, mich versetzen zu lassen.«

Keller zuckte mit den Schultern. »Das ist wohl Ansichtssache. Für mich ist ein Mensch, der sich einer Sache stellt, obwohl er weiß, dass es für ihn schmerzhaft werden wird, ausgesprochen mutig und eben tapfer. Nur so kann man ein Trauma wirklich bewältigen. Allerdings muss man durchhalten.«

»Oh, ich werde durchhalten, Herr Keller, mein Wort drauf!« Eher würde sie bei dem Versuch verrecken, als Kollegen wie Hansen den Triumph zu gönnen, sie scheitern zu sehen.

»Daran zweifele ich nicht, Frau Rauwolf«, versicherte er sanft und fügte ernst hinzu: »Wenn Sie mal außerplanmäßig dringend meine Hilfe brauchen, werde ich für Sie jederzeit einen Notfalltermin freischaufeln. Innerhalb einer Stunde, wenn es sein muss, und notfalls auch mitten in der Nacht. Das sollten Sie immer im Kopf behalten.«

Paula nickte. »Danke. Ich hoffe, ich muss niemals von diesem Angebot Gebrauch machen.«

Er ging nicht darauf ein, sondern wartete, dass Paula ihm berichtete, was ihr noch auf der Seele lag.

»Die alten Mechanismen kommen wieder durch. Sie wissen schon: meine Taktik der Präventivverteidigung. Von manchen Leuten auch ›Angriff‹ genannt. Ich habe wieder das Gefühl, dass jeder Mensch mein Feind ist. Fast jeder. Und ich reagiere entsprechend.« Sie verzog das Gesicht zu einer schiefen Grimasse. »In dem Punkt scheine ich einfach nicht anders zu können.«

»Wenn Sie möchten, werden wir verstärkt daran arbeiten, diesen Mechanismus langfristig zu entschärfen und durch andere Verhaltensweisen zu ersetzen.«

Allein der Gedanke machte Paula Angst. Ihre »Präventivverteidigung« war ihr Schutzschild gegen die Welt im Allgemeinen und Leute wie Hansen im Besonderen. Sie aufzugeben oder auch nur abzuschwächen, erweckte in ihr ein Gefühl von Schutzlosigkeit. Als würde sie ihre Waffe weglegen und sich mit gefesselten Händen einer Gang von Räubern entgegenstellen. Ihr Magen krampfte sich zusammen. Keller entging das natürlich nicht.

»Was, glauben Sie, würde passieren, wenn wir in dieser Richtung arbeiten?«

»Ich würde zu einer zahnlosen und krallenlosen Tigerin mutieren, die keiner mehr ernst nimmt, weil sie sich nicht mehr wehren kann.«

Keller überdachte das. »Ich habe da ein anderes Bild vor Augen. Das einer Tigerin, die sich in ein Wesen verwandelt, das andere Möglichkeiten der Verteidigung hat, *wenn* es wirklich angegriffen wird und das die Weisheit und den Instinkt besitzt zu erkennen, wann diese Verteidigungsmechanismen erforderlich sind und wann nicht. Verstehen Sie, was ich meine? Sie wären zu keiner Zeit schutz- oder gar wehrlos. Sie würden nur effektivere Methoden entwickeln, um sich zu schützen, sodass Sie keine Präventivverteidigung mehr brauchen.«

»Hört sich verlockend an. Und so einfach.«

»Oh, einfach wird das nicht, sondern ein hartes Stück Arbeit. Aber wie ich Sie kenne, würden Sie das mit Bravour und vor allem Erfolg meistern. Wenn Sie möchten, denken Sie sich fürs nächste Mal oder wann es Ihnen recht ist, ein Wesen aus, das die Eigenschaften besitzt, die Sie brauchen und wünschen. Das nehmen wir dann als Symbol, mit dem wir weiterarbeiten.«

Da Paula in Bildern dachte und auf Symbole ansprach, arbeitete Keller oft mit ihr auf dieser Basis. Bisher mit sehr gutem Erfolg.

»Okay. Ich mache mir mal Gedanken.«

»Ergänzend dazu gäbe es natürlich noch andere Dinge, die Ihnen helfen könnten. Wäre es für Sie zum Beispiel denkbar, dass Sie tatsächlich irgendwann an einen Ort ziehen, der für Sie nicht mit so vielen negativen Erinnerungen behaftet ist? Natürlich nachdem das gegenwärtige Mobbing aufgehört hat, damit es nicht so aussieht, als würden Sie davor davonlaufen.«

Hätte ein anderer als Malte Keller ihr diesen Vorschlag gemacht, Paula hätte ihn verbal in der Luft zerfetzt. Da der Psychiater neben Sigurd Fischer der einzige Mensch war, von dem sie wusste, dass er ihr nicht übel wollte, dachte sie ernsthaft darüber nach.

»Theoretisch vielleicht schon. Aber praktisch sehe ich darin keinen Sinn. Zum einen nehme ich meine Erinnerungen überall mit hin, selbst wenn ich ans Ende der Welt ziehe. Zum anderen ist mir diese Angriffshaltung so sehr in Fleisch und Blut übergegangen, dass ich sie nicht mehr ablegen kann. Ich hätte dieselben Probleme damit, egal wohin ich gehe.«

»Daran würden wir vorher ausgiebig arbeiten. Ihr permanenter Angriffsmodus ist nicht Ihre angeborene Natur, Frau Rauwolf, sondern ein erlerntes Verhalten. Aber das kann man durch neue Verhaltensweisen ersetzen. Davon abgesehen tut ein längerer oder auch dauerhafter Ortswechsel der Heilung von Verletzungen – körperlichen wie seelischen – manchmal sehr gut.«

Dass sie nicht sofort dagegen protestierte, wertete Keller wahrscheinlich als Fortschritt. Für Paula war es ein Zeichen, dass sie mürbe war. Müde. Dass ihre Kraft, sich auch den größten Herausforderungen und Widrigkeiten des Lebens zu stellen, erheblich nachgelassen hatte. Damit einher ging die Angst zu versagen. Sie verdrängte sie sofort. Denn sie zuzulassen, würde sie noch mehr schwächen. Und sie brauchte gerade jetzt die ganze Kraft, die noch übrig war. Ein Ortswechsel – den Keller ihr heute nicht zum ersten Mal vorschlug – gewann dadurch den Status einer echten Option.

»Was beschäftigt Sie?« Natürlich war ihm nicht entgangen, dass sie melancholisch geworden war.

»Ich habe das Gefühl, dass ich nicht mehr ich selbst bin. Dass ich mich verloren habe.« Sie sah ihm in die Augen. »Wird dieses Gefühl irgendwann verschwinden?«

Er wählte seine Worte sorgfältig. Wie immer, wenn er etwas ansprach, das für Paula heikel war. »Fakt ist, dass ein Trauma, wie Sie es erlebt haben, einen Menschen drastisch verändert. Es verschiebt Prioritäten, eingefleischte Sichtweisen, manchmal sogar liebgewonnene Rituale, die auf einmal nichts mehr bedeuten. Manche dieser Dinge kommen im Laufe der Zeit zurück, andere nicht. Und in dieser Phase fühlt man sich verloren. Das ist ganz natürlich. Eine Lösung des Problems kann sein, dass man die neuen Dinge in sich integriert. Dann sind sie nicht mehr fremd.«

»Mit anderen Worten: die alte Paula ist weg und kommt nicht wieder.«

»Wollen Sie die alte Paula denn wiederhaben?«

Typisch Keller. Er gab ihr selten eine klare Antwort. Stattdessen zwang er sie, ihre Antworten selbst zu finden. Unterm Strich nicht das Schlechteste. Die Frage blieb: Wollte sie die alte Paula zurück? Sie wollte Christopher zurück, der ihr Halt und Stabilität gegeben hatte. Der sie so liebte, wie sie war, mit allen Ecken und Kanten und ihrer Skorpionszunge. Bei ihm hatte sie sich wohl und sicher gefühlt und eins mit sich selbst.

»Ich will wieder der Mensch sein, der ich mit Christopher gewesen bin.«

Keller lächelte. »Dann werden wir als Nächstes daran arbeiten, die dazugehörigen Eigenschaften verstärkt zu fördern. Denn die stecken immer noch in Ihnen. Sie sind bloß durch Ihre Lebensumstände in den Hintergrund getreten.« Er beugte sich vor und lächelte ermutigend. »Sie schaffen das, Frau Rauwolf. Sie haben schon so viel geschafft. Das packen Sie auch noch.«

»Ihr Wort in Gottes Ohr.«

»Was brauchen Sie heute?«

Paula zögerte. »Ich denke, ein paar Stabilisierungsübungen könnten nicht schaden. Schließlich stehe ich momentan allein gegen alle – fast alle – und habe auch noch Christophers Geist wieder im Nacken.«

Keller begann unverzüglich, Paula durch die ihr längst vertrauten Übungen zu führen. Seine ruhige Stimme half ihr, wieder zur Ruhe zu kommen. Sie merkte erst jetzt, wie angespannt sie seit heute Morgen gewesen war, und genoss es, sich mit Kellers Hilfe wieder entspannen und zentrieren zu können.

Als sie die Klinik eine Stunde später verließ, fühlte sie sich rundherum besser. Wie es aussah, würde sie eine albtraumfreie Nacht verbringen. Und morgen konnte sie den Kollegen angemessen begegnen, ohne sich von einem Sackgesicht wie Ture Hansen oder Rambacher aus der Fassung bringen zu lassen.

Donnerstag, 29. September

Paula kam gerade rechtzeitig in der Dienststelle an, um nicht zu spät zur Besprechung zu erscheinen. Sie hatte keine Zeit mehr, vorher noch in ihr Büro zu gehen und ihre Sachen abzulegen, sondern lief gleich zum Besprechungsraum. Mit einem kleinen Abstecher in die Kaffeeküche, vor der sie beinahe mit Rambacher zusammenstieß.

Er fasste seinen Kaffeebecher mit beiden Händen, damit er nichts verschüttete. »Guten Morgen, Frau Rauwolf.« Das klang sehr reserviert.

»'o'n.«

Paula überließ es ihm, daraus einen Gruß zu interpretieren. Sie hatte miserabel geschlafen, auch ohne Albtraum, und war mit Migräne aufgewacht. Trotz der Tabletten, die sie unverzüglich geschluckt hatte, hielt sie sich hartnäckig. Migräne machte sie übellaunig und reizbar. In so einem Zustand störte sie die sprichwörtliche Fliege an der Wand.

Sie schenkte sich ebenfalls einen Becher Kaffee ein und setzte ihren Weg zum Besprechungszimmer fort. Als sie eintrat, waren fast alle schon da und saßen auf ihren bevorzugten Plätzen. Oliver Siebert von der Abteilung Zuhälterei kam als Letzter.

Roemer grüßte in die Runde und fasste danach die bisherigen Ergebnisse für Siebert kurz zusammen. »Vor allem brauchen wir ein Motiv für die Tat«, schloss er und blickte erwartungsvoll in die Runde.

»Haben wir wenigstens diesmal was, mit dem wir unserm Spezi Severin am Zeug flicken können?«, hoffte Siebert.

»Leider nein«, antwortete Paula und rieb sich die rechte Schläfe, hinter der eine Horde Zwerge im Takt ihres Pulsschlags eine ganze Batterie von Ambossen zu bearbeiten schien. »Wir haben den Arbeitsvertrag der Toten gefunden, der sexuelle Dienstleistungen im Rahmen des Begleitservices strikt ausschließt. Wenn wir nicht noch irgendwelche anderen Belege finden oder jemand von Severins Leuten plaudert, haben wir mal wieder gar nichts in der Richtung. Mir scheint allerdings mit dem Hintergrund der Frau was nicht zu stimmen. Zumindest gibt es da einige Auffälligkeiten, die ich mir gern noch näher ansehen würde.«

»Die sind?«

»Sie hat angeblich Musik studiert. Aber in der ganzen Wohnung gab es kein Musikinstrument, keine Noten, keine Fachliteratur. Nicht mal ein einziges Buch über Musik, abgesehen von einem Lexikon. Selbst wenn sie die Musik völlig aufgegeben hätte, ist das ungewöhnlich. Möglich, dass das nichts bedeutet, aber ich möchte trotzdem gern nachhaken.«

»Hauptsache, du lässt Kastor in Ruhe«, gab Roemer seine Zustimmung. »Sonst noch?«

»Wir haben ihren Terminkalender. Offenbar hat sie einen handschriftlich geführt. Wir werten ihn heute aus. Allerdings dürfte der nicht allzu viel bringen. Dem ersten Eindruck nach hat sie ihre Kunden entweder nur mit Nachnamen eingetragen oder nur die Veranstaltungen, für die man sie gebucht hat. Ohne Vornamen ist die Identifizierung eine Sisyphusarbeit.«

»Die wir trotzdem tun. Entweder, um Severin endlich das Handwerk zu legen, oder, um den Mörder in dem Pool zu finden.«

»Meiner Überzeugung nach hatten wir den gestern schon in Gewahrsam und mussten ihn auf Anweisung von oben wieder laufen lassen.« Paula sprach gerade laut genug, dass Roemer sie hören musste.

»Und an diese Anweisung halten wir uns. Weiter.«

Paula trank ihren Kaffee, um zu verhindern, dass ihr eine Bemerkung entschlüpfte, die sie sich besser verkneifen sollte. Ja, sie würde sich an diese Anweisung halten – bis zu einem gewissen Grad. Seit ihrer Ausbildungszeit hatte sie die Methode perfektioniert, so zu ermitteln, wie sie es für richtig hielt, ohne gegen direkte Anordnungen zu verstoßen. Man bezahlte sie schließlich dafür, die Fälle aufzuklären und die Wahrheit ans

Licht zu bringen, nicht dafür, dringend Tatverdächtige mit zweierlei Maß zu messen. Justitia hatte nun mal blind zu sein.

»Ihr letzter eingetragener Kunde von Dienstagabend heißt Graf. Ohne Vornamen«, ergänzte Rambacher.

»Könnte der Reeder sein«, fügte Paula hinzu.

»Oder einer von den anderen Grafs in Wilhelmshaven.« Roemer nickte. »Rausfinden und befragen. Aber sehr diskret. Besonders wenn es der Reeder sein sollte. Der ist nicht nur mit dem Polizeipräsidenten per Du, sondern auch mit dem Bürgermeister und dem halben Stadtrat.« Er nickte Fischer zu. »Was habt ihr?«

»Die Befragung der Nachbarn hat nichts ergeben. Die Tote galt als unauffällig und hat auch keine häufig wechselnden Herrenbesuche gehabt. Kastor ist der Einzige, den verschiedene Hausbewohner mindestens einmal die Woche bei ihr gesehen haben, weshalb man ihn für ihren festen Freund gehalten hat. Dass sie für einen Begleitservice gearbeitet hat, wusste niemand. Falls sie tatsächlich auch sexuelle Dienstleistungen angeboten hat, dann nicht in ihrer Wohnung.«

Maja Küsters Team hatte auch nichts Neues zu vermelden, sodass die Besprechung kurz darauf beendet war.

Paula holte sich einen neuen Kaffee, ehe sie in ihr Büro ging. Sie ließ ihre Tasche neben ihrem Stuhl zu Boden plumpsen, riss das Fenster auf, stützte die Hände auf das Fensterbrett und atmete tief die frische Luft ein. Manchmal half das, die Kopfschmerzen zu besiegen. Doch heute hatte die Migräne mal wieder beschlossen, sich von rein gar keiner Gegenmaßnahme beeindrucken zu lassen. Im Gegenteil verschlimmerte der Lärm von der Straße sie noch.

Paula schloss das Fenster, setzte sich an ihren Tisch und startete den Computer. Rambacher schob ihr ein Blatt Papier hin, das mit seiner ungewöhnlich sauberen Schrift bedeckt war.

»Das sind die Namen der Kunden, die im Terminkalender der Toten stehen. Ich habe schon damit begonnen, sie im Telefonbuch zu überprüfen. Aber wie Sie vorhin gesagt haben, ist eine Identifizierung ohne dazugehörige Vornamen sehr arbeitsintensiv.«

Der Streber! Entweder war er gestern noch recht lange geblieben, nachdem Paula gegangen war, oder er war heute Morgen sehr früh im Dienst gewesen. Paula überflog die Liste. Da Rambacher jedem Namen eine Nummer gegeben hatte, sah sie auf den ersten Blick, dass es sich um neununddreißig Namen handelte. Hinter jedem hatte er mit Strichen vermerkt, wie oft Jasmin mit dem Betreffenden Termine gehabt hatte. Nur zwei Namen wiesen eine ungewöhnliche Häufung auf: Kastor und Graf, wobei sie mit Graf mehr Termine gehabt hatte als mit Kastor.

Paula war sich sicher, dass es sich um Witold Graf handelte. Abgesehen von ihm waren im Wilhelmshavener Telefonbuch nur fünf Grafs verzeichnet – darunter ein echter Graf. Gegen den einflussreichen Reeder hatte das FK 1 schon öfter ermittelt. Er stand seit langem in Verdacht, an illegalem Waffenhandel und Menschenschmuggel beteiligt zu sein. Doch konnte man ihm bisher ebenso wenig beweisen wie Severin. Sobald es den Ermittlern gelang, einen Zeugen aufzutreiben, war der entweder spurlos verschwunden, bevor er eine Aussage machen konnte, oder man fand ihn irgendwo tot auf. Interessanterweise starben sie alle infolge von Unfällen, von denen keiner dem anderen glich. Ein Fremdverschulden war nicht nachzuweisen.

Kastor und Graf. War es Zufall, dass beide mit der Toten bekannt gewesen waren, oder standen sie sogar miteinander in Verbindung? Paula beschloss, Kastor auf den Zahn zu fühlen. Eine einfache Befragung als potenzieller Zeuge, der die Tote gekannte hatte, war keine Ermittlung *gegen* ihn. Schließlich wurden alle anderen Kunden der Toten ebenfalls der Reihe nach befragt. Sie zog ihre Jacke an, nahm ihre Tasche und ging zur Tür.

»Frau Rauwolf, würden Sie mir freundlicherweise sagen, wohin Sie gehen? Damit ich weiß, ob ich mitkommen muss oder nicht.«

»Ich gehe ermitteln.«

»Und wo, wenn ich fragen darf?«

»Hier und da.«

Rambacher war nicht auf den Kopf gefallen. »Sie wollen weisungswidrig gegen Kastor ermitteln.«

»Im Gegenteil. Ich will weisungs*gemäß* in alle Richtungen ermitteln.«

Rambacher stand auf und nahm seinen Mantel. »Dann komme ich mit. Schließlich ist es Vorschrift, Befragungen zu zweit durchzuführen.«

Paula zuckte nur mit den Schultern und ging zum Parkplatz. Der blaue Ford verursachte ihr heute kein annähernd so beklemmendes Gefühl mehr wie gestern. Trotzdem hätte sie lieber einen anderen Wagen genommen, mit dem sie keine negativen Erinnerungen verband.

»Wohin fahren wir?«

»Grenzstraße 46.«

»Das ist die Adresse von Kastor. Frau Rauwolf –«

»Sie müssen nicht mit reinkommen, Rambacher. Außerdem tue ich nichts Weisungswidriges. Er hat uns doch versprochen, uns die Quittung für die Verleihung des angeblichen Smaragdcolliers zu geben. Ich erspare ihm freundlicherweise den Weg in die Dienststelle und hole sie bei ihm ab.«

»Und was tun Sie sonst noch bei der Gelegenheit?«

»Was sich so ergibt. Unter anderem werde ich mich in seiner Wohnung umsehen, falls er uns reinlässt.«

Rambacher atmete tief durch. »Ich mache da nicht mit. Ich will keinen Ärger haben.«

»Dann lassen Sie es bleiben. Ich habe Sie nicht gebeten mitzukommen.«

Sie parkte den Wagen vor Kastors Nachtclub. Seine Wohnung befand sich im Loft darüber. Rambacher machte seine Drohung wahr und blieb im Wagen sitzen, während Paula die Außentreppe zum Loft hinaufstieg und an Kastors Tür klingelte.

Zu ihrer Überraschung öffnete er beinahe sofort. Sie hatte vermutet, dass er um diese Zeit noch im Bett lag, da er berufsgemäß sicher erst spät in der Nacht schlafen ging. Als er Paula erkannte, zog er überrascht die Augenbrauen hoch, ehe er ein herablassendes Lächeln aufsetzte.

»Was verschafft mir denn diese Ehre, Frau Rauwolf? Wollen Sie Ihr polizeiliches Eigentum abholen?«

Sie sah ihn verständnislos an.

»Den überaus kleidsamen Plastikanzug, den man mir gestern gegeben hat.«

»Das sind Einweganzüge, die man nach Gebrauch entsorgt, falls Sie das noch nicht wissen sollten. Ich wollte die Quittung für das Collier abholen, die Frau Stojanovic Ihnen angeblich ausgestellt hat.«

»Haben Sie es inzwischen gefunden?«

»Nein. Deshalb will ich auch die Kaufquittung sehen, um mich zu vergewissern, dass es wirklich existiert und zumindest mal Ihnen gehört hat.«

Kastor gab die Tür frei und machte eine einladende Bewegung. »Treten Sie ein. Ich suche Ihnen die Quittungen raus. Dauert ein paar Minuten. Mögen Sie einen Kaffee?«

»Danke nein. Ich bin nicht zu meinem Vergnügen hier.«

Er führte sie ins Wohnzimmer, das sich über die halbe Hausseite erstreckte, ein Eckraum, der an beiden Seiten von Panoramafenstern eingefasst war, die einen großzügigen Blick auf die Straße gestatteten.

»Nehmen Sie Platz.« Er deutete auf eine schwarze Ledercouch.

Paula blieb stehen.

»Ich habe die Quittung im Arbeitszimmer. Sie entschuldigen mich einen Moment. Schnüffeln Sie ruhig in der Zwischenzeit herum. Ich habe nichts zu verbergen.«

Wieder setzte er sein überhebliches Grinsen auf. Und wieder war Paula versucht, es ihm mit der Faust aus dem Gesicht zu fegen. Nur so aus Prinzip, weil er offenbar glaubte, dass sie nichts finden würde, was sich gegen ihn verwenden ließ. Sie musste ihm widerwillig zugestehen, dass seine Selbstsicherheit höchstwahrscheinlich gerechtfertigt war. Männer wie er waren nicht so dumm, belastendes Material herumliegen zu lassen.

Doch da er ihr die Erlaubnis dazu erteilt hatte, machte sie von seiner Einladung Gebrauch und sah sich um. Die Einrichtung war durchaus geschmackvoll, was sie einem Nachtclubbesitzer nicht zugetraut hatte. Sie hatte eher Kitsch erwartet, teuren vielleicht, aber Kitsch. Teuer war die Einrichtung tatsächlich. Das dicke Leder der Möbel schimmerte matt, Schränke und Regale waren aus teurem Vollholz, der Boden aus Echtholzparkett. Paula hätte gewettet, dass auch die Bilder an den Wänden Originale waren. Aber sie verstand nicht genug von Kunst, um das beurteilen zu können.

Sie stellte sich in die Mitte des Raums und drehte sich langsam um ihre eigene Achse. Sie hatte das Gefühl, dass mit diesem Zimmer etwas nicht stimmte und brauchte ein paar Minuten, ehe sie es benennen konnte. Alles war zwar perfekt komponiert und aufeinander abgestimmt, aber es fehlte die persönliche Note. Dies hätte ein beliebiges Hotelzimmer sein können. Wenn der Gast es verließ, blieb nichts von ihm zurück.

Kastor kam zurück und reichte ihr ein Blatt Papier. »Ich habe mir erlaubt, Ihnen eine Kopie zu machen. Bitte sehr.«

Sie nahm es und warf einen Blick darauf. Sie musste zweimal hinsehen, ehe sie den Betrag glauben konnte, der dort geschrieben stand: 920.000 Euro. Ein mitkopiertes Farbfoto zeigte ein Collier aus größeren Smaragden und kleineren durchsichtigen Steinen, bei denen es sich laut Beschreibung auf der Quittung um Diamanten handelte. In der Mitte des Colliers befand sich ein Anhänger in Form einer Libelle, deren Flügel aus filigranem, mit Smaragden und Diamanten besetztem Golddraht bestanden. Es handelte sich zweifellos um das Collier, das Jasmin Stojanovic auf den Fotos in ihrer Bewerbungsmappe trug.

»Und hier ist die Quittung, die sie mir unterschrieben hat, als ich ihr das Collier am Dienstagabend überlassen habe. Den Text habe ich geschrieben. Sie hat unterzeichnet.« Er grinste mal wieder überheblich. »Ich nehme an, Sie sind nun überzeugt, dass ich

Jasmin dieses Collier niemals geschenkt habe. Ein derart wertvolles Schmuckstück würde ich nicht mal einer Frau schenken, die ich zu heiraten beabsichtige. Wenn Sie es nicht bei Jasmin finden, erstatte ich Anzeige wegen Diebstahls. Möglicherweise hat der Mörder es gestohlen.«

»Dafür ist das FK 2 zuständig, nicht meine Abteilung.« Paula massierte sich die Schläfe, denn die Migräne nahm zu.

»Haben Sie Migräne?«

Sie ließ die Hand sofort sinken. »Wie lange kannten Sie Frau Stojanovic?«

»Starker schwarzer Kaffee mit dem Saft einer frisch gepressten Zitrone. Ohne Zucker. Schmeckt scheußlich, aber es hilft manchmal. Meine Schwester schwört darauf, wenn sie Migräne hat. Soll ich Ihnen eine Tasse machen?«

»Nein danke. Beantworten Sie meine Frage.«

Kastor zuckte mit den Schultern. »Ich habe sie irgendwann letztes Jahr kennengelernt. Ich glaube, es war auf der Party eines gemeinsamen Bekannten.«

»Erinnern Sie sich noch, wann genau das war?«

Er setzte sein Pokerface auf. »Nein. Solche Dinge sind für mich nicht wichtig.«

Paula war sich sicher, dass er das noch ganz genau wusste. Vielleicht nicht mehr auf den Tag genau, aber den Monat oder die Jahreszeit mit Sicherheit. »Hat sie Ihres Wissens da schon für Severin gearbeitet?«

»Ich glaube, der gemeinsame Bekannte hatte sie tatsächlich über den Escort-Service gebucht. Danach gefragt habe ich ihn natürlich nicht.«

»Also, noch mal zur Klarstellung: Sie haben Frau Stojanovic bei einem Bekannten kennengelernt, von dem Sie erfahren haben, dass sie bei Severin arbeitet. Erst danach haben Sie irgendwann ihre Dienste selbst gebucht. Und irgendwann *danach* haben Sie ihr zum ersten Mal das Collier geliehen.«

Kastor applaudierte ironisch. »Sie haben es erfasst, Frau Rauwolf. Genau so war es.«

»Wie erklären Sie dann, dass Frau Stojanovic dieses Collier bereits getragen hat, als sie sich für ihr Portfolio bei Severin fotografieren ließ?« Sie hielt ihm die Fotokopie hin. »Sie wollen mir wohl kaum weismachen, dass so ein Stück Massenware ist.«

Damit hatte sie ihn kalt erwischt. Er starrte sie durchdringend an und hatte offensichtlich auf die Schnelle keine Ausrede parat.

»Nun?«

»Stimmt, das Stück ist eine Einzelanfertigung. Die Sache ist allerdings ganz anders als Sie jetzt denken. Als ich Jasmin kennenlernte, trug sie ein solches Collier aus falschen Steinen. Das Gold war echt, die Steine billige Imitate. Aber mir gefiel die Form mit dieser hübschen Smaragdjungfer-Libelle. Deshalb habe ich mir erlaubt, eine exakte Kopie mit echten Steinen in Auftrag zu geben. Die habe ich Jasmin immer dann geliehen, wenn sie mich zu entsprechenden Veranstaltungen begleitet hat.«

Verdammt! Der Kerl war nicht nur aalglatt, sondern eiskalt. Und gefährlich. Die Art, wie er Paula ansah, hatte etwas von einem Löwen, der seine Beute taxiert. Sie ließ sich davon jedoch nicht einschüchtern.

»Wozu der Aufwand, wenn die Kette doch genauso aussieht?«

»Weil sie eben nicht ›genauso‹ aussieht.« Er maß sie verächtlich von oben bis unten. »Ich erwarte nicht, dass eine einfache, unterbezahlte Beamtin wie Sie das versteht. Schmuck, besonders Edelsteinen, sieht man an, ob sie echt sind oder nur billige Halbedelsteine oder sogar aus Glas. Zumindest sehen das Leute, die sich echten Schmuck leisten können, auf den ersten Blick. Ich lege Wert auf Klasse in jeder Beziehung. Wenn ich mit einer Frau ausgehe, dulde ich nicht, dass sie unechten Schmuck trägt.«

Arroganz, dein Name ist Kastor, Jerome Kastor. Aber die wird dir noch vergehen, Kerlchen.

»Dann müsste Frau Stojanovic ja noch die unechte Kette besitzen. Wir haben sie aber nicht bei ihren Sachen gefunden.«

Er zuckte mit den Schultern, aber mit keiner Wimper. »Sie erwarten doch wohl nicht von mir, dass ich weiß, was eine meiner Honorarkräfte mit ihren persönlichen Sachen macht. Vielleicht hat sie das Ding verkauft oder verschenkt, verliehen. Was weiß ich. Interessiert mich auch nicht.«

Wieder eine Behauptung, deren Gegenteil sich nicht beweisen ließ.

»Sie lügen verdammt schlecht, Herr Kastor. Darf ich mal einen Blick in Ihren Safe werfen?«

»Gern. Sobald Sie mir einen richterlichen Beschluss vorweisen, der Ihnen das gestattet.«

Paula lächelte verächtlich. »Offenbar sind Sie doch nicht so kooperativ, wie Sie mir weismachen wollen. Kennen Sie Witold Graf?«

In seinem Gesicht regte sich kein Muskel. »Den kennt jeder in Wilhelmshaven.«

»Ich meine nicht diese Art von Kennen, wie Sie sehr wohl wissen.«

»Einen Moment, bevor ich es vergesse.«

Er verschwand in einem anderen Zimmer. Durch die halb offene Tür konnte Paula sehen, dass es das Schlafzimmer war. Sie erhaschte einen Blick auf ein großes rundes Bett, Spiegel an der Decke darüber und eine verspiegelte Wand. Mann, war der Kerl eitel. Und mit seiner Flucht ins Schlafzimmer wollte er vom Thema ablenken.

Er kam zurück und drückte ihr eine Plastiktüte in die Hand. »Nicht dass es noch heißt, ich würde Eigentum der Polizei behalten. Ich habe mir erlaubt, das Ding reinigen zu lassen. Es ist so blitzsauber, als hätte es noch nie jemand getragen.«

Es war der Plastikanzug, den man ihm gestern in der Dienststelle gegeben hatte. Dass er ihn zurückgab, war der pure Hohn. Paula hätte am liebsten geflucht. Der Duft nach Reinigungsmittel, der ihr aus der Tüte in die Nase stieg, bestätigte, dass er tatsächlich irgendwie gewaschen worden war.

»Sehr umsichtig, Herr Kastor.«

»War mir ein Vergnügen. Und nun entschuldigen Sie mich bitte, ich habe zu tun.« Er bugsierte sie zur Tür.

»Wie war das mit Witold Graf?«

»Wie ich schon sagte, kennt jeder in Wilhelmshaven seinen Namen, der Zeitung liest. Nebenbei, Frau Rauwolf«, er taxierte sie von oben bis unten, »die Art, wie Sie sich bewegen … Sie können bestimmt gut tanzen. Wenn Sie mal Lust auf einen sehr viel besser bezahlten Job haben, können Sie jederzeit bei mir vorsprechen.«

Was zum Teufel sollte das nun wieder? Wollte er sie aus der Fassung bringen? Sie verhöhnen?

»Danke fürs Angebot. Ich komme zu gegebener Zeit darauf zurück.« Was frühestens in ihrem übernächsten Leben der Fall sein würde. »Aber freuen Sie sich nicht zu früh. Ich finde die Wahrheit schon heraus.«

Er sah sie wieder mit seinem Raubtierblick an. »Passen Sie nur auf, dass Sie nicht dabei umkommen. Zu große Neugier kann nur allzu schnell tödlich enden.«

Sie trat dicht an ihn heran und funkelte ihn kalt an. »Sie drohen mir?«

»Dazu habe ich keine Veranlassung. Ich möchte nur verhindern, dass Sie sich in etwas verbeißen, das es gar nicht gibt. Ich wünsche Ihnen einen guten Tag.« Er trat zurück und schloss die Tür vor ihrer Nase.

Ich kriege dich, Kerl, und dann wirst du mitsamt deiner Überheblichkeit und Eisglätte im Nirwana vergehen. Und anschließend in der Hölle schmoren.

Paula stieg die Außentreppe hinunter und setzte sich wieder zu Rambacher in den Wagen. Wütend schleuderte sie die Tüte mit dem Plastikanzug auf den Rücksitz.

Rambacher blickte sie an. »Haben Sie erreicht, was Sie wollten?«

»Ja, einschließlich eines Tipps, wie ich meine Migräne besiegen kann.«

Seinem Gesichtsausdruck nach zu urteilen empfand er nicht das geringste Mitleid mit ihr.

Paula startete den Wagen. »Wir befragen als Nächstes Witold Graf.«

»Steht denn schon fest, dass er derjenige ist, der Frau Stojanovic am Dienstagabend gebucht hat?«

»Nein, aber das erfahren wir dann. Vor allem will ich ihn fragen, ob er Kastor kennt.«

»Ich sehe da keinen Zusammenhang.«

»Wird sich zeigen, ob es einen gibt.«

Jerome Kastor beobachtete von seinem Panoramafenster, wie Paula Rauwolf in ihren Wagen stieg und davonfuhr. Stures Biest. Offenbar hatte die Intervention bei einer Kontaktperson bei der Polizei nichts gefruchtet. Er rief seinen Chef noch einmal an.

»Das Problem ist noch nicht aus der Welt. Diese Kommissarin, die mich verhaftet hat, lässt einfach nicht locker. Du wolltest dich doch darum kümmern, dass ich nicht mehr von denen belästigt werde.«

»Das habe ich getan. Wie heißt die Frau?«

»Rauwolf. Paula Rauwolf.«

»Oh. Die ist taff, habe ich gestern erfahren.«

»Und schlau.«

»Sie soll ziemlich schwierig sein. Außerdem war sie längere Zeit suspendiert und ist erst seit gestern wieder im Dienst. Ich werde mal sehen, ob ich über diese Schiene was machen kann. Falls das nichts bringt – und bei dem Ruf der Frau ist damit zu rechnen –, müssen wir es andersherum versuchen. Notfalls auf die harte Tour.«

»Die ein gewisses Risiko birgt«, erinnerte Kastor ihn.

»Ja, aber immer noch besser, als wenn uns die ganze Aktion ihretwegen um die Ohren fliegt. Gibt es was Neues von den Daten?«

»Bis jetzt kann ich nur sagen, dass die Polizei sie nicht gefunden hat. Ich bleibe am Ball.«

»Du weißt, was davon abhängt.«

Das wusste er nur allzu gut. Doch zunächst musste er die Kommissarin loswerden, damit sie ihm nicht in die Quere kam. Verdammt, die Sache war so gut ausgeklügelt und eingefädelt worden. Und diese kleine Kommissarin stolperte ausgerechnet über diese winzige Unstimmigkeit mit dem Collier. Er hätte sich eine bessere Ausrede dafür einfallen lassen müssen, was er in Jasmins Schmuckschatulle gesucht hatte. Aber ihm war auf die Schnelle nichts Vernünftiges eingefallen. Und einmal gesagt, musste er bei seiner Version bleiben, um nicht noch mehr Misstrauen zu erregen. Immerhin konnte er ausschließen, dass der Datenträger in der Schmuckschatulle war. Jasmin musste ihn woanders versteckt haben. Aber wo, verdammt?

Doch zunächst musste die Rauwolf aus dem Verkehr gezogen werden. Notfalls auf die harte Tour.

Das Geschäftsgebäude von Witold Grafs Reederei lag am Hafen. Von hier aus hatte man einen herrlichen Blick aufs Wasser. Paula hatte erwartet, dass der Reeder genauso arrogant wie Kastor sein und sie abwimmeln lassen würde, weil sie und Rambacher unangemeldet kamen. Das Gegenteil war der Fall.

»Für die Polizei habe ich immer Zeit«, versicherte er, als er sie persönlich in sein Büro geleitete, wo er ihnen von seiner Sekretärin Kaffee servieren ließ. »Schließlich versehen Sie einen sehr schwierigen und mitunter gefährlichen Job. Sie hätten bestimmt Besseres zu tun, als unbescholtene Bürger grundlos zu belästigen.« Er lächelte gewinnend.

Der Heuchler. Genau wie Kastor gab er sich derart selbstbewusst, dass es beinahe schon an Hybris grenzte, ganz in der Überzeugung, dass man ihm seine dunklen Geschäfte niemals würde nachweisen können.

Witold Graf war ein schlanker Mann Mitte sechzig mit gepflegtem, silbergrauem Haar. Auch seine Kleidung war, wie die von Kastor, sichtbar maßgeschneidert. Sein Büro war einerseits nüchtern, gleichzeitig aber auch ansprechend eingerichtet. Das Ambiente schuf eine angenehme Atmosphäre für geschäftliche Besprechungen.

Graf setzte sich Paula und Rambacher gegenüber, schlug ein Bein über, legte die gefalteten Hände in den Schoß und blickte die beiden freundlich an. Wenn Paula es nicht besser gewusst hätte, wäre sie überzeugt gewesen, dass er tatsächlich der durch und durch seriöse Geschäftsmann war, als der er sich gab.

»Was kann ich heute für die Polizei tun?« Er sah Rambacher an, und würdigte mit seinem Blick dessen Outfit mit Anzug und Krawatte, das in krassem Gegensatz zu Paulas Jeansanzug stand. Dem sah man an, dass er seine besten Tage schon lange hinter sich gelassen hatte.

»Ist Ihnen eine Frau Jasmin Stojanovic bekannt?«, fragte Rambacher deshalb.

»Durchaus. Die hübsche Smaragdjungfer ist Hostess bei einer seriösen Escort-Agentur. Ich buche sie regelmäßig als Begleiterin für meine Soireen und andere Veranstaltungen, entweder für mich oder für einen meiner Gäste. Wie Sie vielleicht wissen, hatte meine Frau vor zehn Jahren einen schweren Unfall, der sie zum Pflegefall machte. Deshalb kann sie ihren gesellschaftlichen Pflichten leider nicht mehr nachkommen. Manche meiner Geschäftspartner erwarten aber bei Geschäftsessen oder Verhandlungen eine schöne Frau an meiner Seite.«

»Sie müssen sich vor uns nicht rechtfertigen, Herr Graf«, versicherte Rambacher. »Wann haben Sie Frau Stojanovic zuletzt gesehen?«

»Am Dienstagabend. Ich hatte hier im Haus eine Feier für einen Freund aus Übersee arrangiert und sie als Begleiterin engagiert.« Er blickte von einem zur anderen. »Jasmin ist doch nicht in Schwierigkeiten? Ich kann über ihre Arbeit jedenfalls nichts Negatives sagen. Sie ist absolut professionell. Ich hatte nie einen Grund für eine Beschwerde.«

»Sie ist tot«, übernahm Paula die Gesprächsführung. »Und Sie, Herr Graf, gehören zu den letzten Menschen, mit denen sie Kontakt hatte.«

Der Reeder machte ein betroffenes Gesicht. »Das ist ja furchtbar. Hatte sie einen Unfall?«

»Sie fiel einem Gewaltverbrechen zum Opfer. Deshalb wollten wir Sie fragen, ob Ihnen am Dienstagabend etwas Ungewöhnliches aufgefallen ist. War Jasmin anders als sonst? Oder hatte sie Streit mit jemandem?«

Graf schüttelte ohne zu zögern den Kopf und bedachte Paula mit einem Blick, der an Verachtung grenzte. »Frau …«

»Rauwolf.«

»Frau Rauwolf, meine Gäste sind integre Geschäftsleute. Von denen benimmt sich keiner derart unangemessen, dass er sich mit einer Hostess streitet. Zumindest nicht in meiner Gegenwart.«

»Jeder Mensch hat mal schlechte Laune oder so viel Stress, dass ihm die Sicherungen durchbrennen. Kommt in den besten Familien vor. Vielleicht hatten Sie selbst Streit mit ihr?«

Graf blickte sie eisig an. »Wie ich schon sagte, hatte ich nie einen Grund, über Jasmin zu klagen. Und ich bin ganz gewiss kein Mann, der mit jemandem einen Streit vom Zaun bricht. Und nein, Jasmin hat sich nicht anders verhalten als sonst. Kann ich sonst noch behilflich sein?«

»Gehörte zu Ihren Gästen am Dienstagabend auch Jerome Kastor?«

Graf maß sie mit einem kühlen Blick. »Frau Rauwolf, die Namen meiner Gäste gehen die Polizei nichts an. Hat man Ihnen auf der Polizeischule nicht beigebracht, dass Sie nicht das Recht haben, nach solchen Dingen zu fragen?«

Paula schenkte ihm ein betont liebenswürdiges Lächeln. »Erlauben Sie mir, Ihnen unser Problem zu erläutern, Herr Graf. Herr Kastor behauptet, er wäre am Dienstagabend mit Frau Stojanovic zusammen gewesen. Falls das stimmt, muss er einer Ihrer Gäste gewesen sein. Falls es nicht stimmt, hat er uns belogen. Dann stellt sich die Frage, warum.« Sie blickte ihn erwartungsvoll an.

Graf presste die Lippen zusammen und starrte Paula für einen Moment reglos an. »Ja, Herr Kastor war am Dienstag einer meiner Gäste.«

»Hatten Sie Frau Stojanovic für ihn engagiert?«

»Ja.«

»Wissen Sie, ich frage mich, warum *Sie* Jasmin für Herrn Kastor gebucht haben, obwohl er ihrem Terminplaner nach ohnehin einer ihrer häufigsten Kunde war. Warum hat er sie nicht selbst engagiert?«

Graf atmete tief durch. »Herr Kastor ist ein sehr guter Freund von mir. Deshalb war Jasmins Anwesenheit eine kleine Aufmerksamkeit für ihn, mit der ich ihn überraschen wollte.« Er sah auf die Uhr. »Ich hoffe, Sie sind nun mit Ihren Fragen fertig, denn ich habe gleich einen Termin.«

»Nur noch eine einzige Frage, Herr Graf. Was verbindet ein honoriges Mitglied der Gesellschaft wie Sie mit einem Nachtclubbesitzer vom Schlage Kastors? Ich dachte bis jetzt immer, dazwischen liegen Welten.«

Graf stand auf und deutete zur Tür. »Mein Verhältnis zu Herrn Kastor geht Sie nichts an. Guten Tag.«

Er ließ Paula und Rambacher von seiner Sekretärin hinausbringen.

»Das war ein sehr ergiebiges Gespräch«, fand Paula.

»Weil Graf gelogen hat?«

»Das hatte ich erwartet. Nein, weil er eine Verbindung zu Kastor zugegeben hat. Wir sind uns absolut sicher, dass Graf unter anderem Menschenhandel in großem Stil betreibt, auch wenn wir es ihm noch nicht beweisen können. Bisher haben wir uns immer gefragt, wo seine Kontakte zur Szene sind. Kastor hat zwar nach außen hin eine weiße Weste, aber ein Mann in seiner Branche hat natürlich Beziehungen zu den entsprechenden Kreisen. Ich müsste mich schwer täuschen, wenn die beiden nicht gemeinsame Sache machen. Wir müssen das nur irgendwie beweisen.«

Sie hatten den Parkplatz erreicht und gingen zu ihrem Wagen.

»Wussten Sie das mit seiner Frau?«, wollte Rambacher wissen.

Paula nickte. »Das ist allgemein bekannt. Davon abgesehen, gehörte ich damals mit zur Ermittlungsgruppe. Wir haben vermutet, dass der Unfall in Wahrheit ein von Graf in Auftrag gegebener Mordversuch war. Es ist ein Wunder, dass die Frau überlebt hat.«

Rambacher blickte sie verwundert an. »Warum sollte Graf erst seine Frau umzubringen versuchen und sie hinterher doch am Leben lassen?«

»Wegen ihres Geldes. Die Reederei Graf existierte schon zu Kaiser Wilhelms Zeiten. Als Graf im heiratsfähigen Alter war, steckte sie in einer Finanzkrise und stand kurz vor dem Ruin. Schon damals wusste alle Welt, dass er seine Frau, die einzige Erbin einer schwerreichen Familie, nur des Geldes wegen geheiratet hat. Gerade deshalb gaben sich beide die größte Mühe, nach außen hin zu demonstrieren, dass sie ein liebendes, glückliches Paar wären.« Paula entriegelte den Ford. »Allerdings hatte Frau Graf von Anfang an einen seltsamen Hang zu Unfällen, bei denen sie mehrfach nur knapp dem Tod entgangen ist. Die meisten hat sie mit ein paar blauen Flecken oder Knochenbrüchen überstanden. Beim letzten Mal kam ihr Wagen von der Straße ab – man hat später eine Unmenge Alkohol in ihrem Blut festgestellt – und landete im Hafenbecken. Eigentlich hätte sie mit der Alkoholmenge intus gar nicht mehr gehen, geschweige denn fahren können. Erst recht nicht die ganze Strecke von ihrem Haus bis zum Kai.«

»Wie hat man das Phänomen erklärt?«

»Graf tat hochnotpeinlich berührt und gestand zerknirscht, dass seine Frau schon seit Längerem ein Alkoholproblem hätte, daher an Alkohol gewöhnt wäre und mit einem Promillegehalt im Blut, der jeden normalen Menschen ausknockt, immer noch geradeaus gehen oder fahren könnte. An jenem Tag hätten sie sich gestritten. Er sei ins Büro gefahren, sie hätte danach wohl ihren Frust in der Flasche ertränkt und sich selbst anschließend im Hafenbecken umzubringen versucht.«

»Gab es dafür Beweise?«

»Jein. Unser Rechtsmediziner war überzeugt, dass die Frau, selbst wenn sie Alkoholikerin gewesen wäre – worauf zumindest der Gesamtzustand ihres Körpers nicht im Geringsten hindeutete – bei dem von ihm festgestellten Promillegehalt es nicht mal bis zur Grundstücksgrenze geschafft hätte. Aber da man an ihrem Körper keine Spuren von Gewaltanwendung gefunden hat und es in ihrem Wagen nur Fingerabdrücke und Faserspuren von ihr gab, ist Grafs Erklärung die einzige, die sich beweisen oder zumindest nicht widerlegen lässt.«

»Was hat das alles mit Frau Grafs Vermögen zu tun?«

»Als man sie geborgen hat, war sie schon tot, konnte aber wiederbelebt werden. Doch ihr Gehirn war zu lange ohne Sauerstoff. Seitdem ist sie schwerstbehindert und braucht rund um die Uhr Betreuung. Da ein Großteil ihres Vermögens in der Reederei steckt, hatte sie ein entsprechendes Mitspracherecht. Jetzt ist Graf ihr Vormund und kann über alles alleine entscheiden. Er hat es auch nicht mehr nötig sie umzubringen, da er auch ohne ihren Tod ungehindert über ihr Geld verfügen kann.« Paula verzog angewidert das Gesicht. »Seit damals macht er jedenfalls die große Show daraus, dass er seine Frau zu Hause rund um die Uhr von einer Privatschwester und einem Privatarzt pflegen lässt, statt sie in ein Heim abzuschieben. Nach außen hin steht er als der treusorgende Ehemann da. Und wenn er sich seinen Spaß anderswo holt, dann sieht man ihm das natürlich gerne nach.«

Rambacher schwieg eine Weile. »Glauben Sie ihm, dass Kastor am Dienstag bei ihm war?«

»Nein. Aber das Gegenteil lässt sich im Moment nicht beweisen. Ihnen ist natürlich aufgefallen, dass er am liebsten jeden Kontakt zu Kastor geleugnet hätte.«

Rambacher nickte. »Ich frage mich, warum er das nicht getan hat. Falls Kastor tatsächlich nicht bei ihm war, wovon ich ausgehe, hat Graf doch nichts zu gewinnen, wenn er das Gegenteil behauptet.«

»Aber vielleicht was zu verlieren, wenn er es nicht tut. Das sollten wir herausfinden.«

Nach ihrer Rückkehr in die Dienststelle nahm sich Paula die Fotos von Jasmin Stojanovics Wohnung vor, die Maja Küster auf den Server geladen hatte. Abgesehen davon, dass sie sich ein möglichst genaues Bild von der Toten machen wollte, suchte sie nach etwas, das ihr einen Hinweis darauf gab, warum die Frau ihre Musik aufgegeben hatte.

Sie zoomte das Bild vom CD-Rack neben der HiFi-Anlage heran und besah sich die Titel. Rock, Pop, sogar Rap. Nur wenig klassische Musik und nur drei CDs mit Violinkonzerten.

»Also für eine Musikerin, die Violine studiert hat, besitzt sie erstaunlich wenige Violinkonzerte.«

»Sie scheinen zu glauben, dass das mit dem Musikstudium nicht stimmt.«

»Ich habe meine Zweifel.«

Rambacher schwieg einen Moment. »Ich ehrlich gesagt auch.«

Paula warf ihm einen überraschten Blick zu.

»Dass wir so wenige Hinweise auf das Studium gefunden haben, ist tatsächlich ungewöhnlich. Zumindest wirft es gewisse Fragen auf, die wir klären sollten.«

Paula nickte und besah sich das Bild vom Bücherregal neben dem Wohnzimmerfenster, das vom Boden bis zur Decke reichte. Es war das einzige Bücherregal in der Wohnung. Es enthielt eine Reihe von Sonderausgaben verschiedener Romanreihen und ein paar Lexika. Die Buchrücken wiesen bei nur wenigen Exemplaren Gebrauchsspuren auf. Die meisten wirkten neu und unbenutzt. Gut, das war nicht unbedingt ungewöhnlich. Auch Paula hatte etliche Bücher im Regal, die sie noch nie gelesen hatte, weil ihr die Zeit fehlte. Aber ihre Bücher standen nicht so penibel in Reih und Glied wie diese.

Den Eindruck des Unbenutzten gewann Paula auch von den anderen Räumen. Dadurch wirkte die Wohnung, wie auch die von Jerome Kastor, unpersönlich. Eine Sammlung unterschiedlicher

Musikrichtungen, die keinen bevorzugten Stil erkennen ließen, Buchserien, die zwar gut aussahen, aber nicht gelesen wurden. Keine Bilder an den Wänden. Keine Fotos. Neutrale Farben.

»Wir nehmen uns nochmals Frau Stojanovics Hintergrund vor«, entschied sie. »Und zwar extrem gründlich.«

»Wollen Sie damit andeuten, ich hätte das gestern nicht gründlich genug getan?«

»Damit will ich andeuten, dass wir heute noch tiefer graben müssen, und dann mal sehen, was wir unter der Oberfläche finden. Wenn Sie das unbedingt persönlich nehmen wollen, ist das Ihr Problem.«

Paula massierte ihre Schläfe. Die Migräne war noch stärker geworden. Sie beschloss, zum nahe gelegenen Aldi-Markt hinüberzugehen, ein paar Zitronen zu kaufen und Kastors Rezept mit der Zitrone im Kaffee auszuprobieren. Konnte nicht schaden, und vielleicht half es ja. Wenn es gegen die Migräne ging, würde sie sogar auf Arschloch-Kastor hören. Ohne ein Wort verließ sie das Büro.

Zwanzig Minuten später war sie zurück. Aus dem Becher in ihrer Hand stieg ein seltsamer Geruch auf. Egal. Paula nahm sich noch einmal die Informationen über Kastor vor. Er hatte eine Schwester erwähnt. Falls die auch hier in Wilhelmshaven wohnte, konnte man sie vielleicht nach ihrem Bruder aushorchen. Inoffiziell natürlich. Paula war sich durchaus darüber im Klaren, wie Jakob Roemer reagieren würde, wenn er herausfand, dass sie hinter Kastor her schnüffelte.

Kastor, dem Einzelkind.

Nirgends gab es einen Hinweis auf eine Schwester, Halbschwester oder Stiefschwester. Und auch er hatte, wie Jasmin Stojanovic, keine lebenden Verwandten. Zwei Menschen, die durch ein Gewaltverbrechen und einen gemeinsamen Bekannten verbunden waren und beide keine lebenden Angehörigen hatten – das war schon ein seltsamer Zufall.

Paula nahm einen Schluck von ihrem Kaffee. Das Gebräu schmeckte so scheußlich, dass sie es beinahe wieder ausgespuckt hätte. Sie schüttelte sich und kippte den Rest in einem Zug hinunter. Anschließend spülte sie mit Mineralwasser nach.

Ihr Handy klingelte. Die Nummer auf dem Display gehörte Ileana. Sie tauschten die üblichen einleitenden Höflichkeiten aus, dann kam Ileana zur Sache.

»Diese Jasmin Stojanovic, nach der du gefragt hast, ist keine von uns. Mein Vater hat sich umgehört. Die nächsten unserer Stojanovics leben in Bremen, aber zu denen gehört keine Jasmin. Und auch nicht zu irgendwem anders im ganzen Land. Also falls sie behauptet hat, Romni zu sein, hat sie gelogen. Vielleicht gehört sie zu den Leuten, die sich mit dem Minderheitenbonus irgendwelche Vorteile verschaffen wollen.« Ileanas Stimme klang verächtlich. »Gibt ja immer wieder welche, die über diese Schiene versuchen, irgendwo was abzusahnen.«

»Ja, bedauerlicherweise. Danke Ileana. Und auch an deinen Vater.«

»Ich soll dich von der Familie grüßen. Mutter lässt fragen, wann du mal wieder zu uns kommst.«

»Wenn dieser Fall abgeschlossen ist. Versprochen.«

Sie beendete das Gespräch und merkte, dass Rambacher sie neugierig ansah. Da sie wieder Romanes mit Ileana gesprochen hatte, hatte er kein Wort verstanden.

»Die Tote war höchstwahrscheinlich keine Romni«, teilte sie ihm mit.

»Warum sollte sie sich dann als eine ausgeben?« Rambachers Stimme klang zweifelnd. »Wenn man seinen eigenen Status aufpeppen will, sucht man sich dazu normalerweise keine Volksgruppe aus, die von so vielen immer noch verachtet wird – hinter vorgehaltener Hand oder ganz offen.«

Paula nickte. »Genau das ist der Punkt. Die Frau, mit der ich gestern im *Celona* gesprochen habe, meinte, dass die Tote sich mit der falschen Identität in irgendeiner lukrativen Form den Minderheitenbonus sichern wollte. Aber das macht angesichts ihres Gehalts als Hostess überhaupt keinen Sinn.«

»Immer vorausgesetzt, Ihre Information ist korrekt.«

»Über jeden Zweifel erhaben. Glauben Sie mir, ich kenne die Roma gut. Und mein Informant kennt sie noch besser. Wenn der sagt, dass es bundesweit keine Jasmin Stojanovic unter ihnen gibt, dann existiert keine. Dass sie sogar offiziell als Romni durchgegangen ist, könnte entweder ein Versehen seitens der Behörden sein. Aber in dem Fall hätte sie doch längst alles daran gesetzt, das korrigieren zu lassen.«

»Oder?«

»Oder ihre Papiere sind gefälscht, und sie will als Romni etwas erreichen, das sie sonst nicht bekommen könnte. Ich kann mir aber beim besten Willen nicht vorstellen, was das sein sollte.«

»Ich mir auch nicht. Deshalb halte ich Ihre Theorie für etwas weit hergeholt.«

»Trotzdem werden Sie Frau Stojanovics Hintergrund auf Herz, Nieren, Leber, Milz und alle Organe dazwischen durchleuchten. Und lassen Sie sich nicht von oberflächlichen Stimmigkeiten täuschen. Drehen Sie jede Information über sie dreimal um, ehe Sie sie für bare Münze nehmen. Wenn Sie dafür Kontakte nach Serbien knüpfen müssen, spannen Sie Silke Moravac vom Empfang ein. Die ist mit einem Serben verheiratet und spricht auch selbst gut Serbisch.«

»Wir haben ja auch nichts anderes zu tun.«

»In der Tat.« Paulas Stimme klang honigsüß. »Schließlich hat uns Jakob ausdrücklich damit beauftragt, den Hintergrund der Toten lückenlos zu dokumentieren. Als guter Kriminalbeamter befolgen Sie doch Anweisungen aufs Wort, nicht wahr?«

Rambachers Kiefer mahlten. Paula sah ihm an, dass er sich beherrschen musste, um nicht unangemessen zu reagieren. »Und womit beschäftigen Sie sich?«

»Ich tue dasselbe – mit Kastor.«

»Sie widersetzten sich einer ausdrücklichen Anordnung des zuständigen Staatsanwalts. Damit will ich nichts zu tun haben.«

»Eben darum beschäftigen Sie sich weisungsgemäß mit dem Opfer.« Sie sah ihm in die Augen. »Lassen wir mal sämtliche Dienstanweisungen außer Acht. Gehen wir nur von den uns bisher bekannten Fakten aus. Wenn Sie das allein zu entscheiden hätten: Wo würden Sie nach dem gegenwärtigen Stand der Dinge Ihre Ermittlungen konzentrieren?«

Rambacher musste nicht lange überlegen, das sah sie ihm an. Dennoch zögerte er mit der Antwort. Schließlich gab er zu: »Bei Kastor. Aber ich setze mich trotzdem nicht über eine Dienstanweisung hinweg.«

Paula maß ihn mit einem verächtlichen Blick. »Sie waren mal ein mutiger Mann, Rambacher. Sie haben das Richtige getan und einem Opfer zu seinem Recht verholfen. Gegen alle Widerstände. Aber jetzt scheinen Sie nur noch ein kleiner Feigling zu sein, der Angst davor hat, dass sein Schatten irgendwo unliebsam anecken könnte.«

»Jetzt werden Sie bitte nicht persönlich!«

Das hatte ihn sichtbar getroffen. »Keine Sorge. Wenn's wegen der Nachforschungen über Kastor eins aufs Dach gibt, halte ich meins hin, damit Ihres nichts abkriegt. Ich bin es gewohnt, allein gegen alle zu stehen. Mein Kreuz ist breit genug, um das auszuhalten. Ihres offenbar nicht. Aber damit müssen Sie leben, nicht ich.« Das hätte genügen sollen. Aber die Migräne – und nicht nur die – machte Paula so reizbar, dass sie noch eins draufsetzte. »Was immer ich mir auch habe zuschulden kommen lassen, ich kann mir immer noch im Spiegel in die Augen sehen. Können Sie das auch?«

Rambacher ballte die Fäuste, presste die Lippen zusammen und schwieg.

Paula musste seiner Selbstbeherrschung ungewollt Respekt zollen. Sie an seiner Stelle hätte als Antwort zugeschlagen. Oder auch nicht. Denn damit hätte sie ihrem Gegner den Triumph gegönnt, sie aus der Fassung gebracht zu haben. So was versuchte sie tunlichst zu vermeiden.

Sie schnappte sich eins der Fotos aus Jasmin Stojanovics »Smaragdjungfer«-Mappe, auf dem das Libellencollier besonders gut zu erkennen war, und legte es neben das Foto auf Kastors Kaufquittung. Mit einer Lupe studierte sie beide Abbildungen und kam zu dem Schluss, dass es sich dabei nicht um Original und Kopie handelte, sondern dass es ein und dasselbe Schmuckstück war. Kastor hatte also auch in diesem Punkt gelogen.

Die Kaufquittung war im Dezember letzten Jahres ausgestellt worden. Paula glich das Datum mit dem auf den Fotos in Jasmins Mappe ab. Die waren im August aufgenommen worden. Demnach musste Kastor Jasmin schon sehr viel länger gekannt haben. Und die Kaufquittung war eine Fälschung. Mit Sicherheit war auch der Beleg ein Fake, mit dem Jasmin das Ausleihen des Colliers bestätigte. Da die Libelle ihr Markenzeichen gewesen war und sie das Collier nach Severins Aussage immer getragen hatte, musste Kastor es ihr geschenkt haben. Aber was verband ihn wirklich mit der Toten? Und mit Graf?

Dazu kam die Frage, wo das Collier abgeblieben war. Paula rief den Juwelier an, der es angefertigt hatte, und erhielt keinen Anschluss. Die Firma existierte nicht mehr. Eine intensivere Überprüfung ergab, dass der Juwelier sein Geschäft aufgegeben hatte, nur eine Woche nachdem er das Collier an Kastor verkauft hatte. Zufall?

Sie überprüfte die Informationen über Kastors Nachtclub. Der schien koscher zu sein. Alles legal, er zahlte seine Steuern und Sozialabgaben, und auch in Sachen Drogen war er noch nie aufgefallen. Seine Weste war so porentief rein, dass es schon verdächtig war. Kein Wunder, wenn man nicht gegen ihn ermitteln durfte, weil der Polizeipräsident und Staatsanwalt Breitenbach ihn schützten. Und wer weiß, welche Beziehungen er noch hatte.

Paula nahm die beiden Fotos des Colliers und brachte sie mit der Leihquittung zum Erkennungsdienst, damit Maja und ihre Kollegen die Übereinstimmung mit ihren technischen Mitteln verifizieren konnten. Anschließend ging sie in die Kaffeeküche.

Wie sie gehofft hatte, saß Sigurd Fischer um diese Zeit auf seinem Stammplatz und genoss eins seiner geliebten Fischbrötchen. Paula hatte sich heute Morgen eine Portion Hooksieler Fischsuppe mit Rotbarsch aus dem Eisfach geschnappt und wärmte sie in der Mikrowelle auf. Das Rezept stammte von ihrer Großmutter, einer in der x-ten Generation gebürtigen Hooksielerin. Der Geschmack der Suppe weckte jedes Mal angenehme Kindheitserinnerungen von unbeschwerten Sommern am Hooksieler Badestrand. – Vergangenheit, an der sie nicht hängen sollte.

Sie setzte sich zu Fischer.

»Moin, Paula. Na, den Tag gestern einigermaßen überstanden?«

Sie nickte. »Ich schaffe das schon. Ich brauche mal deinen Rat, Sigurd.«

Er sah sie ungläubig an. »Das ist ja was ganz Neues. Aber was Gutes. Schieß los.«

»Mit Kastor stimmt hinten und vorne was nicht.«

Fischer ließ leidgeprüft den Kopf hängen. »Das ist doch nichts Gutes. Und damit meine ich nicht die Tatsache als solche, sondern dass du offenbar gegen ihn ermittelst.«

»Genau deshalb brauche ich deinen Rat. Er behauptet, als er mit blutigen Händen in der Schmuckschatulle des Opfers erwischt wurde, dass er dort ein Smaragdcollier gesucht hat, das er der Toten angeblich geliehen hat.«

»Glauben wir ihm natürlich nicht, aber das Gegenteil können wir ihm bis jetzt nicht beweisen.«

»Ich war vorhin bei ihm und –«

»Paula, Paula.« Fischer schüttelte missbilligend den Kopf.

»… und habe mir von ihm die Quittung für das angebliche Collier geben lassen. Fakt ist: Er hat tatsächlich eins gekauft. Aber sie trug das Collier schon, bevor er sie laut eigenem *und* Severins Bekunden überhaupt kannte. Er behauptet zwar, seins wäre eine Kopie, die er nach ihrem Original angefertigt hat. Ich habe mir die beiden Bilder unter der Lupe angesehen. Die Dinger sind identisch. Es ist ein und dasselbe Collier. Außerdem hat Kastor mir gegenüber eine Schwester erwähnt. Ich habe das überprüft. Er hat gar keine. Könnte natürlich ein dummer Spruch gewesen sein. Aber welcher Mensch erfindet eine Schwester, die er gar nicht hat? Ein Typ wie Kastor bestimmt nicht. Darüber hinaus hat er irgendwas mit Witold Graf zu tun. Hat er natürlich geleugnet. Beziehungsweise ausweichend geantwortet. Aber als Rambacher und ich vorhin Graf interviewt haben, ob er derjenige ist, bei dem die Tote am Dienstagabend einen Termin hatte, hat er behauptet, Kastor wäre auch dort gewesen. Ich bin mir aber sicher, dass er lügt.«

»Warum sollte er?«

»Genau das ist die Frage. Er hat irgendwas mit Kastor am Laufen. Ich vermute, es hat mit Menschenhandel zu tun.«

»Bedauerlicherweise ebenfalls ohne den geringsten Hauch eines Beweises.«

»Genau deshalb will ich ja nachhaken. Denn nach allem, was Rambacher und ich bisher rausgefunden haben, war Jasmin Stojanovic auch nicht koscher. Irgendwas stimmt mit ihrer Identität nicht. Und sie kommt aus Osteuropa, von wo Graf mutmaßlich seine menschliche Ware bezieht. Kastor besitzt einen Nachtclub mit Tabledance und Striptease. Und er hat, was seine Tänzerinnen betrifft, eine hohe Fluktuationsrate. Ich hab' es vorhin überprüft. Jeden Monat kommt und geht mindestens eine, in der Regel aber zwei bis drei. Ich schließe die Möglichkeit nicht aus, dass er vielleicht für Graf eine Art Geldwäsche für Humankapital betreibt. Wir haben ja schon lange den Verdacht, dass Graf eine Art Zwischenhändler hat, bei dem er die Frauen ganz legal deponiert, bevor er sie weiterreicht. Außerdem hat Kastor mir gedroht, dass mich der Versuch, die Wahrheit rauszufinden, umbringen könnte.« Sie schüttelte den Kopf. »Der ist so was von schuldig. Und ich werde an ihm dranbleiben. Egal was die in der Chefetage dazu sagen.«

Fischer nickte bedächtig. »Und wofür brauchst du meinen Rat, da dein Entschluss ja schon feststeht?«

Paula zuckte mit den Schultern. »Ich wollte deine Meinung hören. Glaubst du, dass ich Gespenster sehe?« Sie blickte verlegen auf ihren Teller und rührte in der Fischsuppe herum. »Wenn ich mich irre und in die falsche Richtung ermittle und das auch noch gegen Anweisungen von oben und das kommt raus … Ich meine, wenn rauskommt, dass ich mich geirrt habe und …«

»Ich verstehe schon, Paula.« Fischer nahm den letzten Bissen seines Fischbrötchens und kaute nachdenklich darauf herum. »Was Kastor betrifft, bin ich mir sicher, dass du richtig liegst. Aber in Grafs Richtung solltest du dich erst orientieren, wenn du dafür handfeste Indizien und noch bessere Beweise hast. Dann allerdings solltest du das Team davon unterrichten und dich absichern. Davon abgesehen, rate ich dir dringend, dich penibel an Jakobs Anweisung zu halten. Zumindest für die erste Zeit. Bis du nicht mehr im Mittelpunkt der Aufmerksamkeit fast aller Kollegen stehst.«

»Danke, Sigurd.«

»Aber du wirst wie gewohnt nicht auf mich hören.« Fischer seufzte und winkte ab. »Vielmehr nur auf das, was dir in den Kram passt.« Er blickte sie ernst an. »Pass auf dich auf, Paula. Leute wie Kastor sind gefährlich. Und ich will auf keinen Fall, dass du so endest wie Christopher.«

»Da hat er recht, Wölfin.« Christopher saß wieder auf dem Platz neben Fischer. *»Hast ja an mir gesehen, was passiert, wenn man nicht vorsichtig genug ist.«*

Paula schloss die Augen und schluckte. Fischer legte seine Hand über ihre. »Tut mir leid. Ich wollte keine alten Wunden aufreißen.«

»Schon gut. Ich komme klar.«

Trotzdem löffelte sie so schnell sie konnte ihre Fischsuppe aus und verließ die Kaffeeküche. Erst jetzt stellte sie fest, dass ihre Migräne verschwunden war.

Paula überprüfte akribisch, was der Polizei über das *Dancing Cats* bekannt war. Der Laden war bis vor gut anderthalb Jahren ein richtiges Rattennest gewesen. Unter Kastors Vorgänger gab es alles von Drogenhandel und Prostitution bis zu illegalem

Glücksspiel im Hinterzimmer. Im Februar letzten Jahres fand dort eine Messerstecherei statt, die der Inhaber mit dem Leben bezahlte. Der Laden wurde geschlossen. Einen Monat später hatte Kastor ihn neu eröffnet und aus dem schmuddeligen Lokal mit zweifelhaftem Ruf ein in jeder Hinsicht sauberes Schmuckstück gemacht. Nicht mal die Anwohner beschwerten sich noch wegen Lärmbelästigung. Es gab nicht den geringsten Anhaltspunkt dafür, dass dort irgendetwas Illegales stattfand. Erst recht keine »Geldwäsche für Humankapital«. Sie seufzte frustriert.

Rambacher, der sein Mittagessen wieder an seinem Platz eingenommen hatte, arbeitete noch daran, mehr über Jasmin Stojanovic herauszufinden. Paula hätte nur zu gern in Kastors Leben weitergegraben, aber andere Dinge hatten Priorität. Zum Beispiel herauszufinden, wo sich das Libellencollier befand.

Sie besah sich nochmals die Tatortfotos, besonders die Fotos von der Leiche. Die Schnitte auf den Wangen, die Jasmin unmittelbar vor dem Tod zugefügt worden waren, hatten heftig geblutet. Das Blut war an ihrem Hals herabgelaufen. In Höhe der Halsbeuge waren die Rinnsale verschmiert in einer Art, als wenn dort etwas über die blutige Haut gezogen worden wäre. Das Collier?

»Sehen Sie sich das hier mal an, und sagen Sie mir, was Sie davon halten«, forderte sie Rambacher auf.

Er warf ihr einen missmutigen Blick zu, verzichtete aber darauf, mal wieder auf einen höflicheren Umgangston zu pochen. Anscheinend hatte er begriffen, dass das bei Paula zwecklos war. Er stellte sich neben sie und besah sich das Bild. Paula vergrößerte den Halsbereich der Toten und deutete auf die verschmierten Stellen.

»Wonach sieht das für Sie aus?«

»Sie vermuten, das ihr jemand das verschwundene Collier vom Hals gezogen hat?«

»Sie nicht?«

»Wenn wir voraussetzen, dass sie es zu dem Zeitpunkt getragen hat, liegt der Verdacht nahe.«

»Aber wo ist es geblieben?«

»Auch wenn Ihnen das nicht gefällt, Frau Rauwolf, aber das spricht dafür, dass Kastors Aussage stimmt, dass er die Wohnung der Toten erst nach ihrem Tod betreten hat.«

»Stimmt, das gefällt mir nicht. Es ist aber leider nicht von der Hand zu weisen.«

»Das würde auch untermauern, warum er nach dem Collier gesucht hat. Nehmen wir an, er ist tatsächlich nicht der Mörder und seine Geschichte stimmt. Er trifft in der Wohnung ein, als die Frau schon tot ist. Er sieht, dass das Collier verschwunden ist. Wenn er es ihr wirklich nur geliehen hat, will er es selbstverständlich zurückhaben und sucht danach. Falls er es ihr geschenkt haben sollte, hat es entweder eine besondere Bedeutung für seine Beziehung zur Toten, oder er hat keine Lust, auf etwas so Wertvolles zu verzichten. Das spricht zwar nicht gerade für seinen Charakter, ist aber dennoch verständlich, wie ich meine.«

Paula nickte langsam. Das waren einleuchtende Argumente. »Aber dem steht entgegen, dass wir bis jetzt nicht den geringsten Hinweis darauf haben, dass vor Kastor noch jemand am Tatort gewesen sein könnte.«

»Sie sagen es: bis jetzt.« Rambacher deutete auf die verschmierten Blutspuren. »Gehen wir davon aus, dass sie das Collier zum Zeitpunkt ihres Todes getragen hat. Kastor hat es nicht, sonst hätte er nicht danach gesucht. Dann bleibt zwangsläufig nur der Schluss, dass noch jemand am Tatort gewesen sein muss. Was auch mit der unauffindbaren Tatwaffe korrespondiert.«

Noch eine logische Schlussfolgerung. Paula schüttelte den Kopf. »An dem ganzen Fall ist irgendwas oberfaul. Und dieses ominöse Collier spielt dabei offenbar eine zentrale Rolle. Falls Ihre Theorie stimmt und gleich zwei Parteien hinter dem Ding her sind – Kastor und der hypothetische, noch unbekannte Mörder und Dieb –, dann geht es vielleicht gar nicht unbedingt um den Wert.« Sie tippte Rambachers Hypothese in die Datei des Falles, um sie allen Teammitgliedern zugänglich zu machen. »Wie weit sind Sie mit der Biografie der Toten?«

»Frau Moravac führt einige Recherchen per Internet und Telefon in Belgrad durch, was die Herkunft der Toten betrifft. Sie sagt, es wird mindestens bis morgen dauern, bis sie die Antworten erhält. Die bisherigen Fakten: Frau Stojanovic kam unmittelbar nachdem sie die Belgrader Musikhochschule verlassen hat – mit Abschluss übrigens – vor acht Jahren nach Deutschland. Sie wurde vom Leiter eines Orchesters in Berlin für ein einjähriges Gastspiel angeworben, weshalb das mit dem Visum und der Arbeitserlaubnis problemlos klappte. Nach Ablauf der Befristung wechselte sie zum WDR-Symphonieorchester nach Köln. Ein weiteres Jahr später hat sie einen Deutschen geheiratet, wurde drei Jahre danach eingebürgert und deutsche Staatsbürgerin. Ein knappes Jahr später ist ihr Mann bei einem Flugzeugabsturz ums Leben gekommen. Danach hat sie den Job im Orchester aufgegeben und ist nach Wilhelmshaven gezogen. Hier war sie fast ein Jahr arbeitslos gemeldet, bis sie letztes Jahr im August bei Severin anheuerte. Ihren Geburtsnamen hat sie übrigens während der Ehe beibehalten. Bis jetzt gibt es also nichts Auffälliges.«

Und der Tod ihres Mannes erklärte hinreichend, warum sie die Musik aufgegeben hatte. Zumindest als Beruf. Wenn man einen geliebten Menschen verloren hatte, war Musik für manche Leute noch lange Zeit danach unerträglich. Zumindest Paula war es nach Christophers Tod so ergangen.

Anhaltende Arbeitslosigkeit erklärte auch, warum Jasmin Stojanovic irgendwann als Hostess ihre Brötchen verdient hatte. Andererseits: Würde eine Frau, die der Tod ihres Mannes so aus der Bahn warf, dass sie die Musik deswegen aufgab, ausgerechnet als Hostess und Callgirl arbeiten? Nicht ausgeschlossen, aber eher unwahrscheinlich. Selbst wenn die Witwenrente ziemlich bescheiden gewesen sein sollte. Falls sie eine bezogen hatte. Paula kannte sich mit den Bedingungen dafür nicht aus.

»Hören Sie sich mal bei den Orchestern um, in denen sie gespielt hat. Telefonisch, versteht sich. Vor allem interessiert mich, ob sie irgendwem gegenüber eine Begründung genannt hat, warum sie ausgerechnet nach Wilhelmshaven gezogen ist.

Und finden Sie raus, wie hoch ihre Witwenrente war, wenn sie eine bezogen hat.«

»Welche Relevanz hat das für den Fall?«

»Ich will wissen, ob wirklich alles mit dieser Biografie stimmt. Nicht vergessen: Wir drehen jede Information dreimal um, bevor wir sie glauben.«

Paula vertiefte sich wieder in die Tatortfotos, konnte aus ihnen aber keine weiteren Informationen gewinnen. Deshalb widmete sie sich als Nächstes der noch intensiveren Überprüfung Kastors.

Dabei stieß sie auf eine weitere Unstimmigkeit. Kastor war Diplom-Kaufmann und hatte jahrelang für einen deutschen Rüstungskonzern in Stuttgart gearbeitet. Knall auf Fall hatte er vor knapp zwei Jahren dort aufgehört, war zurück in seine Geburtsstadt Wilhelmshaven gezogen und hatte das *Dancing Cats* gepachtet. Ein biederer Kaufmann, der eine berufliche Kehrtwende machte und plötzlich als Nachtclubbesitzer sein Geld verdiente, war mehr als ungewöhnlich. Besonders, wenn der vorherige Arbeitsplatz ein Rüstungskonzern gewesen war.

Paula rief den Konzern an. Man gab sich dort sehr zugeknöpft. Ja, Jerome Kastor hatte dort gearbeitet, aber den Konzern auf eigenen Wunsch verlassen. Angeblich wusste man nichts über seine Gründe für die Kündigung. Nein, es hatte mit Herrn Kastor keinerlei Probleme welcher Art auch immer gegeben. Die Tätigkeit, der er in Stuttgart nachgegangen war, unterlag selbstverständlich der Geheimhaltung.

Ein Grund mehr für Paula, sich Kastor genauer anzusehen – nach Feierabend.

Das *Dancing Cats* besaß zweifellos eine gewisse Klasse, die sich nicht nur in der geschmackvollen Einrichtung ausdrückte. Auch das Publikum war nicht so, wie Paula erwartet hatte.

Keine grölenden, geifernden Besoffenen, sondern Geschäftsleute, die entsprechend gekleidet waren, sich vernünftig benahmen und allenfalls im Geist geiferten. Paula kam sich nicht nur als einzige Frau unter den Zuschauern deplatziert vor, sondern auch weil ihre Kleidung in krassem Gegensatz zu der der übrigen Anwesenden stand. Die Türsteher hatten sie in ihrer Jeanskluft gar nicht reinlassen wollen und erst nachgegeben, als Paula ihnen ihren Dienstausweis unter die Nase gehalten hatte.

Sie trat an die Bar und bestellte ein Bier – alkoholfrei, um ihrer Migräne keinen Grund zur Wiederkehr zu bieten. Im Raum waren zwei Tanzbühnen verteilt, auf denen zwei Frauen gekonnt strippten. Was immer man sonst über Kastor und seinen Club sagen konnte, er besaß definitiv ein hohes Niveau.

Zudem legte er Wert auf Sicherheit. Überwachungskameras an allen exponierten Stellen behielten den Zuschauerraum und die Eingänge im Visier, ohne dass ein toter Winkel blieb. Deshalb war sich Paula auch sicher, dass Kastor längst von ihrer Anwesenheit wusste. Sie nippte an ihrem Bier und beobachtete die Zuschauer, besonders ihre Kontakte mit der Bedienung. Falls hier irgendwelche Drogenkäufe stattfanden, war der schnelle Griff über die Theke oder unter das Tablett die perfekte, weil unauffällige Übergabegelegenheit. Aber alles lief völlig sauber ab.

»Stehen Sie auf Frauen?«

Sie zuckte zusammen, als sie Kastors Stimme hinter sich hörte. Paula hatte nicht bemerkt, dass er den Raum betreten hatte. Langsam drehte sie sich um. Er war ihr unangenehm nahe und grinste sie an. Seine eisblauen Augen funkelten spöttisch. Er trug einen bordeauxroten Seidenschal, den er so geknotet hatte, dass ein Zipfel nach vorn und einer nach hinter über die Schulter fiel.

»Die *Ladies' Night* mit den knackigen männlichen Tänzern ist Samstag ab zweiundzwanzig Uhr.«

Paula maß ihn von oben bis unten. »Nein danke. Ich kann mir Angenehmeres vorstellen, als Ihnen beim Strippen zusehen zu müssen.«

Er blickte sie eine Sekunde lang kalt an. Dann lachte er laut auf. »Ich bin mir im Gegenteil sicher, dass Ihnen das gefallen würde.« Er beugte sich so dicht zu ihr herüber, dass seine Nase beinahe die ihre berührte. »Vielleicht bekommen Sie sogar Appetit auf mehr.«

Paula musste sich beherrschen, um ihn nicht zurückzustoßen oder anderweitig handgreiflich zu werden. Wahrscheinlich wollte er genau das provozieren, damit er sich über sie beschweren konnte. »Um einen Typen wie Sie an mich ranzulassen, müsste ich schon am Verhungern sein. Und glauben Sie mir, von dem Zustand bin ich sehr weit entfernt.«

»Tatsächlich?« Er strich ihr aufreizend über die Wange.

»Nehmen Sie sofort Ihre Finger von mir, oder ich brech' sie Ihnen.« Sie musste sehr an sich halten, um ihre Drohung nicht wahrzumachen.

Er ließ die Hand sinken und starrte ihr aggressiv in die Augen. Paula starrte zurück. Der Kerl war ihr zu nahe, sein intensiver Blick bedrohlich und die ganze Situation für sie unerträglich. Sie ballte die Fäuste und stemmte breitbeinig die Füße gegen den Boden. Die Körperspannung gab ihr den Halt, den sie brauchte, um weder zurückzuweichen, noch den Blick zu senken. Dennoch hatte sie das Gefühl, als wäre eine Ewigkeit vergangen, bis Kastor endlich auf Abstand ging. Sie atmete auf und hoffte, dass ihm das nicht auffiel.

»Sie sind also gekommen, um mich schon wieder zu belästigen.«

»Im Gegenteil. Sie haben mir doch heute Morgen einen Job angeboten. Ich bin so frei zu prüfen, wie mein Arbeitsplatz aussähe, falls ich geneigt wäre, den anzunehmen.«

Er lachte trocken. »Sie haben eine seltsame Art, sich zu bewerben.« Er machte eine ausholende Handbewegung. »Sehen Sie sich ruhig alles an. Sie können auch gern die Tänzerinnen interviewen. – Sabrina!« Er winkte eine dunkelhäutige Schönheit heran, die gerade eine der beiden Bühnen verlassen hatte und sich einen seidenen Hausmantel mit chinesischem Muster überwarf. »Erzähl Frau Rauwolf ein bisschen über den Job. Alles, was sie wissen will.« Er lächelte Paula zu. »Sie entschuldigen mich. Ich habe noch eine Verabredung.«

»Was möchten Sie wissen?«, fragte Sabrina und nahm neben Paula auf einem Barhocker Platz.

Paula schwankte zwischen dem Wunsch, die Frau auszuhorchen und Kastor zu folgen. Sie entschied sich für Letzteres. Da er Sabrina einen Freibrief gegeben hatte, ihr »alles« zu sagen, was sie wissen wollte, wusste die Frau entweder nichts über Kastors dunkle Geschäfte, oder er hielt sie für so verschwiegen, dass er sich sicher war, dass sie nichts ausplauderte.

»Ich wollte mir heute nur mal ansehen, wie Sie und Ihre Kolleginnen tanzen«, wehrte Paula das Gespräch ab. »Um zu sehen, ob das was für mich ist.«

»Unbedingt«, war Sabrina überzeugt und maß Paula mit einem abschätzenden Blick von oben bis unten.

»Danke, ich überlege es mir noch mal. Wiedersehen.«

Sie eilte Kastor hinterher und sah gerade noch seinen Wagen um die Ecke nach links in die Bismarckstraße einbiegen. Sie eilte zu ihrem Auto und folgte ihm. Sie hatte schnell zu ihm aufgeholt, hielt aber genug Abstand, damit er sich nicht verfolgt fühlte. Er bog an der nächsten Hauptkreuzung nach rechts in die Paffrath-Straße ein und hielt sich Richtung Altengroden und stadtauswärts. Als er die Brücke über die A 29 überquerte, ahnte sie, wohin er wollte. Der Verdacht wurde zur Gewissheit, als er erst in die Klinkerstraße und gleich darauf in die Rostocker Straße einbog. Vor einem großen, L-förmigen Haus, das von einem sehr gepflegten Garten umgeben war, parkte er.

Paula fuhr langsam an dem Haus vorbei und sah, wie Kastor am Eingang von einem elegant gekleideten Mann begrüßt wurde: Witold Graf.

Zufrieden fuhr sie nach Hause.

»Mein lieber Jerome, schön dass Sie kommen konnten.« Witold Graf schüttelte Kastor die Hand und bat ihn mit einer Handbewegung ins Haus. »Das ist ja wirklich eine unangenehme Sache, in die Sie da hineingeraten sind.«

Kastor blickte ihn fragend an.

»Herr Dr. Jasper hat mir davon erzählt.«

»Ah ja. Ich versichere Ihnen, Witold, dass ich mit dem Mord an Jasmin nichts zu tun habe.«

Graf lächelte. »Natürlich nicht. Sie sind ein viel zu vorsichtiger Mann und würden unsere Geschäfte nicht durch solch eine Torheit gefährden.«

»Davon mal ganz abgesehen und auch davon abgesehen, dass ich ein überaus selbstbeherrschter Mann bin, hätte ich ohnehin kein Motiv.«

Graf blickte ihn seltsam an, sagte aber nichts. Er führte ihn in einen kleinen Salon und bot ihm Platz an. Unaufgefordert schenkte er zwei Gläser Wein ein, von denen er Kastor eins reichte, bevor er sich ihm gegenüber setzte.

»Dr. Jasper sagte, Sie wollten Jasmins Libellencollier an sich nehmen, als die Polizei eintraf.«

»Natürlich. Die Kette ist fast eine Million wert. Ich habe sie ihr immer nur geliehen, wenn sie mich begleitet hat. Sie hat bei unserem letzten Treffen am Dienstagnachmittag Wein darüber verschüttet, als ich mit ihr bei einer Vernissage war, und wollte sie reinigen lassen. Ich war einverstanden.« Er schüttelte den Kopf. »Ein Fehler, der sich jetzt rächt. Offenbar hat sie das Collier schon zu irgendeinem Juwelier gegeben. Ohne ihren Abholschein bekomme ich es wahrscheinlich nicht zurück. Und den wird mir die Polizei kaum aushändigen. Die verlangen erst mal einen Beweis dafür, dass das Collier mein Eigentum ist und ich es Jasmin nicht geschenkt habe.« Er schnaubte. »Keine Frau ist so viel wert wie dieses Collier.«

Graf nahm sein Weinglas und trank einen Schluck. Kastor tat es ihm nach.

»Wie ich mich erinnere, hat sie das Collier aber am Dienstagabend getragen, als sie bei mir war.« Graf musterte Kastor aufmerksam. »Sie hat es ständig getragen. Auch wenn sie nicht in Ihrer Begleitung war.«

Kastor machte eine wegwerfende Handbewegung. »Eine billige Variante mit unechten Steinen. Das Design gefiel mir, deshalb habe ich nach dieser Vorlage ein echtes Collier anfertigen lassen, das genauso aussieht. Ihrer Kette sah ich auf den ersten Blick an, dass die Steine falsch waren. Ich mag es nicht, wenn meine Begleiterinnen billig aussehen. Auch nicht im Hinblick auf ihren Schmuck.«

»Wie lange kennen Sie sie eigentlich schon?«

Kastor zog erstaunt die Augenbrauen hoch. »Das wissen Sie doch, Witold. Sie selbst haben mich mit ihr bekannt gemacht. Irgendwann letztes Jahr im Winter. Oder war es schon im Herbst? Wann hatten Sie die Benefizveranstaltung organisiert für diesen afrikanischen Künstler?«

»Im Herbst. Und ja, ich erinnere mich.« Graf blickte Kastor lauernd an. »Da ich einer der Letzten war, der Jasmin vor ihrem Tod gesehen hat, war die Polizei heute bei mir, um mich zu fragen, ob mir etwas an ihr aufgefallen sei oder sie Streit mit jemandem gehabt hat. Angeblich haben Sie der Polizei gegenüber behauptet, am Abend mit ihr zusammen gewesen zu sein. Daraus schlossen die, dass Sie bei mir gewesen sind, als auch Jasmin hier war. Ich sah mich gezwungen, das zu bestätigen, um Sie zu decken.«

Kastor dachte kurz nach, ehe er mit den Schultern zuckte. »Kann sein, dass ich von einer Abendveranstaltung gesprochen habe. Sie kennen meine Arbeitszeiten, Witold. ›Abend‹ ist für mich die Zeit, bevor ich meinen Club öffne. Ab sechs Uhr beginnt für mich die Nacht. Es tut mir sehr leid, wenn die Polizei Sie nur wegen meiner unkonventionellen Zeitdefinition in Verlegenheit gebracht hat.«

»Das ist weniger der Rede wert als die Tatsache, dass diese Kommissarin misstrauisch geworden ist. Ich bin mir sicher, dass sie meiner Aussage nicht glaubt. Wir müssen sehr vorsichtig sein, damit die nächste Lieferung nicht gefährdet wird.« Er nippte an seinem Wein und wechselte das Thema. »Wie ist der Stand der Dinge?«

»Die Ware steht bereit und ist zu jedem von Ihnen gewünschten Termin abrufbar. Wann planen Sie die Verschiffung?«

»In der Nacht von Samstag auf Sonntag um null Uhr dreißig von der üblichen Stelle. Wie schnell können Sie eine weitere Lieferung in derselben Größe bereitstellen?«

»Das dauert. Mindestens einen Monat. Meine Kontaktleute müssen vorsichtig sein und können nicht zweimal hintereinander in kurzer Zeit dieselbe Quelle anzapfen. Aber ich werde sehen, was ich tun kann.«

Graf gab sich damit zufrieden. »Was diese lächerliche Anschuldigung gegen Sie betrifft, Jerome.« Er sah ihm in die Augen. »Gibt es irgendetwas, das die Polizei auf unsere Spur bringen könnte?«

»Nur, dass ich zum falschen Zeit am falschen Ort war. Und das ist nichts, was Dr. Jasper nicht mit seinen hervorragenden juristischen Fähigkeiten aus der Welt schaffen könnte.«

»Gut. Denn das Letzte, was wir uns gegenwärtig leisten können, ist eine zu intensive Aufmerksamkeit seitens der Polizei.«

»Keine Sorge, Witold. Ich habe Vorkehrrungen getroffen, dass man mir so oder so nichts nachweisen kann. Erst recht nicht hinsichtlich unserer Geschäfte.«

Kastor trank seinen Wein und plauderte noch eine Weile mit Graf über unverfängliche Themen, ehe er den Reeder eine Stunde später verließ. Auf dem Weg nach Hause kreisten seine Gedanken darum, wie er sich Paula Rauwolf vom Hals halten konnte.

Paula blickte aus ihrem Wohnzimmerfenster hinaus in die Dunkelheit. Die Silhouetten der Bäume, die auf der anderen Straßenseite den Alten Deichsweg vom Friesendamm trennten, waren ein vertrauter und liebgewonnener Anblick. In knapp vierhundert Metern Luftlinie dahinter lag der Nordhafen. Wenn sie das Fenster öffnete, hatte sie bei auflandigem Wind den Geruch des Meeres in der Nase. Am Tag hörte man die Möwen kreischen. In der Nacht, wenn es in der Straße ruhig und der Lärm der Stadt zum Erliegen gekommen war, konnte man mitunter sogar die Wellen im Hafenbecken plätschern hören.

Nicht nur deshalb hatte sie sich schon beim ersten Besichtigungstermin in die Wohnung im ersten Stock des Hauses Nummer 48 verliebt. Auch die Fassade im Neorenaissance-Stil hatte es ihr angetan. Die urigen drei Stufen, die zur Haustür führten, und die an der Außenmauer angebrachten stiltypischen Fensterornamente wirkten anheimelnd auf sie. Die hohen Decken der Zimmer gaben ihr Luft zum atmen.

Paula hatte in den letzten Monaten unzählige Stunden an diesem Fenster verbracht und auf die Bäume gestarrt. Vertraute Freunde in einer feindlichen Welt, die ohne Christopher leer und freudlos war. Vielleicht wäre es besser gewesen, nach seinem Tod in eine andere Wohnung zu ziehen. Aber sie mochte das Inselviertel, in dem fast jede Straße den Namen einer Nordseeinsel trug. Außerdem wäre es ihr wie ein Verrat an Christopher vorgekommen, die gemeinsame Wohnung aufzugeben.

Sie wandte sich vom Fenster ab, als das Telefon klingelte. Es war kurz nach zehn. Sie fragte sich, wer sie um diese Zeit noch anrief. Die Rufnummer war unterdrückt.

»Rauwolf.«

Stille.

»Hallo?«

Ein heiseres Flüstern: »Hören Sie auf, gegen Kastor zu ermitteln. Sonst werden Sie es bereuen.«

Paula lachte. Das hatte ihr schon als Kind geholfen, Angst, Unsicherheit oder verbalen Verletzungen das Bedrohliche zu nehmen. Irgendwann hatte sich der Mechanismus verselbstständigt und war zu einem Reflex geworden, den sie nicht mehr ablegen konnte.

»Herzlichen Dank für die Bestätigung, dass der Kerl Dreck am Stecken hat. Jetzt werde ich ihn mir noch genauer ansehen als bisher.« Sie unterbrach die Verbindung und setzte das Telefon wieder in den Sockel der Basisstation. Sie war schon immer schlagfertig gewesen, was ihr in vielen Situationen äußerst nützlich war, weil sie dem Angreifer damit den Wind aus den Segeln nahm. Trotzdem zitterte ihre Hand und ihr Herz schlug schneller. Man wurde schließlich auch als Kriminalbeamtin nicht jeden Tag mit anonymen Anrufen bedroht.

Das Telefon klingelte erneut. Paula nahm ab, ohne sich zu melden.

»Wir meinen es ernst«, drohte die heisere Flüsterstimme.

»Ich auch, Arschloch. Sagen Sie Kastor, dass er mit diesem lächerlichen Einschüchterungsversuch genau das Gegenteil von dem erreicht hat, was er wollte. Und sparen Sie sich weitere Anrufe.«

Sie legte wieder auf und hielt ihren Finger leicht auf der roten Hörertaste, um den nächsten Anruf sofort wegdrücken zu können, ohne sich anzuhören, was der Mann zu sagen hatte. Aber er meldete sich nicht noch einmal. Paula ging zurück zum Wohnzimmerfenster und blickte auf die Straße. Aber dort war nichts Verdächtiges zu sehen. Kein fremder Wagen, der unten parkte, kein Mann, der sich auffällig auf der Straße herumdrückte oder sogar zu ihrem Fenster hochsah – nichts. So dämlich benahmen sich die Verbrecher ja auch nur in schlechten Filmen und Romanen.

Obwohl sie im ersten Stock wohnte und die Wohnung keinen Balkon hatte, kontrollierte sie jedes Fenster, die wie auch die

Tür mit Pilzkopfverschlägen und abschließbaren Riegeln gesichert waren. Sie nahm ihre Notizen über Kastor, setzte sich mit ihrem Laptop auf die Couch und versuchte, noch mehr über den unangenehmen Kerl in Erfahrung zu bringen. Angespannt rechnete sie damit, dass jeden Augenblick das Telefon klingeln oder sie verdächtige Geräusche von der Tür hören würde, wo jemand sich Zutritt zu verschaffen versuchte. Doch nichts geschah.

Trotzdem blieb ein mulmiges Gefühl zurück, als sie sich eine Stunde später schlafen legte.

Freitag, 30. September

»Moin, Jakob. Hast du einen Moment Zeit? Ich muss dringend mit dir reden.« Weshalb Paula schon Viertel nach sieben zum Dienst erschienen war, weil sie wusste, dass Roemer grundsätzlich ab sieben an seinem Schreibtisch saß.

Roemer sah auf die Uhr. »Hat das nicht Zeit bis nach der Dienstbesprechung?«

»Nein. Außerdem steht um zehn die Obduktion in Oldenburg an. Ich muss also sofort nach der Besprechung los. Oder sogar schon vorher.«

»Also gut. Was gibt es?« Er deutete auf den Stuhl vor seinem Schreibtisch.

Paula setzte sich. »Ich erhielt gestern Abend einen anonymen Anruf des Inhalts, dass ich nicht länger gegen Kastor ermitteln soll, andernfalls würde ich es bereuen.«

Roemer starrte sie durchdringend an. »Verdammt, Paula! Kaum bist du wieder im Dienst, fängst du mit der alten Scheiße von vorne an und versuchst, um jeden Preis deinen Dickkopf durchzusetzen.«

»Das habe ich nicht getan. Zumindest nicht direkt.«

»Raus mit der Sprache.«

Paula erzählte ihm alles, auch von ihrem Besuch in Kastors Club. Mit dem vorhersehbaren Ergebnis, dass Roemer wütend wurde. Er schlug mit der flachen Hand auf den Tisch. »Was zum Teufel hast du dir dabei gedacht?«

»Dass Kastor der Mörder von Jasmin Stojanovic ist und dass er mehr Dreck am Stecken hat als nur das. Der Drohanruf beweist ja wohl eindeutig, dass ich recht habe. Und was die Befehle von oben betrifft: Ich darf dich mal daran erinnern, dass wir ohne Ansehen der Person zu ermitteln haben. Also bevor du mir hier irgendwas vorwirfst, solltest du dir besser bewusst machen, dass ich den Job auf die Weise erledige, zu der mich mein Diensteid verpflichtet. Ich lasse mich im Gegensatz zu dir und anderen

Kollegen nicht ins Bockshorn jagen, nur weil ein Arschloch wie Kastor meint, er könnte sich alles leisten und käme damit durch, weil er Beziehungen hat.«

»Pass auf, was du sagst, Paula.«

Sie knallte ihm eine Aktenmappe auf den Tisch. »Hier steht alles, was ich bereits über ihn ausgegraben habe. Lies. Und dann sag mir, dass ich ihn immer noch in Ruhe lassen soll. Wenn er wirklich so unschuldig wäre, wie er behauptet, hätte er es wohl nicht nötig gehabt, mir anonym drohen zu lassen.«

Roemer nahm die Mappe und überflog Paulas Bericht. Anschließend reichte er sie ihr zurück. »Das sind immer noch bloße Indizien. Für jedes einzelne könnte es eine völlig unverfängliche Erklärung geben.«

Sie schnaubte ironisch. »Das glaubst du doch selbst nicht.«

»Nein. Aber bis du mir Beweise liefern kannst, die eindeutig auf Kastor als Täter hindeuten – und ich betone *eindeutig* – oder ihn als solchen überführen, wirst du dich von ihm fernhalten. Ich meine es ernst, Paula. Natürlich werden wir die Sache mit dem Drohanruf untersuchen, aber du wirst von Kastor ab sofort die Finger lassen.«

»Und ihn darin bestärken, dass ein einfacher Drohanruf genügt, um mich einzuschüchtern? Um Ermittlungen zu behindern? Um die *Polizei* einzuschüchtern? Verdammt, Jakob, das kann unmöglich dein Ernst sein.«

Roemer seufzte leidgeprüft. »Offiziell ist das mein Ernst.«

»Und inoffiziell?«

Er schüttelte den Kopf. »Es war so schön ruhig hier in den Monaten, in denen du nicht da warst. Richtig erholsam. Ich musste mich nicht dauernd wegen deiner unorthodoxen Ermittlungsmethoden mit Sänger kloppen oder als Puffer zwischen dir und Hansen fungieren. Himmlischer Zustand. Der nun leider vorbei ist.«

Paula grinste flüchtig. »Gib es ruhig zu: Das hast du vermisst.«

»Nein, ganz bestimmt nicht.« Er winkte ab. »Inoffiziell ermächtige ich dich, Kastor unter die Lupe zu nehmen, aber *ohne* ihn aufzusuchen oder irgendwas zu tun, das er als Belästigung interpretieren könnte. Am besten, ohne dass er etwas davon mitbekommt. Verstanden?«

»Ja.«

Roemer kniff misstrauisch die Augen zusammen. »Ich kenne diesen Ton. Er sagt mir, dass du nicht vor hast, dich an meine Anweisung zu halten. Verdammt, Paula! Tu in deinem eigenen Interesse einmal, nur ein einziges Mal, was man dir sagt. Die da oben«, er deutete mit dem Finger zur Decke, »warten nur darauf, dass du Mist baust, um dich endgültig abschießen zu können. Ich an deiner Stelle würde nicht auch noch die Munition dazu liefern.«

»Nun übertreib mal nicht, Jakob. So schlimm bin ich doch gar nicht. Und ich werde ein ganz braves Mädchen sein.«

Roemer schnaubte. »Das würde ich dir nicht mal abkaufen, wenn du wüsstest, wie man das Wort ›brav‹ überhaupt schreibt.« Er winkte ab. »Ermittle ordentlich und halt dich ansonsten bedeckt. Und was den anonymen Anruf betrifft, werden wir nichts unversucht lassen, den Anrufer zu ermitteln.«

Paula nickte.

»Wie kommst du mit Rambacher klar?«

Sie verzog das Gesicht. »Solange er die Klappe hält – prima. Leider hält er sie nicht oft genug für meinen Geschmack.« Danach hätte er am besten stumm sein sollen. Sie zuckte mit den Schultern. »Er ist ein ganz ordentlicher Ermittler und macht seine Sache gut. Alles andere ist persönlicher Natur.«

Als sie in ihr Büro zurückkehrte, saß Rambacher bereits an seinem Platz. Er trug wie jeden Tag einen Anzug und ein frisch gebügeltes Hemd.

»Guten Morgen, Frau Rauwolf«, grüßte er sie wie immer förmlich.

»Moin.«

Der Kerl ging ihr auf die Nerven mit seinem korrekten Getue. Und wann würde er sich endlich mal den hier üblichen Gruß angewöhnen?

»Zu Ihrer Information, Rambacher. Ich habe gerade von Jakob grünes Licht bekommen, Kastor diskret auf den Zahn zu fühlen. Aber keine Sorge. Das mache ich auch weiterhin allein, damit Sie nirgendwo anecken müssen. Ist seit gestern Abend sowieso ein heißes Pflaster. Kastor hat mir anonym drohen lassen, dass ich es bereuen werde, wenn ich weiter gegen ihn ermittle. Ich hoffe, sein Handlanger hat ihm meine Botschaft ausgerichtet.«

Rambacher schwankte sichtbar zwischen dem Wunsch zu erfahren, was sie genau gesagt hatte, und dem Bedürfnis, sich nicht durch seine Neugier eine Blöße zu geben.

»Etwas, das ich wissen sollte?«

Gut umschifft, die Klippe. »Die Botschaft lautet: *Jetzt erst recht.* Gibt's was Neues über Jasmin?«

»Ja.« Er zögerte einen Moment. »Sie hatten recht, dass mit ihrer Biografie was nicht stimmt. Zwar haben die Behörden in Belgrad, mit denen Frau Moravac telefoniert hat, die Daten der Geburtsurkunde bestätigt. Allerdings gibt es keinen Nachweis über einen Schulbesuch in Serbien. Sie taucht erst wieder auf, als sie in die Musikhochschule eintritt. Die bestätigt wiederum, dass sie bei ihnen studiert hat. Aber was war in der Zeit zwischen Geburt und Studium?«

»Gute Frage.«

»Die Personalstellen der Orchester, bei denen sie hier in Deutschland gearbeitet hat, bestätigen, dass sie dort angestellt war. Aber ich habe etwas intensiver nachgeforscht. Erstens: Auf keinem Ensemble-Foto aus der Zeit ist Frau Stojanovic zu sehen. Und ich habe mir nahezu alle angesehen, die ich im Internet finden konnte. Selbst wenn sie mal krank oder in Urlaub gewesen ist, als Fotos gemacht wurden, wäre es schon ein riesiger Zufall, wenn das bei wirklich jedem Fotoshooting der Fall gewesen sein soll. Zweitens gibt es zwar auf den Homepages der Orchester jeweils ein Porträt von ihr, wo auch die Stücke aufgelistet sind, bei denen sie als Violinistin eingesetzt war. Aber in den Programmheften ist ihr Name nicht erwähnt, im Gegensatz zu denen aller anderen Orchestermitglieder, die mitgespielt haben.«

»Sieh mal an.«

»Das ist noch nicht alles. Ich sollte auch herausfinden, ob sie mit einem ihrer früheren Kollegen über die Gründe für ihren Umzug hierher gesprochen hat. Ich habe natürlich noch nicht mit allen telefoniert, aber von denen, die ich schon erreicht habe, kann sich keiner an eine Jasmin Stojanovic erinnern. Weder in Berlin noch in Köln. Ich weiß nicht, wie das bei Ihnen ist, aber ich kann mich an die Namen fast aller meiner Kollegen erinnern, mit denen ich noch vor zwei Jahren zusammengearbeitet habe. Selbst die meiner Schulkameraden sind mir noch geläufig. Und ich habe ein ganz durchschnittliches Gedächtnis. Dass einer sich nicht mehr an Jasmin Stojanovic erinnert, wäre normal. Zwei oder drei vielleicht auch. Aber dass nicht einer von vierzehn sie mehr kennt?« Er schüttelte den Kopf.

Paula überdachte das. »Gibt es irgendwelche Informationen über den Ehemann?«

»Dessen Biografie scheint zu stimmen. Er war Verwaltungsangestellter in einem Klinikum und auf dem Weg in den Urlaub nach Mallorca, als das Flugzeug abstürzte, in dem er saß.«

»Ohne seine Frau?«

Rambacher nickte. »Ungewöhnlich, aber dafür könnte es eine plausible Erklärung geben. Aber – und hier kommen wir jetzt zur nächsten Unstimmigkeit – kein Rentenversicherungsträger im ganzen Land kennt eine Jasmin Stojanovic. Erst recht nicht die Künstlersozialkasse, bei der sie während ihrer Zeit als Musikerin versichert gewesen sein muss. Und sie hat auch nie Witwenrente bezogen, obwohl sie dazu berechtigt gewesen wäre.« Er blickte Paula in die Augen. »In Verbindung mit den anderen Unstimmigkeiten wage ich zu behaupten, dass sich da jemand verdammt viel Mühe gegeben hat, ihr einen Hintergrund zu verschaffen, der auf den ersten Blick echt erscheint. Aber wir sind die Polizei. Uns stehen ganz andere Methoden zur Überprüfung einer Person zur Verfügung als einem Otto Normalverbraucher.« Er atmete tief durch, ehe er gestand: »Selbst ich hätte ihren Hintergrund nicht so intensiv überprüft, wenn

Sie das nicht angeordnet hätten. Dazu bestand ja auch eigentlich keine Veranlassung. Jedenfalls nicht in dieser elaborierten Form.«

»Falsch. Wenn der Auftrag lautet, den Hintergrund einer Person zu durchleuchten, grabe ich immer so tief es nur geht. Das sollten Sie sich auch zur Gewohnheit machen, da ich fürchte, dass wir noch eine ganze Weile zusammenarbeiten werden. Die Frage ist nur, welchem Zweck diese falsche Identität dienen sollte.«

Rambacher machte ein verkniffenes Gesicht. Paula schob das darauf, dass ihm die Aussicht, auf unbestimmte Zeit an sie gebunden zu sein, ebenso wenig gefiel wie ihr.

»Spionage?«, vermutete er. »Wilhelmshaven ist immerhin ein bedeutender Marinestützpunkt.«

Paula schnaufte. »Das wohl. Aber die Tote hatte laut ihrer Kundenliste keinen Kontakt zu Marineangehörigen oder Leuten von der Bundeswehr. Um zu denen private Kontakte zu knüpfen, hätte sie sich nicht als teure Hostess tarnen dürfen.« Sie knabberte nachdenklich an ihrem Daumen. »Es gibt nur zwei Männer«, sinnierte sie, »von denen sie häufig gebucht wurde: Kastor und Graf. Wenn wir Industriespionage in Betracht ziehen … Bei Kastor dürfte es kaum was auszuspähen geben. Bei Graf …«

Sie blickte nachdenklich auf die Tischplatte. »Sowohl Jasmin wie auch Kastor sind beide gezielt nach Wilhelmshaven gezogen, wenn auch unabhängig voneinander. Beide haben Kontakt zu Graf. Und den haben wir schon lange in Verdacht, dass er Menschenhandel und Waffenschmuggel in großem Stil betreibt oder zumindest seine Finger tief in solchen Geschäften stecken hat. Für die Konkurrenz in der Branche lohnt es sich schon, jemanden wie Graf auszuspionieren, um ihm seine Lieferanten abspenstig zu machen oder ihn auszubooten.« Sie schüttelte den Kopf. »Aber das ergibt keinen Sinn.«

»Stimmt.« Rambacher klang ungeheuer befriedigt. Wahrscheinlich empfand er es als erquickend, dass auch eine ihrer Ideen mal ins Nichts führte. »Nach meinen Informationen über das Milieu beseitigt man Konkurrenten, indem man sie umbringen lässt, nicht indem man sie ausspioniert.«

»Aber Kastor hat irgendwas Wichtiges bei der Toten gesucht. Wenn nicht das Collier, dann doch etwas, das klein genug ist, um in ein Schmuckkästchen zu passen.« Sie schüttelte den Kopf. »Vielleicht gibt uns irgendwas Aufschluss, das der Erkennungsdienst asserviert hat.« Sie warf einen Blick auf die Uhr und stand auf. »Zeit für die Dienstbesprechung. Sie präsentieren die Unstimmigkeiten im Lebenslauf der Toten.«

»Warum ich?«

»Weil Sie die ausgegraben und die ganze Arbeit geleistet haben. Was immer Sie von mir halten, Rambacher, ich schmücke mich nicht mit fremden Federn. Ich habe genug eigene.«

Dabei kam sie sich seit Christophers Tod wie ein gerupftes Huhn vor.

Die Dienstbesprechung ergab außer den Dingen, die Paula und Rambacher herausgefunden hatten und die er knapp und präzise vortrug, ein paar interessante Neuigkeiten.

»Die Untersuchungen sind natürlich noch lange nicht abgeschlossen bei der Fülle an Asservaten«, berichtete Maja. »Aber eins können wir mit Sicherheit schon mal sagen. Am Garderobentisch im Flur und an der Handtasche befinden sich Fingerabdrücke, die wir bisher nicht zuordnen konnten. Kastor gehören sie definitiv nicht. Außerdem haben wir dort auch geringe Blutspuren gefunden, die nicht von der Toten stammen. Sie gehören einem bis jetzt noch nicht identifizierten Mann. Kastor scheidet auch hier aus, er war nicht verletzt. Was den Tathergang betrifft, spricht das ganz klar dafür, dass noch jemand zum Zeitpunkt der Tat oder unmittelbar vorher in der Wohnung gewesen ist. Ob der oder Kastor der Täter war, lässt sich anhand der bisherigen Spurenlage noch nicht mit Sicherheit sagen. Aber wie es aussieht, ist der zweite Mann nur bis in den Flur gekommen. Anderswo haben wir weder seine Fingerabdrücke noch Blutspuren gefunden. Im Gegensatz zu denen von Kastor, der sich fast überall verewigt hat. Ich wage aufgrund dessen mal zu behaupten, dass er definitiv mehr als nur ein Kunde war.«

»Oder sie hat ihre Kunden bei sich zu Hause bedient«, vermutete Fischer.

Maja schüttelte den Kopf. »Von denen des zweiten Mannes abgesehen, gibt es nur Kastors und Jasmin Stojanovics Fingerabdrücke in der Wohnung. Interessanterweise sind seine *nicht* im Schlafzimmer. Entweder die beiden haben es überall in der Wohnung getrieben, nur nicht dort, oder sie hatten tatsächlich nichts miteinander.«

»Wer's glaubt«, höhnte Fischer.

»Danach sollte man Kastor mal fragen.«

Roemer warf Paula einen warnenden Blick zu. »Lass es, Paula. Was ist mit der Tatwaffe?«

»Die haben wir immer noch nicht gefunden, was dafür spricht, dass der zweite Mann sie mitgenommen hat und demnach wahrscheinlich der Täter ist. Wir haben inzwischen auch Kastors Kleidung untersucht. Die Blutspuren daran passen zu seiner Story, dass er versucht hat, sie wiederzubeleben und so weiter. Zumindest widersprechen sie ihr nicht. Trotzdem könnte er der Mörder sein. Ob er beim Mord anwesend war oder nicht, oder ob er ihn nicht doch begangen hat, lässt sich aus der Spurenlage nicht zweifelsfrei feststellen. Dafür haben wir was in ihrem Notizbuch gefunden. Man hat ein paar Seiten rausgerissen. Da das Buch Blutspuren aufweist, die von der Toten stammen, sind sie erst nach der Tat dorthin gekommen. Leider gibt es keine verwertbaren Fingerabdrücke.«

»Und was macht das Ding so interessant?« Paula sah ihre Kollegin auffordernd an.

»Der Täter hat den üblichen Fehler der meisten Leute gemacht, die Notizen verschwinden lassen wollen, und nicht auch noch die nächsten zwei bis drei Seiten rausgerissen. Auf der nachfolgenden Seite war die durchgedrückte Schrift noch tief genug, um sie sichtbar zu machen.« Maja projizierte das Bild auf die Leinwand im Besprechungsraum.

Kamelie: 500 € f. 2x Französ. +
23.09. S. Kronenberg
Severin: = 300 €, Kasse im Tresor

»Sehr kryptisch«, fand Fischer. »Zweimal Französisch sagt mir ja was. Aber was hat das mit Blumen zu tun?«

»Gar nichts.« Paula warf einen Blick in die Runde. »Als wir bei Severin waren und uns über den Berufsnamen der Toten gewundert haben – Smaragdjungfer – hat er unter anderem erwähnt, dass eine seiner Damen sich ›Kameliendame‹ nennt.«

»Na klar«, dämmerte es Oliver Siebert. »Die Notiz sagt, dass die Kameliendame am 23.9. dem Kunden S. Kronenberg zweimal einen geblasen hat für fünfhundert Euro. Das Plus steht für Sonderleistungen. Und Severin hat davon dreihundert als Provision kassiert. Und die liegen wohl in einer Kasse in seinem Tresor.« Er schlug sich die Faust in die Hand. »Es müsste schon verdammt mit dem Teufel zugehen, wenn wir aufgrund dessen nicht einen Durchsuchungsbeschluss für die Agentur bekämen. Endlich!«

»Und wenn wir dann noch was finden, mit dem wir ihm nachweisen können, dass er einen Callgirlring betreibt: halleluja«, ergänzte Fischer.

»Freuen wir uns nicht zu früh«, dämpfte Roemer die Begeisterung. »Noch haben wir den Durchsuchungsbeschluss nicht. Könnte ja sein, dass das dem Richter zu dürftig ist. Aber wir haben dadurch einen neuen Ansatzpunkt. Falls Kastor nicht der Täter war und – unwahrscheinlich, aber möglich – mit dem Mord tatsächlich nichts zu tun hat«, er blickte Paula mahnend an, »könnte der Täter mit Severin in Verbindung stehen. Der hat spitzgekriegt, dass die Tote belastende Informationen sammelt und schickt jemanden, um sie mundtot zu machen. Möglicherweise hat sie Severin sogar erpresst.« Er nickte. »Das Argument sollte den Richter überzeugen. Was ist mit Hinweisen auf die eigenen einschlägigen Aktivitäten der Toten?«

Maja schüttelte den Kopf. »Vermutlich hat sie die auf ihrem Laptop gespeichert.«

»Und dessen Passwörter haben wir noch nicht alle geknackt«, ergänzte Linda Schubert, die Computerspezialistin der Datenverarbeitungsgruppe des Erkennungsdienstes. »Die Dinger sind vom Feinsten. Entweder die Frau hat eine Menge von Computern verstanden, oder sie hatte jemanden, der ihr diese Passwörter eingerichtet hat. Sie hat zwei BIOS-Passwörter und mindestens ein Desktop-Passwort, an dem wir uns gerade die Zähne ausbeißen. Und sämtliche Hintertüren, durch die man das umgehen könnte, sind sorgfältig verschlossen. Sie hat sich wirklich verdammt viel Mühe gemacht zu schützen, was immer auf der Platte gespeichert ist. Was natürlich dafür spricht, dass es sich um sehr brisante Informationen handelt. Mehr darüber, sobald ich das Ding geknackt habe. Ist nur eine Frage der Zeit.«

Was keine Übertreibung war, denn Linda Schubert war eine Koryphäe, was Computer betraf.

»Was ist mit der Abarbeitung der Kundenliste?«

»Bis jetzt nichts Auffälliges«, meldete Fischer. »Von den Herren, die wir schon identifizieren und befragen konnten, schwören alle Stein und Bein, dass sie die Frau nur für eine harmlose Begleitung gebucht haben. Sie unterstellen uns eine schmutzige Fantasie, weil wir es gewagt haben, was anderes anzunehmen. Bei einigen stimmt das wohl, aber mindestens die Hälfte von ihnen lügt in dem Punkt. Die wichtigsten Stammkunden waren Kastor und, wie Paula und Rambacher schon rausgefunden haben, Witold Graf. Sollen wir dem mal intensiver auf den Zahn fühlen?«

Roemer winkte ab. »Das beweist nur, dass die Tote zu Graf Kontakt hatte. Und mehr, als dass er sie regelmäßig als Begleiterin gebucht hat, wird gerade er nicht aussagen.« Er nickte in die Runde. »Wir haben also eine Menge neuer Ansatzpunkte. Priorität hat jetzt herauszufinden, wer die Tote wirklich war und ob der Hintergrund der Tat Erpressung, Wirtschaftsspionage oder was ganz anderes ist.«

»Vor allem müsste man Kastor fragen, was seine Fingerabdrücke fast überall in der Wohnung der Toten zu suchen haben«, insistierte Paula. »Und diesen S. Kronenberg – der dürfte nicht schwer zu finden sein – sollten wir hinsichtlich der Kameliendame unter Druck setzen.«

»Letzteres ja, Ersteres vorläufig nicht«, ordnete Roemer an.

»Was ist mit der Ortung des Handys der Toten?«, fragte Rambacher.

»Ausgeschaltet. Wo immer es ist«, antwortete Roemer. »Als Erstes beantragen wir jetzt den Durchsuchungsbeschluss für Severins Agentur. An die Arbeit.«

Kaum in ihr Büro zurückgekehrt, packte Paula ihr Notizbuch ein und zog ihre Jacke an.

»Ich fahre nach Oldenburg zur Rechtsmedizin. Die Tote wird um zehn obduziert. Sie können mitkommen oder nicht.«

Rambacher begleitete sie.

Da die Anwesenheit mindestens eines Ermittlungsbeamten bei der Obduktion Pflicht ist, hatten Dr. Johansson und seine Co-Obduzentin, Dr. Verena Georgios, auf Paulas Eintreffen gewartet. Zu Paulas Leidwesen war auch Oberstaatsanwalt Breitenbach gekommen. Obwohl es nicht nötig war, bestand er immer darauf, bei seinen Fällen dabei zu sein. Er bedachte Paula mit einem finsteren Blick.

»Pünktlichkeit ist wohl auch nicht Ihre Stärke, Frau Rauwolf.«

»Doch, wie Sie aus Erfahrung mit mir wissen dürften. Aber heute wurde die Pünktlichkeit vom Stau am Dreieck Oldenburg West ermordet.«

Verena Georgios kicherte, und Dr. Johansson grinste breit.

»Außerdem sind die fünf Minuten Verspätung nicht weiter tragisch«, begütigte er und schüttelte Paula und Rambacher die Hand.

»Kriminalhauptmeister Lukas Rambacher. Guten Morgen.«

»Der Neue«, ergänzte Paula.

»Willkommen bei uns. Lassen Sie uns anfangen.«

Johansson führte sie in den hell erleuchteten Obduktionssaal, wo ein Team bereits an einer anderen Leiche arbeitete. Jasmin Stojanovics Körper lag auf einem der Tische. Sprichwörtlich bleich wie der Tod.

Paula blickte nachdenklich auf die Leiche, während Johansson mit der äußeren Beschau begann und die Körperoberfläche akribisch untersuchte. Sie hörte kaum, was der Mediziner in das über dem Obduktionstisch angebrachte Mikrofon des Aufnahmegerätes diktierte. Ungewollt drängte sich ihr der Gedanke auf, dass auch Christopher auf einem dieser Tische gelegen hatte und man ihn ebenso aufgeschnitten hatte wie Jasmin Stojanovic in wenigen Minuten.

Sigurd Fischer hatte Paula heimlich eine Kopie des Berichts zukommen lassen. Sie hatte Monate gebraucht, bis sie in der Lage gewesen war, ihn zu lesen. Das Ergebnis hatte sie immerhin insofern beruhigt, dass eindeutig feststand, dass sie Christopher nicht mehr hätte retten können. Als sie ihn aus der Schusslinie gezogen hatte, war er bereits von vier Kugeln getroffen worden, von denen eine das Herz durchschlagen hatte. Trotz dieser Beweise konnte sie das Gefühl nicht abschütteln, versagt zu haben, als es darum ging, den Mann zu beschützen, den sie liebte.

Sie hatte nicht einmal bei seiner Beerdigung dabei sein können. Als Christopher zu Grabe getragen wurde, war sie gerade von der Intensivstation auf die normale Station verlegt worden und nicht in der Lage aufzustehen, geschweige denn irgendwo hinzugehen. Eine Schussverletzung im Bauchbereich verheilte nun mal nicht so schnell. Als sie endlich sein Grab hatte besuchen können, fiel es ihr schwer zu glauben, dass sein Körper dort ruhte. Es kam ihr so unwirklich vor wie ein schlimmer Traum. Bis jetzt war sie noch nicht richtig daraus erwacht.

Christopher stand neben Dr. Johansson und lächelte ihr zu. *»Hauptsache du bist am Leben, Wölfin. Welchen Sinn hätte es gemacht, wenn du auch noch gestorben wärst? Schließlich muss jemand die ganze Geschichte aufklären. Du erinnerst dich? Da gibt es immer noch ein paar ungeklärte Fragen.«*

Allen voran die, wieso Rasta-Charlie und seine Leute offenbar gewusst hatten, dass Christopher und Sigurd am Hafen patrouillierten und auf sie vorbereitet waren. Dafür gab es immer noch keine Anhaltspunkte, weshalb die Sache gegenwärtig nicht weiter verfolgt wurde.

»Alles in Ordnung, Frau Rauwolf?«

Christophers Geist verschwand beim Klang von Verena Georgios' Stimme. Paula merkte erst jetzt, dass ihr eine Träne über die Wange lief. Sie wischte sie hastig weg.

»Natürlich.« Sie rieb sich das Auge. »Nur eine Wimper im Auge.«

Ihre Stimme klang rau und belegt. Wie die einer Frau, die weint. Sie hoffte, dass es niemandem auffiel. Am allerwenigsten Rambacher oder – noch schlimmer – Breitenbach. Sie konzentrierte sich auf die Obduktion und versuchte, alle anderen Gedanken auszublenden.

Dr. Johansson stellte fest, dass die Muskulatur der Toten überdurchschnittlich gut entwickelt war. Das passte zu den Fitnessgeräten, die in Jasmins Wohnung standen. Auf Paulas Bitte hin untersuchte er die Hände und Finger besonders genau auf Hinweise, dass sie Geige gespielt hatte.

»Keine signifikante Hornhautbildung an den Fingern, keine Verschleißerscheinungen an den einschlägigen Stellen, keine überdurchschnittlich entwickelten Muskeln in den entsprechenden Bereichen. Falls sie irgendwann mal Geige gespielt hat, muss das Jahre zurückliegen. Oder sie war nur Hobbymusikerin, aber auf keinen Fall Profi.«

»Und das hat was für eine Relevanz, Frau Rauwolf?« Breitenbachs Frage klang, als hielte er ihre Frage für völlig überflüssig.

»Es bestätigt zusätzlich das Teilergebnis unserer Ermittlungen, dass Frau Stojanovic eine falsche Identität und einen entsprechend gefälschten Lebenslauf benutzt hat. Dem zufolge war sie bis vor zwei Jahren Berufsmusikerin im WDR-Orchester.«

»Ganz sicher nicht«, war Johansson überzeugt.

Er begann mit den vorgeschriebenen drei Öffnungen der Leiche, Kopf, Brust- und Bauchhöhle, während eine Assistentin die Form der Einstichwunde mit einer Datenbank von Stichwaffen abglich. Als die Obduktion nach zwei Stunden beendet war, stand fest, dass die Stichverletzung eindeutig die Todesursache gewesen war und mit neunundneunzigprozentiger Wahrscheinlichkeit von einem Messer der Marke Muela Ranger 12 stammte. Ein nicht sehr gebräuchliches Modell.

Johansson nickte Paula, Rambacher und Breitenbach zu und zog sich die Gummihandschuhe aus, während ein Medizinstudent die Leiche zunähte. »Soweit die Tatsachen von meiner Seite. Alles Weitere liegt bei Ihnen. Den schriftlichen Bericht erhalten Sie morgen im Laufe des Tages.« Er verabschiedete die drei.

Breitenbach hatte schon während der letzten Stunde immer häufiger auf die Uhr gesehen. Offenbar hatte er in absehbarer Zeit einen Termin. Er eilte nach einem knappen Gruß in die Runde aus dem Gebäude.

»Ich gehe jetzt Kastor hinterherschnüffeln«, teilte Paula Rambacher mit, als auch sie das Rechtsmedizinische Institut verlassen hatten. »Sie müssen nicht mitkommen.«

»Ich denke, Roemer hat uns grünes Licht gegeben.«

»Hat er. Aber es kann ja sein, dass Ihnen die Sache trotzdem zu heiß ist. Jakobs und meine Ansicht über die Grenzen meiner Nachforschungen gehen nämlich nicht in jedem Punkt konform.«

»Was Sie nicht sagen. Da es aber Vorschrift ist, dass Beamte im Außendienst zu zweit zu sein haben, muss ich Sie wohl oder übel begleiten.«

»Ich kann mir auch jemand anderen suchen. Dann können Sie schön Dienst nach Vorschrift machen.«

Er antwortete nicht darauf.

Paula war froh, nach dem Aufenthalt im Obduktionssaal frische Luft und Sonnenlicht zu tanken. Weniger froh war sie darüber, dass sie für einen Moment Christopher blutüberströmt vor dem blauen Ford liegen sah. Ganz und gar nicht gefiel ihr, dass sie daraufhin einen dicken Kloß im Hals spürte und sich beherrschen musste, nicht in Tränen auszubrechen.

Schlagartig überkam sie das Gefühl, vollkommen überfordert zu sein – mit der Situation, mit dem Fall und damit, überhaupt wieder im Dienst zu sein. Sie verspürte den Impuls, auf der Stelle Dr. Keller anzurufen und sich einen Notfalltermin geben zu lassen.

Sie tat es nicht. Sie musste lernen, sich nicht von ihren Erinnerungen und Flashbacks beeinflussen zu lassen. Wenn sie das zuließ, konnte sie ihren Job gleich ganz aufgeben. Die seelischen Wunden würden heilen. Mit der Zeit. Bis dahin musste sie die Nebenwirkungen ertragen.

Entschlossen stieg sie in den Wagen und fuhr los.

Doch ihre Hände zitterten, und der Kloß im Hals blieb.

Marco Severin reichte dem gutaussehenden Neukunden fünf Ledermappen und lächelte gewinnend. »Ich bin mir sicher, dass das Passende für Sie dabei ist. Sie werden zufrieden sein.« Sein Handy klingelte mit einem dezenten Ton. »Sehen Sie sich alles in Ruhe an und lassen Sie sich Zeit. Sie finden in jeder Mappe auch eine DVD, die Sie auf diesem Gerät abspielen können.« Er schob ihm einen DVD-Player hin, der mit einem großen Plasmabildschirm verbunden war. »Entschuldigen Sie mich einen Moment.«

Er ging in sein Büro und machte der Empfangsdame auf dem Weg dorthin ein Zeichen, sich um den Kunden zu kümmern. Ehe er das Gespräch annahm, schloss er die Tür.

»Severin.«

»Deine Kameliendame ist aufgeflogen. Stichtag letzten Donnerstag. Man hat bei Jasmin eine belastende Notiz gefunden, in der unter anderem deine Kasse im Tresor erwähnt wird.«

»Scheiße!«

»Der Durchsuchungsbeschluss wird gerade beantragt. Du hast ungefähr eine Stunde Zeit, bevor wir anrollen. Du weißt, was du zu tun hast. Vor allem, lass die Kasse verschwinden.«

»Alles klar.«

»Noch was. Jasmin scheint nicht die gewesen zu sein, für die sie sich ausgegeben hat. Weißt du was darüber?«

»Das ist das Neueste, was ich höre. Wenn ich auch nur den leisesten Verdacht gehabt hätte, hätte ich sie nie eingestellt. Außerdem hast du doch ihren Hintergrund überprüft und mir gesagt, dass sie sauber ist.«

»So sah es auch aus, denn die Täuschung ist verdammt professionell eingefädelt. Egal. Beseitige die Beweise so schnell du kannst.«

Severin unterbrach die Verbindung und machte sich hektisch daran, nicht nur die Kasse verschwinden zu lassen, sondern sich auch der Kameliendame zu entledigen. Die verbleibende Zeit reichte dafür gerade aus. Der Lohn für die Warnung würde seinem Informanten von anderer Seite zugehen. Wie immer würde niemand Severin und ihn miteinander in Verbindung bringen können.

Allerdings sollte er in Anbetracht von Jasmins Tod und dieser zusätzlichen Panne überlegen, ob er seine Callgirlvermittlung nicht eine Weile auf Eis legte. Bedauerlicherweise würde der Mann, der sein Unternehmen protegierte – und daran nicht schlecht mitverdiente –, damit absolut nicht einverstanden sein.

»Die haben zusammengearbeitet.«

Paula schlug mit der flachen Hand auf das Lenkrad, während sie ungeduldig darauf wartete, dass die Ampel auf Grün sprang.

»Die Möglichkeit besteht«, stimmte Rambacher ihr zu.

Die beiden hatten ein paar ehemalige Mitschüler von Kastor aufgesucht, die mit ihm zusammen Abitur gemacht haben mussten, um etwas mehr über ihn in Erfahrung zu bringen. Mit dem Ergebnis, dass keiner aus dem Jahrgang ihn zu kennen schien. Wie bei Jasmin Stojanovic. Und wie bei ihr kannte keine Rentenversicherung einen Jerome Kastor. Auch er war mit Sicherheit nicht der Mann, der er zu sein vorgab. Und da es ein höchst unwahrscheinlicher Zufall gewesen wäre, dass zwei Leute unabhängig voneinander etwa zur gleichen Zeit in dieselbe Stadt zogen, beide mit gefälschten Lebensläufen, Kontakt zueinander und zu Witold Graf, lag Paulas Verdacht auf der Hand.

»Graf ist der Schnittpunkt. Die Frage ist nur, wie das Verhältnis zu Graf ist. Arbeiten sie für ihn oder gegen ihn?«

»Falls er tatsächlich was mit dem ganzen Fall zu tun hat. Gegenwärtig laufen ja wohl keine Ermittlungen gegen ihn?«

Paula schüttelte den Kopf. »Er besitzt eine nicht gerade kleine Flotte, die für ihn in die ganze Welt fährt. Da sind Schmuggelgeschäfte ein Leichtes. Aber wie bei Severin war jedes Mal Fehlanzeige, wenn wir eine Razzia gemacht haben. Und seit einiger Zeit haben wir keine Informanten mehr, die uns über seine Aktivitäten auf dem Laufenden halten. Sie sind der Reihe nach spurlos verschwunden. Wir vermuten, dass Graf mitbekommen hat, dass sie Kontakt zu uns hatten und sie mundtot machen ließ.«

Und der heißeste Kandidat, den man vielleicht zur Aussage gegen Graf hätte bewegen können – Rasta-Charlie – war tot. Was Paula keine Sekunde bedauerte. Der Kerl hatte Christopher auf dem Gewissen. Und wenn Sigurd Fischer ihn nicht erschossen hätte – in anerkannter Notwehr – hätte Paula das getan. *Ohne* jede Notwehr.

Die Ampel zeigte endlich grün, und Paula legte einen Kavaliersstart hin, dass die Reifen quietschten. »Jedenfalls halten wir zwar immer die Augen offen, aber ohne Beweise keine Anklage. Ohne hinreichenden Tatverdacht bekommen wir nicht mal die Genehmigung, den Kerl zu überwachen oder seine Geschäfte genauer unter die Lupe zu nehmen. Nach außen hin gibt er sich als der großzügige Förderer von Kunst und Literatur und aufopfernder Ehemann. Dass er Callgirls vögelt, interessiert keinen.« Sie verzog angewidert das Gesicht. »Unglücklicherweise ist er ein Duzfreund vom Bürgermeister und sehr spendierfreudig, wenn mal wieder für irgendeine Sanierung oder Renovierung Geld gebraucht wird, die Töpfe des Kämmerers aber leer sind. Mit anderen Worten, er hat seine Fassade perfekt aufgebaut.«

Rambacher schwieg eine Weile. »Auch auf die Gefahr hin, mich bei Ihnen zusätzlich unbeliebt zu machen, aber mir ist schon vorgestern ein Verdacht gekommen. Als Sie erwähnten, dass Severin immer dann eine besonders blütenweiße Weste hat, wenn es einen begründeten Verdacht gegen ihn gibt. Als hätten sich die Beweise in Nichts aufgelöst. Da es mit Graf offensichtlich genauso ist …«

Paula warf ihm einen grimmigen Seitenblick zu. »Sie glauben, dass einer in der Dienststelle sitzt, der auf der Lohnliste der Gegenseite steht?« Sie schnaubte. »Stellen Sie sich vor, das denke ich auch. Ich habe Ture Hansen in Verdacht. Der Arsch ist der Einzige, der niederträchtig genug dafür ist, die eigenen Leute zu verraten. Vielmehr zu verkaufen.«

»Und?«

»Und nichts. Natürlich kam der Verdacht auf, dass Graf und auch Severin von einem Insider Tipps bekommen haben. Gleich beim ersten Mal, als die so sicher scheinende Razzia gründlich in die Hose ging. Nach dem zweiten derartigen Desaster wurden alle überprüft. Auf Herz und Nieren und in einer Weise, die schon nicht mehr feierlich war. Man suchte nach den üblichen Verdächtigen: teure Anschaffungen oder Urlaubsreisen, die über das jeweilige Gehalt hinausgingen und nicht durch einen Dispokredit abgedeckt waren. Die ganze Palette, soweit das rechtlich möglich war. Das Einzige, was dabei rauskam, war Kollege Schmieds Leidenschaft für Pferdewetten, die aber in keiner Weise illegal waren oder mit was Illegalem zu tun hatten. Man riet ihm, das Wetten aufzugeben und eine Therapie zu machen, behielt ihn danach noch eine Weile im Auge, und das war's. Falls tatsächlich jemand in der Dienststelle auf Grafs oder Severins Lohnliste steht, stellt er sich so clever an, dass es nicht den Hauch eines Anfangsverdachts gibt.«

»Severin könnte seinen Spitzel in Naturalien bezahlen.«

»Was auch wieder hervorragend zu Hansen passt.« Paula winkte ab. »Wurde alles überprüft. Ebenfalls ohne Ergebnis. Seitdem sind alle überzeugt, dass der Spitzel – und den gibt es – anderswo sitzt.«

Rambacher sah sie an. »Alle bis auf Sie. Was macht Sie so sicher? Abgesehen von Ihrer Abneigung gegen Hansen.«

Die Frage rührte an Paulas tiefste, immer noch unverheilte Wunde. Und das ausgerechnet heute, wo Christophers Geist sie wieder verfolgte und sie sich deswegen ziemlich mies fühlte. Sie entschloss sich zu antworten. »Wegen dem, was damals passiert ist, als Christopher starb. Er und Sigurd waren nur zu einer Routinekontrolle am Hafen, zu der sie sich ganz spontan entschlossen hatten. Dass Rasta-Charlie dort gerade eine neue Lieferung Sexsklavinnen an Land schmuggelte, wussten sie nicht. Trotzdem war er auf ihr Kommen vorbereitet. Das weiß ich von Sigurd. Ich war nicht dabei. Irgendjemand muss Charlie vorgewarnt haben. Aber von dem geplanten Trip zum Hafen wussten zu dem Zeitpunkt nur sehr wenige Kollegen in der Dienststelle. Hansen war einer von ihnen, und er ist, wie mir einer erzählt hat, sehr schnell verschwunden, nachdem Sigurd und Christopher sich zur Hafenpatrouille abgemeldet hatten. Klar, es gab noch andere, die davon wussten, aber wie schon gesagt, Hansen ist der Einzige, dem ich das zutraue. Auch er wurde natürlich überprüft, aber man hat nicht mal ein winziges Indiz gefunden, das den Scheißkerl belasten würde.«

Rambacher schwieg eine Weile. »Falls Ihre Vermutung zutrifft, wäre es extrem dreist von ihm, sich als Vorreiter des … eh, der Kampagne gegen Sie aufzuspielen.«

Paula schnaubte verächtlich. »Auch das passt zu ihm. Jemand anderen – mich – für Christophers Tod verantwortlich zu machen, lenkt doch hervorragend von seiner eigenen Beteiligung daran ab. Wenn er mich intensiv genug mit Dreck bewirft und auch andere dazu anstiftet, sind alle so damit beschäftigt, sich auf mich zu konzentrieren, dass keiner auf den Gedanken kommt, mal einen genaueren Blick in seine Richtung zu werfen.« Sie zuckte mit den Schultern. »Aber leider habe ich keine Beweise dafür. Und da ich nicht gerade die Kollegin des Jahres bin und auch nie sein werde, passt Hansens Kampagne allen hervorragend in den Kram. Fast allen.«

Sie parkte den Wagen in der Grenzstraße ein Stück vom *Dancing Cats* entfernt. Rambacher verkniff sich die Bemerkung, dass sie mal wieder im Begriff war, etwas zu tun, das sie besser lassen sollte.

»Ich will ja keine alten Wunden aufreißen, aber ich würde gern Ihre Version davon hören, was damals passiert ist.«

»Ach nee! Das sind ja ganz neue Töne.«

Er räusperte sich, eindeutig verlegen. »Die hätte ich wohl besser von Anfang an anschlagen sollen. Ich bitte um Entschuldigung, dass ich das nicht getan habe.«

»Hm. Woher der plötzliche Sinneswandel?«

»Ganz ehrlich? Sie sind zwar ein sehr schmerzhafter Furunkel in meinem Allerwertesten mit der Sensibilität einer Mülltonne und dem Gemüt eines Fleischerhundes. So! Das musste mal gesagt werden.« Er atmete wie befreit auf, ehe er fortfuhr. »Aber trotzdem – oder vielleicht auch gerade deswegen – sind Sie eine verdammt kompetente Ermittlerin. Ich kann mir einfach nicht vorstellen, dass Sie tatsächlich den Tod eines Kollegen in der Weise verschuldet haben sollen, wie man Ihnen das nachsagt.«

»Danke für das Kompliment. Ich meine das mit dem Furunkel, der Mülltonne und dem Fleischerhund. Trifft alles hundertprozentig zu.«

Rambacher errötete, unternahm aber keinen Versuch, seine Anschuldigung zu relativieren. Paula rechnete ihm das hoch an. Ein geradliniger Mensch stand zu seiner Meinung und knickte nicht ein wie ein Streichholz, nur weil er Gegenwind befürchtete.

»Ich weiß nicht, ob man Ihnen das ebenfalls geflüstert hat, aber Christopher und ich waren nicht nur Kollegen. Er war auch mein Lebensgefährte. Wir hätten ein halbes Jahr später geheiratet.« Der Gedanke daran beförderte augenblicklich den Kloß zurück in ihre Kehle. Sie schluckte ihn hinunter.

Rambacher warf ihr einen überraschten Blick zu. »Nein, das hat man mir nicht gesagt.«

»Dachte ich mir. Jedenfalls, als wir ein Paar wurden und uns sicher waren, dass es halten würde, haben wir pflichtschuldigst Jakob informiert. Schließlich durften wir unter den Umständen nicht mehr zusammenarbeiten.«

»Sie halten sich an die Vorschriften? Das ist ja was ganz Neues.«

»Nun übertreiben Sie mal nicht.« Sie warf ihm einen kurzen Blick zu. »Auch wenn Sie von mir einen ganz anderen Eindruck haben, aber ich bin Polizistin geworden, um Scheißkerle wie Kastor, Graf, Severin und Konsorten von der Straße zu bekommen. Möglichst permanent. Das werde ich nicht dadurch gefährden, dass ich schlampig ermittle oder irgendwas tue, wodurch der Fall der Staatsanwaltschaft um die Ohren fliegt. Und was anderes kann nicht mal Hansen mir nachsagen. Der war sowieso von Anfang an eifersüchtig darauf, dass meine Hartnäckigkeit und meine Methoden das Team oft entscheidend weitergebracht haben. Er kann nur mit Dienst nach Lehrbuch glänzen, hat aber noch nichts Herausragendes geleistet. Ihm fehlt einfach die Fantasie. Und von seiner Intelligenz halte ich auch nicht viel.«

Rambacher enthielt sich eines Kommentars.

»Damals haben Christopher und ich an völlig verschiedenen Fällen gearbeitet. Er und sein Team untersuchten einen Fall von Menschenhandel, in den Rasta-Charlie verwickelt war. Charlie war Deutscher. Er stand lediglich auf Rastalocken und Sonnenbänke. Ich war an einer neuen Größe wegen Prostitution dran, den man in der Szene den Jamaikaner nannte.« Paula machte eine Pause und starrte in Gedanken versunken vor sich hin. »An jenem Abend hatte ich im *Korinth* in der Rheinstraße ein Treffen mit einer Frau vereinbart, die für den Jamaikaner gearbeitet hat. Sie wollte aussteigen und Informationen über ihn gegen Polizeischutz tauschen. Ich habe über zwei Stunden auf sie gewartet, aber sie kam nicht. Später habe ich erfahren, dass man ihre Leiche aus dem Kanalhafen gefischt hat. Sie wurde mit einem Genickschuss regelrecht hingerichtet.« Paula umklammerte das Lenkrad, dass die Knöchel weiß hervortraten. »Da habe ich nicht zum ersten Mal vermutet, dass irgendjemand dem Jamaikaner was gesteckt hat. Aber die Möglichkeit besteht natürlich auch, dass die Frau sich einfach nur dumm verhalten und den Typen dadurch misstrauisch gemacht hat.«

»Haben Sie ihn erwischt? Den Jamaikaner.«

»Nicht ich persönlich. Ich war damals noch in der Klinik. Aber ja, er wurde zwei Wochen später verhaftet. Ein anonymer Anrufer gab einen Tipp. Sah ganz so aus, als wollte dadurch jemand einen unliebsamen Konkurrenten loswerden. Bis heute konnten wir nicht ermitteln, wer der Tippgeber war.« Paula atmete tief durch. »An jenem Abend hatten Christopher und Sigurd noch etwas länger an einem Bericht gearbeitet. Als sie endlich fertig waren, haben sie sich entschlossen, noch einen Trip zum Hafen zu machen, in der Hoffnung, irgendeine Spur zu Rasta-Charlie und über ihn zu Graf zu entdecken. Wir hatten Grund zu der Annahme, dass Charlie für Graf arbeitete, Informanten hatten das ausgesagt. Deshalb hatte Christophers Team es sich zur Gewohnheit gemacht, dass zwei oder drei Leute, die abends noch etwas Zeit hatten, ohne Vorwarnung in der Hafengegend nach dem Rechten sahen.« Sie atmete tief durch. »An dem Abend haben Christopher und Sigurd das übernommen.«

»Und was hatten Sie mit all dem zu tun?«

»Nichts. Nachdem ich mir sicher war, dass meine Informantin nicht mehr kommen würde, wollte ich nach Hause fahren. Vorher habe ich noch meine Mailbox abgehört und fand eine Nachricht von Christopher, dass er mit Sigurd unterwegs ist, um die Kais zu kontrollieren. Wir wollten an dem Abend noch ins Kino in die Spätvorstellung. Er wusste von meinem Treffen mit der Informantin. Da die Rheinstraße bei den Nordhafenkais um die Ecke liegt, hat er vorgeschlagen, dass ich ihn um halb zehn beim Hannoverkai abhole, dem letzten, den er und Sigurd kontrollieren wollten. Dann hätten wir gleich von da aus zum Kino fahren können, und Sigurd wäre mit dem Dienstwagen nach Hause gefahren. Das ist übrigens der, in dem wir gerade sitzen.«

»Oh.« Rambacher sah sie mitfühlend an.

Paula blickte zur Seite. Mitleid hatte sie noch nie ertragen können. »Bis aber später im Zuge der Ermittlungen meine Mailbox überprüft und festgestellt wurde, dass Christopher mich tatsächlich hinbestellt hatte, wurde mir meine Anwesenheit vor Ort als eigenmächtige Einmischung ausgelegt.« Sie ballte die Fäuste und musste sich beherrschen, um nicht auf das Lenkrad einzuschlagen.

»Durch Ihr Auftauchen dort soll die Sache überhaupt erst eskaliert sein«, wandte Rambacher vorsichtig ein.

Paula schnaubte erbost. »Das ist eine Lüge, die wahrscheinlich Hansen in die Welt gesetzt hat. Als ich die Hannoversche Straße noch nicht mal halb hinter mir hatte, fielen bereits die ersten Schüsse am Kai. Eigentlich hätte dort niemand sein dürfen. Das Gelände gehört zu einer Reparatur-Werft. Später stellte sich heraus, dass einer der Werftangestellten mit Charlie unter einer Decke steckte und nachts das Tor aufgeschlossen hat, wenn mal wieder eine neue Lieferung kam. Gegen ein hübsches Sümmchen, versteht sich. So auch in jener Nacht. Als ich dort ankam, lag Christopher bereits am Boden.« *Tot. Oh Christopher! Wäre ich doch nur eine halbe Minute eher gekommen. Nur eine halbe Minute!* Sie schluckte. »Ich habe meinen Wagen zwischen Christopher und Charlies Leute gefahren, die natürlich sofort auch auf mich geschossen haben, bin raus und habe ihn hinter den Ford gezogen. Aber es waren zu viele, die geschossen haben, und sie kamen von zwei Seiten. Und Autotüren sind nun mal nicht stabil genug, um Geschosse aufzuhalten und …«

Paula glaubte wieder, den Einschlag der Kugel zu spüren, die sie am Oberschenkel gestreift und der zweiten, die sie am Arm verletzt hatte, bevor die dritte sie in den Rücken unterhalb der Rippen traf und ihren Körper durchschlug. Sie fühlte wieder die Angst von damals. Ihr brach der Schweiß aus. Im nächsten Moment wurde ihr schwindelig und flau im Magen, und sie hatte das Gefühl, nicht genug Luft zu bekommen. Panik drohte sie zu überwältigen.

Erinnerungen. Das sind nur Erinnerungen. Sie ziehen an mir vorüber wie ein Film, aber ich bin nur Zuschauerin.

Das Mantra wirkte nicht. Ihr wurde richtig übel. Sie griff in die Hosentasche und umklammerte den Stein, den sie seit ihrem Klinikaufenthalt immer bei sich trug und nachts sogar neben ihr Kopfkissen legte. Dr. Keller hatte sie dazu angeregt, sich etwas aus einer Kramkiste auszusuchen, in der er bunte Murmeln, Sorgenpüppchen, Muscheln, Steine, Nüsse, Stofftiere und dergleichen aufbewahrte.

Paula hatte sich einen rötlichen, vom Meer rundgeschliffenen, eurostückgroßen Kieselstein ausgesucht. Er symbolisierte für sie Festigkeit, Stabilität und den sicheren Boden unter den Füßen, den Christophers Tod ihr entzogen hatte. Der Stein hatte sogar noch nach Meer gerochen, als sie ihn an sich genommen hatte.

Die Berührung der glatten und vertrauten Oberfläche gab ihr jetzt den Bezug zur Realität zurück. Das Durchatmen gelang wieder. Sie wischte sich den Schweiß von der Stirn und stellte fest, dass ihre Hand zitterte. Sie drückte den Kiesel fester.

Rambacher sah sie besorgt an. Wenigstens fragte er nicht dämlich, ob mit ihr alles in Ordnung war. Sie räusperte sich.

»Tja, und weil ich nicht sofort Verstärkung gerufen habe – wäre ja auch problemlos möglich gewesen, wo uns die Kugeln um die Ohren geflogen sind und wir genug damit zu tun hatten, am Leben zu bleiben – und weil ich mich überhaupt in die Sache ›eingemischt‹ habe, wo ich doch am Kai gar nichts zu suchen hatte, und durch meine ›Eigenmächtigkeit‹ Christophers Tod ›verschuldet‹ haben soll, haben sie mich erst mal suspendiert. Und Breitenbach leitete mit Vergnügen die Ermittlungen gegen mich.«

Wenigstens hatte er sich hinterher für sein unnachsichtiges Vorgehen entschuldigt, als feststand, dass sie keine Schuld trug. Paula hatte ihn bis heute nicht dafür um Verzeihung gebeten, dass sie ihm die Nase gebrochen hatte.

»Was war mit Fischer?«

»Der landete angeschossen im Hafenbecken. Charlies Leute dachten wohl, er wäre tot. Als er wieder aus dem Wasser raus war, hat er die restlichen Kerle unschädlich gemacht, die ich nicht erwischt hatte – unter ihnen Charlie – und die nicht mit ihrer kostbaren Fracht getürmt waren. Dann hat er die Kollegen und einen Krankenwagen gerufen. Aber Christopher war tot. Das war er schon, als ich ihn hinter den Wagen gezogen habe.« Sie presste die Lippen zusammen, aber dann brach es doch aus ihr heraus: »Ich habe das Liebste verloren, was ich auf der Welt hatte, ich wurde schlimm verletzt und laufe seitdem nur noch mit einer Niere und ein paar fehlenden Darmschlingen durch die Gegend. Und die Scheißkerle in der Chefetage hatten nichts Besseres zu tun, als *mir* die Schuld dafür in die Schuhe zu schieben.« Tränen schossen ihr in die Augen. Sie blickte zur Seite und wischte sie hastig weg. Unauffällig, wie sie hoffte.

»Aber Sie wurden rehabilitiert.«

Paula atmete tief durch. »Ja. Nachdem sich rausstellte, dass alles nur eine Verkettung von unglücklichen Umständen war. Doch das Gerücht, dass ich unerlaubt in Christophers Fall gegen Rasta-Charlie ermittelt hätte, ist einfach nicht totzukriegen. Sogar Jakob glaubt das, obwohl er das nie zugeben würde.« Sie blickte Rambacher kurz von der Seite an. »Zugegeben, ich bin der Typ, der unorthodox ermittelt, wenn's mir so auskommt.«

»Was Sie nicht sagen.«

»Aber ich hätte niemals Christopher in Gefahr gebracht durch so eine Eigenmächtigkeit. Ich habe ihn geliebt, verdammt! Er … er hatte die Gabe, das Beste in mir zum Vorschein zu bringen. Ohne ihn«, sie bedachte Rambacher mit einer Grimasse, als hätte sie in eine Zitrone gebissen, »ist nur noch das Fleischerhundgemüt mit der Mülltonnensensibilität übrig.« Paula wandte das Gesicht ab und starrte aus dem Seitenfenster, ohne draußen etwas wahrzunehmen. Sie fühlte sich wieder in die Zeit vor sechzehn Monaten versetzt.

Sie drängte die Gedanken an die Verzweiflung und den nicht enden wollenden Schmerz, das Krankenhaus, das Trauma, die Reha und die Psychiatrie zurück, tat einen tiefen Atemzug und blickte Rambacher an. »Das ist die ganze Geschichte. Sigurd kann sie Ihnen bestätigen.«

»Ich glaube Ihnen auch so.« Er hielt ihr spontan die Hand hin. »Lukas.«

Sie ergriff sie zögernd. »Paula.« Sie drückte seine Hand fest. »Also auf eine bessere Zusammenarbeit als bisher – Rammböckchen.«

Er lachte kurz und schüttelte den Kopf. »Warum legst du eigentlich so großen Wert darauf, eine Kratzbürste zu sein?«

Damit niemand auf den Gedanken kommt, mein Freund sein zu wollen. Von einem Freund verletzt zu werden, tut zehnmal mehr weh als wenn's jemand tut, der mir gleichgültig ist. Und erst recht ertrage ich nicht noch mal, einen Freund zu verlieren. Also bin ich lieber eine einsame Kratzbürste, die keiner leiden kann. Damit kann ich umgehen, das bin ich gewöhnt, solange ich denken kann. Freundlichkeit nicht.

»Hat sich so ergeben.« Ein Wischiwaschi-Satz. Ausweichend. Nichtssagend. Verlogen. Sie sah Lukas an. »Weil ich eine Scheißangst davor habe, dass mir noch mal jemand nahe kommen könnte. Also sorge ich dafür, dass keiner den Wunsch verspürt, hinter die Fassade zu blicken.«

»Ich will dir nicht zu nahe treten, aber das stelle ich mir verdammt einsam vor.«

»Ja. Aber es gibt Dinge, die sind sehr viel schlimmer als Einsamkeit. Für mich zumindest.«

»Ich glaube, ich weiß, was du meinst.«

»Mit Sicherheit. Nach allem, was du durchgemacht hast, weil du gegen deinen Kollegen ausgesagt hast. Und, Lukas, was ich dir von Anfang an hätte sagen sollen: Du hast meinen vollsten Respekt dafür, dass du den Kollegen nicht hast davonkommen lassen. Hätte ich genauso gemacht.«

Er blickte sie nachdenklich an. »Wie es aussieht, hat man wohl versucht, uns gegeneinander auszuspielen. Vielmehr aufzuhetzen.«

»In der Tat. Sigurd hat vorgeschlagen, dass wir gerade deshalb zusammenhalten und uns gegen den Rest der Welt verbünden sollten.«

»Klingt nach einer guten Idee.«

»Na, dann setzen wir sie mal in die Tat um und rücken Kastor gemeinsam auf den Pelz.«

Sie stiegen aus dem Wagen und gingen zur Wohnung des Nachtclubbesitzers. Paula klingelte Sturm. Kastor riss wütend die Tür auf, verkniff sich aber, was er hatte sagen wollen, als er erkannte, wer vor ihm stand.

»Sie schon wieder. Und diesmal mit Verstärkung. Haben Sie Angst vor mir, Frau Kommissarin?«

»Hätte ich Grund dazu?«

»Haben Sie?« Er grinste überheblich.

»Wie Ihnen Ihr Handlanger hoffentlich mitgeteilt hat, ist Ihr Einschüchterungsversuch glatt in die Hose gegangen. Ihre anonyme Drohung hat das genaue Gegenteil bewirkt. Ich habe Sie noch gründlicher unter die Lupe genommen. Und es dürfte Sie kaum überraschen, dass ich dabei festgestellt habe, dass Sie gar nicht existieren. Ihr Name und Ihr ganzer Lebenslauf sind von vorne bis hinten erfunden. Sorgfältig genug, dass sie jeder oberflächlichen und auch der einen oder anderen tieferen Überprüfung standhalten, aber nicht sorgfältig genug. Und wer Sie wirklich sind, kriege ich auch noch raus.«

Kastors Überheblichkeit verschwand. »Sie machen einen großen Fehler, Frau Rauwolf.«

Paula sah Lukas an. »Klang das für dich nicht auch gerade wie eine Drohung?«

»Unbedingt. Herr Kastor, ich wäre an Ihrer Stelle sehr vorsichtig damit, Beamten in dieser Form zu drohen.«

»Das war keine Drohung, sondern eine gut gemeinte Warnung. Sie haben keine Ahnung, womit Sie es hier zu tun haben.«

Paula trat aggressiv einen Schritt auf ihn zu. »Mit einem Mörder, der eine Menge zu verbergen hat. Und glauben Sie mir, Kastor, ich kriege Sie. Und wenn es das Letzte ist, was ich tue.« Sie trat zurück und ließ ihm keine Zeit zu antworten. »Falls es noch etwas gibt, das wir Ihrer Meinung nach wissen sollten – zum Beispiel ein Geständnis – wir sind ganz Ohr.«

»Ich habe Ihnen nichts zu sagen. In Abwesenheit meines Anwalts schon gar nicht.«

»Wie Sie wollen. Wir sehen uns, Herr Kastor. Spätestens, wenn wir Ihre wahre Identität kennen. Bis dahin wünsche ich Ihnen eine schöne Zeit – bis zur lebenslangen Freiheitsstrafe.«

Paula und Lukas warteten eine Antwort nicht ab und kehrten zu ihrem Wagen zurück

»Dem Kerl ist zumindest vorübergehend das Grinsen vergangen.« Lukas klang sehr zufrieden, beinahe schadenfroh. Offenbar ärgerte er sich genauso über Kastors Überheblichkeit wie Paula. »Was tun wir als Nächstes?«

»Wir besuchen Herrn Sören Kronenberg und befragen ihn zur Kameliendame und zweimal Französisch plus Extras.«

Kastor schloss die Tür hinter den Beamten und griff zum Handy.

»Die Kommissarin wird langsam zu einem wirklich großen Problem«, teilte er dem Chef mit. »Sie hat rausgefunden, dass meine Identität nicht stimmt. Zwar hat sie noch keinen Anhaltspunkt für die echte, aber so, wie ich sie mittlerweile einschätze, ist es nur noch eine Frage der Zeit, bis sie die aufdeckt.«

»Verdammter Mist! Wie ist sie dahintergekommen?«

»Ich habe nicht die geringste Ahnung. Bisher dachte ich, meine Vita wäre wasserdicht. Aber die Frau hat leider einen phänomenalen Blick fürs Detail. Irgendwas muss ihr aufgefallen sein, das wir übersehen haben.«

Ein gereiztes Knurren. »Du weißt, dass wir nicht jedes Detail glaubhaft fälschen können. Trotzdem hätte deine Legende funktionieren müssen.«

»Hat sie auch. Zwei Jahre lang. Aber dann kam Kommissarin Paula Rauwolf. Ich sehe nur noch eine Möglichkeit, sie uns vom Hals zu schaffen.«

»Ich auch. Nachdem die weiche Tour offensichtlich nicht wirkt, bleibt uns nur noch die harte, bevor die Sache eskaliert. Und das ausgerechnet jetzt, wo der große Deal unmittelbar bevorsteht. Ist damit wenigstens alles in Ordnung?«

»Bis jetzt läuft alles nach Plan.«

»Was ist mit den Daten?«

»In Jasmins Wohnung konnte ich noch nicht nachsehen, da ist immer noch die Polizei zugange. Und sie hatte keine Zeit, die an einem anderen Ort zu verstecken.«

»Wir müssen die Daten haben. Unter allen Umständen. Durchsuch die Wohnung noch heute.«

»Wäre es nicht besser, damit bis nach dem Deal zu warten?«

»Nein. Die Daten sind wichtiger. Heute. Du weißt, was du zu tun hast.«

»Vollkommen.«

Und danach würde Paula Rauwolf kein Problem mehr sein.

Die Befragung von Sören Kronenberg – dem einzigen männlichen Kronenberg in Wilhelmshaven, dessen Vorname mit S begann – führte zu nichts. Zwar gab der Mann zu, Kunde bei Severins Escort Service zu sein, bestritt aber vehement, jemals eine andere Dienstleistung als eine harmlose Begleitung der Kameliendame in Anspruch genommen zu haben. Er ließ sich auch nicht durch die Notiz von Jasmin Stojanovic davon abbringen. Ja, er habe an dem Tag die Kameliendame für eine Begleitung gebucht. Und nein, mehr sei da nicht gewesen. Das Gegenteil konnte man ihm ohne eine Aussage der Kameliendame nicht beweisen. Selbst dann hätte Aussage gegen Aussage gestanden.

Paula und Lukas kehrten zur Dienststelle zurück. Roemer hatte eine zusätzliche Dienstbesprechung anberaumt, obwohl es schon halb acht war. Die Stimmung im Besprechungsraum war mehr als gedrückt.

»Fehlanzeige!«, meldete Oliver Siebert. Man hörte ihm an, wie enttäuscht und wütend er war. »Auf der ganzen Linie. Severin ist mal wieder so sauber wie ein frisch gewaschener Kinderpopo. Keine Kasse im Tresor, keine belastenden Abrechnungen – nichts. Dafür konnte er eine auf den 24. datierte fristlose Kündigung für Swetlana Wrzolek alias Kameliendame vorweisen, weil sie mehreren Kunden Sex angeboten und dafür abkassiert hat. Auch der Timecode des Schreibens in seinem Computer stimmt mit dem Datum überein. Aber das lässt sich ja kinderleicht fälschen. Ansonsten haben wir mal wieder nix gefunden. Absolut rein gar nichts.« Er zuckte mit den Schultern. »Natürlich müssen die sichergestellten Unterlagen noch gründlich geprüft werden, aber wenn ihr mich fragt, ist das reine Zeitverschwendung und wird zum üblichen Ergebnis führen.« Er blickte Paula an. »Habt ihr wenigstens was bei Kronenberg erreicht?«

Sie schüttelte den Kopf. »Er gibt nur zu, die Kameliendame als Begleitung gebucht zu haben und leugnet alles andere. Wundert mich nicht, denn er ist Lehrer an einer katholischen Schule.«

»Da sollte er aber das achte Gebot kennen: Du sollst nicht lügen.«

»Du sollst nicht falsch Zeugnis reden wider deinen Nächsten«, korrigierte Fischer.

»Ist doch quasi dasselbe. Verdammt, wann werden wir endlich mal was gegen Severin in die Hand bekommen?«

»Eines Tages«, war Paula überzeugt. »Dafür sind wir uns jetzt aber hundertprozentig sicher, dass Kastor nicht der ist, der er vorgibt zu sein.«

»Soll heißen?«, fragte Roemer.

»Dass er eine falsche Identität benutzt. Die echte haben wir noch nicht aufdecken können, aber sein gesamter Hintergrund ist von der Geburtsurkunde bis zu den Arbeitszeugnissen so falsch wie der von Jasmin Stojanovic. Wir sind der Überzeugung, dass es da einen Zusammenhang gibt und dass möglicherweise das Mordmotiv damit zu tun hat. Beide sind gezielt nach Wilhelmshaven gezogen, wenn auch – scheinbar – unabhängig voneinander. Aber sie kannten sich offenbar schon lange bevor sie sich angeblich über die Escort-Agentur kennengelernt haben wollen. Außerdem, wie Kastors fast überall in der Wohnung verteilte Fingerabdrücke beweisen, waren er und die Tote wohl weit mehr als nur Dienstleisterin und Kunde. Und beide haben intensiven Kontakt zu Witold Graf. Nehmen wir dazu noch die Tatsache, dass Kastor in der Wohnung irgendwas Wichtiges gesucht hat – Collier oder nicht –, drängt sich zumindest mir der Verdacht auf, dass die zwei wahrscheinlich zusammengearbeitet haben und diese Arbeit was mit Graf zu tun haben könnte.«

»Du siehst Gespenster, Rauwolf«, höhnte Hansen. »Wohl ein paar Psychopillen zu viel geschluckt, wie?«

»Noch ein Wort, Ture, und du kriegst es mit mir zu tun«, drohte Roemer. Er fixierte ihn mehrere Sekunden lang mit einem kalten Blick, ehe er sich an Paula wandte. »Die Theorie ist zwar etwas gewagt, aber wir werden ihr nachgehen.«

»Das mit den falschen Identitäten passt zu dem Desaster, das mir mit dem Laptop passiert ist«, meldete sich Linda Schubert zu Wort. Sie klang zerknirscht. »Nachdem es mir endlich gelungen ist, die Passwörter von dem Ding zu knacken, habe ich einen verborgenen Dateiordner mit der Bezeichnung ›Smaragdjungfer‹ gefunden. Als ich versucht habe, den zu öffnen, verlangte er die Eingabe eines Passworts innerhalb von zehn Sekunden, sonst würde er sich löschen.«

»Und das kanntest du nicht.«

Linda zuckte mit den Schultern. »Woher auch? Jemand der allein schon drei verschiedene Hochsicherheitspasswörter fürs BIOS und den Desktop benutzt, nimmt garantiert ein viertes für so eine offensichtlich wichtige Datei. Ich habe natürlich das erste Passwort eingegeben, das sich als falsch erwies. Da verlangte das System in nur noch fünf Sekunden das richtige. Ich habe versucht, den Vorgang abzubrechen, aber daraufhin löschte sich der gesamte Ordner. Und bei einem Laptop nützt es leider nichts, den Stecker zu ziehen, solange der Akku noch aufgeladen ist.« Sie schüttelte bedrückt den Kopf. »Für eine Hostess hatte Frau Stojanovic entschieden zu viel und zu fundierte Computerkenntnisse. Einen solchen Mechanismus zu programmieren, schafft nur ein Profi, aber nicht Ottilie Normal-PC-Userin. Das passt zu der falschen Identität. In jedem Fall müssen sich in diesem ›Smaragdjungfer‹-Ordner Informationen befunden haben, von denen sie nicht wollte, dass irgendjemand außer ihr darauf zugreifen kann.«

Fischer seufzte frustriert. »Und die sind jetzt vollständig zerstört?«

Linda nickte. »Ich habe versucht, sie zu rekonstruieren, aber dieser Sicherheitsvirus hat in Windeseile die gesamte Festplatte formatiert und auf keinen Befehl mehr reagiert. Da war nicht mal mehr der Geist einer Datei übrig.«

»Scheiße.«

»Du sagst es. Ich vermute, dass nicht nur dieser eine Dateiordner brisante Infos enthielt, sondern auch einige andere. Sonst wäre es nicht nötig gewesen, gleich die ganze Festplatte zu formatieren.«

»Vielleicht gibt es eine Sicherungskopie«, überlegte Paula. »Höchstwahrscheinlich sogar. Niemand, der so extrem wichtige Daten auf seinem PC hat, fertigt davon keine Sicherungskopie an. Allein schon, falls das System abstürzt oder der Laptop geklaut wird. Ich bin mir sicher, dass es irgendwo eine gibt. Auf CD-ROM, USB-Stick, Minidisk, SD-Karte oder was auch immer.«

»Das denke ich auch«, stimmte Linda ihr zu. »Aber bisher haben Majas Leute nichts gefunden.«

Maja schüttelte den Kopf. »Wir werden morgen noch mal gezielt danach suchen. Wahrscheinlich ist sie extrem gut versteckt. Ansonsten hat die bisherige Auswertung der Spuren keine neuen Ergebnisse gebracht. Bis auf das Collier und die angebliche Leihquittung. Wir haben sie gründlich untersucht. Das Collier, das die Tote auf ihren Bewerbungsfotos bei Severin trägt, ist dasselbe wie auf Kastors Kaufquittung, die aber auf ein halbes Jahr später datiert und demnach gefälscht ist. Das ist auch die Unterschrift der Toten auf der angeblichen Leihquittung. Und zwar ohne jeden Zweifel.«

Bevor noch jemand etwas sagen konnte, klingelte Roemers Handy. Er warf einen Blick auf das Display und zog überrascht die Augenbrauen hoch. »Herr Breitenbach. Was kann ich für Sie tun?« Er lauschte einen Moment. »Augenblick bitte. Wir sind gerade bei der Besprechung. Ich schalte Sie auf Lautsprecher.«

»Ich verlange eine Erklärung, warum trotz meiner gegenteiligen Anordnung immer noch gegen Kastor ermittelt wird«, ertönte Sekunden später Breitenbachs Stimme. Der Staatsanwalt war äußerst ungehalten. »Er hat Beschwerde dagegen eingereicht, dass Frau Rauwolf ihn schon wieder belästigt hat. Wenn Sie sich nicht ab sofort strikt an meine Anweisungen halten –«

»Ich habe die weitere Ermittlung angeordnet«, unterbrach ihn Roemer. »Und zwar weil sich herausgestellt hat, dass Herr Kastor eine falsche Identität benutzt. Außerdem steht er immer noch unter Mordverdacht.«

»Haben Sie dafür Beweise? Was ist mit der zweiten Person am Tatort, die Sie in Ihrem Bericht erwähnen?«

»Für uns, Herr Breitenbach, sind die Indizien gegen Herrn Kastor – oder wie immer er heißt – nach wie vor hinreichend für einen begründeten Tatverdacht, zumindest als Tatbeteiligter. Wir haben zwar Fingerabdrücke und auch Blutspuren einer weiteren Person gefunden, die aber nicht in unserer Datenbank ist. Dass die Tatwaffe noch nicht gefunden wurde, entlastet Herrn Kastor keineswegs.«

»Trotzdem werden Sie *nicht* gegen ihn ermitteln. Das ist eine offizielle Anordnung. Haben Sie das endlich verstanden?«

Roemer atmete tief durch. »Sie ordnen also an, dass wir die offensichtlich falsche Identität eines Mordverdächtigen ignorieren sollen? Mit welcher Begründung?«

»Ich erwarte, dass Sie sich an meine Anweisung halten, sonst sehe ich mich zu ernsthaften Konsequenzen gezwungen. Basta!« Breitenbach unterbrach die Verbindung.

»Mann, was hat den denn gebissen?«, ereiferte sich Fischer. »Ist der noch ganz dicht?«

»Wohl eher ein guter Freund von Kastor«, vermutete Paula. »Was also tun wir jetzt, Jakob?«

Roemer seufzte. »Was er angeordnet hat. Er ist schließlich der uneingeschränkte Herr des Verfahrens. Und darüber gibt es keine Diskussion, Paula. Jedenfalls nicht, solange wir nicht etwas in der Hand haben, das auch der Staatsanwalt nicht mehr ignorieren kann.« Er zögerte. »Ich gebe zu, ich verstehe diese Anordnung genauso wenig. Aber Breitenbach wird seine Gründe haben.«

»Für mich sieht das beinahe schon so aus, als würde er Kastor decken.«

»Pass auf, was du sagst, Paula. So eine Bemerkung will ich nie wieder von dir hören. Es sei denn, du könntest sie mit handfesten Beweisen untermauern.«

»Wirst wohl langsam total paranoid, Rauwolf«, höhnte Hansen.

Roemer fuhr ihm über den Mund. »Noch ein Wort, Ture, und du lernst mich kennen. Wie wär's, wenn ihr beide eure kindische Dauerfehde endlich mal begrabt und euch wie Erwachsene benehmt.« Er funkelte Hansen und Paula ärgerlich an.

Sie verzichtete darauf, ihn darauf hinzuweisen, dass Hansen bei jeder sich bietenden Gelegenheit stänkerte, nicht sie. Wenn Jakob derart angepisst war, widersprach man ihm besser nicht.

»Paula, du und Rambacher, ihr knöpft euch morgen diese Kameliendame vor. Falls Severin ihr tatsächlich fristlos gekündigt hat, ist sie vielleicht bereit, gegen ihn auszusagen. Übrigens, Paula, der anonyme Anruf kam von einem Prepaid-Handy und ist nicht zurückzuverfolgen.«

»Sauber! Kastor darf mir drohen und kommt auch noch damit durch, weil der Scheißstaatsanwalt uns die Hände bindet und sein Handlanger sich nicht ermitteln lässt. Kastor muss doch jetzt glauben, dass er gewonnen hat.«

»Dann lassen wir ihn das glauben. Was der glaubt oder nicht, ist völlig belanglos. Im Moment jedenfalls. Außerdem: Wenn er denkt, dass er gewonnen hat, wird er vielleicht unvorsichtig und macht einen Fehler. Glaub mir, Paula, wir kriegen ihn. Früher oder später kriegen wir ihn. Also lass ihn vorläufig in Ruhe. Was aber natürlich nicht heißt, dass wir Indizien ignorieren, die auf ihn hinweisen. Wir unterlassen lediglich jeden persönlichen Kontakt mit dem zwielichtigen Herrn. Verstanden?«

Sie zuckte mit den Schultern und nickte.

Roemer sah auf die Uhr. »Machen wir Schluss für heute.«

Paula ging mit Lukas in ihr Büro, um ihre Sachen zu holen.

»Du warst ganz schön offen mit deinen Informationen in Gegenwart von Hansen. Falls deine Vermutung stimmt und er für Graf arbeitet, ist er jetzt gewarnt und wird Graf unverzüglich informieren.«

Paula zuckte mit den Schultern. »Mir blieb keine Wahl. Früher habe ich Jakob solche Dinge auch mal unter vier Augen erzählt, mit dem Hinweis, dass ich das tue, weil ich Hansen verdächtige. Er ist stinksauer geworden und hat mir unterstellt, mein ständiger Clinch mit Hansen würde mein Urteilsvermögen beeinträchtigen. Wobei auch das Wort ›paranoid‹ fiel.« Sie schnitt eine Grimasse. »Und bei der nächsten Dienstbesprechung hat er meine Beobachtungen, Ermittlungsergebnisse, Schlussfolgerungen allen anderen Kollegen weitergegeben. Hansen inklusive. Der erfährt es also so oder so. Aber dir ist bestimmt aufgefallen, dass er sofort versucht hat, meinen Verdacht, dass Graf involviert sein könnte, lächerlich zu machen.«

»Allerdings. Selbst wenn er nicht ohnehin schon verdächtig wäre, würde mich das misstrauisch machen. Warum fällt Roemer das nicht auf?«

»Das tut es. Aber er wertet solche Dinge als Ausdruck unserer Dauerfehde. Deshalb misst er dem keine weitere Bedeutung bei.«

»Worin ist die eigentlich begründet, wenn ich fragen darf?«

»Abgesehen davon, dass Hansen ein Arsch ist?« Paula winkte ab. »Angefangen hat es damit, dass er ein paar frauenfeindliche Sprüche losließ, als wir damals am Anfang unserer Laufbahn gemeinsam hier angefangen haben. Da mein Fleischerhundegemüt ziemlich bissig sein kann, hat er von mir ordentlich Kontra bekommen, was ihn so auf die Palme getrieben hat, dass es reichlich lächerlich wirkte. Er hat sich nicht nur von mir deswegen eine Menge Spott gefallen lassen müssen. Was er sehr persönlich nahm. Der endgültige Beginn unserer wunderbaren Feindschaft kam dann beim Nahkampftraining. Darin war ich schon immer ganz gut. Hansen beging den Fehler, in seiner unendlichen Überheblichkeit zu glauben, dass er mir überlegen wäre, nur weil er ein Mann ist. Er hat zwar die Muskeln, aber ich habe das Hirn, und er landete auf der Matte. Dreimal in Serie. Damit ziehen manche Kollegen ihn heute noch auf. Und das wird er niemals verknusen.«

Lukas grinste flüchtig. »Das hätte ich sehen mögen.«

Sie zuckte mit den Schultern. »Von da an kam eins zum anderen. Bedauerlicherweise gehört Hansen zu den Leuten, die andere schnell für sich einnehmen können. Das kann ich nicht. Ich will es auch gar nicht. Dadurch hat er etliche Kollegen auf seine Seite gezogen, die seine Abneigung gegen mich übernommen haben. Und so wurde ich in Verbindung mit meinem uncharmanten Selbst für die meisten hier das Enfant terrible der Dienststelle.«

»Aber so, wie ich dich einschätze, hast du doch bestimmt versucht, ihm auf eigene Faust was nachzuweisen.«

Paula nickte. »Jedes Mal, wenn ich wusste, dass er relevante Informationen bekommen hat, habe ich versucht, ihn im Auge zu behalten, um ihn in flagranti dabei zu ertappen, wie er die weitergibt. Leider hat er das nie getan, wenn ich es hätte mitbekommen können. Und ich konnte ihn ja nicht allzu offensichtlich observieren. Außerdem hatte ich mich um meine eigenen Aufgaben zu kümmern. Hansen ist zwar ein Scheißkerl, aber keineswegs dumm, der lässt sich nicht so leicht in die Karten schauen. Also gibt es keine Beweise. Aber wir müssen weiter mit einem Hurensohn zusammenarbeiten, der uns an Graf und Konsorten verkauft.« Sie ballte die Fäuste und knirschte mit den Zähnen. So heftig, dass es weh tat. Sie begrüßte den Schmerz, denn der war leichter zu ertragen als der Frust. Aber auch Frust gehört zum Leben, und Paula hatte jahrzehntelange Übung darin, mit ihm fertig zu werden. Sie blickte Lukas an. »Was hältst du davon, wenn wir noch heute Abend nach der Sicherungskopie in Jasmins Wohnung suchen? Falls es sich dabei tatsächlich um Daten handelt, die Graf oder Severin und vielleicht auch Kastor belasten, dann wird einer von denen, nachdem Hansen ihnen gesteckt hat, dass Maja morgen danach suchen will, wahrscheinlich jemanden schicken, der heute Nacht in die Wohnung einbricht, um die Daten zu holen. Oder Hansen selbst tut das. Wir sollten ihm zuvorkommen.«

»Gute Idee. Wann?«

»Wir machen erst mal ganz normal Feierabend, fahren getrennt nach Hause und treffen uns in einer Stunde in der Bismarckstraße. Okay? Ich besorge den Wohnungsschlüssel aus der Asservatenkammer.«

»Einverstanden.«

Paula sah ihn nachdenklich an.

»Was ist?«

»Die Sache mit den Libellen. Woher weißt du so viel darüber?«

Er lächelte. »Mein Großvater war Biologielehrer und hatte ein Faible für sie. Ich bin in den Ferien oft mit ihm in alle möglichen Gegenden gefahren, wo er die Tiere beobachtet und erforscht hat. Er hat sogar ein Buch darüber geschrieben, das aber nicht allzu viele Leute interessiert. Ein bisschen von dem, was er mir über Libellen erzählt hat, ist jedenfalls hängen geblieben.« Er grinste. »Ich hätte mir aber nie träumen lassen, dass ich das mal beruflich gebrauchen könnte.«

Paula grinste ebenfalls. »Sigurd pflegt immer zu betonen, dass keine Information unnütz ist, ganz gleich wie nutzlos sie auf den ersten Blick erscheint. Er meint, dass man sie irgendwann bestimmt mal brauchen könnte. Ich habe das immer beherzigt. Und deshalb grabe ich auch noch ein paar mehr Informationen über Kastor aus, bis ich weiß, wer er wirklich ist. Inoffiziell, versteht sich.«

»Wir.«

»Was?«

»*Wir*, Paula. Ich helfe dir dabei.«

Sie seufzte und schüttelte den Kopf. »Lukas, du lässt mich meinem Vorsatz untreu werden. Ich hatte mir so fest vorgenommen, dich nicht ausstehen zu können. Oder frühestens im nächsten Leben. Und nun das.«

Er schnitt ihr eine Grimasse. »Komisch. Mir ging es mit dir ganz genauso. Woran das wohl liegt?«

»Ich glaube, hier grassiert ein aggressiver Versöhnungsvirus. Obwohl Sigurd ihn wohl eher als Vernunftvirus bezeichnen würde. Fühlt sich aber so übel nicht an.«

Lukas lachte, und Paula stimmte ein. Mit jemandem zusammenzuarbeiten, der sie nicht ablehnte, war doch erheblich angenehmer als ein Dauerclinch in kollegialer Eiszeit.

Paula parkte ihren Wagen ein paar Schritte von ihrem Haus entfernt, wo gerade ein Parkplatz frei geworden war. Es war ein paar Minuten nach acht. Sie wollte sich auf die Schnelle noch etwas zu essen und einen starken Kaffee genehmigen. Möglicherweise würde die Suche nach der Sicherungskopie Stunden dauern, da konnte sie sich Müdigkeit nicht leisten.

Sie schloss den Wagen ab und zog ihre Jacke fester um sich. Es war längst dunkel. Vom Meer wehte eine kalte Brise und rauschte in den Bäumen. Der Himmel war sternenklar. Paula erkannte den Großen Bären und den Polarstern. Die Zeit der Sternschnuppen war leider vorüber. Selbst wenn jetzt noch eine gefallen wäre, Paula hätte nicht gewusst, was sie sich wünschen sollte. Soweit es persönliche Wünsche betraf. Beruflich wünschte sie sich, Jasmin Stojanovics Mörder zur Strecke zu bringen. Möglichst vorgestern.

Das Klappen mehrerer Autotüren lenkte ihren Blick zur Seite. Drei Männer waren aus einem dunkelroten Toyota gestiegen und kamen auf sie zu. Einer hielt einen Baseballschläger in der Hand. Aber auch ohne dieses Accessoire war ihr klar, was die Typen vorhatten.

Ihr reflexartiger Griff zum Gürtel, wo sie normalerweise ihre Dienstwaffe trug, erinnerte sie daran, dass sie die abgenommen und in ihre Schultertasche gesteckt hatte, um sie ohne Aufsehen mitnehmen zu können. Normalerweise nahm sie die Waffe nicht mit nach Hause, sondern schloss sie in der Dienststelle in einem Sicherheitsfach ein. Bis sie sie jetzt aus der Tasche geholt und in Anschlag gebracht hätte, wären die drei Kerle schon über ihr. Erst recht blieb ihr keine Zeit, den Schlüssel aus der Jackentasche zu ziehen, die Haustür aufzuschließen und ins Haus zu flüchten.

Scheiße!

Paula fühlte, wie sich ihr Magen in den vertrauten Eisklumpen aus Angst verwandelte und ihr Mund trocken wurde. Ihre Hände begannen zu zittern. Verdammt! Eine Panikattacke konnte sie sich jetzt nicht leisten. Sie rannte zur Haustür und presste die flache Hand auf jeden Klingelknopf, den sie erreichen konnte.

»Feuer! Polizei! Hilfe! Feuer«, brüllte sie.

Wenn man nur »Hilfe« ruft, reagieren die Leute meistens nicht, entweder aus Angst oder weil sie das nicht ernst nehmen. Aber bei »Feuer« hat man sofort die Aufmerksamkeit aller.

Leider reagierten darauf auch die drei Männer. Als Paula losgelaufen war, hatten auch sie ihre Schritte deutlich beschleunigt und sie erreicht, als sie auf die Klingeln drückte. Sie schlugen sofort zu.

Eine Faust traf sie ins Gesicht. Paula schrie. Nicht nur vor Schmerz, sondern auch, weil das ihre Bauchmuskeln anspannte und die schlimmste Wirkung des Magenhakens milderte, zu dem der zweite Mann ausholte und eine Sekunde später traf. Der Dritte holte mit dem Baseballschläger aus. Sie duckte sich, so tief es ging. Der Schläger krachte eine Handbreit über ihrem Kopf gegen die Mauer.

Weitere Schläge trafen sie. Paula versuchte auszuweichen, hatte aber nicht genug Raum dafür, weil die drei Angreifer sie nicht aus dem Hauseingang herausließen. Sie schützte ihren Kopf mit den Händen und fühlte nur noch Panik, weil sie nicht entkommen konnte und auch nicht zur Gegenwehr fähig war, ohne sich eine möglicherweise tödliche Blöße zu geben.

Fenster wurden aufgerissen und sie hörte undeutlich die Stimmen ihrer Nachbarn. Der Mann mit dem Baseballschläger holte zum nächsten Schlag aus. Diesmal würde er treffen und ihr die Knochen brechen. Oder den Schädel zertrümmern.

»Sie hätten die Warnung beherzigen und Kastor in Ruhe lassen sollen.«

Sie verstand den Satz kaum, weil eine Faust ihr Ohr traf. Der Schmerz war so heftig, dass sie für einen Moment nichts sehen konnte. Undeutlich nahm sie wahr, dass einer der Schläger plötzlich zu ihren Füßen lag und sich vor Schmerzen krümmte. Auch der erwartete Schlag mit dem Knüppel blieb aus. Dafür hörte sie ein wütendes Knurren und die Schmerzensschreie ihres Angreifers.

Als sich ihre Sicht klärte, sah sie einen Rottweiler, der sich in den Arm des Typen verbissen hatte, der sie mit dem Baseballschläger attackiert hatte, und wütend seinen Kopf hin und her ruckte, ohne den Arm des Mannes loszulassen. Der brüllte gepeinigt, als Muskeln und Sehnen nacheinander zerfetzt wurden.

Ein Mann im dunkelblauen Trainingsanzug machte gekonnt den dritten Kerl fertig, der so dumm gewesen war, den Baseballschläger aufzuheben, den sein Kumpel hatte fallen lassen. Ihr Retter entwand ihm den mit Leichtigkeit und schlug ohne zu zögern zu. Der Angreifer schrie auf, als er reflexartig den Arm hochriss und der Knüppel den Knochen brach. Der Mann am Boden erkannte, was die Stunde geschlagen hatte. Er rappelte sich auf und wandte sich humpelnd zur Flucht. Der mit dem gebrochenen Arm folgte ihm, so schnell er konnte.

Dem dritten war es gelungen, seinen Arm aus den Fängen des Hundes zu befreien und wieder auf die Beine zu kommen. Er ergriff ebenfalls sie Flucht. Sekunden später rasten die Männer im Auto davon.

Ein scharfer Pfiff. »Spike, Fuß!«

Erst als sie den Namen hörte, begriff sie, dass ihr Helfer ihr Nachbar Ben Jürgens war, der immer um diese Zeit mit seinem Hund von der Abendrunde zurückkehrte. Der Rottweiler, der unerschrocken zur Verfolgung des roten Toyotas angesetzt hatte, gehorchte aufs Wort und kehrte zu seinem Herrn zurück.

»Mensch, Paula, bist du verletzt?«

Ben fasste sie bei den Schultern und half ihr, sich aufzurichten. Kiefer, Ohr und Kopf schmerzten höllisch, und ihr Magen drückte gegen die Rippen. Sie beugte sich zur Seite und übergab sich. Ben reichte ihr ein Taschentuch. Sie wischte sich den Mund ab und wehrte Spike ab, der ihr mitfühlend das Gesicht lecken wollte.

»Ich … glaube, ich … lebe noch.« Ihre Stimme zitterte ebenso wie ihre Hände. »Toten ist nicht mehr so verdammt übel. Die Glücklichen.«

»Zumindest dein Humor ist noch am Leben.«

»Der stirbt bei mir zuletzt.« Endlich konnte sie sich aufrichten. Doch der Versuch durchzuatmen, löste eine neue Welle von Übelkeit aus. Sie atmete flach.

»Polizei ist unterwegs!«, rief einer ihrer Nachbarn aus dem Fenster.

Paula versuchte, ihm einen Dank zuzuwinken.

»Danke, Ben. Wenn du nicht gewesen wärst … Und du auch, Spike.« Sie tätschelte dem Rottweiler den Kopf. »Guter Hund.«

»Wuff!«, stimmte er ihr im Brustton der Überzeugung zu.

Ben half ihr auf die Beine. »Du kennst ja die Prozedur nach einem Magenhaken: langsam tief durchatmen.«

Ben trainierte regelmäßig in der Wing Tsun Kampfkunst-Akademie in der Rheinstraße. Auch Paula war dort Mitglied und besuchte das Training, wenn es ihre Zeit erlaubte. Während der letzten Monate war sie häufiger dort gewesen als früher. Das Training gab ihr zusätzliche Stabilität.

Ben war ihr unmittelbar nach Christophers Tod eine große Hilfe gewesen. Er hatte nicht nur ab und zu für sie mit eingekauft, er hatte hin und wieder auch Spike bei ihr gelassen. Angeblich, weil er keine Zeit hatte, mit ihm auszugehen. Paula hatte Monate gebraucht, bis sie begriffen hatte, dass das glatt gelogen war.

Die Spaziergänge mit dem Hund hatten ihr sehr geholfen und Spikes charmantes Wesen hatte ein Übriges getan. Der Hund spürte ihre Traurigkeit und tröstete sie auf seine Weise. Paula war ihm und vor allem auch Ben zutiefst dankbar für diese Hilfe.

»Was wollten die Typen von dir?«

»Ihnen …«, sie atmete etwas tiefer, »vielmehr ihrem Auftraggeber passt es nicht, dass ich gegen ihn ermittle. Er meint, dass er mich auf diese Weise einschüchtern kann.«

»Muss ein Idiot sein«, war Ben überzeugt, grinste und kraulte Spike hinter den Ohren.

»Bedauerlicherweise einer mit Beziehungen.« Sie stützte sich auf Bens Arm und atmete noch einmal tief ein. Nach einer erneuten Welle von Übelkeit ließ der Brechreiz langsam nach. Abgesehen davon, dass die Stellen höllisch schmerzten, wo die Schläge sie getroffen hatten – besonders am Kopf –, war sie wohl nicht ernsthaft verletzt.

In der Ferne wurden Polizeisirenen laut. Sekunden später bog ein Streifenwagen um die Ecke. Paula und Ben berichteten ihren Kollegen, was vorgefallen war. Ben hatte sich geistesgegenwärtig sogar das Kennzeichen des Toyotas gemerkt. Die Polizisten gaben sofort eine Fahndung heraus. Außerdem informierten sie alle Krankenhäuser, denn der zerfetzte Arm von Spikes Opfer und der gebrochene von dem, den Ben fertiggemacht hatte, mussten in jedem Fall ärztlich versorgt werden.

Kurz darauf traf auch ein Krankenwagen ein. Der Notarzt untersuchte Paula gründlich und stellte fest, dass sie Glück gehabt hatte. Es war nichts gebrochen. Dank ihrer trainierten Bauchmuskeln hatte sie auch keine inneren Verletzungen. Der Arzt hielt eine Gehirnerschütterung für unwahrscheinlich. Trotzdem riet er ihr zur Ruhe.

Paula sagte ja und meinte nein. Ja, sie würde sich ausruhen, aber nein, nicht jetzt. Nachdem die uniformierten Kollegen ihre Aussage aufgenommen hatten und sich daran machten, die Nachbarn als Zeugen zu befragen, ging Paula in ihre Wohnung. Ben verabschiedete sich vor der Tür von ihr.

»Wenn du irgendwas brauchst, Paula, klingel einfach. Ich bin den ganzen Abend zu Hause.«

Paula nickte und wünschte ihm einen schönen Abend. Sie ging ins Bad und nahm eine heiße Dusche. Sie zitterte immer noch. Die Übelkeit hatte zwar nachgelassen, aber der Magen hatte sich noch nicht wieder beruhigt, und der Bauch tat weh. Als sie ihr Gesicht im Spiegel betrachtete, sah sie, dass das Ohr rot und geschwollen war. Wo der Faustschlag sie am Kiefer getroffen hatte, begann das Fleisch sich dunkel zu verfärben. Die Zähne taten ihr ebenfalls weh, immerhin saß kein Zahn locker. Glück gehabt. Ebenso dass sie sich bei der Attacke nicht versehentlich auf die Zunge gebissen hatte.

Dass sie sich trotz ihres Trainings, in dem sie immer gut gewesen war, nicht gegen die drei Männer hatte wehren können, machte ihr zu schaffen. Die letzten sechzehn Monate hatten ihr den Biss genommen. Verdammt, das musste sie schnellstens in den Griff bekommen. Denn beim nächsten Mal würden Ben und Spike nicht da sein, um sie rauszuhauen. Sie fühlte sich elend und hätte sich am liebsten ins Bett gelegt, die Decke über den Kopf gezogen und Kastor und den Scheißfall einfach vergessen, bis die Kollegen ihn irgendwann gelöst hätten. Aber sie musste sich ihren Ängsten und Dämonen stellen. Das hatte sie gelernt.

Sie zuckte zusammen, als sie Christophers Bild im Spiegel sah. *»Meine Wölfin, die Dämonenbezwingerin. Sei vorsichtig. Sonst sehen wir uns schneller wieder, als dir lieb ist.«*

Sie wünschte sich, ihn an ihrer Seite zu haben, sich an ihn kuscheln zu können, sich von ihm halten und beschützen zu lassen. Doch sie war allein.

Sie brach in Tränen aus, lief ins Schlafzimmer, rollte sich auf dem Bett zusammen und weinte. Der Schmerz über Christophers Verlust war wieder fast so präsent wie damals. Sie vermisste ihn schrecklich. Und egal wie oft sie sich einredete, dass das Leben weiterging, er fehlte ihr. Deshalb gönnte sie sich den Luxus, eine Viertelstunde lang zu heulen wie ein Schlosshund. Danach tat ihr der Kopf noch mehr weh. Und besser fühlte sie sich auch nicht.

Sie quälte sich hoch, schluckte zwei Schmerztabletten und rezitierte das Mantra, das sie beruhigte, während sie noch einmal unter die Dusche ging und sich dabei intensiv vorstellte, dass mit dem Wasser, das über ihren Körper floss und im Abfluss verschwand, auch ihr Leid und der Schmerz aus ihr herausflossen. Da sie darin inzwischen eine Menge Übung hatte, funktionierte es halbwegs.

Anschließend fühlte sie sich in der Lage, zusammen mit Lukas Jasmin Stojanovics Wohnung zu durchsuchen.

Lukas wartete bereits vor dem Haus in der Bismarckstraße, als Paula dort eintraf, penibel gekleidet wie immer. Er starrte sie entsetzt an. »Mein Gott, was ist denn mit dir passiert?«

»Kastors Schläger wollten mir nachdrücklich klar machen, dass ich ihn in Ruhe lassen soll. Leider gibt es wieder mal keine

Beweise dafür, dass er sie geschickt hat. Ich weiß ja nicht mal, wer die Typen überhaupt waren.«

Paula schloss die Haustür mit Jasmin Stojanovics Schlüssel auf. Schon als sie den Treppenabsatz im ersten Stock erreichten, sahen sie, dass das Siegel der Wohnungstür abgerissen worden war. Und hinter dem Türspion brannte deutlich sichtbar Licht.

Paulas Herz schlug bis zum Hals. Ihr Magen verkrampfte sich, und ihre Hände zitterten, als sie ihre Pistole zog, die sie wieder am Gürtel trug. Ihr Nervenkostüm war immer noch reichlich angeschlagen von dem Überfall. Sie atmete ein paar Mal tief durch und packte die Waffe fester. Das Zittern hörte auf. Die antrainierten Reflexe übernahmen das Kommando. Schließlich hatte sie solche Situationen oft genug trainiert.

Lukas zog ebenfalls seine Waffe. Sie verständigten sich mit kurzen Zeichen, schlichen zur Tür und lauschten. Gedämpfte Laute drangen aus der Wohnung. Paula steckte leise den Schlüssel ins Schloss und drehte ihn geräuschlos um. Zentimeter für Zentimeter schob sie die Tür auf.

Drinnen brannte tatsächlich Licht, und Geräusche aus dem Wohnzimmer ließen darauf schließen, dass jemand es durchwühlte. Paula öffnete die Tür ein Stück weiter. Die Angeln gaben einen quietschenden Laut von sich. Augenblicklich wurde es im Wohnzimmer still. Wer immer sich hier herumtrieb, war jetzt gewarnt und fortgesetzte Lautlosigkeit überflüssig.

»Polizei!«

Keine Reaktion. Im Wohnzimmer blieb weiterhin alles still.

»Kommen Sie mit erhobenen Händen in den Flur!«

Auch das erzielte keine Wirkung.

Die Wohnzimmertür war halb angelehnt. Paula schob sich langsam mit dem Rücken an der Flurwand entlang darauf zu, die Pistole im Anschlag. Die Übelkeit nahm wieder zu. Und die Narben ihrer Schussverletzungen begannen zu pochen, als würde ihr Körper erneut den Einschlag einer Kugel erwarten.

Schweiß brach ihr am ganzen Körper aus. Für einen Moment stand sie wie angewurzelt und war unfähig, sich zu rühren.

Lukas blickte sie fragend an. Das brachte sie wieder zur Besinnung. Mit äußerster Willensanstrengung ging sie weiter.

Lukas bewegte sich parallel auf der anderen Flurseite. Als Paula durch den breiten Spalt ins Wohnzimmer sehen konnte, erwartete sie halb, dass dort jemand mit einer Waffe im Anschlag stand und sofort das Feuer eröffnete. Doch da war niemand. Langsam schob sie die Tür mit dem Fuß auf, ehe sie ihr einen heftigen Tritt gab, dass sie gegen die Wand krachte. Falls jemand hinter der Tür stand, hätte er sie nun ziemlich schmerzhaft zu spüren bekommen.

Paula und Lukas sprangen ins Wohnzimmer und sicherten nach allen Seiten. Doch das Zimmer war leer. Demnach musste sich der Eindringling entweder in der Küche oder im Schlafzimmer verschanzt haben. Beides war nur vom Wohnzimmer aus zu erreichen. Vielleicht steckte der Kerl auch im Bad, das man aber nur durch das Schlafzimmer betreten konnte. Die Türen zu beiden waren geschlossen.

Im Wohnzimmer sah es aus, als hätte eine Bombe eingeschlagen. Die Bücher aus dem Regal waren zu Boden geworfen worden, der Inhalt des Sekretärs ebenfalls. Sämtliche CDs lagen, aus ihren Hüllen herausgerissen, überall verstreut herum.

Paula packte ihre Waffe fester. Sie blickte Lukas an und nickte zur Küchentür hin. Die war ihnen näher als die Schlafzimmertür. Paula schlich zur Wand neben der Tür. Lukas stellte sich schräg hinter sie, sodass er sowohl diese Tür wie auch die Schlafzimmertür im Auge behalten konnte. Paula beugte sich vor, drückte die Klinke herunter und stieß die Tür mit dem Fuß auf.

Das hereinfallende Licht der Straßenlaternen spendete genug Helligkeit, um zu erkennen, dass sich niemand in der Küche aufhielt. Auch nicht hinter der Tür.

Bevor sie und Lukas sich dem Schlafzimmer zuwenden konnten, wurde dessen Tür aufgerissen. Paula hörte die dumpfen Töne zweier schallgedämpfter Schüsse. Ein Geschoss zischte so knapp an ihrem Kopf vorbei, dass sie den Luftzug spürte.

Lukas taumelte gegen sie und riss sie zu Boden. Ein Mann sprang aus dem Schlafzimmer und gab noch einen Schuss auf sie ab. Sie fühlte, wie die Kugel in Lukas' Körper einschlug, der halb auf ihr lag. Ihre rechte Hand war mitsamt der Pistole unter ihm eingeklemmt, sodass sie nicht schießen konnte.

Der Schütze rannte zur Tür und verschwand im Flur. Paula konnte sein Gesicht zwar nicht erkennen, aber sie sah einen bordeauxroten Schal, dessen einer Zipfel nach hinten über die Schulter fiel – wie Kastor ihn am Donnerstagabend getragen hatte, als sie in seinen Club gegangen war. Dunkelblonde Haare. Kastors Statur.

»Lukas!«

Er antwortete nicht und rührte sich auch nicht. Als Paula ihn ansah, erkannte sie warum. Lukas Rambacher hatte ein blutiges Loch in der Stirn. Seine Augen starrten leblos ins Nichts.

Sie stieß einen erstickten Laut aus und hatte das Gefühl, einen Albtraum zu erleben.

Schreie aus dem Treppenhaus rissen sie in die Wirklichkeit zurück. Sie schob Lukas' Körper mit großer Anstrengung zur Seite, kam auf die Beine und rannte hinaus. Im Hausflur, gerade die Treppe heraufgekommen, stand ein großer Pulk junger Leute, schreckensbleich, und starrte mit entsetzt aufgerissenen Augen und Mündern zur Treppe, die nach oben führte. Wahrscheinlich eine Gesellschaft, die bei irgendwem eine Party feiern wollte.

»Rufen Sie eins-eins-null!«, brüllte Paula und wandte sich der Treppe zu.

Sie hörte Kastors Schritte, der nach oben rannte, da der Menschenauflauf ihm den Weg zur Haustür versperrt hatte. Wohin wollte der Kerl? Dachte er, dort einen zweiten Ausgang zu finden? Oder sich verstecken zu können? Keine Chance! Hass, Wut und Verzweiflung tobten in Paula. Sie hatte nur noch den Wunsch, Kastor zu erledigen, koste es, was es wolle.

Sie rannte die Treppe hinauf, mit dem Rücken zur Wand, die Pistole schussbereit nach oben gerichtet, falls er am Geländer auftauchte. Da! Ein Gesicht beugte sich über das Geländer. Paula krümmte den Finger um den Abzug. Der schrille Schrei einer Frau brachte ihr zu Bewusstsein, dass das nicht Kastor war. Bevor sie der Frau zurufen konnte, in die Wohnung zu gehen und die Tür zu schließen, klappte oben bereits eine Tür. Danach war dort alles ruhig. Auch Kastors Schritte waren verstummt.

Dass sie beinahe auf eine Unbeteiligte geschossen hätte, brachte sie wieder weit genug zu Verstand, dass ihre antrainierten Verhaltensweisen einsetzten. Eigentlich hätte sie auf die Verstärkung warten müssen. Kastor allein zu folgen, war nicht nur gegen die Vorschrift, sondern auch gefährlich. Aber sie kannte das Haus nicht und wusste nicht, ob es oben nicht doch irgendeine Fluchtmöglichkeit gab, durch die er entkommen konnte. Er durfte nicht entkommen. Er hatte Lukas erschossen.

Nach dem zweiten Stock folgte nur noch der Aufgang zum Dachgeschoss. Paula hielt den Atem an und lauschte. Sie hörte lediglich die aufgeregten Stimmen der jungen Leute im Stockwerk unter ihr. Die Hände mit der Waffe vorgestreckt, stieg sie Stufe um Stufe so leise wie möglich weiter nach oben. Ihr Mund war trocken vor Angst. Die Schmerzen von den Schlägen, die Kastors Gorillas ihr verpasst hatten, waren wieder stärker geworden.

Sie ignorierte es. Sie musste ihn fassen. Um jeden Preis.

Im Dachgeschoss gab es nur eine einzige Tür, die auf den Dachboden führte. Sie war geschlossen. Paula schob sich Schritt für Schritt vorwärts und musste sich mit aller Gewalt dazu zwingen weiterzugehen. Alles in ihr drängte sie, die Flucht zu ergreifen. Aber sie war Polizistin, verdammt!

Das Flurlicht erlosch.

Paula zuckte zusammen und presste sich gegen die Wand, halb in der Erwartung, dass Kastor herausgestürmt kam und auf sie schoss. Nichts geschah. Mit zitternden Fingern zog sie die kleine Stablampe aus der Gesäßtasche, die sie vorsichtshalber mitgenommen hatte, und schaltete sie ein. Sie hielt sie unter die Pistole und drückte mit dem Ellenbogen langsam die

Klinke herunter. Stück für Stück schob sie die Tür mit dem Fuß auf.

Der Raum dahinter war stockfinster. Der Strahl der Taschenlampe traf auf Gerümpel, das hier abgestellt worden war. An der Decke hingen leere Trockenleinen.

Sie lauschte angestrengt, aber es war nichts zu hören, nicht mal ein Atemgeräusch. Sie schob sich weiter in den Raum hinein. Die Dachluken waren geschlossen. Und auch nicht groß genug, dass ein erwachsener Mann hätte hindurchklettern können. Einen anderen Ausgang gab es nicht. Kastor musste also noch hier sein. Und der einzige Ort, an dem er sich verstecken konnte, war der Gerümpelberg.

Paula ging langsam darauf zu, alle Sinne und Nerven aufs Äußerste angespannt, bereit, im Bruchteil einer Sekunde zu reagieren. Eine alte Matratze lehnte schräg an der Wand und ließ genug Platz für ein gutes Versteck. Sie sprang nach vorn und richtete ihre Waffe auf die Lücke dahinter. Der Lichtstrahl der Taschenlampe traf keine zwei Meter vor ihr auf eine dunkle Gestalt und wurde vom glänzenden Lauf einer Pistole reflektiert. Die Mündung zeigte genau auf Paula.

Bevor sie reagieren konnte, drückte ihr Gegenüber ab.

Witold Graf hatte sich von der Besprechung zurückgezogen, die im Salon seines Hauses stattfand, um nachzudenken und seine weiteren Schritte zu planen. Mit einem Glas Cognac in der Hand, saß er im Wohnzimmer und starrte durch das Glas in das Feuer des Kamins. Die Flammen ließen die goldgelbe Flüssigkeit erglühen. Normalerweise beruhigten ihn das Flackern des Feuers und das Bouquet des Cognacs. Heute jedoch schien ihm beides wie Vorzeichen eines flammenden Infernos, das ihn zu verschlingen drohte.

Einer seiner Informanten hatte ihm von fünf Minuten mitgeteilt, dass es ein Problem gab, das sich sehr schnell zu einer

Katastrophe entwickeln konnte. Genau genommen sogar zwei. Falls dieser Super-GAU eintrat, könnte er ihn in den Abgrund reißen. Er musste deshalb entscheiden, wie es nun weitergehen sollte. Möglichst bevor er in den Salon zurückkehrte, um – nach außen hin gelassen wie immer – seinen Gästen gegenüberzutreten und sich nicht anmerken zu lassen, dass etwas nicht in Ordnung war. Am allerwenigsten gegenüber der Person, von der die Gefahr ausging.

Wenigstens in einem Punkt hatte ihn sein Informant beruhigen können. Die Daten waren unwiederbringlich gelöscht.

Graf zuckte zusammen, als das Telefon erneut klingelte.

»Ja?«

Abrupt stellte er den Cognacschwenker ab und umklammerte das Telefon so fest, dass seine Knöchel weiß hervortraten.

»Wie konnte das passieren?« Seine Stimme klang völlig ruhig, obwohl in ihm heiße Wut tobte. *Noch* etwas, das nicht so lief, wie es sollte. »Ersparen Sie mir Ihre Ausflüchte«, unterbrach er seinen Gesprächspartner. »Bringen Sie das auf der Stelle in Ordnung. Sie haben schon genug Fehler gemacht.«

Er legte auf und war sich bewusst, dass er in diesem Punkt zuviel verlangte. Da gab es nichts mehr in Ordnung zu bringen. Die Aktion war schiefgelaufen. Zum Glück gab es keine Beweise, die zu ihm führten. Und der Verbindungsmann wurde zu gut bezahlt, als dass er seinen Auftraggeber preisgeben würde. Außerdem würde er noch aus anderen Gründen schweigen wie ein Grab. Dafür hatte Graf gesorgt.

Dennoch musste er jetzt Schadensbegrenzung betreiben. Idealerweise, indem er das Problem nachhaltig beseitigte. Das warf jedoch wieder neue Probleme auf. Er sah auf die Uhr. Noch achtundzwanzig Stunden. Danach konnte er handeln. Er hoffte inständig, dass bis dahin alles glatt lief.

Er kehrte zu seinen Gästen zurück, entschuldigte sich für seine unangemessen lange Abwesenheit und setzte die Verhandlungen fort. Im Hinterkopf überdachte er die Konsequenzen seiner nächsten Schritte.

Paula warf sich zur Seite und drückte gleichzeitig ab. Ein scharfer Schmerz durchfuhr ihren linken Arm. Die Taschenlampe fiel ihr aus der Hand. Sie fühlte einen heißen Luftzug und hörte das Plopp des zweiten Schusses, der sie um Haaresbreite verfehlte. Im nächsten Augenblick wurde sie beiseite gestoßen und stürzte zu Boden. Im Lichtstrahl der Lampe sah sie Kastor zur Tür rennen. Als er sie aufriss, stand er einen Moment im Hellen, im Treppenhaus hatte jemand das Licht wieder eingeschaltet. Paula schoss auf die Silhouette. Doch ihre Hand zitterte so stark, dass sie nicht traf. Die Tür klappte zu. Unten im Hausflur hörte sie erschrockene Schreie und zuschlagende Türen.

Verdammt, der Kerl entkam!

Sie stemmte sich hoch und wurde durch einen stechenden Schmerz daran erinnert, dass ihr Arm verletzt war. Sie fühlte Blut über ihre Hand rinnen. Da sie den Arm aber noch bewegen konnte, war die Verletzung wohl nicht allzu schwer. Sie kam mühsam auf die Beine, hob die Taschenlampe auf und lief zur Tür. Zurück im Treppenhaus hörte sie unten die Haustür zuschlagen. Aus der Ferne erklangen die Sirenen der Polizeiwagen.

Paula taumelte die Treppe hinunter, um ihnen entgegenzugehen. Sie kam bis zum ersten Stock, bevor ihr so schwindelig wurde, dass sie sich setzen musste. Die Tür zu Jasmin Stojanovics Wohnung stand offen. Und sie blickte direkt auf Lukas Rambachers Leiche.

Ihr wurde schwarz vor den Augen.

Paula kam wieder zu sich, als etwas Eisiges ihren Arm umklammerte. Sie schlug um sich.

»Paula, ruhig! Ganz ruhig! Es ist alles in Ordnung!«

Sigurd Fischers Stimme. Ihre Sicht klärte sich. Sie lag auf einer Trage in einem Krankenwagen. Der Notarzt versorgte ihre Wunde. Zumindest hatte er das getan, bevor sie angefangen hatte, nach ihm zu schlagen.

»Darf ich weitermachen?«, fragte er ruhig.

Paula nickte. »Warum ist das so eisig?«

»Kältenarkose. Sie haben Glück gehabt und nur einen Streifschuss abbekommen. Weder der Knochen noch eine Arterie wurde verletzt. Die Wunde wird nur eine Weile ziemlich weh tun. Wir nehmen Sie aber zur Beobachtung mit ins Krankenhaus. Ihr Kreislauf war weggesackt.«

Paula versuchte sich aufzurichten, was ihr kläglich misslang. »Aber Kastor! Ich muss den Kerl –«

»Du musst und wirst tun, was der Arzt sagt.« Jakob Roemer tauchte hinter Fischer auf. »Was ist passiert?« Seine Stimme klang noch rauer als sonst.

Paula atmete tief durch. Ihr Blick fiel an den beiden Männern vorbei auf die Straße. Majas Team rückte gerade an. Ihnen folgten zwei Männer mit einem Zinksarg. Paulas Augen füllten sich mit Tränen.

»Kastor. Er hat Lukas erschossen.« Sie berichtete in groben Zügen, was passiert und dass Kastor ihr auf dem Dachboden entkommen war.

»Mensch, Paula, du hättest auch tot sein können.« Fischer machte ein Gesicht, als würde er sie am liebsten in die Arme nehmen.

Sie ertrug sein Mitgefühl nicht und drehte den Kopf zur Seite.

»Was hattet ihr eigentlich um diese Zeit hier zu suchen?«

Roemer sah sie vorwurfsvoll an, und Paula hätte am liebsten losgeheult. Er gab ihr ganz offensichtlich die Schuld an Lukas' Tod, auch wenn er das nicht aussprach. Und hatte er nicht recht? Nach Dienstschluss hierherzukommen, war schließlich ihre Idee gewesen. Oh Gott!

»Wir hatten eine Vermutung, wo Jasmin Stojanovic ihre Sicherungskopie versteckt haben könnte.« Nicht ganz die Wahrheit, aber nahe genug dran. »Das ist uns aber erst nach Feierabend eingefallen, als wir verabredet hatten, nach dem Abendessen noch weiter an dem Fall zu arbeiten.« Nur halb gelogen. »Also sind wir hergekommen, um zu sehen, ob wir mit unserer Vermutung richtig lagen. Das Siegel an der Tür war abgerissen, und in der Wohnung brannte Licht.«

Sie hätte kehrtmachen und davonlaufen sollen. Mit Lukas. Dann wäre er noch am Leben. Wieder stiegen ihr Tränen in die Augen. Sie zwinkerte sie weg.

»Und du bist sicher, dass das Kastor war?«

»Natürlich. Ich habe ihn schließlich *gesehen*, Jakob.«

»Unter extremem Stress können einem die Sinne einen gewaltigen Streich spielen«, sagte der Arzt und klebte ein Pflaster auf den Verband an ihrem Arm.

»Halten Sie sich da raus«, fauchte Paula ihn an.

Er war wohl derartige Ausbrüche von Patienten gewöhnt, denn er grinste gutmütig. »Ich sehe, Ihnen geht es schon wieder besser.«

»Ja, und ich muss auch nicht ins Krankenhaus.«

»Doch, Paula, musst du. Zumindest für diese Nacht. Dienstanweisung deines Vorgesetzten«, würgte Roemer jeden weiteren Protest ab. »Wir kümmern uns um alles Weitere. Vor allem um Kastor. Wo habt ihr die Daten vermutet?«

Sie schloss die Augen und schützte Übelkeit vor, um Zeit zu gewinnen. Im Geist sah sie sich in Jasmins Wohnung nach einem glaubhaften Versteck für einen Datenspeicher um, das Majas Team noch nicht kontrolliert hatte.

»Bitte, meine Herren, das hat doch wohl Zeit bis morgen«, war der Arzt überzeugt.

»Hat es bedauerlicherweise nicht. Paula?«

»Unter ihren Schminkutensilien.« Die hatte der Erkennungsdienst noch nicht eingesammelt. Dazu bestand ja auch keine Veranlassung. »Genauer gesagt in einem der Lippenstifte. Wie du weißt, gibt es USB-Sticks, die in Lippenstifte integriert sind.«

»Wir sehen nach. Komm du erst mal wieder auf die Beine.« Roemer klopfte ihr väterlich aufs Bein.

»Kümmert euch um Kastor, bevor der Kerl untertaucht.«

»Auch das. Mach dir keine Sorgen. Diesmal kriegen wir ihn dran.«

Paula schloss die Augen, wandte den Kopf zur Seite und gab sich keine Mühe mehr, die Tränen zurückzuhalten. Sie war froh, als der Arzt Jakob und Sigurd aus dem Wagen scheuchte und dem Fahrer ein Zeichen zur Abfahrt gab.

Sie hatte das Gefühl, in dem gleichen Albtraum wie vor sechzehn Monaten zu stecken.

Diesmal, fürchtete sie, nicht mehr daraus zu erwachen.

Samstag, 1. Oktober

Als Paula kurz nach zehn Uhr in die Dienststelle kam, hatte sie das Gefühl, nicht nur hier völlig fremd zu sein, sondern auch in ihrem eigenen Körper und überhaupt in der Welt. Die gestrigen Ereignisse erschienen ihr unwirklich und standen ihr doch überdeutlich vor Augen. Zudem fühlte sie sich wie unter einer Glasglocke. Letzteres war die Nachwirkung der schmerzstillenden Spritze, die man ihr vorhin im Krankenhaus gegeben hatte, ehe man sie nach einem Verbandswechsel entließ. Eine Krankschreibung hatte sie vehement abgelehnt. Sie konnte nicht tatenlos zu Hause sitzen und ihre Wunde lecken. Zumindest nicht, ohne sich vorher vergewissert zu haben, dass der Kerl, der Lukas auf dem Gewissen hatte, in Haft war.

Sie ignorierte die anklagenden Blicke der Kollegen und stürmte in Roemers Büro.

»Hat er gestanden?«

»Moin, Paula. Setz dich bitte. Wie geht es dir?«

Sie nahm ungeduldig vor dem Schreibtisch Platz. »Red schon, Jakob. Hat er gestanden?«

»Nein. Wir konnten ihn nicht mal befragen.«

Paula wurde bleich. »Er ist entkommen. Oh Scheiße!« Ein Kloß drückte ihr den Hals zu.

»Nein, er ist nicht entkommen. Aber er ist auch nicht in Haft. Wir sind gestern Abend zu seiner Wohnung gefahren. Er war nicht da. Wir haben ihn zur Fahndung ausgeschrieben. Eine Streife fand seinen Wagen vor dem Haus von Witold Graf. Kastor war dort zu Besuch.«

»Wieso ist er dann nicht in Haft?«

Roemer seufzte frustriert. »Weil wir nichts gegen ihn in der Hand haben.«

»Wie bitte?« Paula explodierte fast. »Ich habe den Kerl gesehen, wie er Lukas erschossen hat. Wie viele Beweise brauchst du denn noch, verdammt?« Sie starrte Roemer verzweifelt an.

»Oder hat wieder dieser Scheißstaatsanwalt seine Finger im Spiel?«

»Nein, Paula. Kastor hat ein Alibi. Er war ab neun Uhr abends bei Graf zu einer geschäftlichen Besprechung. Das behauptet nicht nur Graf. Das haben auch drei seiner Angestellten und zwei von Severins Hostessen bestätigt, mit denen die Herren vorher noch in einem Kammerkonzert waren.«

»Der Kerl lügt doch! Und die Angestellten sagen alles aus, was Graf von ihnen verlangt. Die Nutten ohnehin. Für einen Extrabonus erzählen die doch, was immer er will. Siehst du das denn nicht?«

»Das sehe ich sehr wohl.« Roemers Stimme klang scharf. »Aber Fakt ist nun mal, dass Kastor ein von sechs Zeugen bestätigtes Alibi hat. Das kann und darf ich nicht ignorieren. Solange wir Graf und seinen Leuten die Lüge nicht nachweisen können, hat Kastor ein Alibi, und deshalb mussten wir ihn auf freiem Fuß lassen. Und das musst auch du akzeptieren.« Er sah sie mitfühlend an. »Wir kriegen ihn, Paula. Mein Wort drauf. Aber im Moment können wir ihm nichts beweisen.«

»Das werd' ich ändern.«

»Untersteh dich, irgendwas gegen ihn zu unternehmen. Wir ermitteln sauber und korrekt. Und sobald wir einen unerschütterlichen Beweis gegen ihn haben, nehmen wir ihn fest. Aber erst dann und keine Sekunde eher. Hast du das verstanden?«

»Ich beschaffe dir den Beweis!«

Sie riss Roemers Bürotür auf und stiefelte hinaus. Er folgte ihr.

»Paula, warte!«

Er holte sie am Treppenaufgang ein. Von unten kam ihnen Ture Hansen entgegen.

»Bravo, Rauwolf. Hast du hervorragend hingekriegt. Wie viele tote Kollegen musst du denn noch auf dem Gewissen haben, bevor du endlich den Dienst quittierst und verschwindest?«

Paula rammte ihm mit einem Mae-Geri-Kick die Fußspitze vor die Brust. Hansen verlor das Gleichgewicht und fiel rückwärts die Treppen hinunter.

»Paula!« Roemer packte sie am Arm und riss sie zu sich herum.

Tränen liefen ihr über das Gesicht, und ihr Blick sagte mehr als alle Worte, wie es um sie stand. Bevor Roemer noch etwas sagen konnte, kam Hansen wieder auf die Beine. Außer ein paar Prellungen schien er den Sturz gut überstanden zu haben.

»Das kostet dich den Job, Rauwolf! Hast du das gesehen, Jakob? Hast du gesehen, was diese wildgewordene Furie mit mir gemacht hat?«

»Ja, ich hab' genau gesehen, dass du so dämlich warst, über deine eigenen Füße zu stolpern und allein aus diesem Grund die Treppe runtergefallen bist.«

Hansen starrte ihn perplex an. »Das ist nicht dein Ernst! Diese dämliche Kuh –«

»Halt die Luft an, Ture.«

Paula drängte sich an ihm vorbei und rannte aus dem Gebäude.

»Paula, warte!«

Sie hörte nicht auf ihn. Roemer stieß frustriert die Luft aus und knöpfte sich Hansen vor.

»Pass jetzt mal ganz genau auf, denn ich sage das nur ein einziges Mal. Du hältst ab sofort dein verfluchtes Schandmaul und lässt Paula in Ruhe. Selbst einem missgünstigen Idioten wie dir dürfte klar sein, dass sie Rambachers Tod nicht verschuldet hat. Sie kehrt nach fast anderthalb Jahren wieder in den Dienst zurück, aber statt das zum Anlass zu nehmen, die alte Feindschaft zwischen euch zu begraben, hast du nichts Besseres zu tun, als sie zu mobben und mit Christophers Foto und seiner Fallakte ihre kaum verheilten Wunden wieder aufzureißen. Und wage nicht zu leugnen, dass du das warst«, fuhr er Hansen über den Mund, als dieser ihn zu einem Protest öffnete. »Vielleicht denkst du bei Gelegenheit mal darüber nach, welche Gesinnung du dir selbst mit dieser Scheißaktion bescheinigt hast.« Er hob drohend den Zeigefinger und hielt ihn Hansen so dicht vors Gesicht, dass er beinahe dessen Nase berührte. »Entweder du lässt Paula in

Ruhe, oder ich unterschreibe mit Freuden *dein* Versetzungsgesuch. Noch heute. Verstanden?«

Er wartete Hansens Antwort nicht ab, sondern lief auf den Parkplatz, in der Hoffnung, Paula noch zu erwischen. Zu spät. Er sah nur noch ihren Wagen um die Ecke biegen. Er kehrte in sein Büro zurück und versuchte, sie auf dem Handy zu erreichen. Sie ging nicht dran. Er seufzte. Was immer sie vorhatte, würde sie in Teufels Küche bringen. Eins stand jetzt schon fest: Was er zu ihrem Besten gezwungen war zu tun, würde ihr ganz und gar nicht gefallen. Aber sie ließ ihm keine andere Wahl.

Paula hielt mit quietschenden Reifen schräg in einer Parklücke vor dem *Dancing Cats*. Sie rannte die Außentreppe zu Kastors Wohnung hoch, wobei sie zwei Stufen auf einmal nahm, und klingelte Sturm. Kastor öffnete wenige Sekunden später.

»Was zum –«

Sie stieß ihn in die Wohnung, packte seinen Arm, drehte ihn auf den Rücken und drückte Kastor gegen die Wand. Ein heftiger Schmerz fuhr durch ihren verletzten Arm in die Schulter bis zum Magen. Ihr wurde übel. Sie ignorierte es.

»Sie sind festgenommen wegen des Mordes an Lukas Rambacher. Ihre Rechte kennen Sie ja. Hände auf den Rücken und keine falsche Bewegung.«

Sie hoffte, dass er sich wehren würde und ihr einen Grund lieferte, ihn zusammenzuschlagen. Da er durchtrainiert war, hatte sie möglicherweise keine echte Chance gegen ihn, besonders da sie durch ihren verletzten Arm gehandicapt war, der höllisch weh tat. Aber das war ihr egal. Sie hieß den Schmerz willkommen, weil er sie von ihrer Verzweiflung ablenkte.

Doch Kastor legte gehorsam die Hände auf den Rücken und ließ sich widerstandslos Handschellen anlegen.

»Ich bedauere den Tod Ihres Kollegen außerordentlich, Frau Rauwolf. Aber ich habe damit nichts zu tun.«

Sie riss ihn von der Wand weg und stieß ihn zur Tür. »Ich war dabei, Sie gottverdammter Lügner. Ich habe Sie mit meinen eigenen Augen gesehen!«

»Sie können mich nicht gesehen haben. Ich habe ein Alibi.«

»Ein gekauftes.« Sie schob ihn nach draußen. »Ihr Freund Graf lügt doch für Sie das Blaue vom Himmel runter. Und seine Leute sagen alles, was er ihnen vorbetet. Ihr Scheißalibi ist keinen Pfifferling wert.«

Sie packte ihn am Arm und bugsierte ihn die Treppe hinunter zum Wagen. Ihre Wunde blutete wieder, und das Blut tropfte aus dem Ärmel ihrer Jacke. Sie ignorierte es. Sie hatte nur einen vergleichsweise lächerlichen Kratzer abbekommen, aber Lukas war tot. Und sein Körper hatte Kastors zweite Kugel abgefangen, die er auf Paula abgefeuert hatte. Sonst wäre sie ebenfalls tot.

Sie stieß den Mann so heftig gegen den Wagen, dass es ihm garantiert wehtat, öffnete die Tür und drückte ihn auf den Rücksitz. Leider war er geschickt genug, den Kopf einzuziehen, den sie gegen den Rahmen zu donnern versuchte. Sie knallte die Tür zu, setzte sich hinters Steuer und fuhr los.

»Ich lüge nicht, Frau Rauwolf. Ich schwöre Ihnen, dass ich mit dem Tod Ihres Kollegen nichts zu tun habe.«

»Und ich bin der Papst. Nicht vergessen: Ich habe Sie gesehen. Und jetzt halten Sie den Mund.«

Sie bog so schwungvoll nach links in die Bismarckstraße ein, dass sie beinahe die auf Rot springende Ampel überfuhr.

»Sie können mich nicht gesehen haben, weil ich nicht am Tatort war. Frau Rauwolf, bitte …«

Paula bremste so scharf, dass Kastor nach vorn flog und sein Oberkörper halb zwischen den beiden Vordersitzen hing. Hinter ihr quietschten Bremsen und hupten die nachfolgenden Wagen. Sie scherte sich nicht darum. Sie packte Kastor am Kragen und holte mit der geballten Faust aus.

»Noch ein Wort, Arschloch, noch eine einzige Silbe, und ich schlage Ihr Gesicht zu Brei. 'Ne gute Begründung dafür wird mir schon einfallen. Aber Sie halten jetzt Ihre verlogene Klappe und antworten nur noch auf meine Fragen – auf der Dienststelle. Verstanden?«

Sie stieß ihn so heftig zurück, dass sein Kopf gegen die Seitenscheibe krachte. Er verzog schmerzhaft das Gesicht. Paula funkelte ihn an. Halb hoffte sie, dass er den Mund noch einmal aufmachen würde. Dann würde sie wohl erst wieder aufhören, auf ihn einzuprügeln, wenn er sich nicht mehr bewegte. Dass sie das dann endgültig den Job kostete, war ihr in diesem Moment völlig egal. Dass sie mit den Nerven am Ende war und nicht mehr klar denken konnte, auch.

Kastor spürte, wie ernst es ihr mit der Drohung war. Er senkte den Blick, um sie nicht zusätzlich zu provozieren. Paula wandte sich wieder nach vorn und fuhr weiter. Dabei kollidierte sie fast mit einem Wagen, der sie gerade zu überholen versuchte. Sie ignorierte das erneute Hupkonzert und raste förmlich zur Dienststelle.

Silke Moravac, die am Empfang Dienst tat, sah sie erstaunt an, ehe sie zum Telefon griff und Roemer informierte. Paula schob Kastor vor sich her die Treppe hinauf und ins Vernehmungszimmer. Sie drückte ihn unsanft auf den Stuhl.

»Und jetzt werden wir uns mal über Ihr sogenanntes Alibi unterhalten.«

»Gern. Aber wie ich schon sagte, ist mein Alibi echt. Der Mörder Ihres Kollegen sah mir vielleicht ähnlich.«

Er wirkte vollkommen ruhig. Erstaunlicherweise setzte er weder sein Pokerface auf, noch bedachte er Paula mit Spott. Stattdessen wirkte er ehrlich mitfühlend. Dieser gottverdammte Heuchler!

Bevor sie jedoch etwas sagen oder tun konnte, ging die Tür auf, und Roemer steckte den Kopf herein. »Kommst du mal kurz, Paula.«

»Nicht jetzt, Jakob. Ich –«

»*Jetzt.* Sofort.«

Er hielt ihr die Tür einladend auf. Ihr blieb nichts anderes übrig, als zu gehorchen. Er schloss die Tür und führte sie ein Stück zur Seite.

»Ich sehe in Anbetracht der Situation und deines Zustandes mal darüber hinweg, dass du meine ausdrückliche Anweisung ignoriert hast. Ich sehe auch darüber hinweg, dass du vorschriftswidrig allein und ohne Beisein eines Kollegen eine Vernehmung durchführen wolltest. Ich sehe ebenfalls darüber hinweg, dass du Kastor ohne ausreichende Indizien oder Beweise und trotz seines Alibis festgenommen hast. Deshalb haben deine Handlungen keine weiteren Konsequenzen als die, dass du jetzt nach Hause gehst, schnellstmöglich deinen Psychiater aufsuchst und dich krankschreiben lässt. Keine Widerrede«, würgte er Paulas Protest energisch ab, ehe er sanfter fortfuhr. »Du hast einen Kollegen sterben sehen, Paula, bist selbst verletzt worden und wärst allein schon deshalb nicht diensttauglich, wenn die Umstände dich nicht noch an das erinnern würden, was mit Christopher passiert ist. Du bist de facto psychisch und physisch nicht einsatzfähig. Und ich werde nicht zulassen, dass du in diesem Zustand ermittelst. Nicht einmal einen Fahrraddiebstahl. Verstanden? Und da wir gegenwärtig nichts gegen Kastor in der Hand haben, wirst du ihn jetzt gehen lassen.«

»Er hat Lukas umgebracht und –«

»Ja. Das glaube ich dir. Aber wir können es ihm nicht beweisen. Dank des Alibis, das nicht nur Graf ihm gibt, können wir ihm nicht mal beweisen, dass er überhaupt am Tatort war. Noch nicht. Deshalb ermitteln wir so lange, bis wir ihm das nachweisen können. Und in dem Zug auch beweisen können, dass Graf und Konsorten gelogen haben. Also lass ihn gehen. Sofort. Sonst tue ich es. Aber ich will nicht, dass du auf diese Weise das Gesicht verlierst.«

Paula presste wütend die Lippen zusammen und starrte ihn zornig an.

»Mir gefällt das genauso wenig wie dir, aber wir haben keine andere Wahl.«

»Du kneifst doch nur den Schwanz ein, weil der Typ Beziehungen nach ganz oben hat, die er spielen lässt, um sich aus der Sache rauszuwinden.« Sie ballte die Fäuste.

Roemer runzelte finster die Stirn. »Auch diese unpassende Bemerkung sehe ich dir nach, weil du im Moment nicht ganz bei dir bist. Ich darf dich aber daran erinnern, was passiert, wenn wir den Fall versauen, weil wir uns nicht an die Vorschriften halten und Kastors Rechtsverdreher daraus einen Verfahrensfehler oder Schlimmeres bastelt. Also lass den Kerl gehen, verdammt noch mal!«

Paula hätte am liebsten auf ihn eingeprügelt. Oder auf irgendwen. Oder irgendwas. Sie spürte, dass sie vor Wut zitterte und hatte Mühe, sich wieder unter Kontrolle zu bringen. Noch mehr Überwindung kostete es sie, in den Vernehmungsraum zurückzukehren.

Sie nahm Kastor die Handschellen ab und machte eine Kopfbewegung zur Tür. »Sie können gehen.«

Er stand mit einer lässigen Geschmeidigkeit auf. »Danke.«

»Glauben Sie bloß nicht, dass Sie so einfach davonkommen. Ich werde Sie dahin befördern, wo Sie hingehören: in den Knast, und zwar für den Rest Ihres Lebens!«

»Ich bin unschuldig, Frau Rauwolf.«

»Ja, und Schweine können fliegen.« Sie spuckte die Worte beinahe aus und konnte sich kaum noch beherrschen. »Verschwinden Sie endlich, bevor ich mich vergesse.«

Er blickte sie ernst an. »Heben Sie sich Ihre Wut für die Leute auf, die sie verdienen, aber lassen Sie sich niemals von ihr beherrschen.«

Das reichte. Paula ballte die Faust.

»Paula!« Roemers Stimme stoppte sie, bevor sie zu einem Schlag ausholen konnte. »Herr Kastor, Sie gehen jetzt besser ohne jeden weiteren Kommentar. Wir haben gestern einen Kollegen verloren und sind deswegen alle etwas dünnhäutig.«

Kastor war klug genug, den Rat zu beherzigen. Er nickte Roemer und Paula zu und verließ den Raum.

Roemer blickte sie ungnädig an. »In mein Büro. Sofort!«

Paula folgte ihm.

»Was, zum Teufel ist in dich gefahren?«, fuhr er sie an, kaum dass er die Tür hinter ihnen geschlossen hatte. »Verdammt, Paula, hast du vergessen, dass einige Leute nur darauf warten, dich absägen zu können? Doch du hast nichts Besseres zu tun, als ihnen den Grund dafür auf dem Silbertablett zu servieren.«

»Ich –«

»Erspar mir deine Rechtfertigungen. Du gehst jetzt nach Hause und kommst wieder runter von deiner Palme. Am besten gehst du sofort zu deinem Therapeuten und lässt dich krankschreiben. Und wenn du das in deiner gewohnten Sturheit nicht tust, dann will ich ab sofort saubere Ermittlungsarbeit von dir sehen. Aber nicht mehr im Fall Stojanovic und erst nicht, was Rambacher betrifft. Du bist zu sehr involviert.«

»Das kannst du nicht tun!«

»Das ist Vorschrift, Paula. Das weißt du genau, und darüber gibt es keine Diskussion.« Er schüttelte den Kopf und winkte müde ab. »Geh nach Hause. Wenn du einmal in deinem Leben klug bist, lässt du dich krankschreiben. Wenn nicht, will ich dich auf keinen Fall vor Montag hier wieder sehen. Zum Innendienst. Und bevor du wieder herkommst, solltest du dir mal ernsthaft Gedanken darüber machen, ob du überhaupt noch daran interessiert bist, hier zu arbeiten. Und ob das sinnvoll ist. Du hast ja gemerkt, wie manche Kollegen auf deine Rückkehr reagieren.« Er hob abwehrend die Hände, als Paula protestieren wollte. »Kein Wort! Denk einfach darüber nach.« Er machte eine scheuchende Handbewegung.

Paula blieb. »Sag mir eins, Jakob, und zwar vollkommen ehrlich: Glaubst du, dass Kastor so unschuldig ist, wie er uns glauben machen will?«

»Nein, absolut nicht. Für mich ist der Kerl so schuldig wie die Hölle. Und Graf steckt mit ihm ganz offensichtlich unter einer Decke. Nur solange wir nichts Greifbares gegen ihn in der Hand haben, müssen wir ihn in Ruhe lassen. Aber wir geben selbstverständlich nicht auf. Und jetzt verschwinde endlich.«

Paula ging. Notgedrungen und äußerst widerstrebend. Im Eingangsbereich traf sie auf Hansen.

»An deiner Stelle, Rauwolf, würde ich verschwinden und mich hier nie wieder blicken lassen.«

Sie trat so dicht an ihn heran, dass sie einander beinahe berührten. Hansen wich vor der Wut, die sie ausstrahlte, unwillkürlich zurück. »Zu deinem Pech bist du aber nicht an meiner Stelle.«

Sie stieß ihn beiseite und verließ erhobenen Hauptes die Dienststelle. Kaum saß sie in ihrem Wagen, verpuffte ihre Wut. Sie legte die Arme aufs Lenkrad und die Stirn auf die Hände. Sie fühlte sich wegen Lukas' Tod schon mies genug. Dass sie jetzt nicht mehr ermitteln durfte, empfand sie als einen Schlag ins Gesicht, als Dolchstoß in den Rücken, obwohl ihr Verstand ihr sagte, dass Jakob nur nach Vorschrift handelte. Sie selbst hätte seine Maßnahmen nachdrücklich befürwortet – wenn es sich um jemand anderen gehandelt hätte.

Er hatte recht. Es war ihr momentan tatsächlich scheißegal, was aus ihr wurde, was aus ihrem Job wurde. Gerade deshalb würde sie das Versprechen einlösen, das sie Jerome Kastor vorhin gegeben hatte, und ihn ins Gefängnis bringen. Selbst wenn sie das ihre ohnehin schon beschädigte Karriere kostete.

Zunächst aber befolgte sie Roemers Anweisung und fuhr nach Hause. Sie schluckte ihren Stolz hinunter, rief Dr. Keller an und bat um einen Notfalltermin.

Jerome Kastor kehrte mit einem Taxi zu seiner Wohnung zurück und staunte nicht schlecht, als er davor Witold Grafs Wagen parken sah. Als er näher kam, erkannte er, dass statt des Reeders der Anwalt Moritz Jasper auf der Rückbank saß. Der Fahrer stieg aus und öffnete die Tür.

Jasper nickte ihm zu. »Steigen Sie ein, Herr Kastor.«

»Hatten wir einen Termin, den ich vergessen habe?«

»Nein. Herr Graf will Sie sehen. Sofort.«

Kastor zog die Augenbrauen hoch. »Ich führe ein Geschäft und habe zu arbeiten, wie Herr Graf wissen dürfte. Das kommt mir jetzt etwas ungelegen. Was ist denn so dringend?«

»Darüber bin ich nicht informiert. Bitte.« Jasper machte eine auffordernde Bewegung zu dem Sitz neben sich.

Kastor seufzte, schüttelte den Kopf und nahm Platz. Der Fahrer schloss die Tür und fuhr los.

»Sie wurden schon wieder von dieser hartnäckigen Kommissarin verhaftet. Warum haben Sie mich nicht sofort angerufen?«

Kastor fragte sich, von wem der Anwalt das innerhalb so kurzer Zeit wohl erfahren hatte. »Das war nicht erforderlich. Ihr Vorgesetzter hat sie ausgebremst, bevor sie mir auch nur eine Frage stellen konnte, und mich nach Hause geschickt.«

»Finden Sie nicht auch, dass diese Frau langsam lästig wird? Ich werde eine Beschwerde gegen sie anstrengen, dass dem Weib Hören und Sehen vergeht.«

Kastor lachte und schüttelte den Kopf. »Das ist nun wirklich nicht nötig. Außerdem würde sie das darin bestärken, dass ich Dreck am Stecken habe. Anständige Leute würdigen so einen Ermittlungseifer, auch wenn sie selbst dabei im Mittelpunkt stehen. Die Frau kann mir nicht das Geringste beweisen. Außerdem kümmere ich mich selbst um sie. Aber danke für das Angebot.«

Jasper warf ihm einen seltsamen Blick zu, schwieg aber.

Als sie knapp zwanzig Minuten später bei Graf ankamen, spürte Kastor, dass etwas im Busch war. Der Reeder begrüßte ihn kühler als sonst. Als er ihn in das Zimmer führte, in dem er seine Geschäftsbesprechungen abhielt, bot er ihm nicht wie sonst ein Glas Wein und noch nicht mal Platz an.

Moritz Jasper reichte Graf einen Aktenordner, nickte Kastor zu und verschwand. Graf legte den Ordner zur Seite und blickte Kastor kalt an.

»Ich würde gerne wissen, was Sie vorhaben, Jerome.«

Kastor zog die Augenbrauen hoch. »Inwiefern? Ist etwas mit unserem Termin heute Abend nicht in Ordnung?«

»Sagen Sie es mir.«

Kastor schüttelte den Kopf. »Alles läuft nach Plan. Oder haben Sie Informationen, die ich noch nicht erhalten habe?«

»Das könnte man so sagen. Ich frage mich, wie weit ich Ihnen wirklich trauen kann. Sie haben mir zu viel mit Jasmin zusammengesteckt. Sie hat, als sie letztes Mal hier war, Dateien kopiert, die unsere Geschäfte betreffen.«

Kastor starrte ihn erst perplex, dann wütend an. »Sie haben Aufzeichnungen über unsere Geschäfte gemacht? Und auf Ihrem Computer gespeichert? Sind Sie wahnsinnig? Was zum Teufel haben Sie sich dabei gedacht?«

»Ich habe mir gedacht, dass ich mich selbstverständlich absichere.« Graf blickte Kastor kalt an. »Wenn ich auffliege – sei es durch einen dummen Zufall oder weil jemand der Polizei meinen Namen nennt – dann gehe ich nicht allein unter. Dann nehme ich jeden mit, der mit mir zusammengearbeitet hat. Deshalb die Aufzeichnungen. Sie sind mit einem mehrfachen Passwortschutz versehen, den kaum jemand knacken kann.«

»Sie hätten sie besser mit einem Kopierschutz versehen, den kaum jemand knacken kann.«

Graf schürzte die Lippen. »Das habe ich getan. Aber irgendwie ist es Jasmin gelungen, diese Hürde zu überwinden. Was mir zeigt, dass sie wohl alles andere als die kleine Hostess war, als die sich ausgegeben hat.« Er warf Kastor einen lauernden Blick zu.

»Verdammt! Wann hat sie die Dateien gestohlen? Und was hat sie damit gemacht?«

»Ich dachte, das könnten Sie mir sagen.«

Kastor kniff verärgert die Augen zusammen, als er begriff, was der Reeder damit andeuten wollte. »Glauben Sie wirklich, Witold, wenn ich hinter diesen Daten her wäre, würde ich Geschäfte mit Ihnen machen, die mich selbst in Teufels Küche bringen, wenn die Behörden davon Wind bekommen?«

»Vielleicht haben Sie ja nur den Kontakt zu mir gesucht, um mich auszuspionieren und meine Geschäfte zu übernehmen.«

Kastor schnaufte verächtlich und schüttelte den Kopf. »Ich darf Sie mal an zwei Dinge erinnern, die Ihnen offensichtlich entfallen sind. Genauer gesagt an drei. Erstens: Als wir uns kennenlernten, sind Sie auf mich zugekommen, nicht ich auf Sie. Zweitens: Ich habe meine Geschäfte bereits überaus erfolgreich abgewickelt, Jahre bevor wir uns kannten. Was Sie ja selbst überprüft haben, denn sonst hätten Sie mich nicht kontaktiert. Drittens.« Kastor trat einen Schritt auf Graf zu und blickte ihm kalt in die Augen. »Ich bin nicht auf Sie angewiesen, Witold. Ich habe damals Ihr Angebot angenommen, weil es das für mich vorteilhafteste war. Ich hatte auch noch andere. Wie Sie sehr wohl wissen, da Sie die gezielt ausgebootet haben. Aber ich kann diese Kontakte jederzeit wiederbeleben. Wenn Sie mir nicht mehr trauen, ist der Deal heute Nacht eben unser letzter. Kein Problem für mich. Im Gegenteil. Nachdem Sie offenbar so dumm waren, brisante Daten nicht ausreichend zu schützen, sollte ich meine Beziehungen zu Ihnen besser kappen. Verdammt, was ist auf einmal los mit Ihnen?«

»Mit mir gar nichts. Ich habe nur ein Problem damit, dass Sie nicht der sind, der Sie vorgeben zu sein. Ein Jerome Kastor existiert gar nicht.«

Kastor kniff die Augen zusammen. »Was Sie nicht sagen. Wie kommen Sie denn auf die Idee?«

»Nicht ich, diese hartnäckige Kommissarin hat das herausgefunden, wie ich über meinen Kontakt bei der Polizei erfahren habe.« Graf sah ihm kalt in die Augen. »Sie hat außerdem herausgefunden, dass Sie Jasmin schon gekannt haben, bevor ich sie Ihnen vorgestellt habe.«

Kastor schnaufte belustigt und verärgert zugleich. »Die Rauwolf ist wirklich lästig. Ich frage mich nur, wie sie darauf kommt, dass ich Jasmin schon früher gekannt haben soll.«

»Das Smaragdcollier. Jasmin hat auf den Fotos der Escort-Agentur dasselbe getragen, das Sie ihr angeblich immer nur geliehen haben. *Dasselbe*, Jerome, nicht eine Kopie, die Sie angeblich erst später haben anfertigen lassen. Und dafür hätte ich gern eine Erklärung.« Erwartungsvoll blickte er ihn an.

Kastor erwiderte den Blick, ohne mit der Wimper zu zucken, ehe er eine wegwerfende Handbewegung machte. »In Ordnung, Witold, Sie haben mich erwischt. Ja, ich lebe unter einer falschen Identität. Und zwar schon seit über zehn Jahren. In meiner Branche ist man nicht erfolgreich, ohne sich ein paar Feinde zu machen. Wenn die herausfinden, wo ich mich aufhalte, bin ich ein toter Mann. Deshalb habe ich mir einen neuen Namen und eine neue Vita zugelegt.«

Grafs Miene verriet nicht, ob er Kastor glaubte. »Was ist mit Jasmin?«

»Sie war ein Teil meiner Vergangenheit, die ich hinter mir gelassen habe. Ich habe sie vor …«, er dachte kurz nach, »über zehn Jahren in Serbien kennengelernt. Bevor ich meine Identität änderte. Wir hatten eine kurze Affäre, und ich dachte, ich sehe sie nie wieder. Sie können sich sicher meine Überraschung vorstellen, als ich ihr eines Tages ausgerechnet hier in Wilhelmshaven in einem Restaurant wieder begegnet bin. Leider hat sie mich sofort erkannt. Damit sie den Mund über mich hält, habe ich ihr das Collier geschenkt. Und sie darüber hinaus für ihre Dienste fürstlich bezahlt. Auf die Weise hatte ich sie unter Kontrolle. Selbstverständlich wollte ich das Collier wieder an mich nehmen, nachdem ich sie tot in der Wohnung fand. Das Ding ist schließlich eine Menge wert. Aber das alles konnte ich der Polizei natürlich nicht auf die Nase binden, sonst hätte ich mich verraten. Ich musste improvisieren. Wobei ich leider, das muss ich zugeben, nicht sehr überzeugend war.« Er sah Graf offen in die Augen. »Wir arbeiten seit über einem Jahr zusammen, Witold. Haben Sie jemals das Gefühl gehabt, dass Sie mir nicht trauen könnten?«

Graf durchbohrte ihn förmlich mit seinem Blick. Lange. Kastor hielt ruhig stand. Schließlich wandte sich der Reeder ab, schenkte zwei Gläser Wein ein und reichte eins Kastor. Mit einer Handbewegung bot er ihm endlich Platz an.

»Nein. Also, nichts für ungut, Jerome.« Er hob sein Glas. »Auf fortgesetzte gute Zusammenarbeit. Wer immer Sie auch sind. Oder ursprünglich waren.«

Kastor setzte sich. »Was ist mit den Daten, die Jasmin gestohlen hat?«

»Gelöscht und nicht mehr zu rekonstruieren. Die Polizei konnte an keine einzige der gespeicherten Informationen herankommen.«

Graf hob erneut sein Glas. Kastor tat es ihm diesmal nach.

»Sie sollten in Zukunft solche Daten entweder gar nicht erst speichern oder sie nicht dort aufbewahren, wo man Sie Ihnen stehlen kann.«

»Dafür habe ich bereits gesorgt. Sie können also unbesorgt sein, Jerome. So ein Malheur passiert nie wieder.«

»Das hoffe ich. Und als Nächstes kümmere ich mich um diese Kommissarin. Vielmehr meine Leute tun das. Noch heute.«

»Nicht nötig. Ich habe bereits entsprechende Maßnahmen veranlasst. Danach ist diese Frau nie wieder ein Problem. Für niemanden.«

»Umso besser.« Kastor prostete Graf zu. »Auf das Ende eines Problems.«

Graf erwiderte die Geste und lächelte, ehe er sein Glas austrank und zur Seite stellte.

Kastor erhob sich. »Sie müssen mich entschuldigen, Witold. Ich habe noch ein paar Vorbereitungen zu treffen wegen heute Nacht.« Er reichte dem Reeder die Hand und sah ihm in die Augen. »Ich kann mich doch darauf verlassen, dass Sie das Problem mit der Kommissarin lösen?«

»Vollkommen. Sie haben mein Wort.«

Graf geleitete Kastor hinaus. Sein Wagen stand noch vor dem Haus, und er wies den Chauffeur an, seinen Gast nach Hause zu fahren, ehe er sich höflich von ihm verabschiedete.

Kastor nahm auf der Rückbank Platz. Mit ausdruckslosem Gesicht sah er aus dem Fenster, während er überlegte, was diese neue Entwicklung für ihn und seine Partner bedeutete. Dass Graf von seiner falschen Identität und seiner früheren Bekanntschaft mit Jasmin erfahren hatte, war unangenehm und konnte üble Folgen haben. Er zweifelte keinen Augenblick daran, dass der Reeder ihn genauso beseitigen würde, wie er das mit der Kommissarin plante, falls er zu dem Schluss kam, dass Kastor ebenfalls ein Problem für ihn darstellte. Doch das war ein Berufsrisiko, mit dem er schon lange lebte.

Schlimmer war die Sache mit den Daten. Falls Grafs Behauptung stimmte und sie tatsächlich gelöscht worden waren, dann war alles umsonst gewesen. Aber Kastor war nicht bereit, so schnell aufzugeben. Nicht solange noch ein Funken Hoffnung bestand. Er musste noch einmal in Jasmins Wohnung. Falls es noch eine Sicherungskopie gab, befand sie sich immer noch dort. Das Desaster, das sich gestern Abend in der Wohnung ereignet hatte, erschwerte die Sache jedoch. Egal. Er musste es versuchen.

Zuallererst würde er sich aber um Kommissarin Rauwolf kümmern. Und zwar persönlich.

Nachdem der Wagen mit Kastor abgefahren war, kehrte Graf ins Wohnzimmer zurück und griff zum Telefon. »Ein neuer Auftrag«, sagte er, als sein Gesprächspartner sich meldete. »Kommissarin Rauwolf. Heute noch. Sie kennen die Adresse. Danach Kastor. Sobald der Deal heute Nacht über die Bühne gegangen ist, beseitigen Sie auch ihn.«

Er unterbrach die Verbindung und tätigte einen weiteren Anruf. Sein Mann bei der Polizei musste für sein Geld mal wieder was Größeres tun.

Malte Keller empfing Paula mit seinem gewohnten beruhigenden Lächeln, das ihr signalisierte, dass kein Problem unlösbar war und dass er sein Möglichstes tat, um ihr zu helfen. Außerdem verkniff er sich die Bemerkung, dass sie furchtbar aussah. Das wusste sie auch so. Sie war bleich, Augen und Nase waren rot vom Weinen. Außerdem hatte sie sich nicht die Mühe gemacht, ihre Haare zu kämmen, weshalb sie wirkten, als wäre sie gerade erst aufgestanden. Was gar nicht mal so falsch war, denn sie hatte die zwei Stunden bis zum Termin tatsächlich im Bett verbracht, geheult und sich sterbenselend gefühlt.

Sie setzte sich auf ihren gewohnten Platz und zeichnete wieder das Muster des Teppichs mit ihren Blicken nach, saugte sich förmlich daran fest und fühlte, wie ihr das Halt gab. Ein bisschen wenigstens.

»Eines Tages konfisziere ich den Teppich und nehme ihn mit nach Hause.«

Keller schenkte ihr Tee ein und schüttelte lächelnd den Kopf. »Dann hätte er nicht mehr dieselbe Wirkung. Ihr Geist verbindet ihn mit dieser Umgebung, weshalb er auch nur hier so gut funktioniert.« Er blickte sie fragend an.

»Lukas ist tot. Mein neuer Kollege. Er …«

Keller schob ihr die Taschentuchbox hin, noch ehe Paula die ersten Tränen kamen. Sie schnappte sich eins und vergrub ihr Gesicht darin.

»Das tut mir so leid, Frau Rauwolf. In Anbetracht Ihres Berufes war es wohl kein Unfall.«

Sie schüttelte den Kopf und erzählte ihm alles. »Und dann können wir den Mörder nicht mal festnehmen. Zu allem Überfluss wurde ich auch noch von dem Fall abgezogen und soll mich krankschreiben lassen. Verdammt!«

Keller sah sie mitfühlend, aber auch ernst an. »Ich muss Ihrem Vorgesetzten recht geben. Sie sind nicht dienstfähig. Der

Tod Ihres Kollegen hat Sie retraumatisiert. Das Beste wäre wirklich, ich schreibe Sie krank und nehme Sie so schnell wie möglich wieder stationär auf. Mit etwas Glück kann ich Ihnen noch heute ein freies Bett besorgen.«

»Nein!« Paula schlug mit der Faust auf den Tisch, dass es krachte.

Keller ging nicht auf diesen Ausbruch ein.

»Tschuldigung.« Tränen traten ihr erneut in die Augen. Sie angelte nach einem weiteren Papiertaschentuch. »Aber das geht nicht. Ich kann mich doch nicht hier in der Klinik verkriechen, während Lukas' Mörder draußen frei rumläuft und sich ins Fäustchen lacht, dass er es endlich geschafft hat, mich kaltzustellen.« Sie zuckte mit den Schultern. Der verletzte Arm protestierte nachdrücklich gegen diese Geste. »Ich darf zwar offiziell nicht mehr gegen ihn ermitteln, aber ich muss wenigstens vor Ort sein, um mitzukriegen, was die Kollegen rausfinden. Ich muss einfach. Können Sie das nicht verstehen?«

»Doch, ich verstehe das durchaus. Wahrscheinlich ginge es mir an Ihrer Stelle nicht anders. Allerdings muss ich objektiv sagen, dass das keine gute Idee ist.«

»Ich kann aber nicht anders, Herr Keller. Wenn ich nicht mit eigenen Augen sehen kann, dass der Mörder verhaftet und eingelocht wird, finde ich keine Ruhe. Wenn ich nicht selbst die Beweise sehe, die ihn überführen, und mich davon überzeugen kann, dass nicht mal der gewiefteste Winkeladvokat die aushebeln kann, hätte ich immer Angst, dass irgendwas daran doch nicht wasserdicht ist und er wieder freikommt. Ich hätte das Gefühl, die Toten im Stich zu lassen. Nicht nur Lukas. Auch Christopher.«

»Warum ihn?«

»Weil alles darauf hindeutet, dass der Hintermann, der für Christophers Tod mitverantwortlich war, derselbe ist, für den der Kerl arbeitet, der Lukas umgebracht hat. Ich kann mich nicht einfach ins Mauseloch verkriechen und meine Wunden lecken, während der Typ frei herumläuft. Damit könnte ich nicht leben. Bis der Mörder gefasst ist, halte ich durch. Mein Wort drauf.«

»Frau Rauwolf, Sie sind eine unglaublich starke Frau, die sich aber viel zu wenig leistet, auch mal Schwächen zuzulassen. Sie wissen doch, wie das mit der Eiche, dem Bambusrohr und dem Sturm ist. Die Eiche trotzt dem Sturm, stemmt sich ihm entgegen mit aller Kraft, aber weil der Sturm stärker ist und die Eiche vor lauter Stärke nicht nachgeben kann, wird sie umgeblasen. Das Bambusrohr dagegen beugt sich dem Sturm. Obwohl es bis zum Boden niedergedrückt wird, bricht es nicht, weil es dem Sturm keinen Widerstand entgegensetzt, sondern sich ihm anpasst. Und wenn der Sturm vorüber ist, richtet es sich wieder auf und ist so stark und unversehrt wie zuvor.« Keller beugte sich vor. »Widerstand ist anstrengend. Nachgeben ist manchmal kluge Taktik, keine Schwäche.« Er lächelte leicht. »Einen Moment. Ich glaube, ich habe da noch irgendwo …«

Er ging zu seiner Kramkiste, aus der Paula sich vor Monaten den roten Stein ausgesucht hatte. Er wühlte eine Weile darin herum und kehrte mit einem kleinen Gegenstand zurück, den er ihr reichte: ein fingerlanges, fingerdickes Stückchen Bambusrohr.

»Stark und biegsam zugleich, ohne sich in seiner Form dauerhaft verbiegen zu lassen. Was wollen Sie wirklich sein, Frau Rauwolf? Die Eiche oder der Bambus?«

Paula starrte das Bambusstück an. So wie Keller das sagte, klang es so einfach. Sie war ihr Leben lang die Eiche gewesen, unbeugsam und stolz, um nicht zu sagen stur. Und nun der Bambus? Sich dem Sturm anpassen und am Ende doch ungebeugt aufrecht stehen? Siegen ohne zu kämpfen? Sie sah Keller an und traf ihre Entscheidung.

»Das mit der Klinik ist okay. Aber erst, wenn der Fall abgeschlossen ist.«

Keller nickte. »Wenn es Ihnen recht ist, machen wir Folgendes. Sie ruhen sich übers Wochenende aus bis erst mal Montag. Dann sehen wir, wie es Ihnen geht. Wenn Sie sich stabil genug fühlen, können Sie wieder an die Arbeit. Und sobald Sie Ihren Fall abgeschlossen haben, machen wir noch mal für ein paar Wochen eine stationäre Therapie. Wenn Sie wollen, können wir morgen einen weiteren Gesprächstermin einschieben.«

»Okay.«

Keller konsultierte seinen Terminkalender. »Ich habe dieses Wochenende ohnehin Dienst und bin ab acht Uhr hier. Nach der Morgenbesprechung hätte ich Zeit für Sie. Ist Ihnen elf Uhr recht?«

Paula nickte. »Danke.«

»Haben Sie noch was von dem Beruhigungsmittel, das ich Ihnen verschrieben habe?«

»Ja. Ich bin sparsam damit umgegangen.«

Er lächelte. »Etwas anderes hätte mich auch gewundert. Nehmen Sie es wieder regelmäßig. Zumindest für die nächste Zeit.«

Paula nickte erneut und verabschiedete sich. Sie fühlte sich immer noch grauenvoll. Aber sie würde durchhalten. Und bis dahin versuchen, ein Bambus zu sein.

Sie fuhr zum Südstrand und bis ans Ende der Schleusenstraße, wo das militärische Sperrgelände begann. Hinter dem Schleusendeich setzte sie sich auf die Mauer am Ende der Nordmole und ließ die Beine über dem Wasser baumeln. Der kühle Wind zerzauste ihre Haare und wehte einen feinen Geruch nach Tang heran. Die Ebbe hatte gerade begonnen.

Sie kam immer hierher, wenn sie allein sein wollte. Hier war in der Regel niemand. Und die Leute, die ein Stück weiter ihre Hunde frei laufen ließen – obwohl oben am Deich ein unübersehbares Schild stand, das gebot, Hunde anzuleinen –, ließen sie in Ruhe. Gerade jetzt hätte sie nicht ertragen, wenn jemand sie angesprochen hätte. Lukas Rambachers Tod hatte sie wie ein Sturm wieder einmal zu Boden gedrückt. Aber er würde vorübergehen. Und Paula würde sich wieder aufrichten und weitermachen. Sie hielt in der Hand das Bambusstück, während sie beobachtete, wie das Wasser sich langsam vom Land zurückzog. Biegen, nicht brechen.

Als sie fast drei Stunden später zu ihrem Wagen zurückkehrte, war sie völlig durchgefroren. Trotzdem fühlte sie sich etwas besser und verspürte sogar Hunger. Wie immer, wenn sie von einer »Grübel-Session« auf der Molenmauer zurückkam, kehrte sie im *An Bord* an der Nassaubrücke ein, das an ihrem Weg lag. Normalerweise trank sie entweder nur ein Bier oder aß was Ordentliches. Heute gönnte sich den hausgemachten Labskaus mit einem kühlen Jever.

Danach fühlte sie sich in der Lage, wenigstens bis zu ihrem morgigen Termin bei Dr. Keller in diesem verdammten, beschissenen Leben durchzuhalten.

Maja Küster stieg die Treppe im Haus Bismarckstraße 197 hinauf, gefolgt von ihrem Team. Die Spuren des Mordes an Lukas Rambacher in Jasmin Stojanovics Wohnung waren gesichert. Als Nächstes waren die auf dem Trockenboden an der Reihe. Aus dem zweiten Stock kam ihr Sigurd Fischer entgegen. Er klappte sein Notizbuch zu.

»Wir sind mit der Befragung der Nachbarn fertig.« Er verzog das Gesicht. »Sehr ergiebige Aussagen. Der Täter ist groß, klein, mittelgroß, korpulent, schlank, blond, rothaarig, brünett, Deutscher, Ausländer und trug alles Mögliche zwischen Jacke, Parka und Mantel in den Farben von hell bis dunkel. Nur in zwei Dingen sind sich alle einig: Er ist ein Mann, und er hatte eine Waffe in der Hand. Sein Gesicht kann keiner beschreiben. Zwei Frauen erinnern sich an einen dunkelroten Schal, also ist die Wahrscheinlichkeit groß, dass er den getragen hat.«

»Mit anderen Worten, wir können nicht auf ein Phantombild hoffen.«

Fischer schüttelte den Kopf. »Der Mann könnte Kastor gewesen sein oder auch nicht. Da Paula ihn aber gesehen und erkannt hat, gehe ich davon aus, dass er es war. Das müssen wir ihm nur noch beweisen. Ich hoffe, ihr findet ein paar Fingerabdrücke von ihm da oben.« Er deutete zur Decke.

»Wäre hilfreich. Bis wir die neuen ausgewertet haben, die der Täter beim letzten Durchwühlen der Sachen hinterlassen hat, das dauert ein bisschen. Was wir oben finden, wäre eindeutiger. Aber so oder so, wir kriegen ihn.«

»Garantiert. Einer den Hausbewohner hat mir übrigens erzählt, dass der Trockenboden nie abgeschlossen wird, obwohl das eigentlich laut Hausordnung Vorschrift ist. Wäre er gestern zu gewesen, hätte Paula Kastor wahrscheinlich festnehmen können.«

»Oder sie wäre auch tot. Verdammte Scheiße, das mit Rambacher.«

»Amen.«

Maja nickte Fischer zu und ging nach oben. Der Trockenboden war am Tag nicht mehr stockfinster, weil durch die schmalen, verglasten Luken im Dach etwas Licht fiel. Trotzdem wirkte er düster und vermittelte eine Atmosphäre, die jedem Gruselfilm Ehre gemacht hätte. Wozu nicht zuletzt das Gerümpel beitrug, das spinnenwebenverklebt in einer Nische gestapelt war.

»Ich wette, es ist laut Hausordnung auch verboten, hier Sperrmüll zu lagern«, war Maja überzeugt. »Immerhin wissen wir so, auf welche Ecke wir unsere Arbeit konzentrieren müssen.«

»Wenigstens etwas«, stimmte ein Kollege ihr zu und schaltete die Deckenbeleuchtung ein.

Eine nackte Glühbirne verbreitete grelles Licht. Das Team machte sich an die Arbeit und begann bei der Wand hinter der löcherigen Matratze, die dort halb schräg lehnte, wie Paula es Roemer beschrieben hatte. Zwei Kollegen legten sie zur Seite, um darauf nach Faserspuren und verwertbarem DNA-Material zu suchen.

»Ja, was haben wir denn hier!«

Unter der Matratze lag ein Messer. »Ein Muela Ranger 12. Passt zu den Stichwunden.« Maja lächelte zufrieden. »Und wie es aussieht, ist ein schöner Fingerabdruck darauf. Ich wette, wir finden auch noch Blutspuren von Jasmin Stojanovic daran. Raffiniert vom Mörder, das Ding hier oben zu deponieren. Und ziemlich dumm von ihm, sich dann genau hier verstecken zu wollen. Hätte er das nicht getan, hätten wir hier kaum gesucht. Macht ihr hier weiter. Ich bringe das Ding sofort zur Dienststelle und überprüfe die Abdrücke.«

Jakob Roemer versuchte zum wiederholten Mal, Paula telefonisch zu erreichen. Einerseits wollte er natürlich erfahren, ob sie beim Arzt gewesen war und sich hatte krankschreiben lassen. Zum anderen hatte sie bei ihrem überstürzten Abgang heute Morgen ihre Dienstwaffe mitgenommen. Die wollte er in ihrem gegenwärtigen Zustand auf keinen Fall in ihrer Nähe wissen.

Aber wo immer Paula sich gerade aufhielt, was immer sie tat, sie hatte ihr Handy ausgeschaltet. Und bei ihr zu Hause meldete sich nur der Anrufbeantworter. Außerdem war es jetzt Zeit für die Dienstbesprechung.

Als er den Besprechungsraum betrat, waren fast alle schon da. Unmittelbar nach ihm drängte sich Maja Küster herein. In der Hand hatte sie einen Asservatenbeutel mit einem Messer. Sie hielt es hoch und blickte triumphierend in die Runde.

»Wir haben ihn, Leute. Dieses Messer ist zweifelsfrei die Tatwaffe, und die Fingerabdrücke darauf gehören eindeutig Kastor. Er hatte das Ding auf dem Trockenboden im Haus des Opfers versteckt.«

Roemer wirkte erleichtert. »Schafft mir Kastor her. Ich bin gespannt, was er dazu zu sagen hat.« Er selbst griff zum Handy, um Breitenbach zu informieren und danach beim Richter einen Haftbefehl zu beantragen.

Endlich war der Durchbruch geschafft und die Festnahme des Täters nur noch eine Frage sehr kurzer Zeit.

Roemers Hochstimmung währte nicht allzu lange. Breitenbach hatte getobt, als er ihm mitgeteilt hatte, dass es nun Beweise gab, die für einen Haftbefehl ausreichten, und angekündigt, in Kürze zu einem persönlichen Gespräch in Wilhelmshaven zu erscheinen. Außerdem hatte er Roemer angewiesen, bis dahin absolut nichts zu unternehmen. Eine knappe Stunde später kehrten die Leute, die Kastor festnehmen sollten, obendrein mit einer Hiobsbotschaft zurück.

»Der Kerl ist ausgeflogen«, berichtete Sigurd Fischer nüchtern. »Sein Wagen steht zwar vor seinem Club, aber er ist nirgends aufzutreiben. In seiner Wohnung nicht, in seinem Nachtclub nicht. Seit heute Mittag, als eine Frau, auf die Paulas Beschreibung passt, ihn in Handschellen mitgenommen hat, wurde er nicht mehr gesehen. Geben wir ihn in die Fahndung?«

Roemer zählte zwei und zwei zusammen – Kastor war verschwunden, Paula nicht erreichbar und obendrein bewaffnet – und kam zu einem schrecklichen Ergebnis. »Oh mein Gott!«

»Womit du uns was sagen willst?«

»Paula hat ihr Handy ausgeschaltet, und zu Hause ist sie nicht. Jedenfalls geht sie nicht ans Telefon.«

»Du glaubst, dass sie sich Kastor selbst vornimmt?« Fischer schüttelte den Kopf. »Nee, so durchgedreht ist sie nicht.«

»Da bin ich mir absolut nicht sicher. Du hast sie heute Morgen nicht erlebt, Sigurd. Sie hätte Kastor beinahe geschlagen, wenn ich sie nicht aufgehalten hätte.«

»Und mich hat sie die Treppe runtergetreten«, ergänzte Hansen giftig. »Die ist komplett durchgeknallt. Aber nicht erst seit heute.«

»Halts Maul, Ture, oder ich stopf' es dir.« Fischer drohte ihm mit der Faust. »Und nur zur Erinnerung: Paula hat recht behalten. Mal wieder. Sie hatte Kastor von Anfang an in Verdacht, und sie hatte recht. Darüber solltet ihr alle vielleicht mal nachdenken, bevor ihr weiter über sie herzieht, sie mobbt und dumm über sie sabbelt.« Er blickte Roemer an. »Was ist nun?«

Roemer hatte das Gefühl, dass sein schlimmster Albtraum wahr wurde. »Keine Fahndung nach Kastor. Das hat Breitenbach untersagt.«

»Was? Ist der wahnsinnig?«

»Vielleicht. In jedem Fall bestimmt er, wo's langgeht. Jemand sollte zu Paula nach Hause fahren, ob sie dort ist. Notfalls mit einem Schlüsseldienst rein.«

»Das mache ich«, erbot sich Fischer. »Ich habe einen Schlüssel zu ihrer Wohnung.«

»Ach nee«, feixte Hansen. »Bist du nicht ein bisschen zu alt für sie?«

Fischer maß ihn mit einem Blick voller Verachtung. »Weißt du, Ture, wenn Dummheit weh täte, wärst du von morgens bis abends nur noch am Brüllen.« Er machte auf dem Absatz kehrt.

»Was steht ihr hier noch rum?«, fuhr Roemer Hansen und die anderen an. »Findet Paula.«

Auf dem Weg in sein Büro betete er im Stillen dafür, dass sie nicht im Begriff war, die größte Dummheit ihres Lebens zu begehen. Zurück am Schreibtisch wählte er erneut Paulas Festnetznummer. Nach dem dritten Klingeln sprang der Anrufbeantworter an. »Ich bin's, Paula: Jakob. Wenn du das hier hörst, melde dich unbedingt bei mir. Du hattest von Anfang an recht. Kastor ist der Mörder von Jasmin Stojanovic. Wir haben die Tatwaffe gefunden mit seinen Fingerabdrücken darauf. Ich hoffe, du bist nicht gerade unterwegs, um ihn dir zu kaufen. Wir haben ihn, Paula. Aus der Nummer kann er sich nicht rauswinden. Also bitte, überlass ihn uns. Der Kerl ist gefährlich, und du bist verletzt. Ich will dich nicht auch noch verlieren.«

Er hatte kaum den Hörer aufgelegt, als Maximilian Breitenbach ohne anzuklopfen in sein Büro gestürmt kam.

»Was muss ich eigentlich noch tun, Herr Roemer, damit Sie meine Anweisung befolgen und nicht gegen Kastor ermitteln?«

»Entschuldigung, Herr Breitenbach, aber Sie selbst haben uns angewiesen, erst wieder in seine Richtung zu ermitteln, wenn wir hieb- und stichfeste Beweise gegen ihn haben. Die haben wir jetzt: ein Messer mit seinen Fingerabdrücken darauf, das zweifelsfrei als die Tatwaffe identifiziert wurde. Das ist ein Beweis, den nicht mal Sie ignorieren können. Wenn Sie uns also weiterhin verbieten, gegen Kastor zu ermitteln, bekomme ich langsam den Eindruck, als stünden Sie nicht mehr auf der Seite des Gesetzes, sondern auf Kastors Lohnliste.«

»Das habe ich jetzt überhört, Herr Roemer.« Breitenbach setzte sich, beugte sich vor und sah ihm in die Augen. »Was ich Ihnen jetzt sage, muss absolut unter uns bleiben. Kann ich mich darauf verlassen?«

»Selbstverständlich. Solange Sie mir nichts Gesetzwidriges anvertrauen.«

Breitenbach ignorierte den Seitenhieb und begann zu berichten.

Zwei Minuten später lehnte sich Roemer in seinem Sessel zurück und fuhr sich mit den Händen über das Gesicht. Der Fall hatte schlagartig eine völlig neue Wendung genommen. Und war damit noch brisanter geworden als ohnehin schon.

»Ich nehme an, Sie verstehen jetzt.« Breitenbrach blickte ausgesprochen grimmig drein.

»Ich bitte um Entschuldigung für meine unangebrachten Bemerkungen. Aber –«

»Geschenkt. Lassen Sie Kastor ab jetzt in Ruhe.«

Roemer nickte.

»Vor allem halten Sie die Rauwolf im Zaum.« Breitenbach gestattete sich ein flüchtiges Lächeln. »Sie ist eine zu gute Ermittlerin und hat die Sache eben dadurch schon mehr als genug gefährdet. Was treibt sie eigentlich gerade?«

Das fragte Roemer sich auch. »Sie ist beim Psychologen.« Hoffte er. »Sie wurde gestern angeschossen und ist momentan nicht dienstfähig.«

Breitenbach atmete erleichtert auf. »So leid mir das für Frau Rauwolf tut, aber für den Fall ist es besser so.«

Roemer nickte erneut. »Wenn Sie mir das alles gleich gesagt hätten, Herr Breitenbach, hätte ich wenigstens gewusst, woran wir sind und entsprechende Maßnahmen ergreifen können.«

»Und genau das sollten Sie nicht tun. Das wäre aufgefallen.«

Roemer schnaubte. »Was uns allen unangenehm aufgefallen ist, war Ihr unverständliches Verhalten, das mehr als einen Anlass zu Spekulationen in die falsche Richtung gab.«

Breitenbach zuckte mit den Schultern. »Mir blieb keine andere Wahl.« Er stand auf, nickte Roemer zu und verließ den Raum.

Roemer versuchte erneut, Paula zu erreichen. Erfolglos. Er schickte ein weiteres Stoßgebet gen Himmel, dass sie gerade etwas völlig Ungefährliches trieb. Falls nicht, wäre die Katastrophe nicht mehr aufzuhalten.

Paula schloss ihre Wohnungstür auf und hängte die Jacke an die Garderobe. Der Besuch bei Dr. Keller, die Stunden auf der Mole und das Essen im *An Bord* hatten ihr gut getan. Sie fühlte sich nicht mehr ganz so desolat.

Sie ging ins Wohnzimmer und sah, dass der Anrufbeantworter blinkte. Sie schaltete die Wiedergabe ein und lauschte Roemers Stimme. Die Nachricht, dass die Tatwaffe mit Kastors Fingerabdrücken darauf gefunden worden war, erfüllte sie mit grimmiger Befriedigung. Aber den Hinweis auf Kastors Gefährlichkeit hätte Jakob sich sparen können.

»Das ist eine Lüge.«

Paula fuhr mit einem erschreckten Aufschrei herum. Hinter ihr stand Kastor.

»Nicht das mit der Gefährlichkeit. Das stimmt. Aber ich habe Jasmin nicht umgebracht.«

Er hielt keine Waffe in der Hand. Und Paula stand direkt neben dem Schreibtisch, in den sie ihre Pistole gelegt hatte. Sie riss die Schublade auf, zog die Waffe heraus und brachte sie in Anschlag.

»Hände hoch! Wie sind Sie überhaupt hier reingekommen?«

»Mit einem Lockpicker.«

»Hoch die Hände!«

Kastor hob gehorsam die Hände. »Sie machen einen Fehler, Frau Rauwolf.«

»Ganz sicher nicht. Umdrehen.«

Er dachte nicht daran. »Ich bin nicht der, für den Sie mich halten.«

»Stellen Sie sich vor: Das weiß ich schon. Umdrehen!«

Er gehorchte immer noch nicht. »Ich kann Ihnen beweisen, wer ich wirklich bin.«

»Das finde ich lieber selbst raus. Zum letzten Mal: Umdrehen!«

»Ich greife jetzt in meine Jackentasche und hole mein Handy heraus.«

Paula legte den Finger an den Abzug. »Lassen Sie das.«

»Bitte, Frau Rauwolf. Ich will jemanden anrufen, der Ihnen meine Identität bestätigen kann. Vor allem, dass ich Jasmin ganz bestimmt nicht umgebracht habe.«

Er sprach ungeheuer selbstsicher. Allerdings ohne den spöttischen Unterton, den er sonst gebraucht hatte, wenn er mit ihr redete. Wenn er nun die Wahrheit sagte? Paula kamen Zweifel. Weil sich seine Haltung subtil verändert hatte. Er strahlte etwas aus, unterschied sich plötzlich von dem undurchsichtigen Nachtclubbesitzer, als den sie ihn kennengelernt hatte.

»Sie machen eine falsche Bewegung und fangen sich schneller eine Kugel ein, als Sie ›papp‹ sagen können.«

Er grinste flüchtig. »Ich bin nicht lebensmüde.« Er zog betont langsam sein Handy aus der Tasche und wählte eine einprogrammierte Nummer. »Kastor. Frau Rauwolf bedroht mich einer Waffe und ist überzeugt, dass ich Jasmin und gestern Abend auch ihren Kollegen ermordet habe. Angeblich gibt es eine Tatwaffe, auf der meine Fingerabdrücke sind.« Er lauschte einen Moment, ehe er das Handy auf den Boden legte und Paula schwungvoll vor die Füße schob. »Für Sie.«

Sie hob es auf, ohne Kastor aus den Augen zu lassen oder die Waffe auch nur einen Millimeter zur Seite zu bewegen. »Rauwolf.«

»Frau Rauwolf, hier spricht Kriminalrat Niklas Fenner vom BKA in Wiesbaden. Herr Kastor ist einer unserer Mitarbeiter und ermittelt seit zwei Jahren zusammen mit Jasmin Stojanovic undercover gegen Witold Graf und seine Geschäftspartner. Sie werden –«

»BKA?« Paula ließ kein Auge von Kastor und senkte auch nicht die Waffe. »Für wie dumm halten Sie mich?«

»Ich halte Sie für überaus kompetent. Und deshalb werden Sie jetzt Folgendes tun.«

»*Ich* entscheide, was ich tue.« Sie unterbrach die Verbindung und wählte die Auskunft. »Ich brauche die Telefonnummer des Bundeskriminalamtes in Wiesbaden. – Ja, verbinden Sie mich.« Sie starrte Kastor an. Falls tatsächlich ein Kriminalrat Niklas Fenner beim BKA existierte und sie gerade mit ihm gesprochen hatte … Dann steckte sie unter Umständen ganz schön tief in der Scheiße. »Paula Rauwolf. Ich hätte gern Kriminalrat Niklas Fenner gesprochen. Er erwartet meinen Anruf.« An Kastor gewandt fügte sie hinzu: »Wenn er tatsächlich der ist, den Sie angerufen haben.«

»Hallo Frau Rauwolf. Ich hoffe, Sie bedrohen Jerome nicht immer noch mit der Waffe.«

»Doch, genau das tue ich.«

»Schalten Sie mich auf Lautsprecher. Wenn Sie bitte so freundlich wären.«

»Okay, er kann Sie jetzt hören.«

»Bist du in Ordnung, Jerome?«

»Soweit ja«, antwortete Kastor. »Abgesehen davon, dass Frau Rauwolf ihren Job verdammt gut macht und wir deswegen jetzt ein kleines Problem haben.«

Fenner grinste hörbar, als er anordnete: »Die harte Tour also. Erzähl ihr alles. Frau Rauwolf, ich weise Sie hiermit an, Herrn Kastor vollumfänglich zu unterstützen, sobald er sie eingeweiht hat. Sie arbeiten ab sofort offiziell mit ihm zusammen. Ich regele das mit Ihrem Vorgesetzten. Haben Sie das verstanden?«

»Ich bin ja nicht blöd.« Paula verspürte den dringenden Wunsch, nicht nur den jetzt wieder überheblich grinsenden Kastor, sondern auch diesen Fenner dorthin zu treten, wo es ihnen am wehesten tat. »Aber seine Fingerabdrücke wurden auf dem Messer gefunden, mit dem Jasmin Stojanovic umgebracht wurde.«

»Das kann man fälschen, was offensichtlich geschehen ist«, erinnerte Fenner sie.

»Und was ist mit meinem toten Kollegen? Ich habe den Mörder gesehen und Kastor erkannt.«

»Aber ganz sicher nicht das Gesicht des Täters, sonst wüssten Sie, dass ich das nicht war.«

Das stimmte.

»Frau Rauwolf, wir sind das BKA«, erinnerte Fenner sie. »Wir bringen Verbrecher zur Strecke, aber ganz gewiss nicht unsere eigenen Leute um oder Kollegen anderer Dienststellen.«

Und in extremen Stresssituationen spielte einem die eigene Wahrnehmung manchmal Streiche. Paula senkte die Waffe.

»Das muss ich wohl glauben. Sonst noch was?«

»Im Moment nicht. Falls Sie keine Fragen mehr an mich haben?«

Paula unterbrach die Verbindung und warf Kastor das Handy zu. »Lukas' Mörder hat Ihre Statur, Ihre Haarfarbe, und er trug Ihren Schal.« Sie deutete auf den, der um seinen Hals hing.

»Die Dinger hat Graf vor ein paar Monaten als Werbegeschenk an alle möglichen Leute verteilt. Mindestens drei oder vier Dutzend. Ihre Beschreibung passt auf Phil Wanger, Grafs Mann fürs Grobe und seine erste Wahl für jede Drecksarbeit. Und ja, der hat auch einen von den Schals bekommen. Einen mit einem Webfehler, den Graf seinen geschätzten Freunden nicht zumuten konnte. Das Alibi, das er und seine Leute mir gegeben haben, ist übrigens echt. Und meine Fingerabdrücke auf der Waffe, mit der Jasmin ermordet wurde, kann man, wie schon gesagt, fälschen, wenn man über die entsprechenden Kenntnisse und Mittel verfügt. Besonders wenn man Zugang zu meinen Fingerabdrücken hat, wie zum Beispiel die Polizei. Frau

Rauwolf, Sie haben in Ihrer Dienstelle einen Informanten, der auf Grafs Lohnliste stehen.«

»Hansen.«

»Da sind wir uns nicht sicher. Wir haben ihn noch nicht identifiziert. Aber wir stehen – oder standen Mittwochmorgen kurz vor dem Durchbruch.« Er seufzte tief.

Paula blickte ihn auffordernd an. »Erfahre ich jetzt endlich, was hier los ist?«

»Ich würde die Erklärungen gern auf später verschieden. Ich bin gekommen, um Sie zu warnen. Graf will Sie töten lassen. Wahrscheinlich hat er Wanger damit beauftragt. Er ist Ex-Söldner und entsprechend gefährlich. Vor allem hat er keinerlei Skrupel.«

»Scheiße.« Sie blickte ihn nachdenklich an. »Die Typen, die mich gestern Abend zusammenschlagen wollten, kamen demnach gar nicht von Ihnen, sondern von – Graf?«

Er nickte. »Ich mache mit ihm in meiner Eigenschaft als zwielichtiger Nachtclubbesitzer Geschäfte, für die er mich braucht. Die zu große, auf mich gerichtete Aufmerksamkeit einer engagierten Kriminalbeamtin kommt ihm da sehr ungelegen. Deshalb hat er versucht, Sie abzuschrecken. Da das nicht geklappt hat, greift er jetzt zum ultimativen Mittel. Ziehen Sie lieber vorübergehend in ein Hotel.«

»Und da verkrieche ich mich dann, bis Graf vergessen hat, dass ich existiere? Tolle Idee.«

»Nur für ein paar Tage. Höchstens. Hoffe ich jedenfalls.«

»Und wenn nicht? Verdammt, Kastor, erzählen Sie mir endlich, worum es geht. Danach entscheide ich, ob ich irgendwohin flüchte oder noch eine andere Option habe.«

Er schüttelte den Kopf. »Hat man Ihnen schon mal gesagt, dass Sie stur wie ein Maulesel sind?«

»Nein. Bis jetzt hat man mir immer nur nachgesagt, dass ich sturer wäre als eine ganze Herde von den Viechern. Also vielen Dank für das Kompliment.«

Er grinste, wurde aber sofort wieder ernst. »Sie sollten wirklich –«

»Herr Kastor – oder wie immer Sie heißen. Ich bin heil in meine Wohnung gekommen. Die Tür ist verriegelt. Ich habe eine Waffe, und ich nehme an, Sie haben auch eine. Falls dieser Wanger tatsächlich versuchen sollte, hier einzubrechen, hat er schlechte Karten, würde ich sagen. Entweder er wartet, bis ich das Haus verlasse, oder bis alle meine Nachbarn vorm Fernseher hocken und nicht mehr mitkriegen, was um sie rum passiert. Also gegen acht Uhr. Bis dahin haben wir in jedem Fall Zeit. Und je schneller Sie damit fertig sind, mich umfassend zu informieren, desto schneller kann ich eine Entscheidung treffen.«

Kastor schnitt eine Grimasse. »Sie haben recht. Die Sturheit eines einzigen Maulesels reicht an Ihre bei Weitem nicht heran.« Er seufzte. »Nun gut, die Fakten. Vorab: Jasmin war IT-Spezialistin beim BKA und eine langjährige Kollegin, deren Tod ich zutiefst bedauere. Wir sind schon seit Langem hinter Graf, seinen Komplizen und Hintermännern her. Die Sache ist ziemlich kompliziert.«

Paula deutete auf einen Sessel. »Setzten Sie sich. Ich glaube, das wird ein längerer Monolog. Wasser? Tee? Kaffee? Bier? Fruchtsaft?«

Er grinste flüchtig und nahm Platz. »Nein danke.«

»Aber ich brauche einen Tee.«

Sie ging in die Küche und brühte eine Kanne *Wilhelmshavener Kaiser-Blend* auf, der gegenwärtig ihr Lieblingstee war. Danach trug sie die Kanne, zwei Tassen, Kluntjes und Milch ins Wohnzimmer. Wie sie erwartet hatte, nahm Kastor jetzt doch die Einladung zum Tee an. Sie füllte die Tassen, nahm ihm gegenüber Platz und sah ihn erwartungsvoll an.

»Ich bin ganz Ohr. Und ich will die ganze Wahrheit wissen, Kastor. Idealerweise von Anfang an.«

»Das ist eine ziemlich lange Geschichte. Die Überschrift lautet: Wie fange ich ein Rudel von Haien gleichzeitig in einem einzigen Netz.«

»In erster Linie mit einem möglichst perfekten Timing, würde ich sagen.«

Er lachte kurz auf. »Ist Ihnen eigentlich bewusst, wie gut Sie in Ihrem Job sind?«

Paula zog finster die Brauen zusammen. »Verarschen kann ich mich alleine.«

»Ich meine es ernst.« Er beugte sich vor und sah ihr in die Augen. »Was glauben Sie denn, warum ich Ihnen das alles erzähle? Genau genommen könnte und sollte ich mich darauf berufen, dass es sich um eine BKA-Ermittlung handelt, über die ich Stillschweigen zu bewahren habe, weil sonst die Operation gefährdet ist.«

Paula zuckte mit den Schultern. »Warum tun Sie's nicht?«

»Weil Sie die einzige Person aus Ihrer Dienststelle sind, der ich uneingeschränkt vertrauen kann.«

Paula schluckte. Dieser unerwartete Vertrauensvorschuss machte sie verlegen.

»Sie waren sechzehn Monate krankgeschrieben beziehungsweise suspendiert. Sie können daher gar nicht Grafs Spitzel sein. Davon abgesehen, halte ich es mit dem alten Sprichwort, dass man einen Gegner, den man nicht besiegen kann, zu seinem Verbündeten machen sollte.«

Ein Kompliment? Paula schluckte erneut. »Reden Sie schon.«

»Es geht um organisierte Kriminalität, wie Sie sich sicherlich schon gedacht haben. Wir wurden vor einiger Zeit auf eine Organisation aufmerksam, die Menschen, Waffen und Drogen in großem Stil schmuggelt. Zunächst deutete alles darauf hin, dass es sich um drei verschiedene Gruppen handelt. Dann verdichteten sich die Hinweise, dass es nur eine einzige Organisation mit mehreren Abteilungen ist. Es kostete uns einige Zeit herauszufinden, dass sie sich derselben Transportmethode bedienen.«

»Per Schiff. Über Grafs Reederei.«

Kastor nickte. »Seine Schiffe fahren buchstäblich in die ganze Welt. Ein perfektes Transportnetzwerk.«

»Wie sind Sie ihm auf die Schliche gekommen?«

»Durch Datenanalysen. Wir haben das Auftauchen der Lieferungen im In- und Ausland mit den Daten geeigneter Transportmittel verglichen: Eisenbahn, Schiffe, Lkw. Hat uns ein paar Monate gekostet. Am Ende kristallisierte sich heraus, dass zeitnah immer eins von Grafs Schiffen im nächstgelegenen Hafen Ladung gelöscht hatte. Hier in Wilhelmshaven war dieses Muster am deutlichsten zu erkennen. Das konnte kein Zufall mehr sein. Aber …« Kastor trank einen Schluck Tee.

»Es gab keine Beweise.«

»Genau. Graf ist ein Mann, der extrem vorsichtig ist und nichts dem Zufall überlässt. Deshalb schmiert er Leute in entsprechenden Positionen – zum Beispiel beim Zollamt und der Polizei –, die ihn vor geplanten Razzien warnen oder Container mit heißer Fracht ohne Kontrollen durch den Zoll bringen.«

»Und Sie und Jasmin sollten die Beweise dafür beschaffen.«

Er nickte. »Das ist der primäre Zweck von Operation Smaragdjungfer.«

Paula prustete los. »Wer hat sich denn den Namen einfallen lassen?«

»Der ist gar nicht so abwegig. Wissen Sie, wie Grafs Reedereiflagge aussieht? Smaragdgrün mit einer Libelle unter einer Grafenkrone. *Libella* ist eine altrömische Silbermünze. Deshalb ist die Libelle für ihn das perfekte Symbol für das Geld, von dem er nie genug bekommen kann.« Er schüttelte den Kopf. »Ich bin schon einer Menge Menschen begegnet, aber Graf ist der gierigste und skrupelloseste, mit dem ich je zu tun hatte.«

»Und nach außen hin spielt er den Menschenfreund, der seine schwerstbehinderte Frau zu Hause behält, aufstrebende Künstler und wohltätige Einrichtungen mit großzügigen Spenden unterstützt und so weiter.«

»Gibt es eine bessere Tarnung? Gutmenschen traut man solche Taten nicht zu.« Kastor trank einen weiteren Schluck Tee.

»Dabei ist er wahrscheinlich für den Zustand seiner Frau verantwortlich. Und nebenbei vögelt er auch noch Callgirls.«

Kastor nickte. »Deshalb haben wir Jasmin bei Severin eingeschleust und sie mit einer Legende ausgestattet, die sie zu genau dem Typ Frau macht, auf den Graf anspringt. Sie war übrigens gebürtige Deutsche. Ihre serbische Geburtsurkunde ist gefälscht. Kleine Gefälligkeit von den Belgrader Kollegen, mit denen wir zusammenarbeiten, weil Graf mit einer Belgrader Menschenschmugglerbande unter einer Decke steckt.«

»Warum musste dafür die Geburtsurkunde gefälscht werden?«

»Weil Severin durch Grafs Spitzel bei der Polizei alle Bewerberinnen und Bewerber überprüfen lässt. Severins Agentur gehört Graf. Inoffiziell. Severin ist nur das Aushängeschild gegenüber den Behörden. Graf kassiert bei ihm ordentlich ab und gibt den Ton an.«

»Also deswegen hat Severin keinen von unseren Lockvögeln eingestellt. Weil er von Anfang an wusste, dass die von der Polizei sind.« Paula schüttelte den Kopf. »Das Ganze scheint tatsächlich eine riesige Sache zu sein.«

Kastor nickte. »Wegen Grafs Vorliebe für Libellensymbolik haben wir Jasmin das Collier mit dem Libellenanhänger gegeben, sie smaragdgrüne Kleidung tragen lassen. Und mit dem Berufsnamen ›Smaragdjungfer‹ war sie dann ein unwiderstehlicher Köder. Zusätzlich zu ihrer angeblichen Herkunft. Er steht auf Zigeunerinnen. Seine Wortwahl, nicht meine. Besonders, wenn sie Geige spielen. Ist wohl eine Art Fetischismus von ihm. Jasmin war Hobbygeigerin und beherrschte das Instrument gut genug für seine Ansprüche. Er hat sie regelmäßig auf einem alten Instrument spielen lassen, das für ihn irgendeine besondere Bedeutung hat, während er sie …« Kastor winkte ab. »Gleichzeitig verachtet er die Roma-Frauen. Warum, weiß nur er allein. Aus dem Grund zieht er eine ungeheure Befriedigung daraus, dass er sie praktisch kauft und benutzt – sprich: erniedrigt. In mehr als nur einer Hinsicht.«

Paula blickte ihn befremdet an. »Und das haben Sie Ihrer Kollegin alles zugemutet?«

»Sie hatte sich freiwillig für die Aktion gemeldet. Anders wäre das auch gar nicht gegangen. So einen Einsatz kann man niemandem befehlen. Eine Frau kann schließlich nicht vorgeben, ein Callgirl zu sein und dann den Kunden den Sex verweigern. Sie wäre sofort aufgeflogen. Immerhin können wir Severin dank ihr des Betreibens eines illegalen Callgirlrings und der Zuhälterei überführen.«

»Warum haben Sie ihn nicht schon längst einkassiert?«

Kastor schüttelte den Kopf. »Wenn nur Severin hochgenommen wird, wäre die Gefahr, dass er Graf belastet, um die eigene Haut zu retten, so groß, dass Graf und seine Geschäftspartner sofort in Deckung gehen würden, alle Beweise beseitigen und ihre Geschäfte erst mal ruhen lassen. Dann würde Aussage gegen Aussage stehen, und wir könnten mit den Ermittlungen wieder von vorn anfangen. Wir hätten einen kleinen, vergleichsweise harmlosen Hai gefangen, aber die anderen entkämen ungeschoren, allen voran Graf. Nein, wir haben nur eine Chance, das ganze Haifischbecken trockenzulegen, indem wir sie alle gleichzeitig erwischen. Dass in der Zeit, die wir für die Ermittlungen brauchen, weitere Frauen verschleppt und zur Prostitution gezwungen werden, gefällt uns auch nicht. Und wenn es einen anderen Weg gäbe, würden wir ihn beschreiten. Glauben Sie mir. Aber es hängt zu viel davon ab, dass Operation Smaragdjungfer Erfolg hat, als dass wir darauf Rücksicht nehmen könnten.«

Er leerte seine Tasse. Paula schenkte ihm automatisch nach.

»Da Graf extrem misstrauisch und vorsichtig ist, konnte ich ihn nicht direkt kontaktieren. Also haben wir an einer Legende für mich gefeilt, die seinen Appetit anregen musste. Das war meine angebliche Anstellung bei einem Rüstungskonzern. Ein V-Mann hat das Gerücht ausgestreut, dass ich durch meine Arbeit dort gewisse Kontakte zur Waffenschieberszene geknüpft hätte, lukrative Deals einfädeln kann, aber nach besseren Transportmöglichkeiten suchte und zu dem Zweck mein Tätigkeitsfeld nach Wilhelmshaven verlegt hätte. Mit dem *Dancing Cats* als Vortäuschung einer bürgerlichen Existenz, aber nicht zu bürgerlich. Von da an stand ich unter Grafs Beobachtung. Nachdem ich ein paar Deals erfolgreich abgewickelt hatte und er sich sicher war, dass ich wirklich ein

Waffenschieber bin, lud er mich zu sich ein, um mir weiter auf den Zahn zu fühlen. Zufällig machte er mich dabei mit Jasmin bekannt. Das erleichterte unseren regelmäßigen Kontakt.« Er schnitt eine Grimasse. »Bis Sie kamen und nachgewiesen haben, dass ich sie schon früher gekannt haben muss.« Er zuckte mit den Schultern und fuhr fort, bevor Paula darauf antworten konnte. »Schließlich bot mir Graf an, meine Waffen künftig auf seinen Schiffen zu transportieren, *wenn* ich sie an Leute seiner Wahl verkaufe. Wofür er natürlich eine nicht gerade bescheidene Vermittlungsprovision kassiert. Von beiden Seiten übrigens.«

»Lassen Sie mich raten. Im Gegenzug sollten Sie die Frauen, die er aus Osteuropa, Asien und anderswo ins Land schmuggelt, über Ihren Nachtclub mit gefälschten Papieren scheinbar legal beschäftigen und dann an irgendwen aus der Szene weiterreichen.«

»Das Prinzip stimmt halbwegs. Nur dass nicht ich mit dieser Aufgabe betraut bin, sondern Severin. Graf kassiert bei den Frauen zusätzlich für gefälschte Papiere ab, die er vermutlich irgendwo im Geschäftsgebäude seiner Reederei herstellt. Diese ›Dienstleistung‹ lässt er sich mit Schmuck bezahlen, den er einschmelzen und zu völlig neuen Schmuckstücken umarbeiten lässt, die er wiederum über den Goldschmied, der das für ihn erledigt, teuer verkauft. Aber auch dafür gibt es bis jetzt keine Beweise.«

Paula schüttelte den Kopf. »Bekommt der Kerl den Rachen irgendwann mal voll?«

»Nie. Ich sagte doch, dass er der gierigste Mensch ist, den ich je kennengelernt habe. Wenn es ihm Profit brächte, würde er sogar die Leiche seiner eigenen Mutter verkaufen. Scheibchenweise. Wir müssen seine ganze Organisation endlich zerschlagen, damit er nicht noch mehr anrichtet.«

»Zum Beispiel mit den Waffen, die Sie zur Tarnung an irgendwelche Warlords und ähnliches Kroppzeug liefern.«

Kastor grinste flüchtig. »Wenigstens in dem Punkt konnten wir etwas tun. Jedes Mal, wenn ein Deal über die Bühne ging, wurden Einsatzkommandos ins Zielgebiet geschickt, die als gegnerische Guerillas getarnt den Empfängern die Waffen wieder abgejagt haben. Natürlich sind immer wieder mal ein paar durch die Maschen geschlüpft, das ließ sich leider nicht vermeiden. Aber den Großteil haben wir. Genau genommen verkaufe ich dieselben Waffen inzwischen zum x-ten Mal.« Er sah ihr in die Augen. »Wie Sie sehen, gibt es mehr als einen verdammt guten Grund, alles zu tun, um Graf aus dem Verkehr zu ziehen. Mitsamt seinen Konsorten.«

Paula schenkte sich Tee nach. »Was war Jasmins Aufgabe? Nur Beweise gegen Severin zu sammeln?«

»Nein. Ich sagte ja schon, dass sie IT-Spezialistin war. Eine der gewieftesten Hackerinnen, die wir haben. Hatten. Da Graf Informationen und Daten über seine illegalen Geschäfte – also, die Beweise, die wir brauchen, um ihn und seine Komplizen zu überführen – kaum in seiner Firma aufbewahrt, kann er sie nur zu Hause haben. Dort konnte aber nur jemand an sie heran, der Zugang zu seinen privaten, um nicht zu sagen intimen Räumlichkeiten hatte. Wie die Callgirls. Jasmin sollte während ihrer Besuche bei ihm versuchen, an diese Daten heranzukommen.«

Paula schüttelte den Kopf. »Wenn Graf so überaus vorsichtig ist, wieso wäre er dann so dumm, belastendes Material irgendwo zu speichern?«

»Eben wegen dieser extremen Vorsicht. Er muss sich gegenüber den anderen Haien absichern, sonst ist er selbst angreifbar und kann, sollte es hart auf hart kommen, ganz schnell von denen zum alleinigen Sündenbock gemacht werden. So hat er sie alle in der Hand und kann jeden davon abhalten, ihn zu verraten, indem er mit den Beweisen droht, die er gegen sie alle hat. Er kann es sich überhaupt nicht leisten, solche Beweise nicht zu sammeln. Gerade darum sind die für uns so wichtig.«

»Aber Graf ist Jasmin auf die Schliche gekommen.«

Kastor nickte. »Sie war am Dienstagabend bei ihm gebucht als Betthupferl für einen Mann aus Übersee, der ihm besonders wichtig ist. Deshalb ließ er ihn auch im Gästezimmer seines

Hauses übernachten, statt ihn in ein Hotel abzuschieben. Jasmin brachte den Typen dazu, sie die ganze Nacht bei sich zu behalten. Als er – mit Unterstützung eines Schlafmittels – selig schlummerte und auch Graf längst schlief, nutzte sie die Gelegenheit, dessen Laptop aus seinem Safe an sich zu nehmen. Die Kombination hatte sie schon bei einem ihrer früheren Besuche rausgefunden, aber bis dahin nie Gelegenheit gehabt, mal einen Blick hineinzuwerfen. Sie zog sich mit dem Ding in das Gästezimmer zu ihrem schlafenden Freier zurück und hackte die raffinierten Passwörter. Am Morgen hatte sie es endlich geschafft und konnte die Daten kopieren.«

»Aber Graf hat das bemerkt?«

Er nickte. »Als sie die Kopie hatte, war es bereits kurz vor neun. Ich nehme an, sie hat die Zeit unterschätzt, die sie brauchen würde, um die Passwörter zu knacken. Aber weil dies vielleicht die einzige Gelegenheit war, die sie je bekommen würde, hat sie alles auf eine Karte gesetzt.«

»Warum hat sie nicht den ganzen Laptop mitgehen lassen und in aller Ruhe zu Hause geknackt?«

»Weil sie nicht wusste, was genau darauf gespeichert war. Sobald Graf den Laptop vermisst hätte, wäre ihm sofort klar gewesen, dass nur Jasmin ihn gestohlen haben kann. Er hätte sie nie wieder in sein Haus oder überhaupt in seine Nähe gelassen. Und auch kein anderes Callgirl mehr. Sie musste diese Chance nutzen.«

»Aber etwas ging schief.«

»Bedauerlicherweise. Als sie die Daten endlich kopiert hatte, war Graf längst auf den Beinen, aber noch nicht in der Reederei, weil er noch auf seinen Gast warten wollte. Sie hat es zwar geschafft, das Ding in den Safe zurückzulegen, aber Graf hat sie in seinem Arbeitszimmer erwischt. Sie hat behauptet, nur sein Telefon benutzt zu haben, weil ihr Handyakku leer war, und dann das Haus verlassen. Doch er hatte Verdacht geschöpft und wohl den Safe und den Laptop kontrolliert und irgendwie festgestellt, dass die Daten kopiert worden waren.

Vielleicht hat er das auch nur vermutet und wollte auf Nummer sicher gehen.« Er trank einen Schluck Tee und spülte ihn im Mund herum, ehe er ihn hinunterschluckte. »Jasmin hat mich sofort angerufen, nachdem sie Grafs Haus verlassen hatte, und mir alles erzählt. Wir vereinbarten, dass ich sofort zu ihr komme, und sie die Daten in der Zwischenzeit schon mal ans BKA sendet. Aber dazu ist sie nicht mehr gekommen. Ich bin nach ihrem Anruf sofort losgefahren. Aber ausgerechnet an dem Morgen war Müllabfuhr, eine Kanalbaustelle auf der Grenzstraße und auch sonst viel Verkehr, dass ich buchstäblich zu spät gekommen bin.« Er schüttelte den Kopf. »Mit größter Wahrscheinlichkeit hat Graf unverzüglich Phil Wanger auf Jasmin gehetzt. Er muss ihn sofort losgeschickt haben, nachdem sie sein Haus verlassen hat. Jedenfalls war er vor mir da und hat Jasmin umgebracht.« Er fuhr sich mit der Hand über das Gesicht.

»Und die Daten?«

»Weg. Er muss sie mitgenommen haben.«

»Wieso haben Sie sie in Jasmins Schmuckkasten gesucht?«

»In dem Punkt habe ich Ihnen die Wahrheit gesagt. Ich habe das Smaragdcollier gesucht. In dem schönen dicken Libellenkörper, direkt unterhalb des großen Smaragds, ist ein 64-Gigabyte-USB-Stick eingearbeitet. Deswegen hat Jasmin das Collier immer getragen, erst recht, wenn sie als Hostess unterwegs war. Dass das Collier verschwunden ist und wir es vielleicht nie wiederfinden, ist, verglichen mit Jasmins Tod, ein zu verschmerzender Verlust. Aber dass die Daten weg sind, ist bitter. Das macht ihren Tod so sinnlos.« Er schüttelte den Kopf. »Ich hoffe immer noch, dass sie eine Sicherungskopie anfertigen konnte. Aber das ist nicht sehr wahrscheinlich. Sie hatte ja nicht mal Zeit, die Daten ans BKA zu mailen. Die einzige Möglichkeit ist, dass sie noch bei Graf eine gezogen hat. Aber ich denke, das hätte sie mir gesagt.«

»Und da durch den Versuch unserer DV-Abteilung, die Passwörter auf Jasmins Laptop zu knacken, sämtliche Daten gelöscht wurden, dürfte damit auch das Backup vernichtet sein. Falls es je existiert hat. Oh Scheiße.«

Kastor nickte. »Amen! Sie sagte, dass die Daten, die sie gesichtet hat, wirklich *alles* belegen. Jede einzelne von Grafs Transaktionen, jeden Mittelsmann, jedes Bestechungsgeld und so weiter. Und garantiert auch die Namen seiner Spitzel in der Polizeiinspektion und an höheren Stellen.«

»Breitenbach. Hansen. Roemer vielleicht.« Entsetzlicher Gedanke, dass ausgerechnet Jakob Roemer ein faules Ei im Nest sein könnte.

»Hansen oder Roemer möglicherweise. Nicht Oberstaatsanwalt Breitenbach. Der ist sauber. Den hat Nik Fenner instruiert, Sie mir vom Hals zu halten, damit meine Tarnung nicht auffliegt. Der Polizeipräsident weiß übrigens auch Bescheid. Darum hat er ja sofort interveniert, als ich ihn durch Jasper über meine Verhaftung informieren ließ.«

Paula ließ sich das Gehörte durch den Kopf gehen. Wie immer setzte ihr Verstand die Puzzleteile zusammen und sah, ob sie passten. Wieder stolperte sie über ein unstimmiges Detail.

»Wieso haben Sie sich ausgerechnet von Grafs Leib-und-Magen-Anwalt vertreten lassen, als wir Sie verhaftet haben? Sie mussten doch damit rechnen, dass Jasper sofort mit allen Details zu Graf rennt.«

Kastor schüttelte den Kopf. »Ich habe ihn nicht angefordert. Ich hätte überhaupt keinen Anwalt gerufen. Zumindest nicht, bevor Sie mir mit Untersuchungshaft gedroht hätten. Graf hat ihn geschickt.«

»Der unverzüglich durch seinen Spitzel von Ihrer Festnahme erfahren hat.«

»Genau. Graf braucht mich für einen immens wichtigen Waffendeal, der heute Nacht über die Bühne geht. An dem hängt nicht nur eine Unmenge Geld, sondern auch sein Prestige und noch wichtiger seine Glaubwürdigkeit gegenüber seinen Geschäftspartnern. Dafür musste ich aber auf freiem Fuß bleiben. Darum hat er Jasper geschickt.«

»Warum ist dann die Tatwaffe mit Ihren Fingerabdrücken jetzt schon aufgetaucht? Graf muss doch damit rechnen, dass wir Sie unverzüglich verhaften. Dann wären Sie für den Deal ausgefallen.«

Kastor nickte. »Offensichtlich hat er umdisponiert und irgendwas so gedreht, dass ich nicht mehr zwingend erforderlich bin. Muss er getan haben, nachdem er erfahren hat, dass meine Identität nicht echt ist. Sollte ich es schaffen, trotzdem heute Nacht vor Ort zu sein, hat er bestimmt eine tödliche Überraschung für mich geplant.«

Paula schüttelte den Kopf. »Wieso reicht Ihre Aussage über die illegalen Geschäfte, die Graf mit Ihnen angeleiert hat, nicht aus, um ihm das Handwerk zu legen?«

»Wenn es nur um ihn ginge, würde das vollkommen genügen, denn auch ich habe jede Transaktion minutiös dokumentiert. Diese Daten liegen meiner Abteilung in Wiesbaden vor. Wir wollen aber den ganzen Schwarm fangen, nicht nur den einen Hai. Und wir sind – waren so kurz davor, die ganze Bande zu erwischen.« Er seufzte frustriert.

Paula blickte ihn zerknirscht an. »Bis ich gekommen bin und Sie mit meinen Ermittlungen enttarnt habe.«

Kastor zuckte mit den Schultern. »Sie konnten ja nicht wissen, dass ich auf Ihrer Seite stehe.« Er grinste flüchtig. »Fenner hat von Anfang an vorgeschlagen, Sie auf die harte Tour aus dem Verkehr zu ziehen. Soll heißen: Ich hätte Sie mir unter vier Augen zur Brust genommen, Ihnen meine Identität offenbart und Ihnen mit meiner allumfassenden BKA-Weisungsbefugnis jede weitere Ermittlung in meine Richtung und auch gegen Graf untersagt.«

»So allumfassend ist die nun auch wieder nicht.« Sie holte tief Luft, um eine Entschuldigung hervorzuquetschen, doch Kastor kam ihr zuvor.

»Sie müssen sich keineswegs schuldig fühlen, Paula. Sie hatten den begründeten Verdacht, dass Graf einen Beamten schmiert, der ihn deshalb deckt und die Ermittlungen behindern will. Sie haben damit vollkommen recht. Dass Sie mich durch Ihre Ermittlungen enttarnt haben, war ein Kollateralschaden.«

»Der uns beide das Leben kosten könnte«, stellte sie düster fest und fühlte sich kein bisschen weniger schuldig.

»Wie sind Sie mir eigentlich auf die Schliche gekommen? Abgesehen von dem Patzer mit dem Collier.«

»Als ich Sie wegen der Quittung für das Ding aufgesucht habe, hatte ich Migräne. Erinnern Sie sich? Sie haben mir den Tipp mit dem Zitronensaft im Kaffee gegeben, der angeblich von Ihrer Schwester stammt. Ich habe versucht, Ihre Schwester ausfindig zu machen, weil ich sie inoffiziell über Sie ausquetschen wollte, und stellte fest, dass Jerome Kastor gar keine Schwester hat. Also habe ich noch tiefer gegraben in Quellen, die die Polizei normalerweise nicht zurate zieht – angebliche ehemalige Schulkameraden zum Beispiel – und festgestellt, dass sich keiner an Sie erinnern kann. So kam ein Detail zum anderen. Den letzten Beweis erhielten wir, als wir rausfanden, dass keine Rentenversicherung einen Jerome Kastor oder eine Jasmin Stojanovic kennt.«

»Und was – abgesehen davon – hat Jasmin verraten?«

»In erster Linie ihre angebliche Zugehörigkeit zu den Roma. Da ich gute Beziehungen zu denen habe und die ihre eigenen Leute bestens kennen, wollte ich versuchen, Jasmins Angehörige zu finden. Aber niemand kannte sie.« Paula zuckte mit den Schultern. »Überhaupt passte alles nicht zusammen. Eine ehemalige Orchestergeigerin, in deren Wohnung kein Instrument und keine Noten sind und die noch dazu die Muskulatur einer Sportlerin hatte, aber als Hostess arbeitete, das passte hinten und vorne nicht. Außerdem erinnert sich in den Orchestern, in denen sie angeblich gearbeitet hat, niemand außer dem Computer der Personalabteilung an sie.«

Kastor nickte anerkennend. »Hätten Sie nicht eine Woche später in den Dienst zurückkehren können? Und das war als Kompliment gemeint.«

Paula bedachte ihn mit einem skeptischen Blick. Der Kerl konnte ihr viel erzählen. Sie an seiner Stelle wäre verdammt sauer, wenn jemand ihre Tarnung hätte auffliegen lassen und so die mühsame Arbeit mehrerer Jahre zerstört hätte. Sie wünschte, sie könnte das irgendwie wiedergutmachen. Sie trank ihren Tee schluckweise aus und genoss die Süße des letzten Rests in der Tasse. Nachdenklich blickte sie ins Leere.

»Moment mal.« Sie runzelte die Stirn. »Sie glauben, dass Jasmins Mörder das Collier wegen der darauf gespeicherten Daten mitgenommen hat?«

»Wohin sollte es wohl sonst verschwunden sein?«

»Aber Graf wusste doch gar nichts von dem USB-Stick. Also kann das auch der Mörder nicht gewusst haben. Oder?«

Kastor blickte sie aufmerksam an. »Außer mir, Jasmin und unseren Kollegen beim BKA wusste niemand davon. Aber Graf könnte natürlich durch einen dummen Zufall dahintergekommen sein.«

»In dem Fall müsste er Jasmin beim Benutzten dieses Sticks erwischt haben. Dann hätte er sie aber unverzüglich ausgeschaltet, und sie hätte die Daten nie kopieren können.«

»Worauf wollen Sie hinaus?«

»Auf den Fotos von Jasmins Leiche ist deutlich zu erkennen, dass ihr das Collier *nach* ihrem Tod abgenommen worden ist.« Paula deutete auf ihren Hals und imitierte das Abziehen einer Kette. »Signifikante Blutspuren belegen das. Da der Mörder nichts von dem Stick darin wusste – warum hat er es also mitgenommen? Bestimmt nicht, um es Graf zu geben. Falls die Quittung, die Sie mir vorgestern gezeigt haben, den wahren Wert des Colliers nennt …«

Kastor nickte.

»… dann hat der Mörder es höchstwahrscheinlich nur deswegen mitgehen lassen, um es zu Geld zu machen.«

»Das passt perfekt zu Phil Wanger.«

Paula beugte sich vor und sah ihm in die Augen. »Und somit haben wir noch eine Chance, das Collier mit den Daten zu finden und vielleicht auch Jasmins Mörder zu überführen.«

»Aus Ihrem Mund hört sich das so einfach an. Aber ich darf Sie mal daran erinnern, dass Wanger hinter Ihnen her ist, wir es fast sieben Uhr haben und sicherheitshalber endlich aus Ihrer Wohnung verschwinden sollten.«

Paula winkte ab. »Ich gedenke, zwei Fliegen mit einer Klappe zu schlagen. Ich kenne jemanden, der uns helfen kann, das Collier zu finden und bei dem ich auch eine Weile unterkomme.«

»Sollte es tatsächlich einen Menschen geben, den Sie sich noch nicht zum Feind gemacht haben?«

Paula runzelte finster die Stirn. »Die einzigen Leute, die mich als Feindin betrachten, sind Kriminelle und Arschlöcher. Da Sie nun doch kein Krimineller sind, müssen Sie wohl ein Arschloch sein.«

Kastor grinste. »Ich betrachte Sie nicht als Feindin, Frau Rauwolf. Absolut nicht.«

Paula ging nicht darauf ein. Sie stand auf und befestigte ihre Waffe am Gürtel. »Kommen Sie. Mit etwas Glück haben wir in ein paar Stunden Jasmins Mörder und wahrscheinlich auch den von Lukas. Mit ein bisschen mehr Glück bekommen Sie auch noch Ihre Daten.«

Das Haus in der Ebertstraße Ecke Valoisstraße, zu dem Paula Kastor führte, beherbergte im Erdgeschoss ein Antiquitätengeschäft, das in geschwungenen Buchstaben auf dem Schaufenster verriet, dass sich hier »Kalles Schatzkiste« befand. Der Verkaufsraum – kameraüberwacht, wie Kastor auf den ersten Blick feststellte – war leer.

»Kundschaft!«, rief Paula, als ob nicht schon das Bimmeln der Türglocke sie angekündigt hätte.

Ein grauhaariger Mittsechziger kam aus einem mit einem dunklen Vorhang abgetrennten Raum im hinteren Bereich.

»Wölfchen!« Mit ausgestreckten Armen ging er auf Paula zu und umarmte sie herzlich. »Dass du dich mal wieder bei mir blicken lässt!« Er wuschelte ihr wie einem Kind durchs Haar.

»Könntest du ruhig öfter tun.«

»Moin, Kalle.« Paula erwiderte seine Umarmung.

Er fasste sie am Kinn und drehte ihr Gesicht hin und her, auf dem noch deutlich die Spuren des Kinnhakens zu sehen waren, den sie gestern eingesteckt hatte. Er schüttelte missbilligend den Kopf. »Aus dem Alter, dich zu prügeln, solltest du eigentlich raus sein.«

Sie winkte ab. »Du solltest erst mal die drei anderen sehen.«

Er lachte und schüttelte den Kopf, eher er über ihre Schulter hinweg einen Blick auf Kastor warf. »Wer ist dein Freund?«

»Nicht mein Freund. Das ist Jerome Kastor. Ein – Kollege. Herr Kastor, Kalle Lüders.«

Kalle reichte Kastor die Hand. »Angenehm, Nichtfreund von Paula.«

»Gleichfalls.« Kastor unterdrückte ein Grinsen und schüttelte ihm die Hand.

»Lass mich raten, Wölfchen. Ihr braucht meine Hilfe. Sonst müsste ich bis Weihnachten warten, um von dir zu hören, und würde dann wieder nur eine nichtssagende Postkarte kriegen.«

»Ich gelobe Besserung.«

»Das tust du jedes Mal, aber es ändert sich nichts. Was kann ich für euch tun?«

»Wir stecken in der Scheiße, und zwar ziemlich tief.«

Kalle schnaufte amüsiert. »Das ist bei dir ja nichts Neues.«

»Es ist nicht Frau Rauwolfs Schuld«, kam Kastor ihr zu Hilfe.

»*Das* ist was Neues.«

»Kalle, bitte! Ein Schwerstkrimineller hat uns im Fokus und will uns schnellstmöglich tot sehen, und in der Dienststelle sitzt ein Maulwurf, der für den Scheißkerl arbeitet. Ich kann vorläufig nicht in meine Wohnung zurück, und wir müssen unbedingt ein Collier finden, um den beschissenen Hurensohn dingfest zu machen.«

Kalle schüttelte missbilligend den Kopf. »Du solltest unbedingt an deiner Ausdrucksweise arbeiten, Wölfchen.«

Sie ging nicht darauf ein. Stattdessen verschwand sie im hinteren Raum und winkte Kalle und Kastor, ihr zu folgen. Sie setzte sich vor Kalles Computer, rief die Website von Severin Escort Service auf und scrollte durch die Werbebilder. Sie atmete erleichtert auf, als sie ein Foto von Jasmin Stojanovic fand, auf dem sie das Libellencollier trug. Sie vergrößerte das Bild und deutete darauf.

»Ist dir das angeboten worden? Oder ein Teil davon?«

Kalle setzte eine Brille auf und betrachtete den Halsschmuck eingehend. »Schönes Stück. Gut gearbeitet, wie es aussieht. Wenn die Steine echt sind … grasgrün, wenig Jardin darin, kein Stein unter zwei bis fünfzehn Karat … bestückt mit geschätzt fünfzig Smaragden, dazu die einkarätigen Diamanten und dieser große Smaragd … das Ganze derart kunstvoll verarbeitet … Also, ich schätze den reinen Materialwert auf mindestens fünfhunderttausend Euro. Das Stück wie es ist auf«, er wiegte den Kopf, »nicht unter neunhunderttausend.«

»Sie verstehen Ihr Handwerk, Herr Lüders.«

Kalle lächelte geschmeichelt. »Nein, das Stück wurde mir nicht angeboten, sonst hätte ich unverzüglich die Polizei informiert, da der gegenwärtige Besitzer wohl kaum die notwendigen Eigentumspapiere vorweisen kann.«

»Kannst du das Ding für uns auftreiben? Du kennst dich doch in den einschlägigen Kreisen aus. Wenn du die Parole ausgibst, dass du einen Käufer an der Hand hast, der bereit ist, eine Menge Geld zu investieren –«

»Eine Million«, warf Kastor ein. »Cash. Und der Deal muss heute noch über die Bühne gehen.«

Kalle zuckte bei dem Betrag mit keiner Wimper. »Ich sehe zu, was ich tun kann.« Er nickte Paula zu. »Ihr könnt bei mir bleiben. Kühlschrank und Eisfach sind frisch bestückt, und dein Zimmer ist immer noch frei.«

Paula hauchte ihm einen Kuss auf die Wange. »Danke, Kalle. Ich hoffe, das bringt dich nicht in Schwierigkeiten.«

»Damit werde ich schon fertig. Ich gebe euch Bescheid, wenn ich was rausgefunden habe.«

Paula bedankte sich noch einmal mit einer Kopfbewegung und winkte Kastor, ihr zu folgen. Sie führte ihn durch die Hintertür des Ladens in ein Treppenhaus und schloss eine Tür im Obergeschoss auf.

»Wie es aussieht, haben Sie die Wahrheit gesagt.« Kastor hängte seinen Mantel neben Paulas Jacke an die Garderobe und folgte ihr ins Wohnzimmer. »Es gibt tatsächlich einen Menschen, der Sie mag. Sie haben sogar einen Schlüssel zu seiner Wohnung.« Er blickte sich aufmerksam um.

»Kalle ist mein Onkel. Ich habe die meiste Zeit meiner Kindheit und Jugend bei ihm verbracht. Mein Vater war viel auf Montage, auch im Ausland, und meine Mutter hatte oft Schichtdienst im Krankenhaus. Deshalb hat Kalle das Gästezimmer für mich eingerichtet. Ich war mehr hier zu Hause als in der Wohnung meiner Eltern.«

Sie verschwand in der Küche. Kastor folgte ihr. Paula setzte Teewasser auf und inspizierte den Inhalt des Kühlschranks. »Was möchten Sie zum Abendessen? Warm oder kalt? Fisch, Fleisch, Eier, Gemüse, Nudeln, Reis, Bockwurst mit Brot?« Sie warf einen Blick ins Eisfach. »Pizza Napoli, Schlemmerfilet, Frühlingsrolle –«

»Was Warmes«, unterbrach Kastor, bevor sie den gesamten Inhalt des wahrhaft voluminösen Eisschranks aufzählte. »Etwas, das schnell geht. Ich habe seit dem Frühstück nichts mehr gegessen.«

»Nudeln mit Tomatensoße mit Fleischwurststücken verfeinert.«

»Interessante Kombination.«

»Eigene Erfindung. Kulinarischer Genuss garantiert.«

»Da bin ich gespannt.«

Paula blickte ihn misstrauisch an. »Ihr Tonfall deutet an, dass Sie mir nicht zutrauen, kochen zu können.«

Er hob abwehrend die Hände. »Das wollte ich keinesfalls damit zum Ausdruck bringen. Ich bin lediglich gespannt auf eine neue geschmackliche Erfahrung. Kann ich mich nützlich machen?«

»Sie können die Wurst sezieren, zu mundgerechten Stückchen tranchieren und die Lauchzwiebeln häckseln.«

Er lachte über ihre Formulierung. Paula legte Brett, Messer, Zwiebeln und die Wurst auf den Küchentisch, und Kastor machte sich an die Arbeit. Sie setzte Wasser auf, maß großzügig Nudeln ab und schüttete den Inhalt einer Flasche passierter Tomaten in einen Topf. Sie wandte Kastor den Rücken zu. Er nahm das zum Zeichen, dass sie nicht reden wollte und schwieg ebenfalls.

Als sich Kalle eine halbe Stunde später zu ihnen gesellte, goss Paula gerade die Sauce über die Nudeln.

»Hmmm, das riecht gut«, fand er. »Wölfchen Spezial?«

Paula nickte. »Hast du was rausgefunden?« Sie verteilte Teller auf dem Esstisch, Besteck und Teetassen und lud großzügig die Teller voll.

Kalle schüttelte missbilligend den Kopf. »Können wir nicht erst mal in Ruhe essen?«

»Nein. Also?«

Er blickte sie aufmerksam an. »Was ist los, Paula? So gereizt habe ich dich zuletzt erlebt, nachdem …« Er unterbrach sich.

»Ja. Und gestern wurde mein Kollege erschossen, als er mit mir eine Tatortbegehung machte.«

»Oh Paula.«

Kalle machte Anstalten, sie in die Arme zu nehmen, aber sie wehrte ihn ab. »Nicht. Sag mir nur, ob du was erfahren hast.«

Kalle setzte sich und blickte sie mitfühlend an. »Ich habe mit den einschlägigen Leuten gesprochen. Natürlich hat keiner zugegeben, dass er das Collier hat oder kennt. Aber falls einem von ihnen das Schmuckstück angeboten wurde oder wird, erfahre ich es garantiert. Schon weil sich der Vermittler eine fette Provision erhofft.« Er blickte von Paula zu Kastor. »Darf ich erfahren, was es mit dem Ding auf sich hat?«

»Der, der es verkauft, hat höchstwahrscheinlich meinen Kollegen und Herrn Kastors Kollegin ermordet. Falls er es nicht war, kann er uns zumindest sagen, wer dafür verantwortlich ist.«

»Oh.« Kalle blickte Paula besorgt an. »Schon mal daran gedacht, den Beruf zu wechseln?«

»Nein, und damit fange ich auch gar nicht erst an. Ich liebe meinen Beruf nämlich.«

Paulas Tonfall signalisierte, dass jede Diskussion über dieses Thema zwecklos war, und Kalle verfolgte es daher nicht weiter. Die Mahlzeit verlief weitgehend schweigend. Selbst Kastors Kompliment, dass das Gericht wirklich lecker schmecke, quittierte Paula lediglich mit einem finsteren Stirnrunzeln.

»Ihre Nichte gibt sich die größte Mühe, möglichst unleidlich zu sein«, meinte Kastor, nachdem Paula ihn und Kalle aus der Küche geworfen hatte, um in Ruhe abzuwaschen. Das Hilfsangebot der beiden Männer hatte sie kategorisch – und gewohnt bissig – abgelehnt und die Tür hinter sich zugeknallt. »Ist sie mit dem falschen Fuß zuerst geboren worden, oder warum hasst sie die ganze Welt?«

Kalle deponierte die Teekanne auf dem Wohnzimmertisch. Er bot Kastor Platz an, schenkte zwei Tassen Tee ein und setzte sich in einen Sessel ihm gegenüber.

»Um Paula zu verstehen, muss man ein paar Dinge wissen.«

»Lassen Sie mich raten: Sie hatte eine schwere Kindheit.«

»Sparen sie sich Ihren Spott, junger Mann. Die hatte sie tatsächlich. Ob Sie es glauben oder nicht, Paula ist im Grunde ihrer Seele ein Sensibelchen.«

Kastor verschluckte sich an seinem Tee, spuckte unfreiwillig die Hälfte in die Tasse zurück und hustete heftig. Kalle funkelte ihn verärgert an. Kastor stellte die Tasse auf den Tisch zurück und wischte sich den Mund mit einem Papiertaschentuch ab.

»Wissen Sie, Herr Lüders, jeder Kriminelle führt heutzutage eine schwere Kindheit ins Feld, als mildernden Umstand für die Verbrechen, die er begangen hat. Als wären die prügelnden, saufenden, kiffenden Eltern oder der missbrauchende Onkel, Lehrer, Freund der Familie und so weiter schuld an den Taten, die er selbst begangen hat. Die Anwälte greifen das auf und versuchen den Gerichten weiszumachen, dass der arme Verbrecher ja gar keine andere Wahl gehabt hätte, als kriminell zu werden. Aber wir wissen wohl beide, dass das nicht stimmt. Man hat immer die Wahl. Und egal wie schlimm einem das Leben oder was und wer auch immer mitgespielt hat, uns bleibt immer die freie Entscheidung. Es ist unsere Verantwortung, was wir aus unserem Leben machen. Und auch, ob wir – wie Frau Rauwolf – uns entscheiden, die ganze Welt als Feind zu betrachten.«

»Nicht die ganze Welt. Nur achtundneunzig Prozent. Und im Prinzip haben Sie vollkommen recht. Sie lassen dabei nur zwei Dinge außer Acht. Erstens: Paula ist keine Verbrecherin geworden. Sie hat sich im Gegenteil für den richtigen Weg entschieden. Zweitens: Die Seele jedes Menschen hat eine Grenze dessen, was sie ertragen kann. Wird diese Grenze immer wieder überschritten, verändert das den Menschen gravierend. Im schlimmsten Fall für immer.«

Kastor trank einen weiteren Schluck Tee, diesmal unfallfrei. »Und Sie meinen, das wäre bei Paula der Fall.«

Kalle nickte. »Aber Sie verurteilen sie lieber für die Kratzbürste, die aus ihr geworden ist.«

»Jetzt haben Sie mich neugierig gemacht. Falls Sie mir also meine Skepsis hinsichtlich Paulas angeblicher Sanftmut verzeihen können, würde ich die Geschichte gern hören.«

Kalle grinste flüchtig und machte eine wegwerfende Handbewegung. »Ich will Sie nicht mit der traurigen Familiengeschichte langweilen. Obwohl die ein gravierender Teil der Ursache des Problems ist. Meine Schwester Lisa – Paulas Mutter – war ein verwöhntes Balg. Sie hat immer bekommen, was sie wollte. Wir sind als Halbwaisen aufgewachsen. Unsere Mutter ist früh gestorben, und weil Lisa ihr Ebenbild war, hat unser Vater ihr Zucker in den Arsch geblasen. Eines Tages lernte Lisa Bernd Rauwolf kennen und wollte ihn unbedingt haben. Obwohl sie beide noch ziemlich jung waren.«

»Dazu gehören immer noch zwei.«

Kalle schnitt eine Grimasse. »Sie kannten Lisa nicht. Bernd war zurückhaltend und sah – völlig zu recht – die Probleme einer so frühen Bindung. Aber Lisa akzeptierte kein Nein. Sie wollte um jeden Preis eine Familie mit Bernd und griff zu einem ziemlich miesen Trick.«

»Lassen Sie mich raten. Sie wurde schwanger.«

Kalle nickte. »Vor dreiunddreißig Jahren war man, was uneheliche Kinder betrifft, noch nicht ganz so liberal wie heute. Trotzdem wollte Bernd sich von ihr trennen, weil sie ihn derart reingelegt hatte. Aber dann wurde Paula geboren, und er war vom ersten Augenblick an vernarrt in seine Tochter. Damals erhielt in der Regel die Mutter das alleinige Sorgerecht für ein uneheliches Kind, ein Vater musste vor Gericht um sein Umgangsrecht kämpfen, wenn die Mutter sich querstellte. Da Lisa Bernd die Pistole auf die Brust setzte, haben die beiden also geheiratet. Sie hätte ihm sonst eiskalt den Umgang mit Paula verboten.«

»Ihre Schwester muss ja eine Seele von Mensch sein.«

Kalle machte ein Gesicht, als hätte er in eine Zitrone gebissen. »Manipulierendes Miststück trifft es sehr viel besser. Ich weiß, ich sollte das nicht über meine eigene Schwester sagen, aber das ist nun mal die Wahrheit.« Er zuckte mit den Schultern. »Außerdem habe ich so oft unter ihren Intrigen leiden müssen, dass sie sich meine brüderliche Zuneigung vollkommen verscherzt hat. Genau genommen hatte sie es sich mit jedem verscherzt.«

Das erinnerte Kastor frappierend an Paula.

Kalle trank seinen Tee auf einen Zug aus. »Lisa hat zwar bekommen, was sie wollte, aber nicht so, wie sie sich das gewünscht hatte. In Bernds Gefühlsleben spielte sie nämlich nur die vierte Geige hinter Paula, Paula und Paula. Was ich ihm absolut nicht verdenken kann. Leider gehörte Lisa zu den Leuten, die alle anderen für ihre Probleme und Misserfolge verantwortlich machen, nur niemals sich selbst. Statt sich selbst die Schuld dafür zu geben, dass sie Bernds Liebe verspielt hatte, beschuldigte sie Paula, ihr seine Liebe absichtlich zu stehlen, um sich selbst in den Mittelpunkt zu drängen.«

»Das klingt nach einer klassischen Übertragung.«

Kalle zuckte mit den Schultern. »Lisa hat andere Leute immer durch die Brille ihrer eigenen Handlungen und Einstellungen beurteilt. Unnötig zu erwähnen, dass sie bei jeder sich bietenden Gelegenheit mit Bernd einen Streit vom Zaun gebrochen hat, weil er Paula vergötterte und sich nur um sie kümmerte statt um seine Frau.«

Auch das mit dem Streit anzetteln hatte die Tochter wohl von der Mutter gelernt.

»Damit hat sie Bernd letztlich in die Flucht getrieben. Er ist Bauingenieur und hat sich auf Brückenbau und -sanierung spezialisiert. Das bot ihm unzählige Möglichkeiten, Wochen und manchmal Monate seinem Zuhause fernzubleiben. Was er immer häufiger tat, je älter Paula wurde. Woran Lisa natürlich auch wieder Paula die Schuld gab.«

Kastor runzelte die Stirn. »Mir entgeht der Zusammenhang.«

»Abgesehen davon, dass Lisa und Bernd sich ab einem gewissen Zeitpunkt über nahezu alles gestritten haben, war ihre unterschiedliche Auffassung von Erziehung prozentual ihre größte Baustelle. Bernd hat eine gesunde Einstellung dazu, dass Kinder sich hin und wieder austoben wollen und gegen die Eltern rebellieren. Er sah Paulas natürlichen Bewegungsdrang und dass sie ihre Grenzen austestete, entsprechend locker. Was keineswegs heißt, dass er ihr alles durchgehen ließ. Lisa verlangte Perfektion – von jedem außer sich selbst. Mal abgesehen davon, dass sie sich als die Perfektion in Menschengestalt sah. Paula hatte das Idealbild eines Kindes zu sein – schließlich konnte es ja nicht angehen, dass die Tochter der perfekten Lisa Lüders nicht ebenso perfekt ist. Deshalb passte ihr natürlich auch Paulas Umgang nicht.« Auf Kastors fragenden Blick fügte er hinzu: »Sie ist mit einer Roma-Familie sehr gut befreundet. Mehr als gut. Ich glaube, die haben sie adoptiert. Zumindest emotional. Paula spricht sogar ihre Sprache. Aber Lisa hat ihr den Umgang mit Ileana komplett verboten.«

»Wie ich Paula einschätze, hat sie sich wohl kaum daran gehalten.«

Kalle grinste. »Sie stand damals auf dem Standpunkt, dass Verbote einzig und allein dazu da sind, ignoriert zu werden. Was nicht immer zu ihrem Besten war. Ileana und ihre Familie sind aber schwer in Ordnung. Deshalb habe ich dem Ganzen sozusagen Vorschub geleistet und ihr, wenn sie hier war, erlaubt, Ileana zu besuchen oder sie hierher einzuladen.« Kalle seufzte. »Paula war wirklich ein gutes Kind und alles andere als schlecht in der Schule. Aber sie war nun mal nicht im Entferntesten so, wie Lisa sie buchstäblich mit Gewalt haben wollte.«

»Nämlich?« Kastor beugte sich gespannt vor.

»Lieb, nett, brav, angepasst, pflegeleicht, ein Genie in der Schule, im Sport und beim Klavierunterricht, zu dem Lisa sie zwang, und aufs Wort gehorchend.«

Kastor brach in herzliches Lachen aus. Paula Rauwolf war das genaue Gegenteil dieser Beschreibung.

Kalle stimmte in das Lachen ein. »Ja, das ist ein trauriger Witz, denn Paula ist die Leidtragende. Jedenfalls beschuldigte Lisa Paula, ihre Renitenz wäre der Grund dafür, dass sie sich mit Bernd dauernd streiten ›musste‹. Lisa hatte von Kindererziehung nicht die geringste Ahnung. Allein schon deshalb hätte sie eigentlich niemals ein Kind haben dürfen.« Er schüttelte den Kopf.

Kastor trank seinen Tee und wartete geduldig, dass Kalle fortfuhr. Der tat zwei Kluntjes in die Tasse, schenkte sich Tee nach und goss das »Wölkchen« Milch hinein.

»Ich muss zugeben, dass mich auch eine gewisse Mitschuld trifft. Ich hätte früher eingreifen sollen. Ich kann zu meiner Entschuldigung nur vorbringen, dass mir das ganze Ausmaß der Katastrophe erst bewusst wurde, als Bernd und Lisa endlich erlaubten, dass Paula bei mir wohnt, wenn die beiden mal wieder längere Zeit abwesend waren. Aber da war es schon zu spät. Lisa hat versucht, Paula zu ihrem Traumkind zu modellieren, indem sie ihr ständig Angst einjagte.«

Kastor zog die Augenbrauen hoch. Bis jetzt hatte er nicht das geringste Anzeichen dafür bemerkt, dass Paula Rauwolf vor irgendetwas oder irgendwem Angst hätte.

»Sie hat Paula ständig damit gedroht, sie ins Waisenhaus abzuschieben und gegen ein anderes Kind auszutauschen, wenn sie nicht endlich so wird, wie Lisa das haben wollte.«

»Wie bitte?«

Kalle nickte nachdrücklich. »Und ich Idiot habe das viel zu spät bemerkt. Danach habe ich mir Lisa zur Brust genommen. Mit dem Erfolg, dass sie Paula von da an nicht mehr mit dem Waisenhaus gedroht hat, sondern mit dem Heim für schwer erziehbare Kinder.«

»Oh Mann.«

»Sie sagen es. Paula war nie schwer erziehbar. Sie war ein lebhafter Wildfang, aber aufgeweckt und intelligent. Die Schwierigkeiten, die Lisa mit ihr hatte, hat sie fast alle selbst verschuldet. Sie hat nicht die geringste Rücksicht auf Paulas Fähigkeiten und Begabungen genommen. Paula liebt beispielsweise Jazz und ist eine richtig gute Saxofonspielerin.«

Das war Kastor völlig neu. Aber es erklärte, warum Paula die Unstimmigkeiten in Bezug auf die Musik bei Jasmin sofort aufgefallen waren.

»Lisa hat sie zu Klavierstunden gezwungen, was ihr überhaupt nicht liegt. Platten und CDs mit ›Hottentottenmusik‹ hat sie ihr nicht nur weggenommen, sondern sie sogar zerbrochen und weggeworfen, um Paula zu ›guter‹ Musik – also Klassik – zu ›erziehen‹. Sie hat sie als faul beschimpft und bestraft, wenn sie keine Einsen mit nach Hause brachte, und ihr bei der Gelegenheit vorgebetet, um wie viel besser doch andere Kinder sind, wie sehr sie sich wünschte, ein anderes Kind zu haben und wie entsetzlich sie mit Paula ›gestraft‹ war. Das gipfelte jedes Mal in dem Vorwurf, dass sie Bernd nur wegen Paula hatte heiraten ›müssen‹ – man beachte die völlige Verdrehung der Tatsachen – und dass sie wünschte, Paula wäre nie geboren.«

»Mein Gott! Das ist ja Psychoterror.«

»Amen. Und ehe ich mich versah, war aus einem wirklich liebenswerten, sanftmütigen und sensiblen Kind ein Rabauke geworden, der seine Angst mit Wut überspielt und sich die Menschen mit Aggression und Kratzbürstigkeit vom Leib hält aus Angst davor, verletzt zu werden, wenn sie jemanden an sich ranlässt.« Kalle schüttelte reumütig den Kopf. »Also habe ich zugesehen, dass sie möglichst viel bei mir ist, und mein Bestes getan, um die Wunden zu heilen, die Lisa ihr geschlagen hatte. Das hat auch einigermaßen funktioniert. Aber dann war Paula achtzehn, zog von Zuhause aus und begann ihre Ausbildung bei der Polizei.«

»Wovon die Mutter nicht begeistert war.«

Kalle winkte ab. »Davon mal ganz abgesehen. Bernd sah seine Pflichten als Vater und Ehemann nun endlich als erfüllt an, setzte sich ins Ausland ab und reichte die Scheidung ein. Hätte er schon viel früher tun sollen, wenn Sie mich fragen. Unnötig zu erwähnen, dass Lisa auch daran Paula die Schuld gab. Als alle ihre Versuche scheiterten, ihn zur Rückkehr zu zwingen, drohte sie mit Selbstmord. Bernd ließ sich aber nicht mehr erpressen, und Lisa schritt zur Tat. Sie hat sich mit einer Überdosis Schlaftabletten umgebracht, die sie aus dem Krankenhaus geklaut hatte.« Kalle nahm einen großen Schluck Tee. »Das hätte Paula wahrscheinlich noch verkraftet. Aber Lisa hinterließ ihr einen Abschiedsbrief. Darin gab sie Paula die Schuld an allem. Dass ihr Leben verpfuscht war, dass Bernd sie zu wenig geliebt und sie am Ende verlassen hatte. Und das Perfideste war der letzte Satz des Briefes.«

Kastor hielt den Atem an und mochte sich kaum vorstellen, was diese Niedertracht noch übertreffen konnte.

»Sie schrieb, dass sie, da Bernd nun endgültig weg wäre, lieber in den Tod ginge als weiterzuleben mit dem Bewusstsein, die Mutter seiner völlig missratenen Tochter zu sein, und dass sie sich zutiefst dafür schäme, Paula in die Welt gesetzt zu haben.«

»Oh mein Gott.«

Kalle ballte die Fäuste. »Paula hat mir den Brief in Tränen aufgelöst gezeigt. Glauben Sie mir, in dem Moment habe ich bedauert, dass Lisa schon tot war. Ich hätte sie sonst eigenhändig erschlagen. Sie machen sich keinen Begriff davon, wie … wie vernichtet Paula danach war. Sie hat tagelang nur im Bett gelegen und geheult oder die Wände angestarrt. Ich habe lange Zeit befürchtet, dass sie sich auch umbringt. Hat sie nicht. Gott sei Dank. Aber seitdem war sie nicht mehr dieselbe.«

Das konnte Kastor absolut nachvollziehen.

»Seitdem ist sie kalt, abweisend, knallhart und so unleidlich, dass selbst ich manchmal Schwierigkeiten hatte, sie immer noch zu lieben und nicht auch zum Teufel zu jagen. Auf der Arbeit brachte ihr das natürlich Probleme mit ihren Kollegen. Paula hat wahnsinnige Angst vor Zurückweisung. Also denkt sie, wenn sie gar nicht erst zulässt, dass jemand sie mag, kann sie auch nicht mehr verletzt werden. Und gibt sich deshalb die größte Mühe, unausstehlich zu sein.«

»Das gelingt ihr verdammt gut.«

Kalle zuckte mit den Schultern. »Trotz allem hätte es ein gutes Ende nehmen können. Denn dann kam Christopher Petersen. Ich weiß nicht wie, aber er hat sie durchschaut und den Menschen gesehen, der sich in ihr versteckt. Ich habe sie zum ersten Mal richtig glücklich erlebt. Aber dann musste sie nicht nur mit ansehen, wie er vor ihren Augen erschossen wird, man hat auch noch versucht, ihr die Schuld daran zu geben.«

»So wie ihre Mutter ihr die Schuld an ihrem Selbstmord gegeben hat.«

Kalle nickte. »Das hat diese alte Wunde wieder aufgerissen. Immerhin hatte Christophers Tod zur Folge, dass Paula in Therapie ging. Das tut ihr gut. Und ja, Paula hatte die Wahl und *hätte* sich entscheiden können, depressiv und süchtig zu werden, statt der Welt einen als Menschen verkleideten bissigen Terrier zu schenken. Allerdings ist, wie ich das verstanden habe, gerade dieser Terrier dafür verantwortlich, dass einige Ganoven hinter Schloss und Riegel sitzen. Unterm Strich sieht das für mich danach aus, als hätte sie nicht die schlechteste Wahl getroffen.«

»Ich habe verstanden, was Sie damit sagen wollen.« Kastor blickte Kalle nachdenklich an. »Paula bedeutet Ihnen sehr viel, nicht wahr?«

»Sie ist die Tochter, die ich nie hatte. Ich liebe sie. Und glauben Sie mir, ich würde meinen rechten Arm dafür geben, wenn ich ihr damit weitere Schmerzen und Verletzungen ersparen und sie glücklich machen könnte.«

Ein ersticktes Schluchzen ließ sie zur Tür blicken. Dort stand Paula und hatte zumindest die letzte Äußerung mitbekommen, vielleicht sogar sehr viel mehr. In ihren Augen glänzten Tränen, die sie verzweifelt zurückzuhalten versuchte. Kalle stand auf und streckte ihr die Arme entgegen.

»Komm her, Wölfchen.«

Sie wich zurück.

»Verdammt noch mal, Paula, du kommst jetzt hierher.«

Sie kam zögernd näher. Jeder Schritt, zu dem sie sich überwinden musste, bestätigte, was Kalle über sie gesagt hatte. Er nahm sie in die Arme und drückte sie an sich. Paulas Selbstbeherrschung brach zusammen. Sie weinte herzzerreißend an seiner Schulter. Er streichelte ihren Kopf und wiegte sie beruhigend hin und her.

»Ist ja gut, meine Kleine, ist ja gut. Lass es raus. Lass alles raus. Ich hab' dich lieb, mein Wölfchen. Hab' ich doch immer gehabt. Weißt du doch.«

Paula weinte eine ganze Weile und schien Kastors Anwesenheit vergessen zu haben. Sie so verletzlich zu sehen, eröffnete ihm zusammen mit dem, was ihr Onkel ihm erzählt hatte, eine ganz neue Perspektive auf sie. Vielleicht konnte er sogar etwas für sie tun. Falls sie die prekäre Situation überlebten, in der sie sich immer noch befanden. Das hatte jetzt oberste Priorität.

Paula beruhigte sich nach einer Weile und atmete ein paar Mal zitternd durch. Kalle drückte sie noch einmal fest an sich, ehe er sie auf Armeslänge von sich weg hielt und forschend ansah. Sie holte tief Luft, um etwas zu sagen, doch er fuhr ihr über den Mund.

»Wage es bloß nicht, dich jetzt dafür zu entschuldigen, dass du endlich mal gesunden Menschenverstand gezeigt und rausgeweint hast, was dich schon viel zu lange belastet hat.« Er hob mahnend den Zeigefinger.

Paula klappte den Mund wieder zu, drückte Kalle innig an sich, gab ihm einen Kuss auf die Wange und verschwand im Badezimmer.

Das Telefon klingelte. »Lüders.« Er lauschte einen Moment und schaltete den Apparat auf den Lautsprecher.

»Ein Kunde hat mir das Collier angeboten mit dem Auftrag, es zu verkaufen. Wie schnell kann Ihr Käufer zahlen?«

Kastor signalisierte ihm »sofort«.

»Bevor wir zu diesem Punkt kommen, muss ich das Stück natürlich erst mal begutachten. Ob alle Steine echt sind, die Fassungen tatsächlich aus Gold und die Verarbeitung keine Fehler aufweist, die den Wert schmälern. Je schneller ich es zu sehen kriege, desto schneller bekommt Ihr Kunde sein Geld. Noch heute Abend, wenn alles seine Richtigkeit hat.«

Einen Moment war es still in der Leitung. »Einverstanden. Ich komme in spätestens einer Stunde mit dem Collier und meinem Kunden zu Ihnen in den Laden. Kann Ihr Käufer dann auch vor Ort sein?«

»Kein Problem. Bis in einer Stunde also.«

Kalle unterbrach die Verbindung und sah Kastor an. »Was mache ich, wenn der Typ kommt? Ich nehme nicht an, dass Sie tatsächlich eine Million in bar mit sich herumschleppen?«

»Nein. Und das ist auch nicht nötig. Wenn die beiden kommen, tun Sie, was Sie gerade gesagt haben. Sie prüfen das Collier Stein für Stein auf seine Echtheit. Paula und ich sitzen derweilen im Hinterzimmer am Bildschirm der Überwachungskamera und sehen uns den Verkäufer an. Wenn es der ist, den ich in Verdacht habe, entscheiden wir, auf welche Weise wir ihn und den Hehler festnehmen. Seien Sie nur vorsichtig, Herr Lüders, und benehmen Sie sich ganz genau so, wie Sie sich normalerweise in solch einer Situation verhalten. Wenn der Kerl wirklich mein Verdächtiger ist, dann ist er bewaffnet und wird ohne zu zögern von der Waffe Gebrauch machen.« Er sah ihm ernst in die Augen. »Und ich glaube, Paula erträgt nicht noch einen persönlichen Verlust.«

»Ich passe schon auf mich auf.«

Paula kam ins Wohnzimmer und Kalle stand auf. »Ich lege dir das Bettzeug in dein Zimmer, Wölfchen.« Er blickte von ihr zu Kastor und wieder zurück. »Schlaft ihr im selben Zimmer, oder …«

»Nein!«, wehrten beide unisono ab, was Kalle zu einem amüsierten Grinsen veranlasste.

»Dann also die Couch für Herrn Kastor.«

Kalle ging ins Schlafzimmer. Paula setzte sich in den Sessel, den er gerade geräumt hatte und starrte stumm auf die Tischdecke.

»Alles okay?«, fragte Kastor und korrigierte sich gleich selbst. »Natürlich ist im Moment nichts wirklich in Ordnung für Sie. Ich meinte mit meiner Frage, ob ich irgendwas für Sie tun kann.«

»Ja. Machen Sie die letzten zwanzig Stunden ungeschehen. Noch besser die letzten vier Tage seit Mittwochmorgen ungefähr neun Uhr.«

»Ich würde nichts lieber tun als das, Paula. Und ich gäbe eine Menge darum, wenn ich das könnte.« Er beugte sich vor und legte ihr eine Hand auf den Arm. »Wollen Sie mir erzählen, was gestern passiert ist? Es hilft, wenn man darüber redet.«

Paula berichtete ihm im Telegrammstil. Zu mehr war sie nicht fähig. Hinterher schloss sie die Augen, vergrub das Gesicht in den Händen und musste ihre ganze Willenskraft aufbringen, um nicht wieder in Tränen auszubrechen. Oh Gott, sie war gerade mal drei Tage wieder im Dienst, und schon war der nächste Kollege tot. Natürlich würde man ihr wieder die Schuld daran geben. Kastor tätschelte mitfühlend ihre Schulter.

»Bedauerlicherweise gibt es keinen Trost, wenn man einen Kollegen verloren hat. Besonders nicht, wenn man ihn hat sterben sehen.«

Sie nickte. Zögernd nahm sie die Hände vom Gesicht und blickte ihm in die eisblauen Augen. »War … war das meine Schuld?«

Er schüttelte nachdrücklich den Kopf. »Absolut nicht. Sie haben sich vollkommen korrekt verhalten. Sie wissen, dass es einen Maulwurf in Ihrer Dienststelle gibt und hatten den sehr berechtigten Verdacht, dass er nach einer Sicherungskopie suchen oder jemanden deswegen schicken würde. Was sich als vollkommen zutreffend erwiesen hat. Sie haben den einzigen

Kollegen mitgenommen, von dem Sie mit Sicherheit wussten, dass er nicht der Maulwurf sein kann. Keiner von Ihnen konnte damit rechnen, dass jemand ausgerechnet zu der Zeit vor Ort sein würde, als Sie dort ankamen. Nach Ihrer Schilderung haben Sie sich in keiner Weise so verhalten, dass Sie Ihren Kollegen in größere Gefahr gebracht haben, als sie in dieser Situation ohnehin schon bestand.«

Paula schnaubte sarkastisch. »Man wird mir trotzdem die Schuld geben. Und jetzt wird endgültig keiner mehr mit mir arbeiten wollen.« Ihre Augen füllten sich mit Tränen. Sie zwinkerte sie hastig weg. Kastors Hand lag immer noch auf ihrer Schulter und fühlte sich warm und tröstlich an.

»Doch. Ich.«

»Was?« Sie sah ihn verständnislos an.

»Ich würde gern mit Ihnen arbeiten. Falls Sie in Betracht ziehen könnten, nach Wiesbaden ins BKA zu wechseln.«

Sie runzelte finster die Stirn und schüttelte seine Hand ab. »Verarschen kann ich mich alleine.«

»Das ist mein Ernst, Paula. Sie besitzen eine Menge wertvoller Qualitäten. Sie haben einen scharfen Blick fürs Detail. Sie sind kreativ und innovativ. Sie lassen sich nicht beirren, auch wenn niemand Ihre Meinung teilt. Und letztendlich ist Ihre persönliche Beziehung zu den Roma von unschätzbarem Wert. Die reden normalerweise nicht mit der Polizei. Mit Ihnen schon. Sie haben innerhalb eines einzigen Tages rausgefunden, dass Jasmin gar nicht zu ihnen gehörte. Sie sprechen sogar deren Sprache. Wirklich, Paula, Ihre Talente sind hier verschwendet. Wenn Sie wollen, werden wir Sie offiziell für uns anfordern.«

Paula starrte ihn ungläubig an. Das konnte doch nur ein Scherz sein. Ein ziemlich übler für ihren Geschmack. Doch Kastor erwiderte ihren Blick vollkommen ernst.

»Hätten Sie denn keine Angst, dass Sie der nächste meiner Kollegen sind, der auf der Strecke bleibt?«

Er schmunzelte. »Sie sind doch kein Unglücksbringer. Und nein, diese Befürchtung hätte ich absolut nicht.«

Sie zögerte. Das Angebot war nicht nur eine große Ehre, da beim BKA nur die Besten der Besten arbeiteten. Es war auch eine verlockende Lösung ihrer beruflichen Probleme. Nach Lukas' Tod würde sogar Jakob darauf bestehen, dass sie sich versetzen ließ. Wahrscheinlich war er sogar schon dabei, ihr Gesuch vorzuformulieren, sodass sie es nur noch zu unterschreiben brauchte.

»Sie müssen sich nicht sofort entscheiden. Denken Sie in Ruhe darüber nach. Davon abgesehen, müssen Sie sich erst mal von der ganzen Sache hier erholen. So was steckt man nicht so einfach weg.«

»Wie wahr.« Sie sah ihn nachdenklich an. »Wie viele Kollegen haben Sie schon verloren?«

»Von denen, mit denen ich direkt zusammengearbeitet habe, sind es mit Jasmin fünf. Dazu kommen noch etliche, die ich nur vom Sehen kannte. Und es wird niemals leichter, damit fertig zu werden.«

»Wie schaffen Sie es, immer weiterzumachen?«

Er legte ihr wieder die Hand auf die Schulter. »Gerade deswegen. Wir machen weiter *für* die, die wir verloren haben, weil sie das nicht mehr können. Wir sorgen mit unserer Arbeit dafür, dass sie ihr Leben nicht umsonst gelassen haben. Ich stand beim ersten Mal genau vor derselben Entscheidung wie Sie jetzt. Ein Kollege war bei einem Einsatz buchstäblich in meinen Armen gestorben, während ich noch Erste Hilfe zu leisten versucht habe. Das hat mich tief erschüttert. Ich dachte, ich könnte den Job nie mehr erledigen.«

»Und?«

»Abgesehen von dem dringenden Bedürfnis, vorher wenigstens noch die Verantwortlichen für seinen Tod zur Rechenschaft zu ziehen, hatte ich das Gefühl, dass ich alle zukünftigen Opfer dieser Verbrecher im Stich lasse, wenn ich aufgebe. Das konnte ich einfach nicht. So wenig wie Sie.« Er sah ihr ernst in die Augen. »Es ist nach so einem Erlebnis nie leicht, sich wieder zu fangen. Aber man bringt uns, die wir im Außendienst arbeiten und oft in Situationen geraten, die uns an die Grenzen unserer physischen und psychischen Leidensfähigkeit bringen, eine wichtige Strategie bei, mit der wir das bewältigen können.«

»Nämlich?«

»Das Wissen, dass allein unser Wille entscheidet, ob wir Erfolg haben oder versagen. Wenn man sich mit dem sprichwörtlichen eisernen Willen hinter eine Sache klemmt, dann kann man nahezu alles bewältigen. Auch ein schweres Trauma. Selbst wenn das einige Zeit dauert und ich zwischendurch immer wieder das Gefühl habe, dass ich nicht weiterkann. An dem Punkt setzt der Wille ein. Und am Ende schaffe ich es dann.« Er zuckte mit den Schultern. »Mit Sicherheit werde auch ich eines Tages damit an eine persönliche Grenze kommen. Aber bis es soweit ist, bleibe ich am Ball. Auch wenn ich manchmal eine Auszeit und ein paar Intensivsitzungen beim Psychologen brauche, bevor ich weitermachen kann.« Er blickte sie fragend an.

»Sie haben recht. Ich kann meinen Job tatsächlich nicht einfach aufgeben. Aber in Wilhelmshaven habe ich wohl nach allem keine berufliche Zukunft mehr.«

Außerdem erinnerte alles hier sie an Christopher. Und außer Kalle und Ileana hatte sie keine echten Bindungen, obwohl Wilhelmshaven ihre Geburts- und Heimatstadt war, die sie liebte. Wenn sie Kastors Angebot annahm, wurde sie angefordert. Jemand wollte sie. Und wenn das BKA sie wirklich nahm, würden Ture Hansen und alle anderen, die sie am liebsten mit eingekniffenem Schwanz aus der Dienststelle entfernt sehen wollten, vor Neid Gift und Galle spucken. Bei dem Gedanken stahl sich ein Lächeln auf ihr Gesicht.

Kastor hielt ihr die Hand hin. »Deal?«

Sie blickte ihn skeptisch an. »Wenn ihr mich wirklich haben wollt?« Das kam ihr immer noch unwirklich vor.

Er nickte.

Sie ergriff seine Hand und schüttelte sie fest. »Okay. Deal.«

»Prima. Ich sage Nik Fenner Bescheid, dass er alles in die Wege leitet. Sie werden den Schritt nicht bereuen, Paula.«

»Wird sich zeigen. Wie ist eigentlich Ihr richtiger Name?«

»Leon Arland. Aber wir bleiben sicherheitshalber bei Jerome Kastor.«

»Und wie hieß Jasmin?«

»Katja Goykovic. Sie war die Tochter eingebürgerter serbischer Eltern. Wir brauchten jemanden mit realem serbischen Hintergrund, damit die gefälschte Roma-Identität glaubhaft war.«

Kalle kehrte zurück. »Hab' dir das Bett gleich bezogen, Wölfchen. Hast heute schon genug getan.«

»Danke, Kalle.«

»Ich geh' mal runter in den Laden und bereite alles vor.« Er sah auf die Uhr. »Der Hehler müsste spätestens in einer halben Stunde mit dem Collier hier sein.«

Paula sah ihm besorgt nach. »Hoffentlich geht das gut. Wenn Kalle was passiert …«

Kastor klopfte ihr beruhigend auf die Schulter. »Wird schon schiefgehen, Paula. Sie werden sehen.«

Es klingelte an der Tür. Paula zuckte ebenso wie Kastor zusammen.

»Erwartet Ihr Onkel Besuch?«

»Nicht dass ich wüsste.« Sie ging in den Flur und betätigte die Gegensprechanlage. »Ja?«

»Sigurd. Moin, Paula. Lässt du mich rein?«

Paula atmete erleichtert aus und drückte auf den Türöffner.

»Wer ist das?«

»Sigurd Fischer, mein Kollege.«

»Woher weiß er, dass Sie hier sind? Und was will er?«

»Das erfahren wir gleich.«

»Seien Sie vorsichtig, Paula. Er könnte der Maulwurf sein.«

Paula maß ihn mit einem Blick, als hätte er den Verstand verloren. »Ganz sicher nicht Sigurd. Für den lege ich meine Hand ins Feuer. Der ist Polizist bis ins Mark. Es gibt keinen Kollegen, dem ich mehr vertrauen kann als ihm.«

Paula öffnete die Wohnungstür. Fischer kam mit einem erleichterten Lächeln die Treppe herauf. Er blieb abrupt stehen, als er Kastor sah, und griff zu seiner Waffe.

»Lass stecken, Sigurd. Herr Kastor ist ein Kollege vom BKA.«

Fischer zog trotzdem die Pistole und richtete sie auf Kastor. »Der hat dir einen vom Pferd erzählt. Seine Fingerabdrücke wurden auf der Mordwaffe gefunden.«

»Die jemand dort platziert hat. Die Tote arbeitete ebenfalls fürs BKA, und Kastor würde wohl kaum seine eigene Kollegin erstechen. Sie ermitteln gegen Graf. Aber komm erst mal rein. Und steck endlich die Waffe weg.« Sie trat zur Seite und machte eine einladende Bewegung.

Fischer blickte Kastor misstrauisch an. »Bist du dir sicher, dass der wirklich vom BKA ist?«

»Ganz sicher. Ich habe die Bestätigung von seinem Vorgesetzten in Wiesbaden erhalten.«

Fischer steckte die Pistole zögernd ein und betrat die Wohnung. Paula schloss die Tür hinter ihm.

»Hm. Das erklärt, warum Jakob auf Befehl von oben nicht zur Großfahndung auf ihn bläst.«

Paula führte ihn ins Wohnzimmer und bot ihm Platz an. Er setzte sich an den Tisch. Sie holte ihm eine Tasse und schenkte ihm Tee ein. »Wieso bist du hier, Sigurd?«

»Weil ich mir mordsmäßige Sorgen um dich gemacht habe. Jakob auch. Du hast dein Handy ausgeschaltet, bist nicht ans Telefon gegangen, hast unsere Bitten um Rückruf ignoriert und warst auch nicht zu Hause. Ich habe nachgesehen. Nachdem du heute Morgen ziemlich, hm, ausgeflippt bist, haben wir befürchtet, dass du dir Kastor allein vorknöpfen willst. Für den Fall, dass nicht oder dass du was getan hast, was du besser gelassen hättest …«

Paula knuffte ihn empört in die Seite.

»… dachte ich mir, dass du zu dem einzigen Menschen gehen würdest, der dir nahe steht: deinem Onkel. Und da bist du.« Er seufzte. »Ich bin froh, dass du keine Dummheit gemacht hast. Aber wieso hast du dich nicht gemeldet?«

»Zum einen, weil Jakob mich nachdrücklich nach Hause beordert und zum Arzt geschickt hat. Wo ich auch war. Und beim Arzt schalte ich mein Handy immer aus. Hinterher habe ich vergessen, es wieder anzumachen. Dann hat Kastor mich gewarnt, dass Graf jemanden schickt, der mir das Lebenslicht ausblasen soll. Da der weiß, wo ich wohne, war es nicht klug, dort zu blieben. Und warum ich euch nicht auf dem Laufenden gehalten habe: Es gibt einen Maulwurf in der Dienststelle, der für Graf arbeitet.«

Fischer wurde blass. »Komm schon, Paula. Ich meine, es gibt ja schon lange solche Gerüchte. Aber es wurde doch jeder überprüft.« Er schüttelte den Kopf. »Der faule Apfel muss anderswo sitzen.«

Paula zuckte mit den Schultern. »Ich wette, es ist Hansen. Mit etwas Glück werden wir das bald genau wissen.«

»Wie das?«

»Jasmin Stojanovic ist es kurz vor ihrer Ermordung gelungen, eine Reihe von belastenden Daten von Grafs Computer zu kopieren. Der Mörder sollte in Grafs Auftrag die Daten zurückholen. Die befinden sich auf einem USB-Stick, der in dem Smaragdcollier versteckt ist, das Kastor gesucht hat, als wir ihn mit blutigen Händen in Jasmins Schmuckkasten erwischt haben.«

»Und?« Fischer sah von einer zum anderen.

»Da der Typ von dem USB-Stick nichts weiß, will er das Collier zu Geld machen. Vermutlich ist er auch der Mörder von Lukas. Er kommt gleich, um es Kalle zu verkaufen. Und sobald wir die Kette und damit auch die Daten haben, ist Graf Geschichte. Aber noch vor ihm ist sein Spitzel fällig.«

Fischer pfiff durch die Zähne. »Also wenn wir Graf endlich das Handwerk legen könnten – das wäre der Höhepunkt meiner gesamten Karriere.«

»Meiner auch.«

Fischer probierte seinen Tee. »Hm, Kaiser-Blend. Kalle weiß, was ein guter Tee ist. Wo steckte er eigentlich?«

»Im Laden. Und es ist gut, dass du hier bist. Du kannst uns bei der Verhaftung des Mörders helfen. Der Kerl erlebt gleich eine böse Überraschung, wenn ihn statt des Käufers die Polizei erwartet.«

Fischer blickte sie eine Weile an, ehe er den Kopf schüttelte. »Paula, Paula, du machst wirklich keine halben Sachen.«

»Das tun wir Rauwölfe nie.« Sie blickte zur Uhr. »Wir sollten uns in Stellung bringen. Ist zwar noch ein bisschen Zeit, aber falls der Typ etwas früher kommt, sollten wir einsatzbereit sein.«

Fischer trank hastig seine Teetasse aus und folgte ihr und Kastor durch den Hintereingang in das Büro des Ladens. Kalle saß an seinem Laptop und war mit der Tagesinventur beschäftigt. Falls er nervös war, ließ er es sich nicht anmerken.

»Ach! Moin, Herr Fischer. Hab' Sie lange nicht gesehen.«

»Moin, Herr Lüders. Ich habe mir Sorgen um Paula gemacht, weil sie den ganzen Tag nicht zu erreichen war, und dachte mir, dass ich sie hier finde.«

Kalle lächelte warm. »Nett von Ihnen. Sie wissen schon Bescheid, nehme ich an?«

Fischer nickte. Er blickte Paula und Kastor an. »Wie sieht der Plan aus?«

»Wenn der Mann mit seinem Hehler auftaucht, prüft Herr Lüders das Collier auf seine Echtheit«, erklärte Kastor. Er deutete auf den Bildschirm der Überwachungskamera. »Wir verfolgen das Geschehen hier auf dem Bildschirm. Wenn es der Mann ist, den ich in Verdacht habe, greifen wir zu. Da er mich kennt, übernehmen Sie, Herr Fischer, die Rolle des Käufers und kommen durch die Vordertür. Das lenkt ihn ab.«

»Und da sie zu zweit sind und wir nicht wissen, ob der Hehler auch bewaffnet ist, komme ich mit«, ergänzte Paula. »Falls er wirklich Lukas' Mörder ist, kennt er mich zwar, aber«, sie klopfte Fischer auf den Rücken, »ich verstecke mich hinter deinem breiten Kreuz.«

»Sobald die beiden Herren ihre Aufmerksamkeit auf euch richten, komme ich von hier hinten«, fügte Kastor hinzu.

»Und ich gehe hinter meinem Tresen auf Tauchstation«, entschied Kalle. »Ganz tief.«

»Sehr gute Idee.«

Das Glockenspiel an der Ladentür schlug an. Zwei Männer betraten den Verkaufsraum. Kalle straffte sich, atmete tief durch und ging hinaus. Kastor, Paula und Fischer sahen gebannt auf den Überwachungsbildschirm. Kalle stand hinter dem Tresen und reichte den beiden Männern die Hand, die jetzt ebenfalls ins Bild kamen.

»Moin, die Herren. Sie haben das Schmuckstück dabei?«

Der größere der beiden griff in seine Manteltasche, holte das Collier heraus und legte es auf den Tresen. Er hatte ungefähr Kastors Statur, die gleiche Haarfarbe – und er trug einen dunkelroten Schal. Außerdem saß ein Stützpflaster über seiner Nase, die offensichtlich gebrochen war.

Kastor deutete auf ihn und flüsterte: »Das ist Phil Wanger.«

»Lukas' Mörder«, war Paula überzeugt.

Kalle nahm das Collier in die Hand, klemmte sich eine Lupe vors Auge und begann es zu untersuchen.

Kastor nickte Paula und Fischer zu und machte eine scheuchende Handbewegung. Sie verschwanden lautlos durch die Hintertür und gingen um das Haus herum zum Ladeneingang. Fischer drückte die Türklinke herunter und trat ein. Paula war direkt hinter ihm. Phil Wanger fuhr zu ihm herum und griff reflexartig zu der Pistole, die er unter dem Mantel trug. Aber Fischer war schneller und hatte seine in Anschlag gebracht, ehe er sie herausziehen konnte. Paula stellte sich mit gezogener Waffe neben Fischer. Kalle ließ sich hinter dem Tresen zu Boden fallen. Kastor kam aus dem Büro, ebenfalls eine Waffe in der Hand.

»Polizei! Sie sind festgenommen wegen des Verdachts –«

Wanger riss die Waffe heraus.

»Stopp!«, brüllte Paula.

Obwohl sie nicht damit gerechnet hatte, dass das bei einem kaltblütigen Typen wie Wanger eine Wirkung erzielen würde, hielt er tatsächlich in der Bewegung inne. Der Hehler, der mit

Gewalt nichts am Hut hatte, war kreidebleich einige Schritte zurückgewichen und hielt die Hände in die Luft gestreckt.

Wanger erfasste die Situation glasklar und war klug genug aufzugeben. Widerstandslos ließ er sich von Kastor die Waffe abnehmen und von Paula Handschellen anlegen, während Fischer dasselbe mit dem Hehler tat.

»Phil Wanger, Sie sind festgenommen wegen des Verdachts, Jasmin Stojanovic und Lukas Rambacher ermordet zu haben. Und Sie«, wandte Paula sich an den Hehler, »sind festgenommen wegen Hehlerei.« Sie blickte Kalle an, der vorsichtig hinter dem Tresen wieder aufgetaucht war. »Alles in Ordnung?«

»Abgesehen davon, dass mein Blutdruck gerade etwas hoch sein dürfte, ja. Wirklich, Paula, du solltest dir einen anderen Job suchen.«

»Bloß nicht, Herr Lüders. Sie hat vorhin zugestimmt, zum BKA zu wechseln, und wir würden höchst ungern auf einen so wertvollen Zugewinn verzichten.«

Paula errötete. »Sigurd, ruf die Kollegen, damit sie das Kroppzeug hier abholen.«

»Warten Sie damit noch einen Moment. Ich werde erst prüfen, wer in Ihrer Dienststelle sich von Graf hat schmieren lassen. Dafür brauche ich Ihren Laptop, Herr Lüders.«

Kastor nahm Kalle das Collier aus der Hand, zog den USB-Stick heraus und steckte ihn in die Schnittstelle des Laptops. Ein Eingabefenster sprang auf und verlangte ein Passwort innerhalb von zehn Sekunden. Kastor tippte ohne zu zögern eins ein und danach noch zwei weitere, ehe der Inhalt des Sticks freigegeben wurde. Darauf befand sich nur ein einziger Dateiordner. Kastor klickte ihn an und gab ein weiteres Passwort ein. Offenbar das richtige, denn der Zugriff auf die Datei wurde genehmigt. Der Ordner enthielt eine Menge Unterordner. Doch allein deren Namen sprachen teilweise Bände.

Kastor atmete erleichtert auf. »Wir haben sie!« Er warf Paula einen zutiefst dankbaren Blick zu. »Sie haben den Tag und die ganze Operation gerettet, Paula.«

»Tut mir leid, dass ich ihn wieder ruinieren muss. Geben Sie mir den Stick.«

Paula fuhr herum. »Sigurd, was –« Sie unterbrach sich, als sie sah, dass Fischer seine Pistole auf Kastor richtete.

»Her mit dem Stick«, verlangte er nachdrücklich. »Tut mir leid, Paula, aber das war's jetzt für dich. Für euch alle. Leg deine Waffe vorsichtig auf den Tresen. Sie, Herr Lüders, gehen da rüber zu den beiden anderen.«

Paula rührte sich ebenso wenig wie Kalle, sondern starrte Fischer entgeistert an. Sie brauchte einen Moment, ehe sie in vollem Umfang begriff: »Du, Sigurd? *Du* bist das faule Ei?«

Sie musste in einem Albtraum gefangen sein. Sigurd Fischer, ihr Mentor, ihr Freund, konnte unmöglich der Maulwurf sein. Erst recht nicht konnte er sie, zum Äußersten entschlossen, mit der Waffe bedrohen. Aber die grausame Realität bestätigte ihr, dass dem so war.

»Doch nicht du! Du hast mir doch beigebracht, was es bedeutet, Polizist zu sein. Und dann arbeitest ausgerechnet du für die schlimmste Art von Verbrecher, die es gibt?« Paula konnte nicht verhindern, dass ihr die Tränen kamen. »Warum, Sigurd? Verdammt, warum?«

Fischer blickte sie mit einer Mischung aus Bedauern und Entschlossenheit an. »Weil ich aufgewacht bin, Paula. Schon vor Jahren. Wir riskieren täglich unser Leben für ein lausiges Gehalt. Anerkennung gleich Null. Und nachdem wir uns jahrzehntelang mit menschlichem Abschaum rumgeschlagen und unsere Nerven und vielleicht sogar die Gesundheit ruiniert haben, kriegen wir eine nicht minder lausige Pension, ein Schulterklopfen und einen Präsentkorb zum Abschied. Aber Typen wie Graf führen ein feines Leben in Saus und Braus, zahlen ein neues Auto aus der Portokasse und können sich Dinge leisten, von denen wir noch nicht mal träumen können.«

»Und das reicht, um die Seiten zu wechseln und alles zu verraten, woran du mal geglaubt hast?«

»Glauben bringt einen nicht weiter. Und Gerechtigkeit gibt es nicht. Das solltest du besser wissen als jeder andere. Wegen unserer laschen Gesetze lachen sich die Kriminellen eins ins Fäustchen und kommen sogar Mörder nach fünfzehn Jahren wieder frei. Wir leisten Sisyphusarbeit für nichts und wieder nichts und sind am Ende noch die Prügelknaben.«

»Ach, erspar mir doch deine fadenscheinigen Rechtfertigungen und sag einfach die Wahrheit. Du hast dich von Graf kaufen lassen. Nicht wegen mangelnder Anerkennung oder lausiger Pension, sondern aus purer Geldgier. Neid hat wahrscheinlich auch eine Rolle gespielt. Verdammt, Sigurd, deinetwegen ist Lukas Rambacher tot!«

Fischer machte ein verlegenes Gesicht. »Ich habe Graf nur informiert, dass die Tote wohl noch eine Sicherungskopie versteckt hat und Maja heute danach suchen wollte. Ich konnte doch nicht wissen, dass ihr ausgerechnet gestern Abend auch da sein würdet.«

»Weil wir wussten, dass wir einen Verräter unter uns haben und nicht wollten, dass er uns zuvorkommt. Aber dass ausgerechnet du das bist …« Paula schüttelte den Kopf. »Ich hätte es jedem zugetraut. Sogar Jakob. Aber nicht dir. Niemals dir. Hast du auch Kastors Fingerabdrücke auf der Mordwaffe gefälscht und sie dort platziert, wo sie gefunden wurde?«

»Das war Grafs Idee. Wanger hat mir das Messer gegeben, mit dem er die Nutte umgebracht hat. Kastors Fingerabdrücke habe ich aus unserer Datenbank. Der Rest war ein Kinderspiel.«

»Ist es auch ein Kinderspiel für dich, mich jetzt umzubringen?«

Fischer zuckte mit den Schultern. »Die Sache sollte eigentlich anders laufen. Ich hatte gehofft, dass du dir Kastor in deinem Wahn so vorknöpfst, dass er tot auf der Strecke bleibt. Falls nicht, wollte ich dich unter vier Augen dazu ermutigen. Wäre nicht schwer gewesen, so wie du auf ihn als Mörder von Rambacher fixiert warst.«

»Und mit meinen Fingerabdrücken auf der Tatwaffe hätte nach meinem Tod niemand mehr nach einem anderen Täter gesucht und wäre dadurch vielleicht wieder auf eine Verbindung zu Graf gestoßen.« Kastor nickte grimmig.

»Was willst du jetzt tun, Sigurd? Uns alle erschießen?« Paula wischte sich die Tränen aus dem Gesicht und starrte ihn hasserfüllt an.

»Nicht ich, Paula. Wanger wird das tun. Du hast dich hierher zu deinem Onkel geflüchtet. Als ich kam, um ihn zu fragen, ob er weiß, wo du steckst, fand ich dich, ihn, Kastor und einen mir Unbekannten tot im Laden.« Er nickte zu dem Hehler hinüber, der ihn mit entsetzt aufgerissenen Augen anstarrte und kein Wort herausbrachte. »Die Kasse war ausgeräumt, und alles deutet auf einen simplen Raubmord hin.«

»Und du glaubst, damit kommst du durch?«

»Ganz bestimmt sogar. Da ich erst hier eingetroffen bin, nachdem alles vorbei war, habe ich mit dem Ganzen doch nichts zu tun. Ich kann also in Ruhe die letzten zwei Jahre bis zu meiner Pensionierung abreißen. Ich konnte mir dank meiner Arbeit für Graf genug zusammensparen für einen sorgenfreien Lebensabend im Ausland. Ich muss dann nur noch meine Koffer packen und kann abhauen.«

Er zog den Schlüssel für die Handschellen heraus und nickte Wanger zu. »Komm her, Phil.«

»Sag mir vorher noch eins.« Paula hatte die Fäuste geballt und starrte ihn voller Abscheu an. »Die Sache damals am Hafen. Rasta-Charlie war verdammt gut auf euch vorbereitet. Hast du ihm die Informationen gegeben? Hast du Christopher verraten?«

Fischer machte ein schuldbewusstes Gesicht. »Das ist alles ein bisschen dumm gelaufen. Ich habe noch versucht, Christopher davon abzubringen, an dem Abend den Hannoverkai erst zum Schluss zu kontrollieren. Habe ihm vorgeschlagen, da zu beginnen statt mit dem JadeWeserPort. Aber er bestand darauf. Dann könnte ich ihn an der Hannoverschen Ecke Jachmann absetzen, wo du ihn abholen kommst, weil ihr noch ins Kino wolltet.«

»Und du wusstest, dass Charlie dort war.«

Fischer wiegte den Kopf hin und her. »Ja. Graf hatte mich informiert, damit ich dafür sorge, dass an dem Abend dort niemand von uns herumschnüffelt. Hätten wir am Hannoverkai angefangen und uns von da stadtauswärts vorgearbeitet, wären wir längst weg gewesen, bevor Charlie die Fracht umgeladen hat. Als Christopher sich nicht von seiner Reihenfolge abbringen ließ, habe ich in einem günstigen Moment Charlie gewarnt. Leider war das zu kurzfristig, als dass er die Frauen noch rechtzeitig wegschaffen konnte, bevor wir eintrafen. So nahm dann alles seinen leider unbeabsichtigten Verlauf.«

»Und dass du am Arm angeschossen wurdest und ins Wasser gefallen bist, war demnach getürkt.«

Fischer nickte. »Es musste doch alles echt aussehen. Es tut mir wirklich leid, Paula. Aber ich hatte keine andere Wahl.«

Wanger war vorgetreten, drehte Fischer den Rücken zu und hielt ihm seine gefesselten Hände hin. Fischer hielt Paula, Kastor und Kalle mit der Waffe in Schach und tastete nach dem Schloss der Handschellen. Als er für eine Sekunde den Blick abwandte, stürzte sich Paula auf ihn.

Fischer stand nur anderthalb Meter von ihr entfernt und war zu verblüfft, um zu reagieren. Bevor er sich gefangen hatte, brachte sich Paula mit einem schnellen Halbkreisschritt zur Seite aus seiner Schusslinie.

»Deckung!«, rief sie Kalle zu, während Kastor sich um Wanger kümmerte.

Ein Halbkreistritt in Fischers Bauch ließ ihn zusammenklappen. Er drückte noch reflexartig den Abzug seiner Pistole, der Schuss krachte durch den Raum. Paula schlug ihm die Faust ins Gesicht und brach ihm die Nase.

Als sie ein weiteres Mal ausholte, riss Kastor, der inzwischen Wanger zu Boden geworfen hatte, sie von Fischer zurück. Er umfing sie von hinten mit den Armen und hielt sie fest, bevor sie weiter auf ihn einprügeln konnte.

Sie wehrte sich nach Leibeskräften. »Lass mich los! Ich bring' ihn um, den Scheißkerl! Ich schlag' ihn zu Brei, den Hurensohn!

Dieses Arschloch, diesen Bastard, dieses verkommene Verräterschwein!«

Kastor hielt sie eisern fest. »Beruhigen Sie sich, Paula. Bitte. Das ist er nicht wert. Das ist er wirklich nicht wert. Sie wollen sich doch nicht auf eine Stufe mit ihm stellen und die Gesetze brechen, für die Sie eintreten, indem Sie ihn umbringen.«

Das ernüchterte Paula. Sie hörte auf zu toben und sah sich nach Kalle um. Er war nirgends zu sehen.

»Kalle!«

Sie stürzte hinter den Tresen. Ihr Onkel lag bäuchlings auf dem Boden. Sie kniete sich neben ihn und packte ihn an den Schultern. Er hob den Kopf.

»Schrei doch nicht so, Wölfchen. Sag mir lieber, ob ich gefahrlos aufstehen kann, ohne erschossen zu werden.«

Paula riss ihn in die Arme und weinte vor Erleichterung. Kalle drückte sie an sich. Er streichelte ihren Rücken und murmelte beruhigende Worte, bis sie sich wieder einigermaßen unter Kontrolle hatte.

»Ja, du kannst aufstehen«, bestätigte sie, gab ihm einen innigen Kuss auf die Wange und wischte sich die Tränen ab. Erst dann richtete sie sich auf und half ihm hoch. Kastor hielt Wanger, Fischer und den Hehler in Schach.

»Geht's wieder?«, fragte er, ohne die drei aus den Augen zu lassen.

»Ja.«

Sie blickte Fischer angewidert an. Zu erfahren, dass ausgerechnet er der Verräter gewesen war, konnte sie nur schwer verkraften. Dass er für Christophers Tod verantwortlich war und damit auch für alles, was sie danach hatte durchmachen müssen, war unerträglich. Sie hatte das Gefühl, innerlich zerrissen zu werden und verspürte den beinahe unwiderstehlichen Drang, den am Boden liegenden Fischer buchstäblich zu zertreten wie eine Laus. Aber Kastor hatte recht. Fischer war es nicht wert, dass sie sich eine Anklage wegen vorsätzlicher Körperverletzung und Schlimmerem einhandelte. Um ihn würde sich Max Breitenbach mit dem größten Vergnügen kümmern.

Sie atmete tief durch und wandte sich an Kastor. »Würden Sie bitte prüfen, ob Fischer der einzige Informant in der Dienststelle ist, bevor ich die Kavallerie rufe?«

Sie übernahm die Bewachung der drei Verhafteten, während Kastor die Daten auf dem USB-Stick überflog, der immer noch im Laptop steckte.

»Ja, Fischer ist der einzige«, teilte er Paula mit.

»Was ist mit Hansen?«

»Der ist sauber.«

»Er bleibt trotzdem ein Arschloch.« Paula rief Jakob Roemer an.

»Mensch, Paula, wo steckst du? Ich hoffe, du hast keine Dummheiten gemacht. Kastor ist nicht der Mörder, er ist –«

»Ein BKA-Ermittler, ich weiß. Den wahren Mörder von Lukas und Jasmin haben wir gerade festgenommen im Laden meines Onkels, wo er Beweismaterial verkloppen wollte.«

»Ich schicke sofort jemanden. Ich komme auch.«

»Moment, Jakob. Wir haben auch Beweise dafür, dass einer von uns sich von Graf hat schmieren lassen: Fischer. Er hat gerade versucht, uns umzubringen und die Beweise an sich zu nehmen.«

»Fischer? Das ist nicht dein Ernst!«

»Ich sagte, wir haben Beweise. Und sein Geständnis. Er ist indirekt auch für Christophers Tod verantwortlich. Am besten informierst du Breitenbach, was die Stunde geschlagen hat, bevor du kommst.«

»Danke, dass du mir meinen Job erklärst, Paula.« Trotz aller Bissigkeit klang Roemers Stimme erschüttert. »Bleib wo du bist. Wir kommen.«

Paula unterbrach die Verbindung. Kastor sah auf die Uhr.

»Das dauert hoffentlich nicht zu lange. Ich muss noch ein paar Vorbereitungen für die Transaktion nachher treffen.«

»Wollen Sie die tatsächlich abwickeln, nachdem Sie jetzt die Beweise gegen Graf haben? Wird er nicht misstrauisch, dass Sie nicht verhaftet sind?«

Kastor schüttelte den Kopf. »Fischer hat ihm bestimmt schon gesteckt, dass ich unauffindbar bin. In jedem Fall hätte er ihn aber informiert, wenn ich verhaftet worden wäre. Nach Grafs Kenntnisstand weiß ich noch gar nicht, dass die Polizei nach mir sucht, und habe deshalb keinen Grund, vom vereinbarten Plan abzuweichen. Außerdem reicht die Zeit nicht aus, um noch die Endphase von Operation Smaragdjungfer zu starten. Wenn ich den Deal nicht durchziehe, schöpft Graf Verdacht und setzt sich ab. In jedem Fall aber warnt er seine Kumpane, die dann ebenfalls abtauchen.«

»Er wird Sie aber höchstwahrscheinlich anschließend umbringen lassen.«

»Und deshalb möchte ich Sie als Rückendeckung dabei haben. Nur für alle Fälle, denn Graf wird mich kaum unmittelbar vor Ort hinrichten lassen. Das sollte bestimmt unser guter Phil hier bei mir zu Hause erledigen. Nicht wahr, Phil?«

Wanger presste die Lippen zusammen und schwieg.

Paula fühlte, wie ihr Mund trocken wurde. Ihr erster Gedanke war, dass sie das nicht durchstand. Nach Lukas' Tod empfand sie Kastors Vertrauensvorschuss, ausgerechnet sie als seine Lebensversicherung mitzunehmen, als eine unerträgliche Last. Sie wollte schon ablehnen, als ihr sein Motto einfiel, mit dem es ihm gelang weiterzumachen, auch wenn er sich einer Situation nicht gewachsen glaubte: *Der Wille entscheidet.*

Er legte ihr eine Hand auf die Schulter. »Schaffen Sie das, Paula?«

Sie straffte sich und sah ihm in die Augen. »Ja. Weil ich es will.«

Sonntag, 2. Oktober

Paula weinte. Seit sie vor fast einer Stunde in Dr. Kellers Gesprächszimmer gekommen war. Sie hatte das Gesicht im x-ten Papiertaschentuch vergraben, heulte wie ein Schlosshund und hatte das Gefühl, nie wieder damit aufhören zu können.

»Ist es okay für Sie, wenn ich mich neben Sie setze, Frau Rauwolf?«

Sie nickte, warf das durchnässte Taschentuch in Richtung Abfallkorb, um den sich schon die anderen nassen Fehlwürfe häuften, schnappte sich ein neues und heulte weiter. Keller rückte seinen Sessel neben ihren.

»Wäre es auch okay, wenn ich einen Moment meine Hand auf Ihren Rücken lege?«

Sie nickte und fühlte gleich darauf seine warme Hand zwischen den Schulterblättern. Das Mitgefühl, das er damit demonstrierte, ließ die Tränen nur noch mehr strömen. Gleichzeitig fühlte es sich tröstlich und stärkend an und half ihr, nach einer gefühlten Ewigkeit und etwa zehn weiteren durchnässten Taschentüchern wieder zur Ruhe zu kommen. Ein wenig.

Als sie das letzte Taschentuch zum Abfallkorb warf und diesmal traf, rückte Keller wieder auf seinen alten Platz. Sie nahm sich ein weiteres Taschentuch, falls die Tränenflut nochmals losbrechen sollte, und sah Keller verzweifelt an. Ihre Schussverletzung am Arm pochte schmerzhaft und fühlte sich heiß an.

Die Nacht war lang gewesen und Paula erst um fünf Uhr morgens in ihr Bett bei Kalle gekommen. Nachdem Jakob Roemer und die anderen Kollegen Phil Wanger, seinen Hehler und auch Fischer zur Dienststelle gebracht hatten, machten sie und Kastor als Erstes ihre Aussagen über die Umstände, die zur Festnahme der drei geführt hatten.

Danach waren Paula und Kastor zum Hafen gefahren, wo der Deal über die Bühne ging. Zu Paulas großer Erleichterung, die sich an exponierter Stelle außer Sicht gehalten hatte, war alles glatt gegangen. Grafs Leute hatte keinen Verdacht geschöpft und ein Eingreifen der Kollegen, die unauffällig in Zivil in der näheren Umgebung postiert waren, war nicht nötig gewesen.

Kastor hatte anschließend Jasmins Daten über eine sichere Polizeileitung an Fenner nach Wiesbaden gemailt, nachdem er ihn aus dem Bett geklingelt und umfassend informiert hatte. Die letzte Phase von Operation Smaragdjungfer würde innerhalb der nächsten vierundzwanzig Stunden anlaufen. Weltweit. Schon heute Abend würde das »Haifischbecken« trockengelegt sein und Witold Graf ebenso hinter Schloss und Riegel sitzen wie Marco Severin und ein paar andere polizeibekannte Größen in Wilhelmshaven und anderswo. Nachdem man Phil Wanger dazu gebracht hatte, Graf zu melden, dass er Kastor erledigt hätte und auch Paula tot sei, bestand keine Gefahr, dass der Reeder misstrauisch wurde.

Und Paula konnte sich zumindest für die nächsten zwei Stunden um sich selbst kümmern, ehe Roemer und vor allem Kastor sie in der Dienststelle erwarteten. Die Vernehmung von Fischer und Wanger stand an, und Roemer erlaubte ihr, dabei zu sein. Im Moment wurde Fischers Wohnung durchsucht. Und garantiert würde man etwas finden, das Grafs Aufzeichnungen über die Schmiergeldzahlungen an ihn untermauerte.

Paula blickte Keller aus rotgeweinten Augen an. »Ich habe das Gefühl, dass ich niemandem mehr trauen kann. Nie wieder! Ich hätt's jedem zugetraut, auf Grafs Lohnliste zu stehen. Aber nicht Sigurd Fischer. Im Leben nicht! Er war nicht nur für mich der Inbegriff all dessen, was einen Polizisten ausmacht. Er war mein Mentor. Mein Freund. Dachte ich jedenfalls. Er hat zu mir gehalten, als alle gegen mich waren, und er hat mich als Einziger in der Reha besucht. Und ausgerechnet er …« Sie schüttelte den Kopf. »Jetzt weiß ich, dass das keine freundschaftlichen Gesten waren. Er wollte damit nur sein schlechtes Gewissen beruhigen, weil er an Christophers Tod schuld ist. Dieser Mistkerl!« Sie schniefte. »Und ich dumme Kuh hab' auch noch Kastor gegenüber getönt, dass ich für Sigurd meine Hand ins Feuer lege.«

Sie hielt ihre Hand hoch. »Sehen Sie? Sie ist verbrannt. Total verkohlt. Wie konnte ich nur so dämlich sein und nicht sehen, dass Sigurd der Verräter ist?« Sie schniefte erneut. »Ich kann niemandem mehr trauen.«

Ihre Stimme klang gepresst durch ihre komplett verstopfte Nase, die geschwollen war und sich so heiß anfühlte wie ihr verletzter Arm, der es ihr sehr übel nahm, dass sie ihn nicht schonte. Ihre Augen brannten, und sie hatte Kopfschmerzen. Was für lächerliche Petitessen verglichen mit der tiefen Wunde, die Fischer ihrer Seele geschlagen hatte.

Keller hatte sich ihre Selbstzerfleischung kommentarlos angehört. Er setzte zu einer Antwort an, aber Paula ließ ihn nicht zu Wort kommen.

»Sagen Sie jetzt bloß nicht, dass ich nichts dafür kann. Gelogen! Ich war Sigurd gegenüber nicht aufmerksam genug, weil ich mich von meiner Abneigung gegen Hansen habe blenden lassen. Hätte ich mich nicht darauf versteift, dass nur er es sein konnte, wären mir bestimmt ein paar Dinge aufgefallen, die mir einen Hinweis gegeben hätten.« Sie schüttelte den Kopf, stützte die Stirn in die Hände und schniefte wieder. »Ich habe total versagt.«

»Genauso wie der gesamte Rest Ihrer Dienststelle. Nicht nur Sie, Frau Rauwolf, sondern kein einziger Ihrer Kollegen ist auf den Gedanken gekommen, dass Herr Fischer der Verräter sein könnte.« Keller schüttelte nachdrücklich den Kopf. »Für mich sieht das absolut nicht nach einem Versagen Ihrerseits und Ihrer Kollegen aus, sondern nach einer perfekten Tarnung des Herrn Fischer. Er ist offenbar ein Meister der Täuschung. Dass Sie in Ermangelung derselben Meisterschaft diese Täuschung nicht durchschaut haben, spricht für Sie, nicht gegen Sie.«

»Aber ich habe tagtäglich mit Lügnern, Betrügern und Täuschern zu tun. Ich hätte was merken *müssen*.«

»Wie denn? Herr Fischer war Ihr Freund. Freunden traut man einen Verrat nicht zu, sonst wären es keine Freunde.«

»Ganz genau. Und gerade deshalb werde ich nie wieder jemandem trauen können.«

Keller schwieg eine Weile. »Ich habe das Gefühl, dass Sie immer noch mir vertrauen, Frau Rauwolf, oder?«

Paula überdachte die Frage. »Ich … ich glaube schon.«

»Was ist mit Ihrem Onkel?«

Kalle. Sie hörte im Geiste, was er zu Kastor gesagt hatte, als sie heimlich das Gespräch der beiden belauscht hatte. Dass er sie wie eine Tochter liebte. Und alles für sie tun würde, um sie glücklich zu sehen. Ihr kamen erneut die Tränen. Sie wischte sie ab.

»Ja, ihm auch.«

»Gibt es vielleicht noch jemanden?«

Nein, weil sie es nicht wollte. Doch. Natürlich. »Ileana. Meine Freundin.« Und nicht nur sie, auch ihre Familie würde sich eher ein Bein ausreißen, als Paula zu verraten oder zu hintergehen.

»Sehen Sie, es gibt noch Menschen, die Ihr Vertrauen nach wie vor verdienen.«

»Aber keine Garantie dafür, dass die mich nicht auch eines Tages in die Pfanne hauen.«

»Diese Garantie hat man nie. Wenn man jemandem vertraut, geht man immer ein Risiko ein. Aber ohne dieses Risiko verschenken wir unzählige Gelegenheiten nicht nur für Freundschaft, sondern gerade auch für Liebe.«

»Und meine Verletzung wird heilen und ich werde irgendwann wieder der Welt und den Menschen offen gegenüberstehen. Ja, ja, das haben Sie mir schon so oft gesagt.«

Keller nickte lächelnd. »Dann erinnern Sie sich bestimmt auch noch daran, was ich Ihnen ebenso oft gesagt habe.« Er sah sie erwartungsvoll an.

»Dass ich das schaffen werde, wenn ich es will.« Kastors Motto: *Der Wille entscheidet.*

»Genau.« Er beugte sich vor und sah ihr in die Augen. »Auf das Wollen kommt es an.«

Paula seufzte. »Ich will nicht noch mal so verletzt werden. Nie wieder.«

Keller öffnete den Mund zu einer Erwiderung. Paula kam ihm zuvor.

»Ja, ich weiß: Ich darf mich nicht isolieren, sonst nehme mir jede Chance, jemals wieder glücklich zu sein und verkrüppele mir dadurch selbst mein Leben.«

Er nickte.

Paula sah ihn gequält an. »Ich habe keine Kraft mehr für neue Risiken.«

»Die haben Sie im Moment nicht. Sie sind verletzt, körperlich und seelisch, und durch den Tod Ihres Kollegen retraumatisiert. Diese Wunden müssen erst heilen. Mit der Heilung kommt die Kraft zurück.« Er blickte sie mit einem spitzbübischen Lächeln an. »Erklären Sie mir bitte noch mal den Unterschied zwischen erfolgreichen und erfolglosen Menschen.«

Sie schnitt ihm eine Grimasse. »Die Erfolgreichen fallen genauso oft auf die Schnauze wie die Erfolglosen. Die Erfolglosen bleiben am Boden liegen. Aber die Erfolgreichen stehen immer wieder auf.«

»Auch wenn sie manchmal eine Weile am Boden liegen bleiben, um neue Kraft zu schöpfen. Also tun Sie das auch, und dann können Sie wieder aufstehen und weiter gegen die bösen Buben und Mädels dieser Welt antreten.«

Sie nickte. »Bleibt mir ja gar nichts anderes übrig, wenn ich künftig ein Leben führen will, das diese Bezeichnung verdient.« Sie seufzte ergeben. »Haben Sie in den nächsten Wochen Zeit für ein paar zusätzliche Termine, damit ich wie der Phönix aus der Asche meine Auferstehung in Angriff nehmen kann?«

»Habe ich.« Keller lehnte sich zurück und lächelte zufrieden. »Da ist er ja wieder.«

»Wer?«

»Der Terrier in Ihnen, der freiwillig niemals aufgibt.«

Paula warf ihm das zusammengeknüllte Taschentuch an den Kopf.

Da mussten sie beide lachen.

Nach ihrer Sitzung fuhr Paula zur Dienststelle, wo die Vernehmung von Phil Wanger fortgesetzt wurde. Außer ihr und Roemer waren auch Kastor und Max Breitenbach mit von der Partie. Breitenbach hatte Wanger mit der Kronzeugenregelung geködert. Deshalb erwies sich der Mann als sehr auskunftsfreudig.

»Sie geben also zu, Jasmin Stojanovic am Morgen des 28. September getötet zu haben und Kriminalhauptmeister Lukas Rambacher am Abend des 30. September«, begann Roemer nach den üblichen einleitenden Formalitäten. Wanger hatte auf einen Anwalt verzichtet.

»Ja. Aber das mit Jasmin war ein Unfall. Graf rief mich am Mittwochmorgen an, weil sie ihm Daten gestohlen hatte, und beauftragte mich damit, die sofort zurückzuholen. Außerdem sollte ich herausfinden, für wen sie gearbeitet hat. Sie tat natürlich zuerst so, als wüsste sie von nichts. Da hab' ich ihr mit dem Messer ein bisschen Angst machen wollen. Dann fing sie an sich zu wehren. Dabei ist sie mir ins Messer gefallen.«

»Hat Witold Graf Ihnen den Auftrag erteilt, Jasmin zu töten?«

Wanger schwieg.

»Das Kronzeugenangebot gilt nur so lange, wie Sie die Wahrheit sagen«, erinnerte ihn Breitenbach. »Deshalb erwarte ich ein vollständiges und wahrheitsgemäßes Geständnis. Eine einzige Lüge, und alle Vereinbarungen sind hinfällig.«

»Ich sollte erst die Daten beschaffen, herausfinden, wer Jasmins Auftraggeber ist, und sie danach töten. Da ich kurz nach ihr in der Wohnung angekommen bin, dachte ich, dass sie keine Zeit mehr gehabt hätte, noch eine Kopie zu ziehen. Da sie mir nicht mehr hat sagen können, wo die geklauten Informationen sind, habe ich danach gesucht. In ihrer Handtasche waren ein USB-Stick und ein Smartphone. Die habe ich mitgenommen und Graf gebracht.«

»Und vorher haben Sie die Seiten aus ihrem Notizbuch gerissen, die einen Hinweis auf Severins illegale Machenschaften gaben.«

»Ja. Die Seite ist zufällig aufgeklappt, als ich ihre Tasche ausgeschüttet habe.«

»Und das Smaragdcollier haben Sie auch mitgehen lassen.«

»Natürlich. Das Ding ist Hunderttausende wert. Und sie hat es ja nicht mehr gebraucht. Ich habe es dem Hehler gezeigt, zu dem ich für Graf immer die Schmuckstücke von den Prostituierten gebracht habe.«

»Und gerade diese Gier hat Sie uns auf dem Präsentierteller serviert«, stellte Paula mit grimmiger Befriedigung fest. »Graf und Sie dachten also, die Daten wären auf dem Stick, den Sie ihm gebracht haben.«

»Ja. Er hat versucht, das Ding zu aktivieren, aber es war mit einem Passwort geschützt, das wohl mit einem Virus programmiert war oder so. Ich kenne mich da nicht besonders aus. Jedenfalls hat sich der Stick vollständig gelöscht, als er das Passwort nicht eingeben konnte, und war danach unbrauchbar. Graf war sich deswegen sicher, dass die Daten da drauf gewesen sein müssen, und der Stick nun keine Gefahr mehr für ihn ist.«

»Was ist mit dem Smartphone?«, wollte Roemer wissen.

»Er hat die Anruferliste geprüft und nach der Nummer ihres Auftraggebers gesucht. Waren aber nur ihre beruflichen Nummern gespeichert. Ich habe das Ding im Hafenbecken entsorgt, nachdem ich die Sim-Karte vernichtet hatte.«

»Und weiter?«

»Dann meldete Fischer am Freitag, dass Jasmin die Daten wohl doch noch auf ihren Laptop kopiert hatte und dass die Möglichkeit besteht, dass sie noch eine Sicherungskopie in ihrer Wohnung versteckt hat. Graf hat getobt und mich dann losgeschickt, die Kopie zu suchen, bevor die Polizei das am Samstag tut.« Er nickte zu Paula hin. »Ich konnte ja nicht ahnen, dass Sie mir dabei in die Quere kommen.« Er sagte das ohne jede Emotion.

Paula verspürte das dringende Bedürfnis, dem Kerl die Zähne einzuschlagen. Am meisten wurmte sie, dass er als Kronzeuge mit einer in ihren Augen lächerlichen Strafe davonkommen würde. Sie hätte Breitenbach am liebsten in den Arsch getreten dafür.

»Ich nehme an, Sie haben auch die Truppe organisiert, die mich am Freitag zusammenschlagen sollte.« Und die man nur wenige Stunden nach dem Überfall in einem Krankenhaus im knapp zwanzig Kilometer entfernten Jever festgenommen hatte.

»Ja. Auch das hat Graf angeordnet. Sie sind ihm mit Ihren Ermittlungen ganz schön nahe gekommen. Nachdem der Drohanruf nicht gewirkt hat, sollten die Sie krankenhausreif schlagen, um Sie aus dem Verkehr zu ziehen. Als Graf dann von Fischer erfahren hat, dass Kastor eine falsche Identität benutzt, sollte ich ihn nach dem Deal töten. Fischer sollte das mit meinem Messer so drehen, dass es aussieht, als hätte Kastor die Nutte umgebracht.«

»Und Graf wäre mal wieder fein raus gewesen.« Breitenbach klang ausgesprochen grimmig.

Wanger beantwortete noch eine Reihe weiterer Fragen, sodass sich ein immer klareres Bild von Grafs und Severins Machenschaften ergab. Genug, um beide in Verbindung mit den Daten, die Jasmin Stojanovic gesichert hatte, für sehr lange Zeit hinter Gittern zu bringen.

Zum Schluss gestand Wanger auch den von Graf in Auftrag gegebenen Mordversuch an dessen Frau. Danach wurde er in die JVA gebracht.

Als Paula das Vernehmungszimmer verließ, begegnete sie Sigurd Fischer, dessen Vernehmung Frank Sänger vor ein paar Minuten beendet hatte. Auch er sollte in die JVA überstellt werden. Paula hatte bereits von Roemer erfahren, dass bei der Durchsuchung seiner Wohnung Kontoauszüge einer Bank in der Schweiz gefunden worden waren. Außerdem ein gefälschter Pass, dessen Name mit dem übereinstimmte, auf den das Konto lief. Auf dem Pass prangte Fischers Foto.

Graf hatte ihn stets in bar über einen Mittelsmann bezahlt, und Fischer hatte in seinem Urlaub und manchmal auch an einem verlängerten Wochenende das Geld in die Schweiz geschafft. Da er fast alles gespart und nicht über seine Verhältnisse gelebt hatte, war er nie Verdacht geraten. Insgesamt hatten sich im Laufe von zwanzig Jahren siebenhunderttausend Euro angesammelt.

Paula trat ihm in den Weg. Kastor legte ihr die Hand auf die Schulter, um sie an einer Dummheit zu hindern. Fischer blickte zu Boden und vermied es, Paula anzusehen. Er wirkte gebrochen, was noch durch den Verband über seiner Nase unterstrichen wurde.

»Umfassend gestanden«, sagte Sänger in einem Ton, der sie bat, nichts Unüberlegtes zu tun. »Gerechte Strafe garantiert.«

Auf dem Gang und am Treppenaufgang hatten sich etliche Kollegen versammelt. Es hatte sich mit Windeseile herumgesprochen, dass Fischer der Maulwurf war, der ihre Arbeit torpediert hatte. Wut, Unglaube und Empörung war in allen Gesichtern zu lesen.

Kastor drückte Paulas Schulter. Sie riss sich von ihm los. Fischer fuhr zurück in Erwartung eines Angriffs. Doch Paula beachtete ihn nicht.

Er hatte ihr gestern alles gesagt, was sie wissen musste. Damit hatte er die Fragen beantwortet, die sie am meisten quälten. Erstaunlicherweise hatte ihr das eine unerwartete Ruhe beschert. Die Daueranspannung, unter der sie seit Christophers Tod gestanden hatte, war von ihr abgefallen. So sehr, dass sie sich ausgelaugt und müde fühlte und es begrüßte, dass Dr. Keller ab morgen ein Bett in der Klinik für sie frei hatte. Ab morgen würde sie den Rest von Christophers sowie Lukas Rambachers Tod aufarbeiten. Diesmal wusste sie, dass sie es schaffen würde. Jetzt gab es nur noch eins zu tun.

Sie warf einen Blick in die Runde der Kollegen und deutete auf Fischer, ohne ihn anzusehen. »Hier steht der wahre und einzige Schuldige an Christophers und auch an Lukas' Tod. Beide mussten sterben, weil *er* sie verkauft hat.«

Sie ging energisch auf Hansen zu, der instinktiv zurückwich, bis er mit dem Rücken gegen die Wand stieß, und pflanzte sich vor ihm auf. »Hast du mir vielleicht was zu sagen, Hansen?«

Er errötete und schluckte, blickte zur Seite. Aller Augen waren auf ihn und Paula gerichtet. Schließlich räusperte er sich.

»Ich … also, ich … Es … tut mir leid.« Er runzelte finster die Stirn. »Aber du bist und bleibst 'n Arsch, Rauwolf.«

»Danke, gleichfalls. Übrigens, Hansen, ich war der Überzeugung, dass du der Spitzel bist. Tut mir leid. Aber du bist und bleibst nun mal ein Arsch.«

Hansen starrte sie an. Nicht nur Paula rechnete damit, dass er eine gehässige Bemerkung machen würde. Stattdessen schüttelte er den Kopf.

»Sieht so aus, als hätten wir doch was gemeinsam.« Er hielt ihr spontan die Hand hin. »Sollten wir aber nicht zur Gewohnheit machen.«

Paula zögerte einen Moment, ehe sie seine Hand ergriff und kurz drückte. »Keine Sorge.«

Fischer wurde abgeführt. Paula würdigte ihn keines Blickes mehr. Kastor lächelte ihr ermutigend zu.

»Ich muss mich um die hiesige Koordination von Operation Smaragdjungfer kümmern. Vergessen Sie nicht unseren Deal, Paula.«

Er nickte ihr zu und folgte Sänger zu dessen Büro. Auch Breitenbach schickte sich an zu gehen. Paula warf ihm einen finsteren Blick zu.

»Sie sehen mich an, als wünschten Sie mich in den tiefsten Schlund der Hölle, Frau Rauwolf. Sie sollten angesichts Ihres Erfolges eigentlich ein bisschen besser gelaunt sein.«

»Das wäre ich, wenn Sie nicht Wanger praktisch mit einem Klaps auf die Finger davonkommen lassen würden.«

Breitenbach spitzte die Lippen. »Aber Sie kennen doch die geltende Kronzeugenregelung. Strafmilderung gibt es nur dann, wenn die Aussage des Zeugen signifikant zur Aufklärung der Tat beiträgt, in diesem Fall zur Überführung von Graf.« Er grinste.

»Aber ich denke, dass die Daten, die das BKA mit Jasmin Stojanovics Hilfe erhalten hat, so aussagekräftig sind, dass wir ihn allein aufgrund dessen festnageln können, auch ohne Wangers Aussage. Womit die Grundvoraussetzung entfällt, dass er Kronzeuge werden kann.« Er machte ein scheinheiliges Gesicht. »Da uns die Daten aber noch nicht vorliegen, konnten wir zum gegenwärtigen Zeitpunkt nicht wissen, dass die Kronzeugenregelung gar nicht greift. Nicht wahr?«

Paula hätte das nie für möglich gehalten, aber in diesem Moment war ihr Max Breitenbach richtig sympathisch.

Dienstag, 11. Oktober

»Moin, Paula.« Silke Moravac lächelte ihr zu, als Paula die Dienststelle betrat. »Wie geht es dir?«

»Moin, Silke. Danke, geht mir schon erheblich besser. Ich nehme an, ich werde schon erwartet?«

Silke nickte und griff zum Telefon, um Roemer anzukündigen, dass Paula auf dem Weg war. Paula war zwar immer noch krankgeschrieben und wohnte in der Klinik. Aber Dr. Keller war zuversichtlich, sie schon in einer Woche wieder entlassen zu können. Heute hatte sie einen sogenannten »Belastungstag« genommen, an dem sie erst gegen Abend wieder in der Klinik erwartet wurde, weil Roemer sie sprechen wollte.

Sie stieg die Treppe hinauf. Operation Smaragdjungfer war abgeschlossen und, wie man aus den Medien erfuhr, »der bislang größte Erfolg gegen das organisierte Verbrechen in der Geschichte nicht nur der Bundesrepublik«. Sämtliche »Haie« weltweit waren erwischt worden, nicht einer war entkommen. In einem zweiten Schritt waren etliche Köpfe in hohen Positionen gerollt. Graf und Severin saßen im Gefängnis, und Wanger war kein Kronzeuge geworden. Soweit stand alles bestens. Gerade deshalb wunderte sich Paula, was Roemer von ihr wollte.

Zu ihrem Erstaunen waren auch Breitenbach und Kastor anwesend, als sie sein Büro betrat. Kastor nickte ihr lächelnd zu. Vor Roemer lag ein Formular auf dem Tisch, das sie auch aus zwei Metern Entfernung als einen Antrag auf Versetzung erkannte. Sie brauchte es nicht erst zu lesen, um zu wissen, dass ihr Name darauf stand.

»Moin, Paula.«

»Moin, die Herren.«

Breitenbach schüttelte ihr die Hand. »Meinen Glückwunsch, Frau Rauwolf.«

»Danke. Aber wofür?«

Er sah sie an, als hätte sie sich einen nicht sehr intelligenten Scherz erlaubt. »Nun, das BKA fordert nur die Besten an, wie Sie wissen dürften. Dass man Sie in Wiesbaden nicht nur vorübergehend, sondern dauerhaft haben will, darauf können Sie stolz sein.«

Darum ging es also. Paula fühlte sich erleichtert.

»Und Sie sind froh, dass Sie mich los sind, darauf wette ich, Herr Breitenbach.«

Er verzog das Gesicht. »Ich werde Ihre Unverschämtheiten kaum vermissen. Da haben Sie recht. Was aber Ihre Arbeit betrifft, muss ich fairerweise zugeben, dass ich nichts wirklich Negatives darüber sagen kann. Es war mir jedenfalls ein Bedürfnis, Sie persönlich zu verabschieden, da ich schon mal hier bin. Falls wir uns vor Ihrem Wechsel nach Wiesbaden nicht mehr sehen sollten, wünsche ich Ihnen alles Gute.« Er nickte Roemer und Kastor zu und ging zur Tür.

»Herr Breitenbach.«

Er wandte sich zu ihr um, die Hand auf der Klinke, und sah sie mit einem Blick an, der signalisierte, dass sie sich kurzfassen sollte.

»Falls wir uns nicht mehr sehen sollten: Das mit Ihrer gebrochenen Nase damals tut mir leid.«

Er lachte kurz auf und drohte ihr mit dem Finger. »Das war jetzt aber eine wirklich dreiste Lüge. Ich weiß genau, dass Sie es genossen haben.« Er winkte ab. »Trotzdem: Entschuldigung angenommen.« Er war zur Tür hinaus, bevor sie noch etwas sagen konnte.

Paula blickte einen Moment auf die geschlossene Tür, ehe sie sich zu Roemer umwandte und auf das Formular deutete.

»Ich nehme an, dass ich das unterschreiben soll. Und was meint Breitenbach mit ›falls wir uns nicht mehr sehen sollten‹? Ich bin in spätestens vier Wochen wieder im Dienst.«

Roemer schob ihr das Formular und einen Stift hin. »Das BKA hat sich extrem schnell mit dem Innenministerium geeinigt, dass deine Versetzung ab nächster Woche gilt. Irgendwer hat da wohl seine Beziehungen zu unserem Landesinnenminister spielen lassen, damit das so schnell und – fast – unbürokratisch über die Bühne geht. Normalerweise gelten solche Anforderungen vom BKA nur für einen einzigen Fall und sind zeitlich befristet.«

»Aber wir wollen Sie permanent«, bekräftigte Kastor. »Und ja, unser Chef hat intensiv mit dem Innenminister geplaudert. Sie müssen nur noch den Wisch da unterschreiben und den hier«, er schob ihr einen Dienstvertrag hin, »dann gehören Sie ab nächsten Montag offiziell uns.«

Roemer hob abwehrend die Hände. »Bitte, Paula, betrachtete das nicht als Rauswurf oder dass ich dich möglichst schnell loswerden will.«

»Betrachten Sie es im Gegenteil als unseren Wunsch, Sie rasch und fest an uns zu binden.« Kastor zwinkerte ihr zu. »Mal abgesehen davon, dass Sie noch ein paar interne Schulungen durchlaufen müssen, auf die Sie sich schon mal vorbereiten können, müssen Sie zunächst hier Ihre Angelegenheiten regeln. Vor allem müssen Sie den Tod Ihres Kollegen verarbeiten und alles, was damit zusammenhängt.«

Paula protestierte nicht. Sie würde auch nach ihrer Entlassung aus der Klinik noch etliche Intensivsitzungen bei Dr. Keller brauchen, bis sie den Anforderungen ihres Jobs in vollem Umfang wieder gerecht werden konnte. Und ihr neues Motto, dass ihr Wille über das entschied, was sie leisten konnte und wollte, musste sich festigen.

»Deshalb sind Sie vorläufig bei vollen Bezügen vom Dienst freigestellt, bis Sie so weit sind.«

Paula blickte Kastor skeptisch an. »Sie haben keine Ahnung, wie lange ich brauche, um die Sache aufzuarbeiten. Und ob ich überhaupt langfristig bei Ihnen bleiben will. Vielleicht stelle ich ja fest, dass der Job auf Dauer doch nichts für mich ist. Könnte sich als herbes Verlustgeschäft für Ihre Truppe erweisen.«

Er schüttelte lächelnd den Kopf. »Bestimmt nicht. Ich habe Sie im Einsatz erlebt, Paula, und kann Sie deshalb ganz gut einschätzen. Sie werden sehen, dass Sie schneller zu uns kommen, als Sie jetzt glauben.« Er deutete einladend auf das Versetzungsgesuch und den Vertrag.

Paula unterschrieb beides. Dabei rutschte der Ärmel ihrer Jacke hoch und entblößte den Ansatz einer farbigen Fläche auf ihrem Arm.

»Was ist das denn?«

Sie schob den Ärmel ganz zurück. Darunter kam das kunstvolle Tattoo eines Phönix' zum Vorschein, das sie sich vor fünf Tagen im *Happy Ink Tattoo Studio* auf den Unterarm hatte stechen lassen. Ihr persönliches Symbol nicht nur für den neuen Lebensabschnitt, der in absehbarer Zeit begann, sondern auch dafür, dass sie es schaffen würde, die belastende Vergangenheit zu überwinden. Lukas Rambachers Tod und endlich auch Christophers.

Während Roemer über das Tattoo nur den Kopf schüttelte, lächelte Kastor verständnisvoll. »Ein wunderbares Symbol. Bei Gelegenheit zeige ich Ihnen mal meins.« Er tippte mit einem Finger auf seinen linken Oberarm.

Paula schnitt eine Grimasse. »Ich kann mir immer noch Angenehmeres vorstellen, als Ihnen beim Strippen zuzusehen.«

Kastor grinste. »Geben Sie es zu: Sie sind enttäuscht, dass mein Tattoo nicht an einer intimeren Stelle sitzt.«

»Vorsicht, Herr Kastor. Solche Bemerkungen aktivieren Paulas Skorpionsstachel.«

»Worauf Sie wetten können«, bestätigte sie.

»Okay, Paula. Damit ist der offizielle Teil für dich bei uns erledigt. Bevor du nach Wiesbaden verschwindest, erwarte ich aber einen anständigen Ausstand von dir.«

»Damit gewisse Kollegen auf meine Kosten feiern können, dass sie mich loswerden? Vergiss es! Aber ich lade ein paar Handverlesene zur Abschiedsfeier ins *Celona* ein.«

Roemer schüttelte den Kopf. »Deine Sturheit werde ich garantiert nicht vermissen.« Er machte eine scheuchende Handbewegung. »Wir sehen uns.«

Paula verließ sein Büro.

Kastor folgte ihr und hielt ihr die Hand hin. »Da wir in Zukunft eng zusammenarbeiten werden, wie wäre es mit dem Du? Ich heiße Leon.«

Sie ergriff seine Hand zögernd. »Paula. Und bitte, nenn mich niemals ›Wölfin‹.«

»Kein Problem.« Er sah auf die Uhr. »Ich weiß nicht, wie es dir geht, aber ich habe Hunger. Gehen wir erst mal was essen und ein gepflegtes Bier trinken? Ich lade dich ein.«

»Danke, aber ich zahle selbst.«

»Wie hätte es auch anders sein können.«

»Was soll das denn heißen?«

»Das soll heißen, dass du dir nichts vergibst, wenn du ab und zu auch mal von jemandem etwas annimmst. Sei es Hilfe oder einfach nur ein Essen.« Er sah sie eindringlich an. »Ich bin keiner von deinen hiesigen Kollegen, Paula. Ich schätze dich und deine Fähigkeiten und weiß, dass ich dir vertrauen kann. Ich hoffe, dass du mir auch eines Tages dein Vertrauen schenkst. Und ich schwöre dir bei allem, was mir heilig ist, dass ich das nie ausnutzen oder gar missbrauchen werde.«

Sie blickte ihn verblüfft an. »Du vertraust mir?«

»Natürlich.« Er berührte sanft ihren Arm. »Ohne deine Ideen und deinen Einsatz wäre Operation Smaragdjungfer gescheitert. Also wer verdiente mein Vertrauen mehr als du? – Lediglich an deinem Verhalten gegenüber Vorgesetzten und dem Rest der Menschheit solltest du bei Gelegenheit noch ein bisschen arbeiten.«

Paula spürte einen Kloß im Hals und erkannte zu ihrer tödlichen Verlegenheit, dass sie kurz davor war, in Tränen auszubrechen. Daran änderte auch Kastors – Leons – flapsiger Nachsatz nichts. Nach dem Misstrauen, der Ausgrenzung und dem Mobbing der vergangenen sechzehn Monate schmerzte sein Vertrauen mehr als Salz in einer offenen Wunde.

Nein, nicht Salz, sondern eine Wundsalbe, die im ersten Moment weh tat, um danach ihre schmerzlindernde und heilende Wirkung zu entfalten.

Paula räusperte sich. »Also, das mit dem Essen halte ich bei näherer Betrachtung für eine akzeptable Idee.«

Leon unterdrückte ein Lachen. »Ich bin mir sicher, dass wir auch noch ein paar weitere akzeptable Ideen für unser Teamwork ausarbeiten können.«

Paula nickte und schluckte auch noch ihren Stolz hinunter, vielmehr ihre Sturheit. Sie sah Leon in die eisblauen Augen, deren Ausdruck jetzt nicht mehr spöttisch war, sondern ernst und dennoch freundlich.

»Danke, Leon. Für alles.« Sie hielt ihm die Hand hin.

Er drückte sie fest. »Willkommen an Bord, Paula.« Er machte eine Kopfbewegung zum Ausgang hin. »Entspannen wir uns also bei einem Essen und einem guten Bier. Im *Celona*?«

Paula nickte. »Ich nehme aber lieber einen Cocktail zum Nachtisch. Ich wette, du bist der Typ für den *Ladykiller.* Ach nein, der *Sex on the Beach* passt besser zu dir.«

Er grinste. »Worauf du wetten kannst. Aber mach dir keine Hoffnungen. Kolleginnen sind für Sex on the Beach oder anderswo für mich tabu.«

Paula warf einen Blick an die Decke. »Gott, ich danke dir.«

Er lachte herzlich, und sie stimmte darin ein. Seite an Seite verließen sie die Dienststelle.

Zum ersten Mal seit langer Zeit hatte Paula das Gefühl, dass ihre Zukunft wieder ein paar Lichtblicke für sie bereithielt.

Danksagung

Für die Arbeit an diesem Roman haben mich die folgenden Personen tatkräftig unterstützt, wofür ich mich bei ihnen allen ganz herzlich bedanke:

Polizeihauptkommissar Klaus-Rüdiger Harms gab mir in einem wundervollen persönlichen Gespräch Auskunft über und interessante Einblicke in die Lokalität und die Arbeit der Wilhelmshavener Polizeiinspektion, speziell des realen Fachkommissariats 1 (FK 1).

Manfred Heinen, Psychiater und Psychotherapeut, half mir mit Informationen über Traumatherapie sowie den Ablauf einschlägiger Therapiegespräche und stand Pate für die Figur des Dr. Malte Keller.

Das **»Café & Bar Celona«**, Bahnhofsplatz 1 in der NordseePassage, diente mir als Rastplatz zwischen diversen Besichtigungs- und Gesprächsterminen und verwöhnte mich neben seinem ansprechenden Ambiente mit köstlichen Frühstücks- und Mittagsbuffets sowie leckeren Cocktails.

Gertrud und Anton Schreiner gewährten uns herzliche Gastfreundschaft in ihrer gemütlichen Ferienwohnung, Genossenschaftsstraße 54, und halfen mir mit Tipps über die Besonderheiten der Gegend.

Das **Restaurant »An Bord«**, Schleusenstraße 22, machte mich mit einem wahrhaft köstlichen Labskaus zum Fan dieser regionalen Spezialität.

Der **Teepalast** in der NordseePassage »fixte« mich auf den köstlichen *Wilhelmshavener Kaiser-Blend* an und machte mich mit der korrekten Zubereitung dieses Tees vertraut: erst die Kluntjes in die Tasse, dann den Tee darübergießen, anschließend das »Wölkchen« = einen Schuss Milch hinein. Und: AUF KEINEN FALL UMRÜHREN! Man genießt auf diese Weise zuerst den puren Geschmack des Tees, danach etwas süßeren Milchtee und ganz zum Schluss die wunderbare Süße – verführerisch wie der Kuss des/der Liebsten. (Achtung! Suchtgefahr!)

Dem **Happy Ink Tattoo Studio**, Bahnhofstraße 12, verdanke ich mein neues, wunderschönes Tattoo, das mich immer an Wilhelmshaven erinnern wird.

Und die **Text-TÜV-Gruppe der Mörderischen Schwestern** – Vereinigung deutschsprachiger Krimiautorinnen – half dem Manuskriptentwurf mit Rat, Tipps und Anregungen auf die Sprünge in die richtige Richtung, damit aus dem ursprünglichen Plot dieser Roman entstehen konnte.

Nach dem Motto, dass das Beste zuletzt kommt, gilt mein besonderer Dank:

meinem Mann Johannes Stinner, der mir nicht nur half, ein Loch im Plot zu stopfen, sondern mich auch klaglos auf meiner Rechercherereise nach und durch Wilhelmshaven kutschierte (und nicht an meinen manchmal diffusen Anweisungen *»Da vorn links! Nein rechts! Ach nee, doch noch geradeaus!«* u.ä. verzweifelte) und geduldig die Zeit anderweitig verbrachte, während ich etlichen Leuten vor Ort unzählige Löcher in den Bauch fragte. Danke für deine Geduld und die immerwährende Ermutigung!

Und ich bedanke mich auch bei meiner Lektorin **Julia Ströbel**, die mich bei der Stange hielt und mir die »geschundene« Autorenseele streichelte, als mich die Arbeit an diesem Roman streckenweise zur Verzweiflung trieb. Ihre moralische Unterstützung hat mir sehr geholfen!

Buchhinweise

ISBN 978-3-86680-755-6 | 12,00 € [D]

Kaum aus dem Urlaub heimgekehrt, steht Kommissar Ralf Zell im heimischen Nieselregen am Schauplatz eines ungewöhnlichen Verbrechens. An einer verlassenen Bushaltestelle liegt die Leiche des Schwiegersohns des größten Baulöwen von Braunschweig. »Schwarze Dame Tod« waren seine letzten Worte.

… ein vielversprechender einheimischer Krimi.

LOVELYBOOKS

Buchhinweise

ISBN 978-3-86680-609-2 | 12,00 € [D]

Nett sind sie ja, die neuen Kollegen in der Lübecker Mordkommission. Aber ein wenig aufdringlich ist Sven schon, und Ilka gibt sich stutenbissig. Und so richtig wohl fühlt sich Kriminalkommissarin Ike Jensen in der kahlen neuen Wohnung am Lübecker ZOB auch noch nicht. Wie gut, dass sie sich in die Arme ihres Freundes flüchten kann – doch dann klingelt ihr Handy und der Albtraum beginnt: Sie wird Ohrenzeugin eines brutalen Mordes.

Der Kriminalfall bietet eine Menge Lübecker Lokalkolorit, besticht aber durch seine sorgfältigen Charaktere, spannende psychologische Innenansichten und sorgt für atemlose Spannung bis zur letzten Seite.

UNSER-LUEBECK.DE

Buchhinweise

ISBN 978-3-86680-751-8 | 12,00 € [D]

Es läuft gut in Hanna Hemlokks Leben. Die Autorin von abgeschlossenen Liebesromanen ist nicht nur frisch verliebt, nein, auch in ihrem eigentlichen Traumjob als private eye tut sich etwas: der erste Auftrag, um den sie nicht vorher betteln musste – auch wenn es nur um das geklaute Brennholz von Bauer Plattmann geht.

Ute Haese hat nicht nur ihren eigenen Stil, sondern schreibt erfreulicherweise »neben« dem Mainstream, also wesentlich interessanter, schräger und hinterlistiger – und ebenso unkonventionell, wie sich die Methoden ihrer Figur der schreibenden Privatdetektivin gestalten.

QUERBLATT.COM

SUTTON VERLAG

Weitere Krimis und Romane finden Sie unter:
www.sutton-belletristik.de